Heather Grothaus a été journaliste avant de se consacrer à l'art de la romance historique. Elle vit dans le Kentucky avec son mari, son fils et leurs deux chiens. Pendant ses rares moments de temps libre, Heather – qui a plus d'une corde à son arc – joue du piano, de la guitare, cuisine, jardine et participe à des événements costumés liés à la période de la Renaissance. Le reste du temps, elle essaie d'inculquer un minimum de savoir-vivre à ses toutous.

Du même auteur, chez Milady :

La Rose et l'armure :
1. *Le Conquérant*
2. *Le Vainqueur*

CE LIVRE EST ÉGALEMENT DISPONIBLE
AU FORMAT NUMÉRIQUE

www.milady.fr

Heather Grothaus

Le Conquérant

La Rose et l'armure – 1

Traduit de l'anglais (États-Unis) par Fanny Adams

Milady Romance

Milady est un label des éditions Bragelonne

Titre original : *The Warrior*

ISBN : 978-2-8112-1016-8

Bragelonne – Milady
60-62, rue d'Hauteville – 75010 Paris

E-mail : info@milady.fr
Site Internet : www.milady.fr

Pour Cody,
le meilleur de tous, avec amour et gratitude.
Pour Marie Frances Johnson qui a cru en moi.
Et surtout pour Tim, mon petit guerrier.

Prologue

Seacrest Manor, Angleterre
Octobre 1066

— Madame, notre suzerain est mort, déclara le chevalier en s'agenouillant devant lady Ellora de Seacrest, autant par respect que d'épuisement. L'Angleterre est tombée !

Les grossiers anneaux de métal de sa cotte de mailles formaient une étuve humide et boueuse autour de son corps transi et las qui empestait la crasse et la sueur.

— Lord James est mort ? demanda Ellora, incrédule.

Le guerrier se contenta d'opiner du chef en gardant la même position de subordination.

— Qui vous l'a dit ? Regardez-moi ! ordonna-t-elle en luttant contre l'envie de gifler ce jeune homme déjà passablement abattu.

Celui-ci releva la tête, livrant au regard d'Ellora la raison de son embarras. Une balafre lui barrait le visage du côté gauche depuis la naissance des cheveux sous sa coiffe de cuir jusque sous le lobe de l'oreille. La lame avait emporté l'œil au passage, ne laissant qu'un lambeau de peau pour masquer en creux la béance de l'orbite. Le simple fait de parler lui arrachait des grimaces de douleur.

— Il a trépassé dans mes bras, répondit-il. Son corps arrive avec le reste des hommes.

Ellora considéra depuis son siège le portail de bois encore entrouvert par lequel le guerrier était entré en trébuchant dans la salle des banquets. Il s'élevait déjà un grand tumulte en provenance des murs d'enceinte. Elle reconnut les cris et les lamentations des serfs restés au village. Les serviteurs se pressaient de toutes parts dans un vacarme grandissant. Nombre d'entre eux avaient assisté de loin à l'arrivée du héraut. Tous étaient impatients d'avoir des nouvelles de leurs proches.

Sans plus attendre, la jeune femme contourna le combattant et se dirigea vers la porte dans un état semi-hypnotique en se laissant porter par le flot des valets, des soubrettes et des caméristes comme par un fleuve en crue. Personne ne fit attention à son regard perdu. Tournant le dos aux habitations, l'afflux des villageois s'écoula en pente douce par-delà la clôture de bois à la rencontre d'un groupe d'une quinzaine de cavaliers – uniques survivants sur près de deux cents guerriers qui avaient répondu favorablement à l'appel du roi Harold quelques jours auparavant. La plupart d'entre eux gravirent tant bien que mal la motte féodale en boitant. Au centre, les plus vaillants traînaient un palanquin de fortune où gisait le grand corps de lord James. Les plus agiles des villageois et des serviteurs arrivèrent bientôt à hauteur de ce funeste cortège. Folles d'inquiétude, les femmes se ruèrent sans ménagement sur les nouveaux arrivants, scrutant chaque visage à la recherche d'un mari, d'un frère, d'un cousin.

Les yeux rivés sur le grabat, Ellora assista à ce spectacle comme dans un rêve ; puis elle se risqua enfin au dehors pour accomplir à son tour l'angoissant pèlerinage.

Me voilà veuve ! se répéta-t-elle en marchant. *Mon mari n'est plus.*

Aucune larme ne germa dans ses beaux yeux marron. Altière, elle s'avançait à pas lents et mesurés au rythme du glas qui résonnait dans son cœur.

Ils l'ont tué ! Tué !

Les hommes qui portaient la civière s'engouffrèrent à l'intérieur des fortifications et déposèrent leur funèbre chargement aux pieds de leur maîtresse. Ceux qui en avaient encore la force mirent un genou en terre.

— Noble dame…, commença le plus robuste d'entre eux.

Ellora reconnut Barrett, le bras droit et l'ami de son défunt mari.

— Une flèche. En plein cœur. Il n'a pas souffert, déclara celui-ci en essuyant d'un geste d'ours son imposante figure entourée d'une tignasse de cheveux noirs hirsute et d'une barbe touffue.

— Il s'est battu comme un lion, jusqu'au bout !

Figée, la jeune femme ne parvenait pas à s'arracher à la contemplation du cadavre emmailloté. Les paroles d'apaisement de Barrett lui étaient parvenues comme à travers un épais brouillard qui paralysait tous ses sens. À l'exception d'une main couverte de terre qui, ayant glissé du brancard, reposait paume tournée vers le ciel sur le sol humide et compact, rien n'indiquait que le corps contenu dans cette gangue de toile bistre fût celui de son mari.

Les soldats qui l'avaient amené reculèrent à une distance respectueuse ; sauf Barrett, qui rechignait à déserter son seigneur jusque dans la mort. Afin d'accorder tout de même à sa maîtresse un semblant d'intimité, le colosse tourna la tête vers le sud et fixa un point imaginaire sur l'horizon, quelque part au-dessus de Hastings.

Ellora s'agenouilla près du grabat et prit la lourde main glacée de son époux pour la serrer contre sa chaleur. Elle serra contre sa paume les doigts pansus et roides du guerrier, puis en caressa l'extrémité jusqu'au poignet en se balançant d'avant en arrière. La basse-cour était anormalement silencieuse, exception faite du chuchotis des gémissements et des larmes. La colline fut soudain balayée par une violente rafale de vent qui plaqua la tunique de soie d'Ellora contre son corps élancé, et rejeta en arrière le voile qui recouvrait sa tresse blonde. Elle posa la main de James contre son sein et releva la tête face au vent. Les paupières closes, elle emplit ses poumons de l'air automnal qui annonçait déjà les frimas de l'hiver. Une larme orpheline s'enfuit de la prison de ses cils dans un sillage glacé.

Barrett avança d'un pas.

— Madame ?

Ellora rouvrit les yeux et considéra de nouveau le bras tendu de son mari. Son attention fut alors attirée par une sorte de brassard coloré que l'on avait passé autour de la manche de son tricot.

—Noble dame, reprit Barrett, pouvons-nous le déposer dans la salle des banquets à présent ?

Un ruban ? s'étonna Ellora en effleurant l'étoffe bleu ciel afin de confirmer ses doutes. Elle passa le doigt sous la bordure et défit d'un coup sec une bande de soie mouchetée de boue sur laquelle était brodée la lettre « C » dans un fil de même couleur.

La jeune femme lâcha soudain le membre sans vie de James comme s'il était en feu. Le ruban resta enroulé autour des doigts de la veuve. Elle ressentit un grand vide dans la poitrine, et manqua soudain d'air malgré le vent. Les yeux ronds comme des billes, elle fut prise de nausée.

James lui avait été infidèle jusque sur le champ de bataille.

Ellora étrangla un sanglot tandis que des points noirs obstruaient son champ de vision. Elle croisa le regard inquiet de Barrett.

—Oui ! Emmenez-le, ordonna-t-elle en tremblant de tous ses membres.

Le ruban roulé en boule dans le creux de sa main, lady Ellora de Seacrest pénétra dans l'obscurité de la salle des banquets à la suite de la litière où était étendu son défunt mari. Tandis que les guerriers l'installaient près de l'âtre, l'attention de la jeune femme se porta vers l'escalier de pierre suspendu à main droite contre la paroi.

— Non ! hurla quelqu'un qui se trouvait dans les appartements du dessus.

Serviteurs et soldats se figèrent.

Quant à Ellora, elle se contenta de marquer un bref temps d'arrêt avant d'aller se poster au bas des marches. Avec la rapidité d'un crotale, elle retint d'un coup sec une caméristе qui volait déjà à l'étage.

— Madame, je vous en prie, implora la servante en se risquant à saisir sa maîtresse par le poignet. Laissez-moi monter la voir. Elle ne...

Pour toute réponse, Ellora lui donna une gifle en travers du visage, mettant immédiatement un terme à son zèle ; puis elle la secoua par les épaules afin d'obtenir toute son attention.

— Où sont les enfants ?

On entendit une autre série de hurlements, et la domestique se mit la main devant la bouche avant de désigner le sommet de l'escalier.

— Écoute-moi bien, conseilla Ellora en obligeant la servante à se rapprocher. Tu vas aller les chercher et les surveiller jusqu'à ce que je revienne.

— Mais, madame, et Minerva ?

— Minerva ne voudra pas quitter Corinne, expliqua Ellora en poussant la caméristе pour lui montrer le chemin des marches. File à présent, et fais ce que je te dis, sinon je te livrerai aux Normands, qui d'ailleurs ne devraient pas tarder à fondre sur nous.

La bonne ne se fit pas prier pour monter.

Presque immédiatement, une masse confuse d'étoffe bleue et de cheveux roux dévala l'escalier en trombe avant d'entrer en collision avec Ellora.

— Ellora ! Ellora ! sanglota la nouvelle venue en se cramponnant à la robe de la veuve. Dites-moi que ce n'est pas vrai ! Dieu miséricordieux, faites que ce soit un mensonge !

— Corinne ! s'exclama Ellora en l'obligeant à reprendre ses distances pour mieux planter son regard perçant dans le bleu délavé des yeux inquisiteurs de la jeune femme. Tu es punie par où tu as péché ! ajouta-t-elle en désignant d'un geste vague le trépassé situé dans son dos.

Corinne jeta un coup d'œil par-dessus l'épaule de la jeune femme. Découvrant le corps de lord James, elle écarta Ellora, puis s'élança au milieu de la pièce. Dans sa hâte, elle trébucha et s'affala de tout son long et couvrit à quatre pattes l'intervalle qui la séparait de James et découvrit le visage du mort en s'agrippant au linceul improvisé. Ce dernier fixa sur elle un regard sans vie qui lui arracha un cri aussi déchirant qu'un éclair dans le ciel nocturne. Elle retira plus avant le linge et reconnut la penne déchiquetée d'une flèche enfoncée dans le cœur du guerrier.

La jeune femme s'effondra sur la poitrine de son amant et prit tendrement son visage dans ses mains, enfonçant ses doigts dans son épaisse chevelure de jais. À cet instant, Ellora s'approcha par-derrière et considéra de toute sa hauteur le visage de feu son mari et de son ancienne amie.

— Non seulement toi, mais nous tous ici sommes punis par ta faute ! rectifia Ellora en jetant à Corinne le ruban roulé en boule. Il ricocha mollement sur son crâne avant de tomber à terre.

— Tu l'as ensorcelé au point qu'il n'a pas été capable de se battre, ajouta-t-elle en écartant les bras comme si elle s'adressait à la petite assemblée endeuillée.

— Lui, le plus brave guerrier que l'Angleterre ait porté, le paladin de Harold et de la Couronne qui avait survécu à l'épée du Gallois, à la hache du Viking ! Lui, le redoutable seigneur de Seacrest dont le courroux faisait trembler les pillards ! Voilà… voilà ce que tu en as fait ! s'exclama-t-elle enfin en tombant à genoux.

Puis elle attrapa Corinne par les cheveux et la força à tourner vers elle son visage couvert de larmes.

— Es-tu satisfaite, à présent qu'une simple éclisse a eu raison de lui ? As-tu pensé à Seacrest, Corinne ? Qu'allons-nous devenir ? Qu'arrivera-t-il à ma fille et à la tienne lorsque les Normands seront à nos portes ? Comptes-tu leur jeter un sort pour nous protéger, ainsi que toute l'Angleterre, de Guillaume et de ses barbares ? demanda-t-elle en laissant retomber la tête de sa rivale sur la poitrine de James.

— Tu l'as tué, poursuivit Ellora dans un gémissement.

Puis elle haussa le ton :

— Rousse du diable ! s'exclama-t-elle avec une pointe d'incrédulité dans la voix. Tu aurais aussi bien fait de nous tuer tous !

Elle se leva et épingla les visages pétrifiés qui la dévisageaient.

— Que faites-vous plantés là ? hurla-t-elle. Vous ne voyez pas que cette sorcière a tué votre seigneur et maître ? Emparez-vous d'elle. Qu'on la pende !

Les curieux n'en crurent pas leurs oreilles. Certains détournèrent le regard pour ne pas être obligés d'assister au triste spectacle de leur maîtresse rendue démente par le chagrin.

— Vous refusez d'obéir ? Très bien, je vais m'en charger !

Ellora regarda autour d'elle à la recherche d'une arme. À défaut d'une épée, elle retira une lourde bûche du feu éteint et la brandit au-dessus de sa tête. Elle s'apprêtait à l'abattre sur les reins de Corinne lorsqu'une puissante voix féminine retentit, suivie du cri aigu d'une petite fille et de sa grande sœur.

— Ellora !

Barrett sortit soudain de l'ombre, lui arracha le rondin de bois et le lança au loin avant de ceinturer Ellora. Au même instant, les forces de la jeune femme l'abandonnèrent, et elle fondit en larmes de tristesse et de honte dans les bras du guerrier.

Bertie, qui venait de fêter son douzième printemps, accourut auprès d'Ellora dans un tourbillon de nattes blondes, trouvant du même coup refuge dans les bras de Barrett. Pendant ce temps, à l'autre bout de la pièce, la dame aux cheveux grisonnants qui avait interpellé Ellora serrait blottie contre son sein une petite âgée de huit ans répondant au nom de Haith. À force de se débattre, cette dernière réussit à briser la douce étreinte de sa grand-tante et courut à son tour se réfugier auprès de Corinne.

— Mère, qu'est-il arrivé à papa ? demanda en vain Haith à sa mère.

Puis elle posa la main sur l'épaule de Corinne.

— Mère ? Papa est-il endormi ? Pourquoi dort-il là où on mange d'habitude ?

Pour toute réponse, Corinne prit la main de sa fille. Puis la vieille dame ne tarda pas à les rejoindre.

Alors l'enfant leva la tête et demanda :

— Minerva, pourquoi papa est-il malade ?

Minerva s'accroupit sur le sol.

— Ah, Haith, ma petite fée, murmura-t-elle en prenant tendrement le visage de la fillette dans ses mains noueuses. L'âme de ton papa est partie rejoindre le monde des esprits.

— Papa est mort ? demanda la petite en repoussant Minerva pour examiner son père de plus près.

Pendant ce temps, Corinne était toujours effondrée sur la poitrine de James. Un torrent de gémissements à peine audibles s'échappait de sa bouche.

Non sans appréhension, Haith toucha du bout du doigt les cheveux de son père avant de se figer et d'appeler son aînée du regard.

— Bertie ? héla-t-elle. Bertie, papa est mort !

Bertie plaqua la joue contre le ventre de Barrett, puis, voyant que Haith était dans l'embarras, elle se dégagea pour aller la rejoindre en chancelant. Les deux demi-sœurs se serrèrent l'une contre l'autre tandis qu'elles contemplaient le corps inerte de leur père.

— Ne t'en fais pas, Haith, consola Bertie en berçant sa sœur. Papa est au paradis à présent, avec les saints et les anges.

— Que va-t-on faire sans lui ?

— Tout ira bien, insista Bertie entre deux sanglots. Nos mères sont là, et puis il y a Minerva.

Cette dernière avait profité de cet aparté pour se rendre aux cuisines. Elle revint bientôt avec un plateau chargé de flacons, puis émietta des pincées d'herbes aromatiques dans un petit bol en bois en prononçant des invocations à voix basse, et y ajouta un peu d'eau prise à un pichet et une pincée de sel. Avec la pointe de son couteau de table, elle dessina de vagues motifs à la surface du liquide.

Le petit groupe des villageois et des guerriers – ainsi que Barrett – comprit que le moment était venu de procéder à la toilette funéraire et se retira sur la pointe des pieds. Lorsqu'ils furent sortis, Minerva éleva le bol au-dessus de sa tête en récitant des prières. Le son de sa voix tira aussitôt Ellora de sa funeste rêverie.

— Non ! hurla cette dernière en se ruant sur la vieille femme pour lui retirer le bol d'une tape de la main.

Le récipient tomba avec fracas et ricocha sur le sol en répandant son contenu sur tous ceux qui se trouvaient à proximité du corps de James.

— Je ne vous laisserai plus attirer sur nous le mauvais œil avec vos sorcelleries ! Ne croyez-vous pas que vous avez fait assez de mal ? s'exclama Ellora en désignant son mari d'un geste violent.

Minerva se redressa pour la regarder bien en face. Elle avait les yeux rouges de colère.

— Comment osez-vous insinuer que quiconque ici ait pu souhaiter la mort de lord James !

— Dans ce cas, confions-le aux bons soins d'un prêtre, non à une impie sans foi ni loi, suggéra la veuve de ce dernier, qui n'avait pas coutume de mettre de l'eau dans son vin.

— Et où comptez-vous trouver ce prêtre, ma bonne amie ? demanda Minerva en se plantant devant Ellora. Il ne vous a sans doute pas échappé que l'unique religieux de Seacrest n'est pas revenu de Hastings. Allons-nous rester assis sur notre derrière en attendant que le corps de James se décompose sous notre nez ?

— Hors de ma vue ! ordonna Ellora entre ses dents. Prenez vos affaires, celles de Corinne et de sa bâtarde et sortez d'ici.

Puis elle enfonça le clou en lançant un regard appuyé à Haith qui était toujours blottie contre Bertie.

— Mère, s'étrangla Bertie, ne dites pas cela !

— Attention, Ellora, ajouta Minerva, vous allez trop loin !

— Assurément pas ! rectifia la jeune femme. Il est temps de percer l'abcès. Vous n'auriez jamais dû vous installer à Seacrest. Et maintenant que votre protecteur est…

Elle s'interrompit pour jeter un coup d'œil à James avant de reprendre un ton plus bas :

— Maintenant que votre protecteur n'est plus, vous…

— Corinne est ici chez elle autant que vous, lança Minerva sans attendre la suite.

— C'est du passé ! insista Ellora.

— Nous allons partir, murmura Corinne en relevant la tête.

Ces trois mots tranchèrent le débat. En une heure de temps, son visage avait vieilli de vingt ans. Minerva et Ellora la dévisagèrent sans dissimuler leur effroi.

— Je sais que ma présence vous pèse, Ellora, même si cela n'a pas toujours été le cas. Au nom de l'amitié qui fut autrefois la nôtre, nous prendrons la route au matin, annonça-t-elle sans s'éloigner de son défunt amant. Plus rien ne nous retient ici désormais.

— Corinne, intervint Minerva, James aurait voulu que nous restions. Nous n'avons pas à obéir à cette…

— C'est entendu, répliqua Ellora comme si Minerva n'avait pas ouvert la bouche. Je peux attendre jusqu'à demain matin.

— Mère, ne faites pas cela ! s'écria Bertie en serrant Haith contre sa poitrine. Ne les chassez pas !

— Avons-nous votre permission pour dire une bénédiction ? demanda Corinne d'un ton sec.

Pour toute réponse, Ellora hocha vivement la tête avant de prendre Haith et Bertie par la main.

— J'emmène les enfants, dit-elle. Elles n'ont pas besoin d'assister à ces messes noires.

— Non ! s'exclama Corinne en attrapant sa fille par le coude. Haith reste avec moi.

Elle rassembla ses forces et remporta le bras de fer pendant que Haith poussait des cris perçants en se cramponnant à sa sœur – laquelle fut remise sur ses pieds d'un coup sec par Ellora.

— Je reviens, Haith, lança l'aînée des filles tandis que sa mère l'entraînait en haut des marches. N'aie pas peur.

Haith alla s'asseoir à l'écart près de l'âtre, les bras autour des genoux.

Aussitôt Minerva se rua auprès de Corinne.

— Es-tu devenue folle ? demanda-t-elle tandis que la jeune femme ramassait les herbes officinales qui jonchaient le sol.

— Minerva, l'incident est clos ! répliqua cette dernière en faisant le tour de lord James à quatre pattes pour récupérer le bol égaré. Notre présence ici est désormais inutile, sauf à aggraver la rancune d'Ellora. Autant partir.

Minerva ne se le tint pas pour dit et revint se placer à côté de sa nièce.

— Où veux-tu qu'on aille ? En Écosse ? L'hiver approche et le pays est infesté de Normands. Je ne donne pas cher de nous trois. Un gibier de choix pour des soudards ! s'exclama-t-elle en saisissant Corinne par le poignet. Nous aurons de la chance si nous ne mourons pas de faim.

— Peut-être..., rétorqua la jeune femme en se dégageant. Néanmoins, nous avons des chevaux et assez de provisions pour le voyage.

Corinne fit signe à sa fille d'approcher.

Haith obéit de mauvaise grâce, posant la main sur le bras de sa mère.

— Mère, Bertie ne pourra pas me trouver en Écosse.

— Tu te feras de nouveaux amis, ma chérie, murmura Corinne en caressant la tête de la fillette. Il se pourrait même que tu y aies des cousins qui sont impatients de jouer avec une gentille petite fée.

— Je n'ai pas besoin de cousins ! protesta Haith.

C'était plus qu'elle n'en pouvait supporter en une seule journée, et les larmes se mirent à couler de ses grands yeux bleus, qu'elle tenait de son père.

— Mais Bertie est ma sœur !

— Chuuut..., susurra Corinne en l'attirant contre son sein. Je sais, mais nous devons partir. Que les dieux nous préservent !

— Les dieux ne préservent pas les imbéciles ! marmonna Minerva.

Puis, d'un ton plus amène, elle ajouta à l'intention de Haith :

— Petite fée ? Veux-tu adresser une prière aux ancêtres pour qu'ils prennent soin de l'âme de ton papa ?

Les sanglots de la fillette s'espacèrent un peu, puis elle hocha la tête.

— Bien. Touche-le et parle-lui pendant que je récite la bénédiction, suggéra Minerva en esquissant un sourire. Tu peux chuchoter si tu veux, il t'entend.

Haith se sauva des jupes de sa mère et s'accroupit à côté du mort. Elle posa la joue sur l'avant-bras de ce dernier, puis glissa sa petite main dans la sienne. Lorsque Corinne prit la parole, l'enfant ferma les yeux en fronçant les sourcils pour mieux se concentrer.

— Le cœur plein d'amour, je vous confie, ô dieux, l'âme de mon époux bien-aimé, lord James de Seacrest. Qu'il repose en paix en votre amical séjour…

Pendant ce temps, à la faveur de l'obscurité créée par ses paupières closes, Haith entamait en pensée un dialogue avec son père.

Papa ?

Un effluve échappé du brûlis de sauge lui chatouilla les narines, et elle l'inhala à pleins poumons. La fillette scruta l'obscurité de sa propre rétine tout en se demandant à quoi elle reconnaîtrait l'âme de son père lorsque celle-ci se manifesterait. À force de concentration, les voix de Corinne et de Minerva lui semblèrent de plus en plus lointaines.

Papa, vous m'entendez ? C'est moi, Haith. Je vous en supplie, papa, maman veut m'emmener loin d'ici et de Bertie. Quelle idée vous a pris de mourir ? L'Écosse me fait peur, papa, et les Normands aussi ! Minerva, elle a dit que nous mourrons de faim !

Soudain, des profondeurs de son intériorité, surgit une lueur pas plus grosse qu'une tête d'épingle, semblable à une braise que l'on ravive. Haith se concentra de toutes ses forces sur cette minuscule étincelle.

Papa ? C'est vous ?

Le scintillement s'accrut jusqu'à devenir un point lumineux, puis une flamme, et enfin un brasier d'or éclatant et chaud comme un soleil. Au centre du rayonnement, se dessinèrent les contours d'une silhouette qui revêtit l'aspect de son père à mesure que la nuit de son âme se transformait en une prairie verdoyante.

Tandis que, le sourire aux lèvres et les bras grands ouverts, James fendait l'herbe haute à grandes enjambées, Haith s'élança à sa rencontre en poussant des cris de joie.

— Papa, vous m'avez entendue ! s'exclama-t-elle en lui sautant au cou pour se blottir contre lui et humer à satiété sa chaude odeur d'herbe folle.

Même le piquant de sa barbe noire et drue lui était agréable.

— Croyais-tu que je ne répondrais pas ? gloussa James en serrant sa fille contre lui. Haith, ma chérie, si tu savais comme je t'aime.

Il la posa sur l'herbe et s'allongea à côté d'elle sous le ciel bleu.

— Qu'allons-nous devenir, papa, à présent que vous êtes mort ? demanda-t-elle avec appréhension. Même si maintenant vous n'êtes plus mort…

James partit d'un grand éclat de rire dont l'écho sembla se propager dans tout le paysage ainsi que dans le cœur de Haith. Puis il lui chatouilla les côtes pour le plus grand plaisir de l'enfant qui fut prise d'hilarité.

— Non, je ne suis plus mort, convint-il en tournant vers elle son regard rieur. Je crois que c'est grâce à toi.

Puis, sans se départir de son sourire plein de tendresse, il ajouta :

— Haith, mon trésor, tu connaîtras bientôt des épreuves. C'est pourquoi je veux que tu m'écoutes attentivement.

L'enfant hocha la tête en souriant malgré le sinistre présage, car elle n'avait jamais été aussi heureuse qu'en cet instant où, pelotonnée contre son père, elle se laissait bercer par le murmure de sa voix.

— Bientôt, des étrangers vont arriver à Seacrest, commença-t-il.

Puis il tendit l'oreille comme s'il avait entendu un bruit, mais Haith n'entendit rien, à l'exception d'un chant d'oiseau et – lui sembla-t-il – de l'écho lointain d'un orage d'été.

— Non, rectifia James, ils sont déjà là.

— Qui sont-ils, papa, demanda la fillette en traçant des cercles avec nonchalance sur l'imposante poitrine de son père qui ne portait plus aucune trace de blessure.

— Ce sont les Normands.

Haith se figea et chercha le regard de son père. La joyeuse étincelle avait disparu.

— Pensez-vous qu'ils veulent me tuer, papa ? balbutia-t-elle.

— Non, mon cœur, rassure-toi, promit-il en la serrant de toutes ses forces. Mais de grands malheurs sont encore à venir.

Les grondements de tonnerre se firent tout à coup plus distincts. L'orage approchait.

— C'est aussi ce qu'a dit Bertie, lança l'enfant en jetant un coup d'œil au ciel immaculé.

— Bertie comprend tout, n'est-ce pas ? fit remarquer James en retrouvant sa bonne humeur.

Puis il tint sa fille à bout de bras et ajouta :

— Le temps nous est compté, trésor. Aussi écoute-moi bien.

— Oui, papa.

— Ne te sépare jamais de Minerva. Elle aussi est très sage. Elle te protégera au péril de sa vie s'il le faut. Mais tu dois lui obéir. C'est compris ?

Haith fit signe qu'elle obéirait.

— Mon enfant, tu as fait le bonheur de tes parents en naissant. L'amour qui nous unit, ta mère et moi, est exceptionnellement fort. Tu es née de cette union.

— C'est de la magie ?

— En quelque sorte, accorda James avec une légère impatience dans la voix, car le temps pressait. Cet amour exceptionnel fait de toi quelqu'un de rare. Quand il t'arrivera de douter, écoute ce que te dit ton cœur et prie. Laisse-toi guider par ton intuition. Approfondis l'enseignement de Minerva, et tu trouveras les réponses que tu cherches en leur temps.

— Et Bertie ? demanda Haith.

— Oui, Bertie aussi te guidera, répondit James en esquissant un sourire. Vous ne serez jamais longtemps séparées, et vous vieillirez ensemble.

On entendit un grondement de tonnerre et le guerrier se redressa en invitant la fillette à faire de même. Au-dessus de leur tête, les herbes hautes se balançaient dans le vent.

— Mère a dit que nous…

— Nous n'avons plus le temps, trésor, l'interrompit James. As-tu bien compris tout ce que je t'ai dit ?

— Je crois que oui, papa, assura l'enfant avant de se rembrunir. Mais vous n'avez rien dit au sujet de mère.

— Ta mère et moi veillons l'un sur l'autre, conclut-il en se levant.

Puis il entraîna Haith à sa suite. Soudain, une bourrasque souleva la chevelure noire de James et les cheveux roux de son enfant. Il désigna du doigt un point devant lui. L'enfant se retourna et aperçut la tour de Seacrest qui était encore invisible quelques secondes auparavant. Haith retint sa respiration. De gros nuages d'orage menaçaient le fortin.

Debout derrière sa fille, James posa les mains sur les épaules de l'enfant et déposa un baiser sur le sommet de son crâne.

— À présent, ma chérie, file retrouver Minerva, ordonna-t-il.

Au même moment, des éclairs frappèrent le vieux bastion de bois comme pour souligner son injonction.

— Dis à Bertie que je l'aime autant que je t'aime, lui glissa-t-il à l'oreille en l'effleurant de ses lèvres. Je vous aime tant !

Le poids qui pesait sur les épaules de Haith se fit soudain plus léger, puis disparut entièrement. La petite fille se retourna. Elle était seule. À l'autre extrémité de la prairie, son père se tenait debout au sommet d'un tertre, dos à Seacrest.

Ensuite, le tonnerre, suivi d'éclairs, déchira le silence dans un fracas infernal. Haith se protégea les yeux avec l'avant-bras. Le vent glacé se mit à souffler en rafales, secouant le petit corps de la fillette. Elle ne put retenir son cri :

— Papa !

James n'était plus qu'une toute petite silhouette dans le lointain. Cependant, sa réponse parvint aux oreilles de l'enfant avec la même netteté que s'il se trouvait à côté d'elle.

— Cours, Haith. Dépêche-toi de rentrer à Seacrest. Allez !

La fillette pivota sur ses talons et s'élança dans la direction du château. Mais le vent gagna encore en puissance et plaqua ses cheveux contre son visage et ses yeux ruisselants de larmes. Elle écarta les mèches qui obstruaient son champ de vision et accéléra sa course tandis que l'orage grossissait à vue d'œil. Au même instant, les écluses du ciel s'ouvrirent et des trombes d'eau s'abattirent sous forme de grosses gouttes de pluie visqueuses qui l'empêchaient de respirer.

À un jet de pierre de l'entrée de la salle des banquets, elle ralentit et hasarda un regard en arrière. Aux brûlures qui accompagnaient chacune de ses inspirations, vinrent soudain s'ajouter de violents maux de tête. Elle reconnut au loin la silhouette indistincte de son père, puis celle d'une créature rousse qui, bras grands ouverts et cheveux au vent, semblait glisser à sa rencontre à travers la prairie.

— Maman ! hurla Haith.

Un éclair déchira le ciel, puis tout replongea dans les ténèbres.

Chapitre premier

Greanly Manor, Angleterre
Avril 1075

— Halte là ! s'écria l'homme à carrure d'ours qui interdisait l'entrée de Greanly malgré l'imposante herse qui en protégeait l'accès.

— Quelles sont les raisons qui vous amènent ici, vous et les cavaliers qui vous accompagnent ?

Tristan esquissa un rictus à l'intention de son compagnon à la peau mate. Pharao – c'était le nom de ce dernier – vint placer son étalon noir à hauteur du destrier gris pommelé de son ami et suzerain ; puis, avisant la montagne de muscles qui leur barrait le chemin, il poussa un soupir.

— Faut-il toujours que tout soit si compliqué ? demanda-t-il.

— Il semblerait ! gloussa Tristan. Au moins, cela indique que mes biens sont sous bonne garde.

— Deuxième semonce, grogna Barrett en faisant de grands gestes avec sa hache de combat. Déclinez les raisons de votre visite ou il vous en cuira.

Face à cette musculature hors du commun, Tristan se dit que la brute pourrait lui être utile pour défendre ses nouvelles possessions. Un chaud courant d'air printanier circulait autour de la motte féodale qui servait de socle au fortin. Presque imperceptible, la brise parvenait à peine à soulever la blonde chevelure de Tristan.

— Quelle bonne odeur de printemps ! Ne trouves-tu pas, Phar ? s'exclama ce dernier en s'étirant, avant de mettre pied à terre en gémissant.

Il toucha plusieurs fois le bout de ses orteils, fit tournoyer son bassin dans un sens puis dans l'autre, et sautilla sur les demi-pointes.

Pharao, qui était resté en selle, prit une grande bouffée d'air.

— Je vous l'accorde, quel parfum ! C'est revigorant, après la puanteur de Londres !

— Dernier avertissement, lança le garde en mesurant Tristan du regard avant de caler le plat de sa hache dans son autre main.

Le visiteur termina tranquillement ses exercices, puis, le sourire aux lèvres, s'avança vers le pont-levis.

Barrett fit rouler ses phalanges. Indécis, il trépigna, surveillant tour à tour l'homme resté à cheval et celui qui marchait hardiment dans sa direction.

Charger ou ne pas charger, telle était la question ! L'étranger semblait bien disposé dans ses habits dignes d'un prince. Ce n'était sûrement pas un bandit de grand chemin désireux de s'emparer des biens d'autrui. D'autant plus que ses camarades le suivaient loin derrière. Et si c'était un simple voyageur harassé en quête de victuailles ?

D'un autre côté, l'intrus s'obstinait à ne tenir aucun compte des sommations et semblait même s'en amuser. Ce petit malin enhardi pensait-il pouvoir prendre le sheriff Barrett par surprise ? À en juger par sa stature, il était de taille !

D'un pas décidé, le blondin alla se planter au bord du pont-levis et jeta un coup d'œil dans les douves ; puis, tournant le dos au comité d'accueil, il s'acquitta d'un besoin naturel.

— Si vous voulez bien m'excuser, lança-t-il par-dessus son épaule.

Cette fois-ci, c'en était trop !

Au nom de la sécurité autant que des règles de bienséance, Barrett décida de frapper et de discuter après.

En une seule enjambée de géant, il se retrouva derrière l'étranger et leva sa hache dans l'intention de lui fendre le crâne. Il n'en eut pas le temps. Soudain, une sensation de brûlure le força à lâcher son arme. Celle-ci glissa le long de son dos sur le tablier du pont sans causer de blessure à personne. Le sheriff émit un grognement et, éberlué, regarda ses mains, dont les paumes étaient constellées de minuscules points noirs.

— Nom d'un…, commença-t-il avant de s'interrompre pour jeter un rapide coup d'œil au cavalier qui faisait tournoyer négligemment une petite fronde de cuir en secouant la tête. C'est alors qu'on entendit un bruit semblable à celui d'un liquide que l'on verse d'une aiguière. Scandalisé, Barrett se tourna vers Tristan.

— Eh, vous ! s'offusqua le sheriff. Vous ne pourriez pas faire ça ailleurs, non ?

Tristan rajusta ses chausses puis fit de nouveau face à l'entrée. Il esquissa un sourire et pointa du doigt un petit encorbellement accroché au mur du château.

— De toute manière, tout finit dans les douves.

Le garde frotta ses mains douloureuses sur ses cuisses et leva la tête vers le lieu d'aisances.

— Quoi qu'il en soit, ça ne se fait pas ! grommela-t-il.

— Toutes mes excuses ! gloussa Tristan en s'inclinant. Les longues chevauchées m'indisposent de ce côté de mon anatomie, je le crains. Dites-moi, il me semble que vous avez fait tomber votre hache.

— Peut-on savoir qui vous êtes ?

— Je suis Tristan d'Argent, l'imprévisible lord de Greanly.

Barrett le considéra avec des yeux exorbités avant de mettre promptement un genou en terre et d'incliner la tête.

— Messire, postillonna-t-il. Pardonnez-moi. Je ne pouvais pas savoir.

— Ce n'est rien, cher euh… Comment t'appelles-tu déjà ? demanda Tristan en regardant avec insistance le colosse prosterné devant lui.

— Barrett, messire, dit ce dernier en se relevant pour s'incliner très bas. Je suis le sheriff de Greanly, rougit le géant. Enfin, je veux dire jusqu'à nouvel ordre de messire.

— C'est fort juste, sheriff Barrett, répliqua Tristan. Cependant, il ne fait aucun doute que vous vous acquittez fort honorablement de votre tâche en protégeant mes biens en vue de mon arrivée. Je vous félicite !

Pharao, qui entre-temps était descendu de cheval, vint se poster à côté de son ami.

— Je ne suis pas d'accord, il aurait dû vous frapper plus tôt.

Le garde jeta un regard surpris en voyant de près l'étranger à la peau mate, à la tête enveloppée d'un turban et au corps recouvert d'un burnous blanc. Pharao décida de lui rendre le compliment.

— Si nous étions des bandits, vous seriez mort depuis longtemps !

— Ah oui ? s'exclama Barrett en se redressant pour faire face, bras croisés, à l'effronté.

— Sheriff Barrett, intervint Tristan, je vous présente mon lieutenant, Pharao Tak'Ahn. Phar, voici le sheriff Barrett.

Pharao dévisagea le sheriff hirsute avec mépris, tandis que Barrett se contenta d'émettre un grognement, sans doute en souvenir du plomb reçu.

Tristan les considéra tour à tour avec un plaisir manifeste. À l'évidence, la situation n'était pas pour lui déplaire.

— Bon, s'exclama-t-il, j'ai hâte de découvrir mon nouveau foyer ! Si nous faisions lever la herse ?

Le sheriff s'arracha aussitôt au dépeçage mental de Pharao.

— Certainement, messire.

Il se tourna face à la muraille qui s'élevait au-dessus des douves et avertit ses hommes.

— Hissez la herse, espèces de malotrus ! Vous ne voyez pas que lord Tristan attend ?

L'invraisemblable trio composé de Pharao, Barrett et Tristan musardait à loisir dans la basse-cour pendant que les hommes de ce dernier entraient en masse dans l'enceinte du château. Au son des sabots qui martelaient le sol et des vociférations de la soldatesque, Barrett fit faire le tour du propriétaire au nouveau maître des lieux. Cette visite incluait le village, lequel s'étalait à l'intérieur des remparts flambant neufs.

Greanly était un lieu superbe. La construction de la forteresse, qui avait été érigée sur ordre du roi Guillaume au lendemain de la destruction par son armée de l'ancienne bourgade de bois, avait mobilisé serfs et artisans pendant près de six ans. Le donjon et les murs d'enceinte constituaient un ensemble impressionnant d'édifices qui s'enorgueillissait de ses hautes tours à angle droit et de ses épaisses fortifications à l'aplomb du chemin de ronde. Quant au village, il s'étendait depuis le fort jusqu'aux remparts, et grouillait de vie grâce à ses bâtiments où étaient représentées toutes les occupations indispensables à un fief de cette taille. Sur bien des points, l'endroit n'était pas sans rappeler à Tristan quelques-unes des plus vastes seigneuries de Normandie. Il prit soudain conscience que celle-ci était sienne, et en conçut de la fierté.

Lorsque le jeune homme avait accepté de présider aux destinées de Greanly, il doutait encore de vivre assez longtemps pour prendre possession de ce bien nouvellement annexé. De fait, depuis l'accession de Guillaume au trône d'Angleterre, la tâche principale du nouveau pouvoir avait consisté à réprimer les nombreux soulèvements survenus en périphérie du royaume, si bien que Tristan et ses hommes avaient dû livrer une guerre de tous les instants tantôt contre un groupe rebelle, tantôt contre un autre. Cela n'avait pas été de tout repos, car le risque d'y trouver la mort était omniprésent. En somme, c'était en soi un miracle si le guerrier avait survécu à ce long bain de sang et s'apprêtait à présent à jouir de sa récompense, à savoir de son propre fief et, bientôt, d'une nouvelle épouse ! Il écarta volontairement un brusque sentiment de malaise et se tourna vers le sheriff qui venait de compléter la visite.

— Très bien ! approuva avec enthousiasme Tristan pour signifier que la configuration du bourg était à son goût.

Puis il balaya du regard le dégagement créé par la basse-cour en hochant la tête. Les troupes étaient arrivées et s'activaient déjà dans les nouvelles écuries où deux jeunes palefreniers s'affairaient autour du matériel et des chevaux. À l'exception de Barrett, des garçons d'écurie et d'une poignée de villageois, la place forte était déserte.

— Si vous voulez bien me suivre jusqu'à la salle des banquets, messire ? suggéra le sheriff en désignant d'un geste vague la bâtisse qui trônait au centre de la haute-cour. Je suis sûr que vous ne refuserez pas un bon repas et une bonne chope après un aussi long voyage.

— Plus tard, répondit Tristan qui venait de remarquer les maisons vides des paysans, les greniers à blé à l'abandon et la végétation luxuriante qui entourait le puits banal.

Après les pluies du printemps, la basse-cour aurait dû ressembler à un bourbier labouré par les allers et venues des villageois, non à un terrain d'agrément londonien. Le jeune homme se souvint alors que quelques habitations laissées en chemin aux environs de Greanly étaient également inoccupées. Quant aux champs, ils étaient en jachère et regorgeaient d'énormes pissenlits et de chardons, alors que la saison des semailles était déjà fort avancée.

Où sont mes serfs ? Pourquoi n'ont-ils pas semé le grain ?

— Sheriff Barrett, commença Tristan, puis-je vous demander où sont mes villageois ?

Barrett dansa d'un pied sur l'autre, puis se racla la gorge.

— Euh... Ici, messire. Pour vous servir ! déclara-t-il en désignant d'un geste magistral quelques bonhommes et les deux palefreniers vêtus du costume grossier des serfs. Nous sommes tous là.

— C'est insensé ! rétorqua Pharao. Guillaume n'aurait jamais attribué à mon suzerain un fief sans paysans pour le travailler. Il est notoire que Greanly était une seigneurie prospère sous Harold.

— C'était le cas, confirma Barrett en toisant l'étranger de toute sa hauteur. Des centaines de gens vivaient ici, avant la Conquête, avant que vos hordes ne rasent l'ancienne tour et n'assassinent le seigneur du lieu avec toute sa famille. Elles ont aussi détruit une grande partie du village.

Il marqua une pause et chercha le regard de Tristan, comme s'il voulait s'excuser de lui remémorer des événements déplaisants.

— Pour les survivants, ce fut la déroute...

— Je connais l'histoire de Greanly, Barrett, rappela Tristan. Ensuite, lord Nigel de Seacrest fut chargé d'accueillir les réfugiés jusqu'à ce qu'un nouveau château soit construit.

Le jeune homme réfléchit un instant puis ajouta :

— L'annonce de la fin des travaux de Greanly m'est parvenue l'été dernier, tandis que je me trouvais dans les territoires du nord. De plus, lord Nigel lui-même m'a fait savoir que mes paysans prospéraient.

— C'est le cas ! se réjouit Barrett en hochant la tête.

Tristan poussa un long soupir, puis se pinça l'arête du nez entre le pouce et l'index. La douleur lancinante qui rongeait ses orbites menaçait de dégénérer pour de bon en migraine.

— Au contraire, ils ne me semblent pas très florissants, rétorqua Pharao en jetant un coup d'œil alentour.

Mais le sheriff n'en démordit pas.

— Oh, je vous assure que si, mais pas à Greanly, voilà tout.

— Où alors ? hurla Tristan à bout de patience.

Barrett tressaillit, surpris par ce mouvement d'humeur chez un noble.

— Dame, mais à Seacrest, bien sûr !

— Sheriff Barrett, commença Tristan d'un ton qui se voulait calme, auriez-vous l'amabilité de m'expliquer pourquoi mes gens sont restés à Seacrest, alors que nous leur avons reconstruit un village tout neuf ? Ils ne pouvaient ignorer l'imminence de mon arrivée. Cependant, je ne vois partout que jachères et greniers vides.

— C'est qu'ils vous craignent, messire, expliqua Barrett en minaudant. C'est à cause des rumeurs...

— Foutredieu ! jura Tristan.

Le sheriff, qui n'aimait pas les jurons, grimaça de douleur, mais poursuivit.

— On raconte qu'à la frontière écossaise vous avez soumis des villages entiers en y mettant le feu. Les gens vous surnomment le marteau d'arme de Guillaume.

À ces mots, Pharao fronça légèrement les sourcils, signe de son indignation.

— Il revenait à lord Nigel de veiller à la protection des serfs de mon seigneur. Il aurait déjà dû leur donner l'ordre de rentrer pour se mettre à son service.

— Tout à fait, marmonna Tristan. Nous l'avons assez grassement rémunéré pour veiller sur eux.

— J'en ai fait état à lord Nigel, messire, expliqua Barrett, dont le visage hirsute fut soudain empreint de gravité. C'est la raison de ma présence ici.

— Qu'a-t-il dit ? demanda Tristan.

— Eh bien..., s'interrompit le géant pour se gratter la tête d'un air pensif, il a dit qu'il n'avait pas d'ordre à recevoir d'une fripouille telle que moi, et que si j'attachais autant d'importance à Greanly, je n'avais qu'à m'y installer. Alors me voilà.

Il était visiblement ravi.

De guerre lasse, Tristan ferma les yeux et laissa échapper un soupir.

— Comprenez-moi : qu'a-t-il dit au sujet des villageois ?

Barrett prit alors conscience de sa bévue et rougit.

— Oh, j'y suis ! Il a dit qu'il ne peut pas se permettre de laisser partir les serfs à cause de la saison des semailles qui approche, et aussi parce qu'ils n'ont pas de sire pour les gouverner à Greanly.

Le sheriff marqua une courte pause durant laquelle il sembla se creuser la cervelle à la recherche d'une nouvelle à même de rendre le sourire à son seigneur.

— Peut-être que quand vous aurez épousé la petite dame…

— Ce sera tout, sheriff Barrett, l'interrompit Tristan d'un ton calme et poli qui n'augurait cependant rien de bon. Merci de votre dévouement et de vos tentatives pour ramener mon troupeau à la bergerie. À présent, suivez-moi.

Il tourna les talons et fut en quelques enjambées au château, poussa violemment les immenses battants de la porte et s'engouffra à l'intérieur. Pendant quelques instants, Pharao et Barrett le suivirent du regard, le premier arborant une mine contrariée, le second un regard ahuri. Puis tous deux emboîtèrent simultanément le pas de leur maître, la démarche fruste du sheriff contrastant avec la remarquable allure aérienne de Pharao.

— Êtes-vous toujours aussi brouillons, vous autres Saxons ? demanda Pharao avec un air dégoûté.

Barrett haussa ses larges épaules et jeta un coup d'œil au guerrier venu d'ailleurs.

— Et vous, ça vous arrive souvent de vous promener habillé en femme ?

Chapitre 2

— Minerva ! hurla Haith en se tournant vers l'arrière de la chaumière.

À bout de patience, le petit garçon qui était assis en face d'elle sur un tabouret se mit à se tortiller pour essayer de dégager sa cheville de l'emprise de la jeune fille. Une entaille lui barrait la voûte plantaire en diagonale, et il devenait urgent de panser la blessure, car du pus s'en échappait et un renflement rouge vif déformait déjà le pied.

Le garçonnet jeta un coup d'œil inquiet à la porte béante et essaya de nouveau de se libérer.

— Ham, s'il te plaît, reste tranquille, ordonna Haith pensivement.

Puis elle émit un grognement et rejeta sa natte cuivrée par-dessus son épaule.

— Minerva !

Minerva entra enfin en traînant les pieds. Elle était visiblement très mécontente. Ses cheveux raides et ternes se dressaient sur sa tête à la manière d'une couronne antique. Une lueur d'impatience brillait au fond de son regard aussi ténébreux que clairvoyant. Dans la petite chambre d'à côté, une femme gémissait dans les douleurs de l'enfantement.

— Eh bien ? demanda la vieille dame. Que se passe-t-il ?

— Pourrais-tu me passer le cataplasme d'oignon ? répondit Haith en pointant du doigt un petit pot en grès rangé au milieu d'autres pots semblables au sommet d'une étagère. Des bottes d'herbes médicinales pendaient au plafond où elles terminaient de sécher ; un liquide, d'où s'échappait une odeur à la fois agréable et âcre, frémissait gaiement sur le feu : nul doute, c'était bien la maison d'une guérisseuse.

Les gémissements devinrent des hurlements.

— Tu n'as qu'à te lever, petite paresseuse, tança Minerva. Que je sache, c'est notre cher Ham qui a mal au pied, pas toi.

— Mais si je le lâche, il se sauvera, expliqua Haith entre ses dents.

Puis, considérant l'enfant avec une suavité feinte, elle ajouta :

— N'est-ce pas vrai, Hammy ?

— Si, acquiesça avec énergie le petit garçon de huit ans avant de défier Haith de son beau regard fier couleur noisette. Je m'enfuirai sur une seule jambe, s'il le faut.

— Tu vois ? s'écria la jeune fille tandis que Minerva s'approchait de biais pour examiner la plaie de l'enfant.

— Bon ! s'exclama la vieille dame en regardant Ham droit dans les yeux. Écoute-moi bien mon garçon : si tu bouges ne serait-ce que le bout du nez avant que Haith ne t'en donne l'autorisation, ce n'est plus avec un cataplasme que nous allons te soigner…, insinua-t-elle en se redressant pour caresser amoureusement la petite faucille qu'elle portait à la ceinture.

— Je… euh…, bredouilla Ham en tournant son petit visage grave vers Haith. Je ne bougerai pas, c'est promis.

Aussitôt, Minerva s'en fut rejoindre la femme en couches, non sans gratifier Haith d'un clin d'œil complice.

— Pourrais-tu cesser de geindre comme une furie et te décider enfin à pousser, Mary ? suggéra la guérisseuse entrant dans la chambre de travail.

Haith lança à Ham un dernier avertissement du regard, puis alla récupérer le bocal d'emplâtre sur l'étagère ainsi que quelques herbes fraîches qui trempaient dans un bol d'eau. De retour sur sa chaise, la jeune apprentie eut la joie de constater que le petit blessé ne se faisait pas prier pour lui tendre sa jambe.

— Merci ! s'exclama Haith avec un petit air suffisant.

Elle prit une poignée de feuilles macérées et se frictionna les mains pour en faire une charpie.

— Ham, tu vas sentir une légère brûlure, mais cela t'empêchera d'avoir mal pendant que je nettoie la blessure.

La peur de l'enfant redoubla, mais il resta tranquille.

— Ouille ! gémit-il lorsque Haith saupoudra le plus délicatement qu'elle put les herbes sur l'écorchure.

— Dis-moi ce que tu as vu d'intéressant aujourd'hui, suggéra la jeune fille afin de détourner l'attention de son patient pendant qu'elle levait son scalpel effilé.

— Des cavaliers que je ne connaissais pas sont arrivés cet après-midi.

Le garçonnet avisa l'instrument et ferma aussitôt les yeux en s'agrippant à son tabouret.

— Ils viennent de Greanly, poursuivit-il en serrant les dents. Pour voir lord Nigel.

Haith fit promptement remonter sa lame le long de l'entaille, louant au passage le calme de l'enfant. Puis elle pressa délicatement les chairs afin d'en exsuder le pourrissement. Une épaisse humeur jaunâtre mêlée de sang suinta. Pendant tout ce temps, elle ne cessa de converser avec l'enfant.

— Il ne m'a pas semblé reconnaître Barrett, fit-elle remarquer en attrapant un petit récipient d'eau chaude posé sur un brasero.

Ensuite, elle humidifia un linge propre avec lequel elle lui banda le pied. Ce dernier poussa un soupir de soulagement, et put enfin rouvrir les yeux. Réconforté autant que soulagé, le garçonnet retrouva bientôt tout son entrain.

— Non, Barrett n'était pas là, confirma celui-ci.

Il y avait une lueur de dédain dans son regard espiègle.

— C'était des soldats.

— Hammy, il n'y a pas de soldats à..., commença-t-elle en prenant soudain conscience des implications de la nouvelle.

— Si, confirma Ham en hochant la tête. Lord Tristan est à Greanly !

Haith déroula le bandage en silence d'un geste à la fois rapide et sûr, puis elle termina le pansement en appliquant le cataplasme d'oignon et enveloppa le tout dans une gaze neuve. Enfin, elle marmonna une brève prière pour la guérison de l'enfant.

— Et voilà ! s'exclama Haith en reposant doucement la jambe de Ham à terre. Malgré la chaleur, trouve-toi des chaussures pour ne pas souiller le bandage. Reste à l'écart du torrent et de la tannerie, et reviens me voir dans trois jours. C'est compris ?

— D'accord ! acquiesça l'enfant dont le regard était désormais aimanté par la porte.

— Allez, file ! ordonna Haith d'un ton amusé.

Pendant qu'il sortait en boitant, la jeune guérisseuse se leva et commença de ranger ses instruments.

Ainsi, le marteau d'arme de Guillaume est enfin venu prendre possession de sa récompense, songea-t-elle. *Dix ans qu'il terrorise l'Angleterre ! Hum, j'aurais bien aimé voir sa tête quand il a compris que son château n'avait de fief que le nom.*

Les pensées se bousculèrent ainsi dans sa tête jusqu'à ce que la femme en couches dans la chambre du fond émette un cri aigu à déchirer les tympans d'une armée en campagne. Puis retentirent les plaintes d'un nouveau-né. Mary, qui, elle aussi, avait autrefois quitté Greanly pour venir s'installer à Seacrest, venait de donner naissance à son quatrième enfant en seulement quatre ans de mariage. John et Mary n'étaient guère plus âgés que Haith lorsqu'ils étaient arrivés avec les autres survivants de Greanly, et personne ne s'était étonné lorsque le garçon avait demandé la jeune femme en mariage.

Penser au mariage transforma aussitôt la nostalgie de Haith en déplaisir. Peu de temps après que lord Nigel eut revendiqué la possession de Seacrest – ainsi que d'Ellora et de Bertie –, Guillaume, le nouveau roi d'Angleterre, avait cherché à sceller des alliances solides avec ses hobereaux. C'est ainsi que Nigel avait promis la main de Bertie, sa pupille, à Tristan d'Argent, le favori du roi. Prêt à tout pour complaire à son souverain, d'Argent avait fait savoir qu'il acceptait le marché et s'était engagé à épouser sa fiancée dès qu'elle aurait atteint l'âge requis. Guillaume avait alors ordonné la reconstruction de Greanly pour l'offrir à son chevalier.

Dressée sur son escarpement, la forteresse de pierre célébrait désormais la gloire du paladin le plus redoutable qui eut servi le Conquérant. L'arrivée de Tristan signifiait que Haith et sa demi-sœur allaient se trouver séparées.

« Vous ne serez jamais longtemps séparées », avait pourtant prédit leur père.

Soudain, un courant d'air glacé caressa la joue de Haith. Elle se figea aussitôt et se mit aux aguets, tandis qu'une forte douleur lui serra les tempes au point de lui brouiller la vue.

D'une main tremblante, elle palpa son propre visage.

— Haith ! héla Mary d'un ton las qui ramena brusquement la jeune fille à la réalité. Viens voir mon bébé.

— J'arrive tout de suite, répondit-elle en retenant ses larmes.

La douleur avait disparu aussi vite qu'elle était venue, mais Haith avait la chair de poule. Elle s'ébroua pour chasser la désagréable impression d'effroi, puis s'employa à préparer une infusion de framboises séchées. Cela aiderait Mary à expulser le placenta.

— Que dois-je faire à présent, petite sœur ? demanda Bertie avec insistance sans trop oser regarder Haith dans les yeux.

Assises l'une à côté de l'autre à l'écart dans un coin de la salle des banquets, les deux jeunes femmes prenaient prétexte de la broderie pour se confier leurs inquiétudes mutuelles. Haith jeta un coup d'œil alentour au cas où quelque personne indiscrète les écoutât, puis prit la parole.

— En toute franchise, je ne sais pas. Que dit lord Nigel ?

— Rien. Tout ce que je sais, c'est qu'il est question de moi dans le message que lui a adressé lord Tristan. Quant à ma mère, elle n'en sait pas plus que moi, si ce n'est que son arrivée est imminente. Il vient chercher ses serfs et… sa fiancée, expliqua Bertie en étouffant un sanglot.

— De toute façon, rassura Haith, il ne peut pas t'emmener avec lui, puisque vous n'êtes pas encore mariés.

— Je ne suis pas pressée, tu peux me croire ! s'exclama Bertie en dévorant un biscuit.

C'était le troisième depuis qu'elles s'étaient installées pour coudre. Elle l'ingurgita, puis reprit :

— Que ferai-je s'il me bat ? Je mettrais ma main au feu qu'on ne l'appelle pas le marteau d'arme de Guillaume pour rien ! On raconte que c'est un guerrier cruel et prompt à s'emporter.

— S'il te bat, je t'assure qu'il ne le fera pas deux fois ! promit Haith en se piquant l'index par mégarde à l'idée que l'on puisse faire du mal à sa sœur.

Elle suça rapidement l'extrémité douloureuse de son doigt avant de le pointer dans la direction de Bertie pour donner plus de poids à ses arguments.

— Si jamais il te touche, je veux que tu m'en avertisses sur-le-champ. Je viendrai le jour même à Greanly pour lui couper les deux mains.

Bertie gloussa, et ses joues gonflées de biscuit rosirent de ravissement. Haith se réjouit de voir sa sœur de nouveau heureuse, ne serait-ce que pour un instant. Mais Bertie ne tarda pas à retrouver son sérieux, et une quatrième galette – combien son ouvrage en dissimulait-il ? – vint apaiser ce regain d'anxiété. Elle l'engloutit en une bouchée sonore, puis baissa les yeux.

— Et s'il ne voulait pas de moi ?

Haith se figea, et son aiguille resta quelques instants en l'air, puis elle tourna vers sa sœur un regard navré.

— Bertie ! Comment peux-tu dire ça ? Tous les chevaliers du royaume seraient honorés d'épouser une jeune fille aussi belle et agréable que toi.

— Parce que j'ai de l'embonpoint, Haith, répliqua Bertie d'une voix grêle qui trahissait son manque de confiance en soi.

Elle passa la main sur ses rondeurs et ajouta :

— Oh, ce n'est pas la peine de le nier, prévint-elle. Je sais bien que je suis trop grosse. Si tu crois que je n'entends pas les quolibets des garçons du village ?

Haith fit la grimace.

— Et des filles ! ajouta Bertie. Leurs piques sont encore plus meurtrières que celles des hommes.

— Bertie ! s'exclama Haith en posant son ouvrage à terre pour lui prendre les mains. Je ne connais pas de femme plus belle que toi, physiquement et moralement.

Puis elle chercha le regard de Bertie et ajouta :

— Tu es la plus gentille, la plus aimante et la plus fidèle des sœurs. Ne crois pas ce que disent les imbéciles. Ils ne te connaissent pas comme je te connais.

Bertie lui offrit son regard empli de larmes et se blottit dans ses bras.

— Je ne partirai pas d'ici sans toi.

— Chuuut…, susurra Haith. Il ne sert à rien d'avoir peur à l'avance. Nous aviserons le moment venu.

— Qu'as-tu encore fait à ta sœur ? demanda une femme d'une voix stridente.

Les deux jeunes femmes rompirent leur étreinte et s'essuyèrent les yeux pendant que la blonde lady Ellora les foudroyait du regard. Pour couronner le tout, elle était flanquée du démoniaque lord Nigel.

Haith se leva.

— Bonsoir, madame. Messire. Nous ne faisions qu'évoquer les noces imminentes de Bertie.

Nigel sourit en haussant un sourcil. Comment se débrouillait-il pour transformer une mimique espiègle en un sourire concupiscent ? C'était exaspérant ! Il déshabilla Haith du regard, et, comme à chaque fois, la jeune fille se sentit toute nue devant lui.

— Tout cela est parfaitement normal, c'est mon opinion, décréta Nigel. Les femmes ont tendance à faire grossir les choses, surtout durant la nuit de noces…

Il accompagna l'allusion d'une œillade abjecte, puis ajouta.

— J'imagine que tu lui donnais des conseils ?

— Je n'en serais pas surprise ! s'indigna Ellora en faisant une moue dédaigneuse. Quoi qu'il en soit, je t'interdis de parler de sexualité avec ma fille.

Elle congédia Haith d'un geste de la main et se fit plus insultante encore :

— Allez, déguerpis ! Va retrouver ta cabane et la vieille sorcière qui t'y attend. Messire Nigel et moi aimerions nous entretenir avec Bertie au sujet d'une affaire de famille.

— Mère, je vous en prie, supplia Bertie. Haith peut rester. Elle et moi appartenons à la même famille.

Ellora prit une bouche pincée.

— Nous en avons déjà amplement discuté, ma fille…

— Assez caqueté ! intervint Nigel. La morveuse peut écouter, cela n'a aucune espèce d'importance.

Ensuite, il se tourna vers Bertie, tandis qu'Ellora frôlait Haith pour lui prendre sa chaise, non sans la gratifier d'un regard malveillant.

— Ma chère belle-fille, commença-t-il, comme ta mère te l'a dit, lord Tristan de Greanly vient enfin prendre possession de son fief et de son épouse.

Il en profita pour dévisager la jeune femme avec insistance en esquissant un sourire sinistre guère plus épais qu'une cicatrice. Puis il reprit :

— Il sera à Seacrest d'ici une quinzaine de jours. D'ici là, la date de la cérémonie aura été fixée, ainsi que celle de ton départ pour Greanly.

À ces mots, Bertie tira un mouchoir de sa manche et le porta à ses lèvres tremblantes. Ellora lui tapota la main tandis que Haith dut se contenter d'assister à la scène sans rien dire.

Mais Nigel n'avait pas encore fini sa déclamation.

— Je crois qu'il est inutile de te rappeler que ton comportement lors de la fête que nous donnerons en son honneur sera des plus cruciaux, prévint-il avant de commencer à décompter ses directives sur le bout de ses doigts longilignes. Tu t'abstiendras de toute manifestation ou explosion d'hystérie susceptible de jeter l'opprobre sur moi. Tu conviendras de toutes les dispositions qui seront prises ce soir-là et t'y tiendras intégralement.

Il marqua une pause et regarda Bertie droit dans les yeux.

— De plus, tu ne prendras la parole que si on te la donne expressément, et lors même ton avis devra refléter le mien, et seulement le mien. Me suis-je bien fait comprendre ?

Bertie fit « oui » de la tête, de crainte de fondre en larmes si elle ouvrait la bouche. Pendant ce temps,

Haith l'enveloppa en pensée de tout son amour. Enfin, Nigel donna la parole à Ellora.

— Madame, avez-vous quelque chose à ajouter ? demanda-t-il avec un grand geste de la main qu'il accompagna d'un regard entendu de lui seul.

Ellora répondit par l'affirmative, et il alla s'appuyer contre la cloison, un peu à l'écart. Haith ne put s'empêcher de l'observer à la dérobée et ne sut plus où passer lorsqu'il posa sur elle son regard lubrique. Pendant un court instant, elle regretta de ne pas avoir décampé quand Ellora l'y avait invitée. Mais elle écarta rapidement cette pensée qu'elle jugeait lâche et déloyale vis-à-vis de Bertie.

— Ma fille, commença à son tour Ellora avec un sourire indécis, même si l'idée de te marier et de quitter la maison te peine, je veux que tu fasses de ton mieux pour faire bonne impression à lord Tristan.

Elle s'arrêta puis parcourut la pièce du regard avant de se fixer sur un point imaginaire au-dessus de la tête de sa fille. Ceci étant, à partir de maintenant, et jusqu'au jour de tes noces, Cook, notre cuisinier, a reçu de moi l'ordre de ne te donner qu'un seul plat par jour. Quant aux friandises que tu lui soutires, c'est terminé aussi.

Bertie leva les yeux. Elle était atterrée.

— Voulez-vous me faire mourir de faim ? demanda la jeune femme.

Pendant ce temps, Haith bouillait de colère. Mais ce n'était rien encore. Finalement, ce fut Nigel qui enfonça le clou.

— Sincèrement, je doute que tu meures de faim, ma chère belle-fille, fit-il remarquer avec un petit sourire en coin. Tout le monde ici s'accordera pour dire que tu as assez de réserves pour tenir plusieurs mois. Ce n'est donc pas deux misérables petites semaines qui auront raison de toi.

L'irritation de Haith se transforma en indignation.

Ellora rougit, remontant ainsi à son insu dans l'estime de Haith ; mais Bertie émit un bruit de gorge et s'enfuit en courant dans l'escalier. Haith s'élança à sa suite mais en fut brusquement empêchée par Ellora qui la retint en arrière par le coude.

— Laisse-la pleurer, ordonna-t-elle. Un jour elle comprendra que nous agissons ainsi pour son bien.

— Comment pouvez-vous laisser faire ça ? tempêta Haith en se dégageant.

Ellora lui lança un regard dur.

— Je t'interdis de douter de mes intentions au sujet de Bertie, espèce de petite bâtarde ! rétorqua-t-elle avec un rictus en se plantant à quelques centimètres de la jeune fille. Tu préfères la voir s'empiffrer et rester enchaînée à toi plutôt qu'épanouie en son castel.

Ellora fit encore un pas en avant, n'hésitant pas à provoquer l'ire de Haith qui déjà serrait les poings.

— Serais-tu jalouse, traînée ? Hum ? Ta sollicitude ne serait-elle pas la défroque de ton envie secrète de faire un beau mariage toi aussi ?

— Vous ne méritez pas le nom de mère, riposta Haith.

Ellora n'en crut pas ses oreilles et recula imperceptiblement avant de revenir à la charge avec encore plus de véhémence.

— Tu n'es qu'une putain née d'une putain ! hurla-t-elle en levant la main.

— Tout doux, noble dame ! gloussa Nigel en la retenant par le poignet.

Haith crut vomir à la vue de son sourire diabolique.

Soudain, Ellora se mit à hurler et à se débattre.

— Lâchez-moi, messire, que je lui apprenne les bonnes manières à cette catin !

— Assez ! s'exclama Nigel en lui montrant l'escalier. Montez vous occuper de votre fille.

Prise entre sa colère et la peur de son mari, elle ne savait que faire.

— Obéissez, Ellora, ordonna-t-il d'un ton menaçant. Je me charge d'elle.

Le seigneur des lieux lança un regard noir à Haith, mais celle-ci ne se laissa point déstabiliser, craignant moins sa colère que sa lubricité.

— Bien, messire, céda Ellora à contrecœur avant de s'incliner, non sans foudroyer Haith du regard.

Puis elle se sauva dans l'escalier.

Nigel attrapa la jeune fille par le bras, et celle-ci tressaillit au contact inattendu de sa main.

— Permettez-moi de vous raccompagner jusqu'à votre foyer, mademoiselle, suggéra-t-il avec une lueur de mauvais augure dans les funestes ténèbres qui lui servaient de regard.

Aussitôt, Haith se dégagea.

— Ne prenez pas cette peine, messire, répliqua-t-elle en se dirigeant vers la sortie.

— Mais si, j'y tiens ! insista-t-il en la rattrapant par le coude avant de l'entraîner à sa suite dans l'obscurité de la haute-cour.

Plus ils s'éloignaient de la tour, moins Haith était rassurée.

— Me… messire, balbutia-t-elle en désignant le chemin opposé, ma maison est…

— Tais-toi ! ordonna-t-il d'un ton sec la traînant en direction des écuries. Je sais où est ta maison. Mais avant, j'ai un mot à te dire en privé.

Chapitre 3

Une fois à l'intérieur des écuries, lord Nigel lâcha Haith au milieu de l'allée centrale. Elle en profita pour se masser le bras à l'endroit où il l'avait serrée. Sans se presser, le seigneur se dirigea vers la stalle la plus proche et caressa le museau d'un très bel étalon.

— Messire, commença Haith, rompant ainsi le silence, si vous voulez bien me dire de quoi il s'agit… Minerva m'attend.

Nigel fit la sourde oreille, et le malaise de la jeune fille ne fit que croître. À l'exception du souffle ténu des chevaux et du rire lointain des guerriers, il régnait sous le chaume un silence sépulcral. Quelques notes de luth leur parvinrent sur les ailes d'une brise printanière, soulevant au passage l'incisive et âcre odeur du fumier. Haith ne s'était jamais trouvée aussi démunie de sa vie.

Enfin, Nigel ouvrit la bouche.

— Haith, c'est un fait que Bertie et toi êtes très proches, fit-il remarquer en plongeant la main dans le fourrage pour en donner une poignée au cheval.

— Oui, messire, acquiesça la jeune fille qui ne savait que penser.

Était-ce tout ce dont il voulait l'entretenir ?

— Même si nous n'avons pas la même mère, Bertie a toujours été une sœur pour moi.

— Par ailleurs, poursuivit-il en époussetant ses mains décharnées, je ne suis pas sans savoir que tu souffres à l'idée qu'elle puisse quitter Seacrest, car tu crains d'être laissée pour compte.

La jeune fille hocha la tête en silence, jugeant plus prudent de ne pas le contredire. Tout le monde savait que la présence de Haith révulsait Ellora. Le plus troublant était que Nigel avait touché juste : que deviendrait-elle après le départ de Bertie ?

Il contourna Haith en riant sous cape, laissant flotter derrière lui un sillage épicé qui donna un haut-le-cœur à la jeune fille. Apparemment très à son aise, il laissait vagabonder son attention d'un point à un autre.

— Que répondrais-tu si je te disais qu'il existe un moyen pour que tu accompagnes Bertie à Greanly ?

— Messire ? Seriez-vous disposé à me confier en garde à lord Tristan ?

— Non, répliqua Nigel en nourrissant un autre cheval. Tu resterais sous ma tutelle, mais tu pourrais accompagner ta sœur pour l'aider à s'installer.

Il marqua une pause et se retourna pour la regarder droit dans les yeux. Un sourire sournois lui déformait le visage.

— Surtout si nous faisions savoir que tu as quitté Seacrest suite à une demande en mariage…

Face à la perplexité de la jeune fille, il ajouta :

— Donald, le forgeron, repartira pour Greanly ce soir. Il cherche à prendre femme.

Quand, enfin, Haith comprit où il voulait en venir, elle en eut le souffle coupé. Elle imagina le forgeron, avec son corps trapu, son visage de crapaud cramoisi et son front bas. Arrivé à Seacrest plusieurs années auparavant, Donald avait installé sa forge à côté de celle du maréchal-ferrant local. Haith se souvint qu'il était veuf, sa femme étant censée avoir succombé à une mauvaise grippe deux ans plus tôt. Néanmoins, au vu du corps tuméfié de la défunte, Minerva et sa jeune assistante avaient douté des causes alléguées de sa mort.

— Messire, commença Haith en se raclant la gorge afin de trouver sa voix, je n'ai aucune envie d'épouser Donald.

Pour une fois, Nigel rit de bon cœur.

— Bien sûr que non. Vos fiançailles ne seront qu'un subterfuge.

Haith lui lança un regard méfiant tandis qu'il essuyait un petit tabouret avec la manche, avant de s'y jucher comme sur un trône.

Il poursuivit :

— Haith, voici des années que je suis le fidèle vassal de Guillaume. C'est moi qui lui ai assuré la possession de Seacrest et qui ai gracieusement pris en charge les habitants de Greanly. C'est encore moi qui ai supervisé la construction du nouveau donjon.

Visiblement impressionné par son propre éloge, il haussa les sourcils en sollicitant l'admiration de Haith d'un geste de la main.

— Il est donc naturel que je sois récompensé en conséquence, n'es-tu point d'accord ?

La jeune fille réprima une grimace de dégoût face à tant de cupidité. Comment pouvait-on se montrer aussi avide ?

— J'avais cru comprendre, messire, que Guillaume avait rétribué vos services.

— Si pour toi quelques piécettes et des titres de propriété de marécages sans valeur constituent une rétribution, alors oui, il m'a rétribué.

Il poussa un grognement de mépris et une froide lueur illumina son regard.

— Ne vois-tu pas que Seacrest tombe en décomposition sous nos yeux, Haith ? Pendant que je m'escrimais ici, ce freluquet de d'Argent passait son temps à parcourir la campagne. Tu ne serais pas la première fille de Seacrest à épouser un garçon de Greanly. Qu'arrivera-t-il lorsque tous les paysans repartiront chez eux ?

Haith se garda de dire ce qu'elle pensait, notamment que l'état de délabrement dans lequel se trouvait Seacrest était dû à la négligence de son maître. Nigel avait préféré gaspiller l'argent soutiré à Guillaume en articles de luxe, comme la tunique brodée qu'il portait ce soir-là, plutôt que de s'occuper de l'entretien de son bien. Haith en conclut que sa crainte de voir s'envoler les habitants coïncidait avec celle de perdre la manne financière de Guillaume.

— Pardonnez mon audace, messire, commença Haith qui avait retrouvé son sang-froid, mais n'aviez-vous pas anticipé cet aspect du problème lorsque Tristan s'est vu remettre Greanly ?

— Ce n'était pas un problème alors, répliqua Nigel d'un ton moqueur. À l'époque où l'accord au sujet des fiançailles a été conclu, d'Argent devait encore plusieurs années de service au roi. D'ailleurs, je m'attendais à ce qu'il meure avant la fin des travaux. Le fait qu'il ait survécu prouve que j'avais raison de le soupçonner de lâcheté.

Ces souvenirs ne firent qu'accroître son excitation.

— C'est à moi que devrait revenir Greanly ! s'exclama-t-il. D'Argent ne mérite pas un tel présent, car ses serfs seraient tous morts de faim sans moi.

— Le poing serré, lord Nigel ferma les yeux et prit une longue respiration. Lorsqu'il eut retrouvé son calme, il lança à Haith un regard mauvais.

— Le bougre va être chagrin que ses serfs ne soient pas déjà à pied d'œuvre dans ses champs. Mais à qui la faute, s'ils ont peur du cruel et sanguinaire marteau d'arme de Guillaume ? demanda-t-il avec une mauvaise foi manifeste. Quel sauvage !

Haith frémit des pieds jusqu'à la tête.

— Dans ce cas, pourquoi le provoquer ? demanda-t-elle d'un ton calme mais incrédule.

— Son courroux n'aura guère plus d'importance qu'un pet de nonne, si cette nuit Donald s'acquitte de la petite mission que je lui ai confiée.

Se heurtant une fois de plus au regard perplexe de Haith, Nigel fut forcé de développer.

— Greanly ne me reviendra que si d'Argent tombe en défaveur auprès du roi, ou s'il meurt.

Haith devint soudain très pâle.

— Et Bertie dans tout cela ?

— Bertie ? Eh bien, si d'Argent venait à mourir, elle est encore assez jeune pour se marier. Ce ne sont pas les occasions qui manquent ! s'exclama-t-il en plantant son regard dans celui de Haith. Mais ne t'inquiète pas pour elle. Ton unique préoccupation doit être la suivante : obtenir le renseignement qui m'assurera de la disparition de d'Argent au cas où le forgeron échouerait ce soir.

Entre fureur et frayeur, Haith était soumise à rude épreuve.

— Ne comptez pas sur moi pour devenir un pion dans votre jeu, lord Nigel. Bertie est ma sœur, et mon implication dans ce complot compromettrait à jamais ses chances de bonheur.

— Je me doutais que tu rechignerais, dit Nigel en s'approchant pour jouer avec une de ses mèches flamboyantes. C'est pourquoi je te propose une autre option.

Haith eut un brusque mouvement de recul qui lui permit de se dégager. Lord Nigel fit un pas en avant.

— Ellora, certes, n'a que mépris pour toi, mais moi, je me suis attaché à ta personnalité, disons fougueuse. Tu as donc entière liberté de rester à Seacrest en tant que…

Il s'interrompit pour se placer derrière son dos, si près qu'elle put sentir son souffle chaud sur son crâne.

— En tant que maîtresse…

La jeune fille se figea et manqua de s'étrangler.

— Il me faut un héritier, Haith, lui glissa-t-il à l'oreille. La matrice d'Ellora est aussi accueillante que son tempérament, et ma semence n'y prospère point.

— C'est non ! rétorqua Haith entre ses dents.

— Prends le temps de la réflexion, suggéra Nigel en ramenant la natte de la jeune fille en arrière avant de la lisser une main après l'autre. Le sang des chevaliers coule dans tes veines. Notre enfant serait l'héritier de Seacrest, voire de Greanly, si tout se passe comme prévu. Tu ne manqueras de rien.

Il interrompit soudain sa caresse puis ajouta :

— Il me déplaît de t'imaginer vivant dans l'intimité de Donald, si loin de moi. D'ailleurs, je craindrais pour ta sécurité si tu choisissais de l'épouser. Néanmoins, il te faut comprendre qu'il n'y a pas d'autre alternative.

Il la prit par les épaules et la força à se retourner, puis, plantant son regard inassouvi dans le sien, il ajouta :

— Dès l'instant où Bertie se sera mise en route pour Greanly, Ellora refusera de te garder parmi nous, si je ne l'y oblige. Pour ma part, je veillerai à causer la perte de d'Argent. Quant à toi, tu m'y aideras, ou bien tu en feras les frais. Comme je viens de te le dire, nous avons tous deux à y gagner.

Haith fit un gros effort pour résister à l'envie de s'enfuir en courant. Elle était secouée de frissons, et Nigel ne pouvait pas ne point s'en apercevoir. De plus, elle s'en voulait terriblement d'avoir peur. Le salut était dans la fuite, dans la dérobade.

— Messire, dit-elle en confidence, je ne saurais choisir…

— Chuuut…, dit Nigel d'une voix caressante en posant l'index sur les lèvres de la jeune fille. Je n'attends pas une réponse si rapidement. Prends quelques jours pour réfléchir à ma proposition, ma mignonne. Tu me donneras ta réponse lorsque lord Tristan sera là, si toutefois il ne baigne pas déjà dans son sang sur les dalles de Greanly ! Dans ce cas, ajouta-t-il en se penchant au point de presque effleurer ses lèvres, nous renégocierons notre accord. C'est un grand honneur que je te fais en te proposant de devenir ma maîtresse, belle enfant, car j'aurais licence de te prendre sur-le-champ, si tel était mon bon plaisir.

— Non ! hurla Haith en reculant brusquement.

Hélas, Nigel tenait fermement sa proie.

— N'aie crainte, petite demoiselle, l'amadoua-t-il en l'attirant tout contre lui.

Haith fut soudain prise de nausée.

— Je saurai te faire céder le moment venu, ajouta-t-il avant de l'embrasser, tandis qu'elle se débattait en vain.

Lorsqu'il lâcha enfin prise, Haith faillit tomber à la renverse. Elle s'essuya la bouche, et ses yeux se gonflèrent de larmes brûlantes.

— Je doute que Donald se montre aussi courtois ! gloussa l'infâme Nigel.

Puis il joignit l'insulte à l'infamie en s'inclinant très bas de manière sardonique avant de tourner les talons et de quitter l'écurie.

De nouveau seule, Haith se laissa glisser à terre le long de la première cloison de bois qui se présenta. Elle était secouée de sanglots incontrôlables. Sa bouche gardait la mémoire cuisante de ce baiser volé, et elle aurait voulu s'enfuir de son propre corps pour échapper à la honte. Dans l'espoir de retrouver peu à peu son aplomb, elle commença bientôt à respirer lentement et très profondément, emplissant ses poumons de l'odeur musquée des chevaux.

Néanmoins, les images ne cessaient d'affluer dans son esprit, lui bloquant de nouveau la respiration. Elle vit le sourire d'ange de Bertie, le corps tuméfié et inerte de la femme du forgeron, le sourire abject de Nigel. Toutes ces images s'accompagnaient de la même phrase prononcée par Ellora de sa voix perçante, d'abord contre Corinne, sa mère, puis contre elle-même :

Catin ! Tu n'es qu'une catin !

Soudain Haith fut prise d'une peur panique et pleura toutes les larmes de son corps. Puis elle s'endormit, le visage dans le foin qui recouvrait le sol.

Pénétrer dans l'enceinte de Seacrest sans se faire remarquer fut un jeu d'enfant pour Tristan, surtout une fois que ses hérauts furent admis dans la place. Déguisé en paysan, il arrêta sa monture à bonne distance de la haute-cour, puis la laissa sous la surveillance de Pharao avant de continuer à pied. Profitant de l'émoi causé parmi les gardes et les villageois à l'annonce de l'arrivé imminente du seigneur de Greanly, Tristan se glissa dans la foule et put ainsi espionner lieux et gens à loisir tandis que le jour déclinait.

Il surprit des bribes de conversations qu'il jugea aussi instructives que démoralisantes. De toute évidence, le récit de ses exploits l'avait précédé, instillant la peur et le ressentiment dans le cœur de ses paysans déplacés. Tandis que certaines rumeurs au sujet de ses succès contre les révoltes frontalières étaient en partie avérées, d'autres étaient truffées d'exagérations et brodaient purement et simplement autour de supposées atrocités et de nombreux autres abus imaginaires.

— On dit qu'il a réduit leur village en cendres ! confia une commère corpulente à sa voisine.

— Il ne leur a même pas laissé une chance de se défendre, surenchérit une autre. Et après avoir décimé les hommes, il a infiltré les bâtards écossais de Guillaume à Londres.

— Parbleu ! acquiesça la commère. On raconte aussi qu'il a pour compagnon un démon qui voit à l'avance ce qui va arriver.

Tristan dissimula son amusement. Pharao, un démon ! Il fallait absolument qu'il fasse part à son ami de la fabuleuse légende qui circulait sur son compte.

Il allait se remettre en route à travers la cohue, lorsqu'un autre genre de fable l'arrêta net.

— D'après lord Nigel, c'est un violeur. En plus, il a une passion contre-nature pour les jeunes garçons, dit une paysanne.

À ces mots, l'une des marâtres faillit rendre son dernier souffle. Quant à Tristan, il sentit la honte lui monter lentement au visage.

— Je ne retournerai pas à Greanly pour servir un monstre, vous pouvez me croire ! siffla la mégère.

Comment qu'il pourra dire qui est de Seacrest et qui n'en est pas ?

Tristan, qui commençait à bouillir, décida de s'éloigner des commères. Il traversa la basse-cour en effervescence en se disant qu'il aimerait dire deux mots à lord Nigel au sujet de l'administration de ses serfs.

— Borgne, te dis-je ! Il est borgne.

— Il paraît qu'il prend son bain dans du sang de porc.

— Un tyran sanguinaire, d'après les dires de lord Nigel.

— Il nous fera tous mourir de faim, à moins qu'il ne nous fasse trancher la tête !

— Pervers, lubrique, et j'en passe...

— On dit qu'il est né sans testicules. C'est pourquoi il se venge...

Tristan s'éloigna de la foule en émoi, longea le mur d'enceinte du village et profita de se trouver au calme pour mettre de l'ordre dans ses idées. Il comprenait à présent pourquoi ses serfs ne s'étaient pas rués à Greanly pour vivre sous son gouvernement. Manifestement, Nigel s'était habitué à ce nouvel afflux de main-d'œuvre, sans compter la généreuse indemnité versée par Guillaume. Fort de ses greniers pleins à craquer et de sa récente prospérité, le seigneur de Seacrest était devenu gourmand et comptait bien conserver la haute main sur cette manne aux dépens de Tristan. Les rumeurs ne pouvaient venir que d'une seule source : lord Nigel lui-même, car la plupart des serfs passaient leur vie entière sans jamais s'éloigner de leur village natal.

Soudain, tandis que Tristan déambulait sans but entre les chaumières à l'orée du village, un plan commença de se faire jour dans son esprit. Il croisa un petit garçon au pied bandé qui sortait d'une chaumière toute proche en boitillant. Quelques secondes plus tard, dans la même maison, une femme poussa un cri à glacer le sang du guerrier le plus brave. Mû par la curiosité, il poussa jusqu'à la masure.

Il risqua un coup d'œil à la fenêtre mal dégrossie et se figea. Une jeune fille mince et alerte aux mèches rousses retenues par une bande de cuir lui tournait le dos. Debout devant une table, elle était occupée à quelque tâche qui semblait captiver toute son attention, au point que les cris incessants de la femme ne paraissaient pas la déranger.

Pendant quelques instants, Tristan crut reconnaître ses formes harmonieuses, puis il s'empressa de chasser cette idée avant qu'elle ne devienne trop entêtante. Il lui sembla alors qu'il pouvait presque sentir l'odeur de sa peau, mais il s'efforça de dissiper cette impression trompeuse avec humour en se disant qu'elle devait être sourde pour ne pas perdre patience tandis que les cris atteignaient leur apogée. Il gloussa sans enthousiasme.

Soudain, l'inconnue s'immobilisa et leva la tête dans une posture d'attention, voire de vigilance, offrant ainsi à Tristan un bref aperçu de son visage de porcelaine. Il baissa promptement la tête sous les traverses de la fenêtre tandis qu'un frisson lui donnait la chair de poule. C'est alors qu'il découvrit que la belle et sensuelle jeune fille n'était pas sourde.

Les cris cessèrent, et une grosse voix prit la relève.

— Haith, viens voir mon bébé !

Tristan eut juste le temps de jeter un coup d'œil par l'ouverture pour apercevoir la jeune femme qui secouait la tête pour chasser une pensée, comme il venait lui-même de le faire.

Puis elle ouvrit la bouche.

— J'arrive tout de suite.

Quelle belle voix !

Émus et haletant, il s'éloigna de la chaumière au petit bonheur dans le crépuscule naissant. Il s'appuya, le dos contre la façade d'une autre masure et reprit ses esprits tant bien que mal.

Cette voix, songea-t-il en son cœur, tandis que celui-ci battait la chamade, *ce ne peut être qu'elle !*

Non, c'est impossible, répliqua sa raison. *Cette femme est un songe, que dis-je, une hallucination, une simple villageoise élancée aux cheveux roux. Cela ne prouve rien. Pourtant, cette voix…*

Tristan fut pris soudain de violents maux de tête et de sueurs froides. Il tenait à peine sur ses jambes. Ses oreilles bourdonnaient, rivalisant avec le ressac qui baignait le pied des remparts de Seacrest. Il chercha des yeux une habitation pour s'y réfugier.

C'est alors qu'il fut attiré par les écuries qui n'étaient qu'à une cinquantaine de pas et qui paraissaient s'embraser dans le couchant. À contre-jour, l'entrée évoquait une béance prête à le dévorer. Comme c'était le seul abri en vue, il entra.

Tristan approcha du bâtiment en titubant, se protégeant les yeux de l'irisation de ses contours. Il lui semblait que sa tête allait éclater d'un moment à l'autre. C'est pourquoi il ne tint aucun compte des plaisanteries des hommes qu'il croisa.

— Dis donc, jeune homme, tu ne crois pas que c'est un peu tôt pour se pocharder ?

— P'têt' bien qu'il cherche une belle pour se faire consoler.

— Eh ! C'est que des bêtes à quat' cuisses où tu vas.

Une fois à l'intérieur de ce ténébreux sanctuaire, Tristan poussa un soupir de soulagement. Ses yeux ne s'étaient pas encore habitués à l'obscurité, mais son cœur battait déjà un peu moins vite. Il longea l'allée centrale en chancelant et s'arrêta près de la dernière stalle. Par bonheur, elle était vide et avait été ravitaillée en foin frais.

Le guerrier sentit le sol se dérober sous ses pieds et s'évanouit face contre terre dans le fourrage. Il ferma les yeux et perdit connaissance au son de la voix de Haith.

Sauve-moi, Tristan, supplia la femme de son rêve. *Sauve-moi, je meurs.*

Chapitre 4

Lorsque Tristan reprit connaissance quelques minutes plus tard, l'écurie était plongée dans le noir, et il avait une bosse douloureuse sur le crâne. Il se retourna sur le dos et étouffa un gémissement dû à la raideur de ses muscles. Soudain, une voix d'homme suivie d'un bruit de mêlée déchira le silence nocturne de la stalle.

— Je doute que Donald se montre aussi courtois ! dit l'inconnu.

Puis des pas s'éloignèrent, et quelqu'un se mit à pleurer doucement. Il se leva avec beaucoup de circonspection par égard pour sa malheureuse tête et tâtonna jusqu'à la porte du box en suivant la paroi de bois.

Malgré la nuit, la moitié de l'écurie baignait dans une lumière crue en raison du clair de lune qui inondait la basse-cour située à l'autre bout de l'allée. À première vue, l'endroit était désert, et Tristan se demanda si son imagination ne lui avait pas joué un tour. C'est alors qu'une lueur cuivrée attira son attention. Une mèche de cheveux bouclée dépassait d'un recoin.

Prudent, il s'approcha à pas de loup de cette petite touche de couleur. À quelques pas du demi-panneau, il entendit le genre de marmonnement paisible auquel on s'abandonne parfois quand on se croit seul. Par crainte d'effrayer la jeune femme, Tristan tourna doucement à l'angle et s'agenouilla à côté d'elle. Il avait reconnu l'inconnue de la chaumière et se souvint qu'elle répondait au nom de Haith. Tout s'éclaira soudain pour le guerrier lorsqu'il aperçut son petit visage triste dans un rayon de lune. Sa natte était défaite, et ses cheveux formaient un éventail lumineux que n'altéraient ni la poussière, ni la boue de l'endroit.

Ses sanglots s'espacèrent, puis elle s'apaisa tout à fait, consciente de la présence de l'intrus qu'elle se garda pourtant de regarder.

— Je vous en prie, noble dame, souffla-t-il, hypnotisé par la ligne gracieuse de ses épaules et la délicatesse de son cou dénudé. N'y a-t-il rien que je puisse faire pour soulager votre peine ?

Haith leva lentement la tête et lui offrit son regard d'où continuaient de s'échapper des larmes. Puis elle reprit son souffle en tremblant et toucha le visage de Tristan pour s'assurer que ce n'était pas un rêve.

— Je ne rêve donc pas ? susurra-t-elle.

Tristan fit signe que non, elle ne rêvait pas.

Qu'elle est belle !

Enfin, il lui prit la main, et un frisson lui parcourut le bras.

— Non, articula-t-il, ce n'est pas un rêve.

Ils restèrent ainsi un long moment main dans la main, tandis que des larmes pareilles à des perles brillantes s'écoulaient sur les joues de Haith.

— Que puis-je faire ? répéta-t-il, poussé par un irrépressible besoin de lui venir en aide.

— Prenez-moi dans vos bras.

Elle avait prononcé ces mots d'une voix à peine audible, mais ils parvinrent aux oreilles de Tristan avec la force d'un cri de détresse. Il fit aussitôt ce qu'elle demandait et la serra le plus fort qu'il put contre sa poitrine.

Un éclair déchira le ciel nocturne et éclaira la basse-cour comme en plein midi. Les chevaux se cabrèrent et hennirent de peur, mais les deux jeunes gens ne s'aperçurent de rien. Tristan posa la main sur la nuque de Haith, et les pleurs de cette dernière se tarirent. Néanmoins, elle continua de s'agripper à lui.

— Chuuut..., chuchota-t-il. Tout va bien. Je suis là maintenant.

— Vous ne le laisserez pas faire, n'est-ce pas ? bredouilla-t-elle, le nez enfoui dans la tunique rustique de Tristan.

— Bien sûr que non, assura Tristan, même s'il ignorait de quoi il était question.

Serrés l'un contre l'autre, leurs cœurs battaient à l'unisson. Une chose était certaine : Tristan ne reculerait devant rien pour la soulager. Au lieu du douloureux tiraillement que tout un chacun aurait ressenti à sa place, il éprouvait un sentiment de liberté.

— Vous n'avez rien à craindre, ajouta-t-il.

Tristan continua de bercer Haith dans ses bras, et la jeune femme se détendit peu à peu jusqu'à s'abandonner complètement. Sa respiration ralentit, puis devint régulière. Après vérification, le jeune homme n'eut plus aucun doute : elle s'était endormie.

L'esprit de Tristan était agité par un tourbillon de joie et d'idées confuses où le rêve et la réalité se mélangeaient, mais il avait acquis une certitude : Haith était la femme qui, depuis dix ans, hantait et enchantait ses rêves de sa belle voix et de son beau visage. Ce n'était donc pas un spectre, mais un être de chair et d'os – qui dormait à présent dans ses bras.

« Je ne rêve donc pas ? » avait-elle dit.

Haith l'avait-elle également reconnu après l'avoir vu en rêve ? Savait-elle qu'ils se rencontreraient ? Qui était l'homme de tout à l'heure ? Son époux ? Son fiancé ?

Il la serra encore plus fort en se jurant qu'il ne laisserait personne lui ravir l'amour de sa vie. Il ne l'avait pas attendue et cherchée pendant toutes ces années pour la remettre entre les mains d'un pouilleux. Il fit un effort sur lui-même pour se calmer puis prit une irréfragable décision.

— Quoi qu'il en coûte, ma chérie, murmura-t-il sans se douter qu'il parlait à voix haute. Manant ou monarque, nul ne nous séparera ! Jamais.

Enfin, il embrassa ses cheveux.

— Mon seigneur ! s'exclama Pharao.

Tristan sortit brutalement de sa rêverie et se tourna vers son ami qui venait d'arriver et se tenait dans l'entrée de l'écurie.

— Venez vite, dit le visiteur.

Si Pharao était choqué de trouver son seigneur sur le sol d'une écurie habillé dans des habits de paysan avec une jeune femme inconsciente dans les bras, il n'en laissa rien paraître.

— Nos émissaires ont été pris dans une escarmouche à quelques lieues de Greanly.

— Des brigands ? demanda Tristan en faisant un effort de concentration.

— Non, répondit Pharao en entrant dans le rayon de lune. Des villageois de Seacrest. Ils vous cherchaient dans l'intention de vous tuer.

Tristan regarda successivement Haith, qui dormait paisiblement dans ses bras, puis Pharao.

— Ont-ils réussi à s'introduire dans la place ?

Pharao secoua la tête.

— Ils sont fous ces Anglais ! Ils sont une vingtaine, tout au plus, mais ils ont quand même monté un siège, ironisa-t-il.

Il cracha par terre puis ajouta :

— Ils s'imaginent que vous avez peur de les affronter.

Tristan considéra les différents aspects de la question, puis il se releva en soulevant Haith délicatement dans ses bras.

— Je me dois donc de les accueillir comme il se doit ! trancha-t-il. Accorde-moi quelques instants.

Pharao considéra son seigneur avec un regard perplexe que Tristan fit semblant de ne pas voir. Puis ce dernier emmena Haith dans la stalle inoccupée et la déposa dans le foin. Ensuite, il rajusta la robe de la jeune femme et lui arrangea les cheveux.

— Noble dame, susurra-t-il, si vous m'entendez dans votre rêve, écoutez-moi. Je ne sais rien de vous ni de votre famille, je ne sais même pas où est votre maison, car sinon je vous y aurais ramenée, au lieu de vous laisser en cet endroit inhospitalier.

Il se souvint de l'inconnu qui avait causé ses larmes et fronça les sourcils avant de se raviser.

— Ou peut-être que non. Quoi qu'il en soit, il me faut vous quitter à présent, mais je reviendrai bientôt. Attendez-moi ici à l'abri de votre persécuteur, si vous n'avez nulle part où aller. Mais je vous en conjure, ne vous éloignez pas, car je reviendrai vous chercher.

Haith gémit dans son sommeil et se tourna avec agitation. Tristan se pencha au-dessus de son visage pour s'imprégner de son odeur.

— J'en fais serment, promit-il avant de l'embrasser.

Puis il se leva et partit, laissant Haith à ses rêves.

Pharao avait hardiment risqué d'éventer le secret de leur identité en partant à la recherche de son seigneur et en laissant leurs chevaux tout près des remparts de Seacrest. Néanmoins, Tristan et son compagnon n'eurent aucun mal à déjouer la vigilance de la sentinelle ivre morte qui surveillait l'entrée pour courir retrouver leurs montures. Une fois en selle, les deux amis s'élancèrent au galop en direction de Greanly.

— Qui est leur chef? demanda Tristan par-dessus le bruit des sabots. Nigel?

— Non, répondit Pharao. Ce n'est qu'un soulèvement de paysans dirigé par l'un des leurs.

Il donna de l'éperon pour se placer exactement à hauteur avec le cheval de Tristan puis ajouta :

— L'unique estafette qui a survécu n'a pas eu le temps de découvrir les raisons de leur protestation.

— Je crois savoir pourquoi ils veulent en découdre avec moi, mais cela n'a aucune importance. Ils me cherchent, et ils vont me trouver, répondit Tristan d'un ton aigre en plissant les yeux face au vent.

Ils chevauchèrent ainsi pendant deux longues et pénibles heures avant d'arriver en vue de Greanly et de ses imposantes tourelles qui semblaient surgies de la brume nocturne. Les deux guerriers arrêtèrent leurs étalons aux naseaux fumants en haut d'une colline et inspectèrent les environs. De vagues feux de camp moribonds projetaient une lueur d'agonie sur le pan occidental de la forteresse. Non loin de là se trouvaient les prisonniers que Donald avait fait attacher les uns aux autres. Le sang de Tristan ne fit qu'un tour. Déjà fort éprouvé par les événements de la journée, il craignait de devenir fou s'il ne se délestait pas bientôt de l'excès de violence accumulé. Il obtiendrait donc réparation sur-le-champ.

Il se tourna vers Pharao qui n'avait encore rien dit.

— Phar, penses-tu pouvoir entrer dans l'enceinte du château autrement que par le pont-levis ?

Pharao réfléchit puis donna sa réponse.

— Oui.

— Dans ce cas, une fois à l'intérieur, donne l'ordre à Barrett d'abaisser le pont-levis et de faire entrer mes visiteurs dans la salle d'honneur.

Lorsque Tristan eut fini d'expliquer les détails de son plan, Pharao acquiesça puis descendit de cheval et se coula dans la nuit en direction de la forteresse. Pendant ce temps, Tristan eut tout loisir d'évoquer le souvenir de la jeune femme rencontrée dans l'écurie de Seacrest. Il en résulta un embrouillamini de questions sans réponse dont il ne tira que davantage de confusion.

Après tant d'effort pour gravir les échelons de la hiérarchie féodale, son destin était-il finalement d'épouser une villageoise ? En tant que bâtard au sang noble, il avait dû très tôt se faire une place parmi ses semblables, payant au centuple la moindre récompense. Était-il à la veille de désobéir sciemment à Guillaume en refusant le parti que son souverain et ami avait choisi pour lui ? S'il agissait ainsi, quelles seraient les conséquences d'un tel acte ? Devrait-il, une fois encore, renoncer à connaître la douceur d'un foyer – cette fois-ci avant même d'en avoir pris complète possession – et de vivre en exil avec sa manante, dépossédé de son titre à peine acquis ?

Tristan était dépourvu de toute famille digne de ce nom. Son père, qui ne l'avait pas reconnu, étant mort depuis longtemps déjà. Quant à sa mère, qui l'avait chassé parce qu'elle ne supportait pas l'opprobre, elle vivait en Normandie. Cela faisait plus de vingt ans qu'il n'avait eu de ses nouvelles. Peut-être était-elle morte à son tour…

À une certaine époque, Geneviève d'Argent avait versé des sommes rondelettes pour la garde de sa progéniture illégitime. Tristan se souvenait avec précision du tintement des pièces contenues dans la petite bourse que remettait à intervalles réguliers la servante de sa mère à sa nourrice. Jusqu'au jour où, l'émissaire ayant tout juste tourné le dos, la vieille mégère censée l'élever l'avait frappé à la tête en grommelant.

—Allez, ouste, sale gosse !

Puis elle l'avait poussé dehors sans ménagement.

—J'ai assez de bouches à nourrir sans devoir entretenir un bâtard de noble.

Mortifié, Tristan, qui n'avait alors guère plus de dix ans, s'était contenté de la regarder avec des yeux emplis de désarroi en serrant la grosse pierre qu'il tenait dans sa poche. Toutefois, son intuition l'avait mis en garde contre tout recours à la force à l'endroit de cette femme supposée veiller sur lui.

—Madame, avait-il bredouillé, maman veut que je reste chez vous jusqu'à ce qu'elle vienne me chercher.

La vieille chouette s'était alors mise à glousser en rejetant la tête en arrière.

—Apprends ceci, petit monsieur sans cervelle, avait-elle dit ensuite avec un sourire de dédain, elle ne viendra jamais te reprendre, parce qu'elle t'a placé pour se débarrasser de toi une bonne fois pour toutes ! Maintenant, fiche le camp avant que je ne perde patience.

Puis elle s'était avancée d'un air menaçant, et Tristan s'était enfui en pleurant.

Lord d'Argent chassa ce souvenir d'un passé misérable qui lui était revenu en regardant s'abaisser le pont-levis de Greanly. Quelques assiégeants se levèrent et allèrent à la rencontre du petit détachement venu les accueillir. Tristan ne put entendre ce qu'ils se disaient, mais il était certain que ses hommes obéissaient aux ordres transmis par Pharao, sa seule famille.

Lorsque les prétendants au combat furent entrés jusqu'au dernier, Tristan conduisit son destrier à l'amble, suivi du fidèle étalon de Phar. Il n'était plus ce garçon inquiet que l'on chassait pour un oui ou pour un non. Son regard impassible et son sourire volontairement cruel parlaient désormais pour lui.

Personne, il en fit le serment, ne le chasserait plus jamais de chez lui. Les sbires de Nigel étaient venus à Greanly pour briser le marteau d'arme de Guillaume ? Qu'à cela ne tienne, il ne les décevrait pas !

Chapitre 5

Comme Tristan avant elle, Haith s'éveilla dans la stalle avec l'esprit égaré et un puissant mal de tête. Dans l'espoir de remettre un peu d'ordre dans ses idées, elle fixa son regard habitué à l'obscurité sur les poutres et le chaume de la charpente.

Elle resta sans bouger pendant quelques instants en s'efforçant de se souvenir des événements qui l'avaient conduite dans cette écurie. Elle se souvint soudain de l'ultimatum que lui avait lancé Nigel, et se remémora leur entretien jusqu'à son effondrement dans l'allée centrale, puis elle se redressa brusquement et s'assit dans la paille.

Aïe ! Ça pique !

Il y avait aussi ce jeune homme blond si souvent croisé en rêve. Il était venu. Il lui avait même parlé !

Haith se hissa tant bien que mal sur ses pieds en se tenant à la demi-paroi tandis que tout basculait autour d'elle. Chancelante, elle se dirigea vers la sortie comme une bête aux aguets. Elle était seule. L'inconnu était parti.

— Non, non et non ! s'exclama-t-elle.

Elle fit soudain irruption dans la basse-cour qui baignait dans le clair de lune et fouilla l'ombre en tournant sur elle-même.

Il était pourtant là ! Il m'a prise dans ses bras et a promis de me protéger. Il est resté avec moi jusqu'à ce que je commence à…

— Dormir ! s'écria un villageois irrité par le chant d'un coq sans doute insomniaque.

Le mot lui arriva comme en songe, mais il eut assez de poids pour la plonger dans le désespoir. Elle tomba aussitôt à genoux sur la terre battue et leva les yeux vers l'astre jaune et rond à la recherche d'une explication à son délire.

— Je dormais ! Ce n'était qu'un rêve de plus.

Assise par terre au beau milieu de la nuit sous l'œil scintillant des étoiles, Haith écoutait le silence que seul le vent troublait de temps en temps en soulevant de petits tourbillons de poussière. Elle frissonna. Elle aurait dû se douter que cette histoire d'âme sœur que lui avait racontée Minerva n'était qu'oiseuse imagination et absurde superstition.

Un bruissement lui fit brusquement tourner la tête, faisant renaître l'espoir insensé que c'était son grand et beau guerrier aux yeux bleus qui était revenu la chercher. Hélas, ce n'était qu'une chouette venue se percher sur le faîte du toit de l'écurie.

— Hou-hou, hulula-t-elle.

— Hou-hou ! répliqua Haith avec irritation.

La chouette hulula encore une fois puis, visiblement déçue par l'accueil, s'envola vers le nord.

— C'est bon, j'arrive Minerva ! soupira la jeune fille avant de se relever mollement sans prendre la peine de s'épousseter.

La porte grinça, et Haith entra dans la chaumière où Minerva l'attendait confortablement installée près du feu, son aiguille à repriser à la main. Haith avisa la petite chouette brune qui trônait sur le rebord de la fenêtre, et il lui sembla que le volatile la toisait avec une certaine suffisance. Minerva leva enfin la tête.

— Bien le bonsoir jeune fille, lança-t-elle avec une petite pointe d'ironie dans la voix. Tu te décides enfin à rentrer, tant mieux !

— Hou…, commenta tout bas la chouette.

— Oh, ça va Guillemette. Je te demande pardon Minerva.

Minerva serra son aiguille entre le pouce et l'index puis se pencha pour la poser entre ses jambes, pointe conte le sol de terre battue. Elle traça ensuite une longue ligne droite devant elle et pointa Haith du doigt ainsi que la porte entrouverte. La jeune fille fit immédiatement un pas de côté.

La guérisseuse se redressa et avança d'un pas lourd. Aussitôt, une toute petite souris grise surgit sous le fauteuil et gagna la sortie à toute allure en suivant la ligne imaginaire qu'on lui avait tracée. Guillemette en profita pour traverser la petite pièce en piqué avant de sortir à son tour pour prendre le petit animal en chasse. Puis Minerva reprit son ouvrage en faisant la moue.

Haith referma derrière la chouette et s'assit sur la première chaise devant la petite table de bois. Elle croisa les mains sur le plateau poli et enfouit son visage dans le creux de ses bras. Peu après, Minerva se décida enfin à parler.

— Sois gentille, Haith, préviens-moi la prochaine fois que tu comptes passer la nuit chez ta sœur, gronda-t-elle. Tout le monde n'apprécie pas de se coucher aux aurores.

Minerva s'était attendue à quelque réplique cinglante. Comme aucune ne venait, elle leva la tête de son ouvrage et s'aperçut que Haith faisait triste mine.

— Mon enfant, s'exclama-t-elle. Que se passe-t-il ?

La vieille femme fourra son nécessaire à couture dans un coin et rejoignit Haith autour de la table ; puis elle s'assit à côté d'elle et posa sa main noueuse sur la nuque de la jeune fille.

— Qu'est-ce qui ne va pas ? Ce n'est pas à cause de moi, j'espère ?

Haith secoua la tête en sanglotant.

— Quoi alors ?

Elle prit sa respiration en tremblant puis, sans lever la tête, exposa l'ignoble proposition de Nigel. Quand elle eut terminé, Minerva ne contint plus sa colère et bondit de sa chaise avec une agilité étonnante pour son âge.

— L'espèce de crétin libidineux ! siffla-t-elle. Je me doutais que cela finirait par arriver. Il est retors le bougre !

Le feu se mit à crépiter dans l'âtre en projetant une gerbe d'étincelles, mais les deux femmes n'y prêtèrent pas attention.

—Ainsi, il s'imagine que toi, la fille d'un hobereau, tu te joindrais volontiers à sa conspiration alors que ta beauté et tes origines te désignent pour épouser un prince de ce royaume ? demanda Minerva en faisant de grands gestes qui semblaient commander à la colère des flammes.

Haith garda la tête baissée et se contenta de hausser les épaules.

—Quel toupet ! s'exclama l'antique guérisseuse, faisant ainsi les questions et les réponses. En plus, il a le culot de te choisir Donald, ce vieil assassin – autant dire le fond du panier.

Elle s'approcha de la cheminée en quelques enjambées et, de dégoût, cracha dans le feu qui devint vert comme le fiel.

—J'ai dit à Nigel que je ne trahirai pas le nouveau maître de Greanly pour épouser Donald, annonça Haith d'une voix étouffée.

Minerva se tourna dans la direction du château de Nigel et le menaça du poing.

—Il se juge irrésistible et doit penser que tu ne seras que trop heureuse de lui donner un bâtard.

À ces mots, une grande flambée s'éleva dans le conduit de la cheminée.

—S'il te plaît, Minerva, calme-toi, à moins que tu n'aies envie de mettre une nouvelle fois le feu au chaume.

—Oh, pardon, marmonna la guérisseuse en s'excusant d'un geste de la main auprès de quelques forces invisibles.

Puis elle retourna s'asseoir à côté de Haith, tandis qu'une averse salutaire s'abattait sur la maison.

— Tu ne pourras jamais devenir la maîtresse d'un homme marié, Haith, enchaîna Minerva. Je le sais.

— Et pourquoi pas ? demanda Haith en se redressant.

Ses yeux étaient rouges et gonflés.

— Mère l'a bien fait !

— La situation était différente. Ton père n'était pas Nigel, ma petite, tu le sais bien…

— Non, justement, je ne sais rien, l'interrompit Haith. Sauf que je suis le fruit illégitime de l'union de ma mère et de mon père, lequel était le mari de lady Ellora.

— Tu ne sais pas de quoi tu parles, fillette. Ton père était…

— L'âme sœur de ma mère, acheva Haith en fermant les yeux de lassitude. Tu m'as raconté l'histoire cent fois, Minerva, et chaque fois elle est un peu plus rongée par les mites et invraisemblable. C'est la malédiction des Buchanan, pas la mienne !

Minerva allait réprimander Haith pour ses paroles inconsidérées lorsqu'elle se ravisa.

— Tu l'as vu ! s'exclama-t-elle.

— J'ai vu qui ? demanda Haith avec irritation.

Puis elle rouvrit les yeux et croisa le regard absorbé de Minerva.

— Je ne comprends pas, ajouta la jeune fille.

— Oh si, tu comprends, rectifia la guérisseuse. Tu as vu ton âme sœur. Est-il revenu te visiter en rêve ?

La dernière fois que tu m'en as parlé, tu n'étais encore qu'une enfant.

— Je ne suis plus une enfant, et je n'ai plus envie de parler de ce genre d'absurdité, répliqua Haith en se levant de sa chaise. J'ai eu une rude journée et j'aimerais profiter des quelques heures de sommeil qui me restent.

Puis elle se dirigea à grandes enjambées vers la porte du fond.

— Ma pauvre petite fée, dit Minerva avec tendresse. Il n'existe pas qu'en rêve, mais aussi réellement, comme ton père.

Haith tressaillit et se figea en s'efforçant de retenir ses larmes.

— Bonne nuit Minerva.

Tristan lança ses rênes à un garçon d'écurie qui l'attendait dans l'enceinte de Greanly puis gagna la salle des banquets à grands pas. Il parvenait tout juste à contenir sa colère. Son regard bleu, qui d'ordinaire avait la clarté d'un ciel d'été, était sombre et menaçant, comme le roulis qui baignait les côtes de Greanly. Il serrait et desserrait alternativement le poing, impatient d'en découdre.

Le brouhaha et les vifs éclats de voix d'une vingtaine de villageois de Seacrest lui parvinrent à travers la porte. Des bribes de revendications formaient comme une lointaine brume sonore.

— Où c'que c'est qu'il est ce couard de boucher ?

— Parfaitement ! Qu'on amène ce voleur de fief !

Chaque invective était suivie d'une salve d'acclamations qui grossissaient à mesure que les hommes s'encourageaient mutuellement à plus d'audace.

— Oui, qu'il vienne, je lui trancherai la gorge de mes propres mains !

Une silhouette blanche s'avança d'un pas aérien. C'était Pharao qui venait à la rencontre de son suzerain. Il lui apportait l'épée seigneuriale. Tristan l'attacha à sa ceinture en remerciant son ami. Ce dernier se contenta de hocher la tête, choisissant ostensiblement, malgré la noirceur de son regard, de ne pas tenir compte de la clameur grandissante.

— Nos hommes sont-ils prêts ? demanda Tristan.

— Ils n'attendent plus que votre signal.

— Donne-le-leur maintenant.

Pharao s'éclipsa comme il était venu : sans bruit.

Quant à Tristan, il entra dans la salle avec la plus grande désinvolture, comme s'il ne se passait rien d'anormal, et contourna d'un pas nonchalant le groupe des vingt-cinq indignés, jeunes et suffisants pour la plupart, venus le corriger. Comme ils se tenaient entre lui et la table seigneuriale, il fit le tour et s'arrêta devant le fût de bière pour se verser un peu du délicieux liquide dans une corne à boire. Il sirota sa cervoise sans quitter le groupe des yeux, ne perdant rien de leurs extravagantes promesses de le découper en tranches. Les quelques hommes d'arme dispersés çà et là sur les côtés ne bougeaient pas d'un cil conformément aux ordres, n'adressant pas même un regard à Tristan lorsqu'il avait fait son entrée et ne cherchant pas non plus à maîtriser les insurgés.

Un homme râblé à tête de crapaud semblait servir de chef aux agitateurs. Par excès de témérité ou de stupidité, il avait posé son gros derrière de batracien sur la table seigneuriale d'où il galvanisait ses troupes.

— Je vais vous dire une bonne chose, les gars, vociféra-t-il, faisant ainsi ressortir la vilaine cicatrice de brûlure qui lui rayait le côté droit du visage. Ce que nous avons de mieux à faire, c'est d'étriper cette noble canaille et de jeter son cadavre dans ses jolies douves toutes neuves.

On l'acclama et, dès lors, sa verve ne connut plus de limite.

— D'abord, il est messire comme moi je suis évêque, dit-il en esquissant un rictus. Ce n'est qu'un usurpateur et un éventreur. Et puis, que sont devenus les pauvres hères de Seacrest qui sont venus vivre ici contre les recommandations de lord Nigel ?

Il balaya la salle de son regard reptilien en faisant de gros yeux pour démontrer le bien-fondé de ses doutes tandis que l'assistance opinait du chef en murmurant. C'est alors qu'il aperçut Tristan qui paressait contre un mur en sirotant sa bière.

— Eh, toi là-bas ! lança le nabot en le pointant de son doigt courtaud. Tu vis ici ?

Tristan posa la corne qu'il tenait à la main et fit « oui » de la tête, puis il fendit la cohue d'un pas nonchalant. Tous s'écartèrent sur son passage, et nombreux furent ceux qui lui donnèrent une tape dans le dos au passage en témoignage de sympathie pour le malheureux qui vivait sous le toit d'un tel monstre. À quelque distance de la table, Tristan fit halte, et le chef des gueux le regarda de la tête aux pieds avec un sourire malveillant.

— Alors, où c'est-y qu'il est ton puissant seigneur à présent ? demanda le crapaud en écartant les bras comme s'il s'apprêtait à bondir. Tremble-t-il tapi sous son lit ?

Il partit alors d'un grand rire baveux qui lui projeta la tête en arrière. Puis il ajouta :

— À moins qu'il se soit réfugié dans les bras d'un mignon ?

Les paysans éclatèrent de rire comme un seul homme, puis tout se résuma à quelques gloussements et raclements de gorge quand ils s'aperçurent que Tristan restait de marbre et toisait le semblant d'être humain qui se tenait en face de lui.

L'instigateur de la révolte lança un regard indigné à son public qui l'abandonnait ; puis, vexé, il regarda Tristan droit dans les yeux.

— Bon alors, tu nous dis où il est ?

Le guerrier fit un pas en avant et domina l'abject crapaud de toute sa hauteur.

— En ce moment, il réfléchit à la meilleure manière d'éliminer le gros étron qui encombre sa table.

Au même instant, le gros des troupes entra vêtu de cottes de mailles et l'arme au poing, comme s'ils n'avaient attendu qu'un signal. En un éclair, ils eurent encerclé les intrus stupéfaits. Le bon sheriff Barrett était du nombre, même s'il n'avait pas jugé utile de se changer pour l'occasion et qu'il portait toujours sa grande hache de combat comme un sac de blé à l'épaule.

— Hé ! s'écria le crapaud en lançant un regard nerveux à la ronde avant de revenir à Tristan, dont le gabarit l'impressionna soudain. Qu'est-ce que ça veut dire ?

Le guerrier l'attrapa par le col poisseux de sa tunique et l'envoya paître sur le dos au milieu de ses hommes.

— Jetez vos armes mes cocos, s'écria Barrett d'un ton jovial avant de rejoindre Tristan en quelques enjambées.

— Dites, messire, ce n'est plus la peine de les étriper à présent ? demanda-t-il en avisant un petit maigre aux cheveux châtains et à l'air abasourdi qui se tenait parmi les vaincus.

— Salut, John. Comment va ta femme ?

— Euh, bien. Très bien, même, Barrett. C'est gentil à toi de demander.

Quelques-uns des rebelles laissèrent choir leurs armes sur-le-champ, tandis que d'autres ne savaient que penser de cet échange entre le sheriff et le villageois. Ils regardèrent tour à tour Tristan et les soldats, puis se tournèrent vers leur chef nouvellement démis qui commençait seulement à se relever.

— Vous allez me le payer, grogna ce dernier en foudroyant le maître de Greanly du regard.

Puis il tira le long couperet qu'il portait à la ceinture pendant que les hommes qui l'entouraient se dispersaient comme des rats.

— Allons, Donald, intervint Barrett comme s'il réprimandait un enfant, ne fais pas l'imbécile.

Tristan fit taire le sheriff d'un geste de la main sans quitter un seul instant des yeux son ennemi enfin désigné.

— Laissons-lui sa chance, Barrett. N'est-il pas venu pour ça après tout ? demanda-t-il en souriant froidement à l'homme qui le menaçait d'un couteau.

— Comme vous voudrez, messire, répondit Barrett en reculant à distance respectueuse.

Puis il se tourna vers l'un des paysans de Seacrest qui était toujours armé, bien que d'une simple dague.

— Tiens, tu es là toi ? Bon, donne-moi ça maintenant, suggéra-t-il en tendant la main.

Pendant ce temps, entre deux regards noirs lancés à Tristan, Donald jetait des coups d'œil furtifs à ses hommes.

— Avez-vous l'intention de nous désarmer avant de tous nous massacrer ?

— Les seuls présents ici dans une intention meurtrière sont, de ton propre aveu, tes hommes.

Donald prit peur en découvrant que le sire avait entendu ses propos infamants. Un nuage d'inquiétude passa sur son visage disgracieux, mais la bravade reprit bientôt le dessus, et le crapaud se jeta sur Tristan dague au poing.

Ce dernier n'eut aucun mal à éviter l'attaque grossière mais puissante. Il tira son épée et en abattit le plat sur l'épaule de l'assaillant. Le crapaud s'écrasa sur le sol en grognant, roula sur lui-même, puis se releva avec une agilité peu commune pour un homme de sa constitution. Rouge de honte, il défia de nouveau Tristan.

— Seul un lâche profite de l'avantage de se battre à armes inégales ! siffla Donald en reprenant son souffle. Ma dague ne fait pas le poids contre votre épée.

— Je n'ai pas sollicité ce combat, objecta Tristan en haussant les sourcils. Si tu es armé comme pour un déjeuner sur l'herbe, cela démontre non seulement ton incompétence mais aussi ta bêtise.

Puis, le toisant de toute sa hauteur, il ajouta :

— Tu as vraiment cru qu'un cure-dent suffirait à m'empêcher de botter ton gros derrière ? Tss-tss…

Les guerriers de Tristan pouffèrent, tandis que le visage congestionné du crapaud semblait sur le point d'exploser autour de la pâleur cadavérique de sa balafre.

— Vous avez peur de vous battre à armes égales, lança ce dernier d'un ton provocateur.

À ces mots, Tristan partit d'un grand rire dont le sinistre écho se répercuta dans le silence de la vaste salle, et des gouttes de sueur commencèrent à suinter des tempes de Donald. Tristan lança son épée à Pharao qui venait d'apparaître à la manière d'un génie sorti d'une lampe, puis il fit signe à Donald d'approcher.

— Allez, avance !

Donald se jeta de nouveau sur lui et, une fois encore, Tristan évita le coup avant de le balayer avec la jambe. Le rustre roula sous la table et resurgit de l'autre côté. Puis les deux hommes se donnèrent la chasse autour de l'épais plateau de chêne.

— Je ne vais pas pouvoir jouer avec toi toute la nuit, prévint Tristan. Si tu en as le courage, vas-y, attaque.

— Lâche ! s'écria Donald en détalant.

Puis il jeta un coup d'œil alentour.

— Maîtrisez-le ! ordonna-t-il à ses hommes qui étaient embarrassés.

Sous la surveillance des guerriers de Greanly, ils examinèrent le vigoureux seigneur qui poursuivait leur chef puis échangèrent des regards gênés. Nul ne bougea.

— Alors, toujours prêt à m'étriper et à jeter mon cadavre dans les douves ? railla Tristan d'un ton badin en barrant le passage à Donald, tantôt par la droite, tantôt par la gauche.

Puis il sauta d'un bond de chat sur la table et fondit droit sur lui.

— Les douves s'impatientent…

Le crapaud visa Tristan au cœur en lançant un cri rauque, puis la dague valdingua sur la table tandis qu'il ouvrait de grands yeux globuleux. Sa main était vide. Le guerrier avait dévié le coup. Blême, il plongea pour récupérer son arme. Toutefois, il en fut empêché par un couteau de table qui se planta dans le gras de sa main et le cloua au bois. Il poussa un cri strident qui déchira le lourd silence qui régnait sur l'assistance.

Tristan le saisit à la gorge et le fit mettre à genoux, sans pour autant le déclouer.

— Qui t'envoie ? demanda-t-il en desserrant juste assez le poing pour que Donald puisse articuler quelques mots.

— Per-sonne.

Tristan serra plus fort, et le crapaud agrippa la main du guerrier en émettant quelques gargouillis, tandis que son front se couvrait de grosses veines rouges. Le jeune homme fit une nouvelle tentative.

— Je veux savoir qui t'envoie. Parle !

Donald bredouilla un nom de manière quasi inintelligible, une lueur de panique dans le regard.

— Pouah ! s'exclama Tristan en le lâchant d'un coup sec.

Puis il jeta un coup d'œil rapide au couteau de table et le retira avant de le jeter au feu.

À présent qu'il était de nouveau libre de ses mouvements, Donald eut tout loisir de se masser la gorge de sa main sanglante. Recroquevillé sur le sol, il leva la tête dans l'attente du coup de grâce. Délaissant le vaincu, Tristan se tourna vers l'assistance.

— Y a-t-il d'autres mécontents désireux d'entrer en lice ? demanda-t-il en écartant soudain les bras.

Les quelques paysans qui ne s'étaient pas encore débarrassés de leurs armes les laissèrent tomber au sol dans un cliquetis de lames. Tristan se tourna alors vers Barrett.

— Tous au cachot ! ordonna-t-il.

Aussitôt, le sheriff et ses hommes s'exécutèrent.

Tristan se tourna ensuite vers Pharao.

— Quant à celui-ci, ordonna-t-il en désignant Donald, trouve-lui une cellule à sa taille. J'irai lui parler en privé, mais pas avant d'avoir retrouvé mon calme.

Puis, considérant la blessure de son prisonnier que son ami hissait déjà sur ses pieds, il ajouta :

— Bande-lui la main, et si la plaie suppure avant que je n'aie pris une décision, coupe-la !

Lorsque tous furent sortis, Tristan alla récupérer son épée où Pharao l'avait posée et se resservit une grande corne de cervoise, puis il resta un moment debout devant le feu en sirotant sa bière, profitant du silence pour éclaircir sa pensée. L'incident avec le crapaud avait réveillé en lui une énergie meurtrière qui ne demandait qu'à sortir, et il eut de la peine à contenir sa rage. Tout, en lui, réclamait réparation, et il aurait volontiers arraché le cœur des apprentis rebelles qui croupissaient à présent dans son donjon. Toutefois, la raison lui conseilla de ne pas s'exposer au courroux de Guillaume. Par conséquent, à l'instar de Nigel, il se servirait des sbires de celui-ci pour parvenir à ses fins.

Soudain, Tristan crut apercevoir dans les flammes qui dansaient devant ses yeux les ondulations d'une chevelure rousse. Il se souvint alors que l'inconnue de l'écurie avait prononcé le nom de Donald avant d'abandonner Haith à son triste sort et s'étonna de pas avoir identifié plus tôt le langage châtié de celui qui, seul, avait le pouvoir de menacer ainsi les villageois : leur maître. Or, Seacrest ne comptait qu'un seul seigneur.

Nigel ! fulmina Tristan en son for intérieur.

Quels étaient les tenants exacts de l'intimidation ? Quel rôle Donald était-il censé y jouer ? Le seul fait d'imaginer que l'adipeux crapaud puisse poser ses sales pattes sur sa belle le remplissait d'horreur. Soudain, il sentit un liquide ruisseler entre ses doigts. De colère, il avait brisé la corne à boire dans son poing.

Il se jura de tirer l'affaire au clair puis de conquérir le cœur de sa belle en imposant, avec la bénédiction de Guillaume, ses propres conditions, dût-il succomber à la tâche. De toute façon, la chute de Nigel était imminente.

Chapitre 6

— Ouille ! Pas si serré, Sallie, cria Bertie en se protégeant le crâne.

Mais la servante se contenta de lui donner une tape sur la main.

— Restez tranquille, madame. J'ai presque fini.

Pendant ce temps, Haith se prélassait en travers du lit de sa sœur en jouant avec l'étole de soie jaune de cette dernière. Elle assista à la transformation de Bertie avec émerveillement. Dans sa robe richement brodée d'où dépassait l'étoffe crème de sa chemise ornée aux manches et au cou de points de croix, la jeune femme était éblouissante. La cameriste apporta une dernière touche à la natte qui couronnait le front de Bertie puis elle tendit la main, et Haith lui remit l'étole qui vint s'accrocher avec grâce dans la chevelure de la future mariée. Enfin, la servante recula pour admirer son travail tandis que Haith sautait du lit pour faire de même.

— Bertie, tu es superbe ! s'exclama Haith en tournant autour de sa sœur pour mieux palper l'étoffe et effleurer ses cheveux. Quand il te verra, Tristan le Conquérant ne pourra que capituler, c'est certain.

— Je m'en fiche ! répliqua Bertie d'un ton maussade en se dégageant. Je ressemble à un gros veau d'or !

Puis elle s'approcha de la fenêtre et regarda au loin.

Haith échangea un regard confus avec la camériste qui s'empressa de prendre congé. Puis la jeune fille se plaça derrière sa sœur et la prit dans ses bras pour la retenir.

— Bertie, qu'est-ce qui te tracasse ? demanda-t-elle avec douceur. Est-ce la peur de rencontrer ton futur mari ?

— Non, soupira Bertie. Enfin, oui. Oh Haith ! s'exclama-t-elle en se retournant. Je ne veux pas me marier. Je suis heureuse comme je suis.

Haith réconforta sa sœur du mieux qu'elle put, car elle ne pouvait nier que leur vie était sur le point de connaître un grand bouleversement, surtout si Nigel parvenait à ses fins. Pour l'heure, Haith la jeune fille préféra chasser le souvenir de cet homme diabolique.

— Je sais, sœurette, mais je viendrai te voir souvent, dit-elle en reculant pour contempler Bertie, mais elle ne vit que tristesse dans son regard.

Puis elle ajouta :

— De plus, je suis sûre que tu apprécieras d'être maîtresse de ta propre maison. Et puis, tu pourras avoir des enfants, Bertie !

Bertie secoua la tête en reniflant.

— Je m'en fiche ! Je ne l'ai jamais vu, et on raconte des horreurs sur lui, rappela-t-elle avant de lancer un regard accusateur à Haith. Je ne te ferais même pas le plaisir de lui jeter des pierres.

Haith fit la moue. Bien des rumeurs circulaient sur le compte de Tristan d'Argent, surtout depuis qu'une cohorte de paysans de Seacrest s'était rendue à Greanly avec Donald à leur tête et n'avait jamais reparu. Chose étrange, rien n'avait filtré des hauts murs de la forteresse, ce qui n'aurait dû laisser d'inquiéter Nigel. Au contraire, le silence de ses hommes avait semblé le satisfaire et, dans une certaine mesure, l'amuser.

Quoi qu'il en soit, Haith se refusait de rassurer Bertie en recourant à la ridicule tradition de divination transmise par sa mère et Minerva.

— Attends de le connaître pour le juger, recommanda Haith. Seule ton appréciation est importante.

— Dis, tu resteras dîner avec nous ce soir ? demanda Bertie en suppliant sa sœur du regard. Je t'en prie, ne me laisse pas l'affronter toute seule.

Haith se détacha et commença à ramasser les vêtements parsemés dans la chambre.

— Je crains que ce ne soit pas possible, car ta mère m'a interdit l'entrée de la salle des banquets. Je ne devrais même pas être ici.

— Ma chère mère ! s'exclama Bertie avec indignation. Elle est invivable depuis quelque temps.

— Elle est seulement contrariée à l'idée de se séparer de sa seule fille, supposa Haith.

— Ne crois pas cela ! souffla Bertie d'un ton rageur. Ce qu'elle craint, c'est que l'éminent lord Tristan ne s'énfuie en courant lorsqu'il me verra. Ne pourrais-tu pas lui jeter un sort pour qu'elle cesse de me faire des reproches ?

Haith se figea, un ballot de vêtements dans les mains, et ne put s'empêcher d'éclater de rire, ce qui eut pour effet d'apaiser quelque peu sa migraine naissante. Depuis la nuit passée dans l'écurie, la jeune fille avait les nerfs à vif. Son sommeil était léger et hanté par des cauchemars. Du coup, Minerva avait acquis la certitude que Haith recevait des communications mentales envoyées par son âme sœur, plaçant à deux reprises des amulettes de lavande et de menthe sous son oreiller. Pour couronner le tout, aux maux de tête, venait s'ajouter le poids de l'ultimatum lancé par Nigel.

Tristan d'Argent, quant à lui, serait reçu à dîner le soir même afin de conclure ses fiançailles avec Bertie, et Haith savait que cette rencontre marquait la date butoir imposée par le démoniaque seigneur de Seacrest.

Après un long silence, la jeune fille poussa un profond soupir. Elle écartait toute possibilité d'intervention magique, mais se refusait à abandonner sa sœur aux affres de l'angoisse.

— Le mieux est que tu oublies complètement ta mère ce soir, conseilla-t-elle.

Bertie considéra le paysage en se tordant les mains de désespoir.

— C'est impossible, répliqua-t-elle. Elle me surveille comme un oiseau de proie.

— Tu n'y changeras rien, assura Haith en laissant tomber son fardeau de linge sur le lit avant de rejoindre sa sœur pour lui prendre la main. Cependant, rien ne t'interdit de profiter de la galante présence de lord Tristan.

Elle secoua légèrement le bras de Bertie pour s'assurer qu'elle l'écoutait puis ajouta.

— À la fin de la soirée, je te rejoindrai en cachette dans ta chambre, et tu me raconteras tout.

— Et si les horreurs que l'on raconte sur lui étaient vraies ? demanda Bertie.

Alors, je serais en partie tirée d'affaire, songea Haith.

— Nous aviserions, répondit simplement la jeune fille.

Haith redescendit dans la salle des banquets qui était déjà en pleine effervescence. Les serviteurs se pressaient en tous sens, briquant les tables déjà rutilantes, raccrochant les tapisseries qu'ils venaient de battre, saupoudrant d'aromatiques les ajoncs fraîchement répandus sur le sol. De la porte entrouverte de la cuisine s'échappait le délicieux fumet des viandes rôties, si bien que l'estomac de la jeune fille se mit à gargouiller, car son dernier repas remontait à bien longtemps…

Dans un coin éloigné de la salle, lady Ellora était en grand conciliabule avec lord Nigel. Lorsqu'elle aperçut Haith, elle serra les dents et, entraînant à sa suite le seigneur des lieux, vint à sa rencontre comme si elle était portée par les airs. Haith prit immédiatement la poudre d'escampette.

Hélas, Ellora fondait déjà sur elle tel un épervier sur un mulot.

— Je croyais t'avoir interdit l'entrée de ma maison ! s'exclama-t-elle en se plantant, bras croisés, devant elle. Espérerais-tu séduire le promis de ma fille, catin ?

— J'étais justement sur le départ, madame, répondit diplomatiquement Haith, afin d'éviter toute joute verbale, d'autant plus que Nigel les rejoignait déjà.

La jeune fille allait s'éclipser lorsque ce dernier la héla.

— Haith, un moment s'il te plaît.

Haith s'arrêta en s'efforçant de ne pas se laisser submerger par la peur. Elle se rassura en se disant qu'il n'oserait pas évoquer sa proposition déshonnête devant Ellora.

— Messire ? pria Haith en lui présentant un visage impavide.

La jeune fille savait qu'Ellora les observait à quelques pas de là, mais Nigel n'en fit aucun cas et se contenta de parler à voix basse.

— L'heure de vérité approche, dit-il avec suffisance. Tu n'as pas oublié, n'est-ce pas ?

— Non, je n'ai pas oublié, répondit Haith avec empressement en s'assurant que personne ne pouvait les entendre.

— Ah, tu me plais ! Tu as donc fait ton choix ?

— Presque, messire, presque… J'ai encore besoin d'un peu de temps.

— J'ai déjà fait preuve d'une grande générosité en te laissant toutes ces dernières semaines pour prendre ta décision, tança Nigel. Est-il si difficile de choisir entre un seigneur et une goule ?

Haith se garda de répondre et continua de regarder ses chaussures de peur qu'il ne lise dans son regard le dégoût qu'il lui inspirait.

— Puis-je te faciliter la tâche ? demanda-t-il sur un ton faussement bienveillant.

— Plaît-il, messire ? demanda-t-elle en levant la tête dans l'espoir insensé qu'il ait renoncé à ses folies.

— Tu n'es pas sans savoir qu'il y a quinze jours, Donald a quitté Seacrest à destination de Greanly avec une délégation de paysans pour…, euh, souhaiter la bienvenue à lord Tristan, commença-t-il en se délectant de son propre mensonge. Il semblerait que le nouveau seigneur de Greanly n'était pas de très bonne humeur…

Haith le regarda sans comprendre mais non sans méfiance.

Où veut-il en venir ? se demanda-t-elle.

— Car Donald n'est pas revenu, conclut-il enfin.

— Pardonnez-moi, messire, mais quel rapport cela entretient-il avec le choix que vous m'avez imposé ?

Nigel gloussa et effleura la joue de Haith du bout de l'index.

— Le rapport est que tu n'auras pas à te précipiter jusqu'à Greanly pour épouser un mort, mon adorable.

La jeune fille détourna brusquement la tête, et Nigel en profita une fois de plus pour la déshabiller du regard. Elle en eut la nausée. Les idées se précipitaient dans son esprit comme de petits oiseaux en cage qui aspirent à la liberté. La révélation inattendue de Nigel lui laissait entrevoir une issue à son tourment. Cette aubaine, ajoutée au fait qu'ils se trouvaient en public à deux pas d'Ellora, ne fit que la conforter dans sa décision par trop hâtive.

— Je viendrai te voir ce soir, annonça Nigel avant de s'éloigner d'un pas nonchalant.

Haith comprit alors qu'elle n'avait que peu de temps pour agir avant que ses forces ne l'abandonnent.

— Messire ! hurla-t-elle inutilement par-dessus le ronron des préparatifs.

Cela produisit l'effet désiré, à savoir attirer l'attention de toute l'assemblée.

Nigel s'arrêta net et pivota sur ses talons en se tenant sur ses gardes.

— Oui, Haith ? As-tu quelque chose à me dire en privé ?

— Non, je peux vous le dire ici, répliqua-t-elle en jetant un coup d'œil à Ellora.

Puis elle prit une longue inspiration et, un ton plus haut, ajouta :

— J'ai décidé d'accepter la demande en mariage de Donald le forgeron.

Une clameur indignée parcourut la salle, et une jeune servante échappa un plateau de jarres en grès dont le bruit de casse vint ponctuer la déclaration de Haith. Puis le murmure indistinct des serfs reprit de plus belle tandis qu'Ellora se frayait un chemin parmi la foule hagarde.

— Remettez-vous au travail tas de fainéants ! Cela ne vous regarde en rien.

Perplexe, Nigel remua frénétiquement les sourcils en lançant un regard noir à Haith, avant de s'approcher promptement sans trahir son agitation.

— En es-tu bien sûre ? demanda-t-il d'un ton menaçant en prenant soin de ne pas élever le ton et de paraître aimable. Tu te crois plus maligne que moi, c'est ça ?

C'est alors que, rouge de colère, Ellora vint se planter à côté de son conjoint.

— Qu'est-ce encore que ces absurdités, Haith ? demanda-t-elle avant de se tourner vers son mari. Messire, le forgeron a-t-il réellement demandé la main de cette traînée ?

Nigel grinça des dents.

— Oui, madame. Avant qu'il ne parte pour Greanly souhaiter la bienvenue à lord Tristan, expliqua-t-il sans quitter Haith des yeux.

— Soit ! s'exclama Ellora en fronçant les sourcils.

Haith sauta sur l'occasion pour plaider sa cause.

— Avec votre permission, madame, je partirai dès ce soir pour Greanly avec Minerva afin de m'enquérir de… de la bonne santé de mon promis, parvint-elle à dire malgré une nausée grandissante.

— Avec joie ! s'exclama Ellora en scrutant le regard de la jeune fille, comme si elle cherchait à déchiffrer son âme. Puisque les autres villageois regagnent leurs terres, tu n'as plus rien à faire ici. Mais je te mets en garde, prévint-elle en inclinant la tête, si jamais tu essayais de compromettre l'union de Bertie avec Tristan d'Argent, je veillerais personnellement à ce que tu sois bannie du royaume.

— Soyez sans crainte, madame, répondit Haith en espérant qu'elle n'aurait pas à se dédire. Puis-je prendre congé à présent ?

Ellora hocha la tête, et Haith décampa sans délai pour regagner sa chaumière en toute hâte sous le regard médusé du couple d'aristocrates.

Puis Ellora se tourna enfin vers son mari.

— C'était plutôt inespéré, fit-elle remarquer en fronçant toujours les sourcils, même si Bertie ne sera que trop contente d'avoir la gamine auprès d'elle. Pourquoi ne m'en aviez-vous rien dit mon ami ?

— Comme vous venez de l'observer, répondit Nigel en tournant les talons, c'était inattendu.

Lorsque la petite troupe des insurgés arriva enfin en vue de Seacrest, ils avaient le cœur moins gai que lorsqu'ils en étaient partis. Devant eux s'étendait la corniche qui donnait son nom à la suzeraineté et où se dressait la tour. Les fiers remparts de bois du fortin leur parurent se fondre plus naturellement dans le paysage que les hautes murailles de Greanly. La population de Seacrest ayant plus que doublé au cours des années précédentes en raison de l'arrivée des serfs de Tristan, ils furent accueillis par des centaines de foyers scintillants, témoins que le village serait bientôt surpeuplé.

Ils n'étaient pas sans savoir que Nigel rechignait à restituer ses laboureurs à Tristan, sans doute à cause de la rondelette allocation versée par le roi pour la durée de leur séjour sur ses terres.

Lors de leur détention à Greanly, les hommes de main de Donald s'étaient empressés de confier à Tristan leur ignorance des motifs de leur désastreuse équipée, le divertissant des rumeurs qui étaient colportées depuis près d'un an sur son compte et sur sa supposée cruauté. Le rouge aux joues, ils avaient ensuite avoué que Donald le forgeron était à l'origine de la plupart de ces fables. Quant à la source où il les avait puisées, nul ne la connaissait.

Rapidement, la grande majorité d'entre eux avait été autorisée à circuler librement dans les rues de Greanly. Ils n'avaient eu à se plaindre que de l'absence de leurs familles. Donald, en revanche, était resté derrière les barreaux. Après avoir librement admis ses crimes sous peine de mort en pleine salle des banquets, il avait refusé d'en révéler davantage au sujet des machinations de Nigel, préférant passer son temps à demander que l'on envoie mander sa promise – une mystérieuse inconnue dont Tristan doutait même de l'existence. De fait, on pouvait se demander quel genre de femme accepterait d'épouser une telle créature.

Ouvrant la marche, Tristan bouillait de colère sous son calme apparent. S'il avait revêtu ses plus beaux atours, ce n'était pas pour impressionner l'inconnue qu'on lui destinait, mais lord Nigel. Il avait hâte de rencontrer et de jauger ce fourbe présomptueux, et il comptait bien lui faire comprendre qu'il n'avait pas affaire à un jouvenceau à peine sorti des jupons de sa mère, mais avec un guerrier bien en cour ayant pour lui sa propre fortune et qui, étant au moins l'égal de son ennemi, entendait faire respecter son droit.

En outre, il ne pouvait s'empêcher de penser à Haith. Il avait appris qu'elle n'était pas une quelconque anonyme mais la fille de James, l'ancien seigneur de Seacrest. Cette découverte l'avait interloqué et, pour tout dire, laissé perplexe. Manifestement, cette jeune femme était entourée de mystère, et Tristan ne désirait rien tant que d'en pénétrer les arcanes. Il n'avait aucune idée de l'endroit où la trouver à Seacrest, ni par quel moyen il la convaincrait de le suivre, mais une chose était sûre : il la tirerait des griffes de Nigel le soir même.

Plus ils approchaient du but, plus les chevaux piaffaient et soufflaient d'impatience, car cela signifiait qu'ils recevraient bientôt leur ration d'avoine et seraient délestés de leurs fardeaux. Tristan tira doucement sur les rênes, et son étalon s'arrêta instantanément. Il inspecta une dernière fois ses compagnons. Barrett et Pharao se tenaient à ses côtés, tandis que John, le petit fermier, maintenait son modeste canasson à hauteur de celui du bon sheriff. Les quatre hommes chevauchaient au milieu d'une vingtaine de gardes suivis d'environ quarante soldats aguerris, eux-mêmes à la tête d'un convoi de chariots vides qui regorgeraient bientôt de la part des réserves de Seacrest qui revenaient à Greanly. Si Nigel s'avisait de leur interdire l'accès aux provisions, les hommes de Tristan étaient prêts au combat. En attendant, ces guerriers taciturnes et méfiants avançaient dans le couchant en crispant la mâchoire tandis que l'étendard de lord d'Argent claquait sous le vent.

À l'abri dans leur chaumière, Haith et Minerva dînèrent d'un reste de ragoût pour leur dernier repas à Seacrest. Ni l'une ni l'autre n'avait envie de parler de ce qui les accablait tant. Tout ce qui devait être dit avait été dit. Haith avait informé Minerva de sa courageuse décision, et la vieille guérisseuse avait accueilli la nouvelle avec une calme détermination. Elles n'avaient pas d'autre choix. Toute parole était donc inutile.

Haith se leva pour débarrasser les assiettes à peine entamées tandis que Minerva en profitait pour observer le minois inquiet de sa petite-nièce, si semblable à celui de sa regrettée Corinne ; puis le regard de la vieille femme fut soudain attiré par la fenêtre aux montants mal dégrossis où se découpait un carré de nuit noire fendu d'un mince croissant de lune. Au loin, le galop des chevaux grossissait, tel un orage menaçant.

Chapitre 7

— Lord Tristan, soyez le bienvenu à Seacrest, lança Nigel en plastronnant, main tendue, d'un bout à l'autre de la salle.

Tristan fit un gros effort sur lui-même pour ne pas céder à l'envie quasi irrésistible de broyer ses longs doigts graciles. Néanmoins, il serra assez fort pour s'offrir le plaisir de voir son ennemi grimacer de douleur.

— Lord Nigel, commença le seigneur en lâchant à regret la main biscornue de son hôte. Nous nous rencontrons enfin !

— Permettez que je vous présente ma femme, Ellora.

Tristan s'inclina devant cette blonde élancée. À son tour, elle lui fit la révérence, non sans le regarder par en dessous.

— Soyez le bienvenu, lord Tristan.

Nigel se frotta les mains d'impatience puis fit approcher une jeune femme plutôt ronde mise avec beaucoup d'éclat.

— Voici ma belle-fille, Bertie, dit-il en la poussant en avant avec le coude.

Pendant un instant, Tristan crut qu'elle allait s'évanouir.

Tandis que Bertie se relevait de sa révérence, elle en profita pour le regarder à la dérobée, lui laissant entrevoir le regard le plus triste qu'il ait jamais vu.

Gêné, il s'empressa de s'incliner à son tour.

— Lady Bertie, salua-t-il en lui baisant délicatement la main. Je suis ravi de faire votre connaissance.

Bertie rougit comme il se doit mais ne sourit point.

— Messire, répondit-elle presque imperceptiblement.

Nigel parut déconcerté, puis il se reprit et invita le visiteur à rejoindre les invités.

— Lord Tristan, le dîner sera bientôt servi, si vous voulez bien…

Il fut interrompu par une querelle qui venait d'éclater juste derrière la porte. On entendit le murmure d'une vive altercation bientôt suivie par un grand bruit sourd. Quelques secondes plus tard, la grande porte à double battant s'ouvrait sur Barrett et Pharao qui entrèrent en se poussant du coude.

Le sheriff salua Nigel presque à contrecœur, mais s'inclina sans arrière-pensée devant Ellora.

— Madame, entonna-t-il.

Même si Ellora ne se serait pas abaissée à faire la révérence à un être si ordinaire, sa présence lui permit néanmoins de se détendre sensiblement.

— Barrett, commença-t-elle, cela fait des mois que je ne vous ai vu. J'espère que vous êtes content de votre sort à Greanly.

— Oh oui, madame, répondit Barrett tout sourires, même si le village est calme en ce moment.

Puis il se tourna vers Bertie pour couper court à la discussion.

— Dame Bertie, vous êtes resplendissante ce soir !

— Barrett, je suis heureuse de vous revoir.

Le sourire qui éclaira soudain la mine jusque-là si morose de la jeune femme et mit tant de cordialité dans ses yeux tristes éveilla la curiosité de Tristan. Il eut l'impression de voir le soleil se lever, pour ensuite disparaître derrière un gros nuage tandis qu'elle découvrait le charme oriental de Pharao. Médusée par sa beauté, elle le regarda bouche bée pendant un long moment pendant que les autres convives faisaient de même en se demandant qui était le bel étranger.

— Permettez que je vous présente Pharao Tak'Ahn, mon lieutenant, dit Tristan après s'être ostensiblement éclairci la voix. Phar, je te présente lord Nigel et son épouse, lady Ellora. Et enfin, voici Bertie.

Pharao se courba très bas pour tous avec, sembla-t-il à Tristan, une insistance particulière pour Bertie qu'il ne quitta pas des yeux.

Ellora s'en aperçut et s'interposa immédiatement entre sa fille et le beau cavalier. Bertie retrouva aussitôt son regard triste.

Puis ce fut au tour de Nigel de s'éclaircir la voix.

— Tout le monde est-il arrivé, lord Tristan ? demanda ce dernier avec une pointe d'impatience dans la voix.

— Oui, répondit Tristan d'un ton aimable. Mes guerriers se débrouilleront. Quant à John, nous n'avons pas réussi à le convaincre d'ajourner ses retrouvailles avec sa famille pour se joindre à nous.

— John ? répéta Ellora.

— Oui, John, le petit fermier, intervint Barrett. Il se plaît beaucoup à Greanly.

— Ah oui, vraiment ? demanda Nigel.

— Tout à fait, confirma Tristan. Et nous en sommes ravis.

— Dans ce cas, tout est bien ! répliqua Nigel sans rien laisser paraître de son embarras. Vos compagnons sont les bienvenus à ma table, lord Tristan. Nous parlerons affaires et mariage après le dîner, suggéra-t-il avec emphase. Si nous dînions, messieurs ?

La manière dont Nigel semblait accompagner la moindre parole de haussements de sourcils synchrones ne manqua pas d'agacer Tristan.

Le seigneur de Seacrest tendit le bras à sa dame tandis que le maître de Greanly prenait celui de Bertie. Pharao en profita pour taquiner Barrett en lui offrant le sien, mais le bon sheriff refusa tout net.

Durant l'intervalle, Tristan suivit d'un œil froid la silhouette menue de Nigel. Sous ses dehors polis, le guerrier ne décolérait pas.

Quant à Pharao, il fermait la marche sans quitter des yeux la démarche légèrement chaloupée de Bertie.

Il fut comblé lorsque, à l'insu de tous, elle jeta un coup d'œil en arrière, lui retournant ainsi l'appréciation.

Sanglier à la broche, petits pois à la crème, pain perdu aux pommes et aux raisins secs, poires aux épices, hareng au court-bouillon et fruits confis – le tout arrosé d'un vin rouge bien charpenté – composaient l'essentiel du festin qui fut servi ce jour-là. Cependant, plus habitué au rata des cantonnements et à la tambouille des cuisiniers incompétents de Greanly, Tristan ne goûta guère le faste culinaire de son hôte.

Finalement, la faim eut le dernier mot, et il mangea son content. Il apprécia même encore plus la nourriture quand il se souvint qu'elle était issue, au moins en partie, du travail de ses paysans. Autour de lui, les propos de table allaient bon train, notamment entre lady Ellora, Bertie et Barrett, qui passèrent en revue toutes les rumeurs sans intérêt qui couraient en ville, jusqu'à ce qu'Ellora évoque Donald le forgeron. À compter de cet instant, Tristan ne perdit plus une miette de son verbiage.

— Notre forgeron devient moins vaillant avec l'âge, regretta Ellora. Et maintenant que Donald est à Greanly et qu'il va bientôt prendre femme, je crains que le feu de Vulcain ne s'éteigne à Seacrest.

Bertie sortit soudain de sa rêverie.

— Donald va se marier ? Mais qui… est l'heureuse élue ?

Le petit sourire en coin d'Ellora n'échappa point à Tristan.

— De quoi je me mêle, Bertie ? Tu le sauras assez tôt, puisque Donald a regagné Greanly.

L'allusion était claire : Bertie serait bientôt la femme de Tristan.

Barrett laissa échapper un rot discourtois.

— Oh, je vous le rendrais volontiers, ce fichu fauteur de trouble ! s'exclama le sheriff.

Nigel saisit l'occasion au vol.

— Donald ne se plairait-il pas à Greanly ?

Barrett jeta un coup d'œil mortifié à Tristan.

— Si, si, corrigea-t-il en regrettant immédiatement sa gaffe. C'est juste que Donald et moi, on s'est jamais bien entendus.

Puis, se tournant vers Bertie, il ajouta :

— N'est-ce pas, Bertie ?

— C'est vrai, acquiesça la jeune femme. Même qu'une fois, confia-t-elle timidement à Tristan, Barrett était si furieux qu'il l'a jeté dans…

— Bertie ! intervint Ellora. Ce ne sont pas des façons !

Un silence de plomb s'abattit soudain sur la tablée. Malgré toute la sympathie que Tristan éprouvait pour la jeune femme, il n'était pas fâché que la conversation cesse de tourner autour de Donald. Pour des raisons personnelles, il lui importait que Nigel et Ellora ne sachent pas que le forgeron était retenu prisonnier.

Quoi qu'il en soit, lord Nigel avait manifestement décidé qu'on avait suffisamment perdu de temps en bavardage, car il se leva, lissa délicatement les pointes de ses petites moustaches noires et leva sa coupe.

— Lord Tristan, commença-t-il en agitant le récipient, si vous voulez bien me suivre en un lieu plus propice à la discussion, l'heure est venue de sceller notre accord.

Tristan opina du chef puis se leva à son tour.

Il surprit le regard insistant que Nigel lança à Ellora, et ne fut donc pas étonné lorsque la maîtresse de maison annonça qu'elle se retirait.

— Je vous prie de nous excuser, dit-elle. Ma fille et moi aimerions prendre l'air pendant que vous parlez entre hommes.

— Naturellement, répliqua Tristan en s'inclinant très bas sans rien perdre de l'intérêt que Bertie semblait manifester pour Pharao.

Quant à ce dernier et à Barrett, ils se levèrent pour saluer le départ d'Ellora et de la jeune femme.

Tristan remarqua que Pharao, qui d'ordinaire était si placide, semblait piqué au vif.

Ces messieurs se dirigèrent vers l'âtre où deux fauteuils sculptés les attendaient.

— Si vous voulez bien nous laisser, Barrett et… euh… Pharao, c'est bien ça ?

— Je ne quitte jamais mon seigneur, déclara Pharao en croisant les bras.

Il avait subitement retrouvé toute sa sérénité.

— Tout va bien, Phar, assura Tristan. Barrett, avec la permission de lord Nigel, tu pourrais peut-être montrer les environs à Pharao ?

— Excellente idée ! s'exclama Nigel avec enthousiasme. Sans aucune restriction, sheriff.

— Seigneur ? demanda Pharao en cherchant l'approbation de Tristan.

Lord d'Argent répondit par un bref signe de tête.

— Alors, grand dadet, tu viens ? marmonna Barrett.

Puis, tandis qu'ils franchissaient la porte, il s'exclama :

— Bon sang, tu vas leur ficher une trouille bleue à ces pauvres villageois !

Pendant ce temps, Nigel avait pris ses aises et invitait Tristan à faire de même.

— Alors, mon bon lord Tristan, commença-t-il avec condescendance, êtes vous content de votre nouveau fief ?

Il porta sa coupe à ses lèvres, mais l'ostentatoire calice n'occulta pas son petit sourire en coin.

— Ce n'est pas la peine de tourner autour du pot, mon bon lord Nigel, rétorqua Tristan d'un ton aimable en s'amusant intérieurement de la soudaine réserve de son interlocuteur. Je suis moins bête que vous ne semblez le penser.

— Je ne comprends pas, hasarda Nigel sans se départir de son calme.

— Vous m'avez envoyé des tueurs fanatisés à coups de rumeurs mensongères sur mon propre compte, rappela Tristan.

Puis il se pencha en avant et, avec le plus grand sérieux, ajouta :

— Vous espériez peut-être que je les massacre afin de devenir bien en cour à mes dépens ?

— On vous aura mal renseigné, protesta Nigel. Pourquoi causerais-je du tort à celui qui s'apprête à devenir mon allié en épousant ma belle-fille ?

— Ne me prenez pas pour plus idiot que je suis, Nigel. Je sais que votre plan simpliste prévoyait ma mort ou celle de vos sbires. S'il avait réussi, il n'aurait plus été question de mariage, et Guillaume m'aurait probablement déchu de mon titre et de mes terres, car comment aurais-je pu prouver votre traîtrise ?

À ces mots, Nigel retrouva toute sa morgue.

— Je vous prends surtout pour un homme qui a trop longtemps guerroyé, d'Argent, et qui soupçonne tout le monde de trahison.

— Détrompez-vous, riposta Tristan en l'épinglant du regard avant de porter l'estocade. Seulement ceux dont on me confesse la félonie.

Nigel posa délicatement sa coupe sur une petite table et prit un air de pénitent.

— Mes rustres auraient-ils entaché d'infamie mes intentions à votre égard ?

— Non « vos rustres », mais l'un d'entre eux, rectifia Tristan en se levant.

Puis, tournant volontairement le dos à l'ennemi, il ajouta :

— Vous surestimez la fidélité de Donald.

Tristan entendit craquer le siège de Nigel. Le seigneur de Seacrest venait de se lever à son tour.

— Le bougre de crapaud ! Quels mensonges a-t-il encore répandus ?

— J'en sais assez pour avoir gagné le droit de vous tuer sur-le-champ, répondit calmement Tristan en se retournant.

Il avait pesé chaque mot.

L'élégant échalas blêmit et, avec l'air de ne pas y toucher, alla se réfugier derrière le dossier de sa chaise.

— Je ne vous ai causé aucun tort, Tristan d'Argent, insista le fourbe en l'accusant de son doigt décharné. Et je ne prends pas vos menaces à la légère.

— Grand bien vous fasse ! rétorqua Tristan en tirant de son ceinturon plusieurs parchemins pliés en quatre.

Il déplia l'un d'entre eux et le jeta à la figure de Nigel. La pièce officielle atterrit mollement sur le siège qui lui servait de rempart.

— C'est le décret royal qui ordonne le retour des habitants de Greanly.

Nigel haussa les sourcils, puis considéra le document de haut sans se donner la peine de le ramasser, puis il regarda de nouveau Tristan, cette fois avec incrédulité.

— Le temps de rassembler mes serfs et nous partirons ce soir.

— Ce ne sera pas facile, répliqua Nigel d'un ton dubitatif. Votre réputation vous a précédé.

— Les gens ne connaissent rien de moi, si ce n'est les mensonges que vous avez répandus à mon sujet. Quoi qu'il en soit, je suis leur seigneur, et ils feront ce que je leur dirai, sinon ils verront ce qu'il en coûte de me désobéir, prévint-il.

Puis, regardant Nigel bien en face, il ajouta :

— Cela vaut également pour vous, au cas où il vous prendrait l'envie d'interférer.

— Est-ce ainsi que vous remerciez celui qui a si généreusement veillé sur votre bien ? demanda Nigel en se rembrunissant. Avec des accusations de trahison et des insultes ?

Tristan ne prit pas même la peine de répondre.

— Je partirai ce soir avec les habitants de Greanly qui voudront me suivre, répéta-t-il. Quant aux récalcitrants, ils ne tarderont pas à les rejoindre. Actuellement, mes hommes sont en train de charger la part de vos provisions qui nous revient. Nous reviendrons chercher ce que nous ne pourrons pas emporter aujourd'hui.

Nigel resta bouche bée.

— Mais…, je vous interdis d'entrer dans mes réserves !

— Je me passe de votre autorisation, rétorqua Tristan en désignant d'un geste vague le document signé par Guillaume. Même si vous avez personnellement donné licence à mon sheriff d'aller où bon lui semble.

— Vous me le paierez, fulmina Nigel en prenant conscience de son erreur.

De rage, il serra le dossier de la chaise qui lui servait de bouclier.

— Tous mes regrets à lady Ellora et à lady Bertie, salua Tristan en vidant lentement sa coupe avant de la reposer en la faisant joyeusement claquer sur la table. Plutôt bon, ce vin !

Puis il gagna la sortie.

— D'Argent, vous ne vous en tirerez pas comme ça ! s'écria Nigel tandis que Tristan s'éloignait. Et vos fiançailles ? Eux aussi ont été voulus par décret du roi !

Sans s'arrêter, Tristan lança un parchemin chiffonné par-dessus son épaule. Il atterrit par terre sans un bruit. Pétrifié, Nigel le regarda ouvrir l'énorme panneau de chêne et sortir en claquant la porte dans un silence de mort.

Dès qu'il fut sorti, lord Nigel poussa un hurlement suraigu et envoya valser sa chaise qui se brisa contre un amoncellement de tables.

Ce fils de rien du tout est en train de piller mes réserves, songea-t-il, *et je ne peux rien faire pour l'en empêcher !*

Nigel savait que s'il donnait l'ordre de stopper les chariots de provisions, ses hommes courraient au-devant d'une mort certaine en s'opposant aux soldats aguerris de Tristan. Non que Nigel se souciât de la vie de ses rustres (ils étaient seulement indispensables à la conservation des nobles), mais il considérait que la razzia qu'opérait Tristan parmi les serfs suffirait à ses pertes.

Il prit son précieux calice d'église et le vida d'un trait avant de le jeter au feu où il atterrit dans un bruit métallique en soulevant une gerbe d'étincelles.

— Messire ? héla Ellora d'un ton inquiet depuis l'escalier. Quelque chose ne va pas ? Où est lord Tristan ?

— Il est parti, grâce à ton idiote de fille replète.

— Comment, parti ? demanda-t-elle en descendant les marches.

Ellora ramassa le parchemin roulé en boule que lui désignait Nigel comme élément de réponse. Elle jeta un rapide coup d'œil au document puis regarda son mari avec indignation.

— Il a rompu les fiançailles ? Mais ce parchemin est signé de la main de Guillaume !

— Je suis au courant, stupide femelle ! hurla Nigel en agitant les bras comme un forcené.

Ellora eut un mouvement de recul, comme si elle avait reçu un coup, mais continua le jeu des devinettes pour éviter d'affronter son désespoir.

— Vous a-t-il donné des raisons ? insista-t-elle.

— Je me fiche de ses raisons ! Ce n'est qu'un voleur et un usurpateur, gronda Nigel en se plantant devant Ellora.

— Peut-être qu'il veut une femme plus petite que son cheval, et moins bête ! s'exclama-t-il en la secouant comme un prunier.

— Messire…, supplia Ellora en essayant de se dégager. Je vous en prie, lâchez-moi.

— À moins qu'il n'ait eu vent de votre stérilité, et qu'il ne craigne que votre fille soit comme vous ? suggéra-t-il en l'envoyant valser contre une table où elle se retint. N'est-ce pas la principale raison pour laquelle votre mari vous a trompée ? Parce que vous n'aviez pu lui donner qu'une seule fille bonne à rien ?

— Je vous en prie, arrêtez ! gémit-elle, tandis qu'il fonçait sur elle en serrant les poings.

— Non ! grogna-t-il avant de soulever sa femme par sa coiffe.

Ellora poussa un hurlement de douleur, puis il tira son visage d'un coup sec vers le sien.

— Non, je ne m'arrêterai pas ! Pas pour laisser un freluquet né de père inconnu qui lèche les bottes de Guillaume anéantir le fruit de mes efforts, expliqua-t-il.

D'une main, il la secoua par les cheveux et, de l'autre, la prit à la gorge. Elle inclina involontairement la tête et croisa le regard démoniaque de son mari.

— D'Argent n'a pas rompu les fiançailles, mais je suis sûr qu'il adressera une requête au roi. Je vous préviens que si nous sommes ruinés à cause de cette truie que vous appelez votre fille, je me chargerai personnellement, personnellement vous entendez, insista-t-il en la secouant de plus belle, de lui enlever moi-même la graisse qu'elle a en trop.

Nigel poussa de nouveau Ellora, qui, cette fois, s'effondra sur le sol en suffoquant ; puis il se dirigea comme un fou jusqu'à la porte et se retourna pour s'adresser une dernière fois à sa femme en larmes avant de sortir.

— J'ai d'autres pions à jouer ce soir, qui me permettront peut-être de rattraper cette alliance. Si vous tenez à la vie, restez éloignée de moi.

Incapable d'émettre un son, Ellora se contenta de détourner le regard tandis que son mari s'éloignait. Elle lui voua une haine noire et coriace jusqu'à la nausée, puis elle frappa la terre battue du gras de ses poings avec une vaine exaspération.

Lentement, elle se releva, le corps endolori, crispé ; elle était incroyablement lasse.

Tous ces efforts, songea-t-elle, *toutes ces années perdues à parfaire l'éducation de Bertie, pour se voir finalement rejetée d'un revers de la main !*

Il était coutumier de ce genre de péripéties, et son orgueil en souffrait.

Elle s'aperçut soudain qu'elle tenait encore le parchemin lacéré roulé en boule dans sa main. Elle le déplia minutieusement et le défroissa sur son sein. Il stipulait que seul le roi pouvait désavouer l'union. Ellora en conclut que Tristan n'avait d'autre choix que d'épouser Bertie sous peine de se voir confisquer son titre et sa fortune.

De toute façon, quand bien même Guillaume donnerait-il son assentiment au déshonneur de Bertie, Ellora ne le permettrait pas. Elle en fit le serment.

Chapitre 8

— Faut-il vraiment que nous partions sur-le-champ ? demanda Mary. Tout est si précipité.

Depuis le seuil de la maison de John et Mary, Minerva et Haith regardaient John, Barrett et un étranger au teint bistre charger les possessions de la famille dans un chariot avec l'aide de soldats qu'elles ne connaissaient pas. D'autres villageois avaient eu la même idée, et leurs effets personnels encombraient déjà l'attelage.

Il revenait à John de répondre à sa femme. Il le fit lorsqu'il s'arrêta à sa hauteur sur le chemin de la chaumière. Malgré la fatigue qui se lisait sur son visage ridé et qu'accentuait la lumière des torches, une lueur d'espoir éclairait son regard.

— C'est vrai, Mary, convint-il, mais lord Tristan veut que nous quittions Seacrest sous sa protection.

— Comment cela, sous sa protection ? demanda Haith.

Quel genre d'homme était donc ce seigneur pour régler la question de Nigel aussi promptement ? Finalement, il n'était pas impossible que le bien-être de Bertie et le sien soient assurés.

— Chais pas, répliqua John en haussant les épaules. En tout cas, je lui fais confiance.

Puis cet homme menu retourna à son déménagement en arborant un sourire énigmatique.

Déjà inquiète, Haith ne sut plus désormais que penser. À ce rythme effréné, ils auraient tous quitté Seacrest dans l'heure sans prendre le temps de faire leurs adieux. La jeune fille aurait pourtant voulu prévenir Bertie de leur départ. Cependant, après son altercation avec Nigel, Haith n'osait plus retourner au château. Mary se chargerait-elle de la commission ? Hélas, cette dernière s'éloignait déjà en hélant les uns et les autres.

— Eh, toi là-bas ! Enlève cette chaise de sur ma vaisselle, espèce de malotru !

Haith fut alors rejointe par Minerva qui tirait leur vieux cheval par la bride. L'équidé portait les sacoches et les sacs qui contenaient tout leur avoir.

— Le voilà ! chuchota la vieille guérisseuse en serrant avec insistance le bras de la jeune fille.

Le regard noir de Minerva pétillait d'exaltation.

— Qui ? demanda Haith avant d'apercevoir Nigel qui s'avançait vers elles à grandes enjambées.

Elle fut immédiatement tétanisée par la peur et ne sut plus si elle devait courir ou rester. Avait-il l'intention de l'empêcher de quitter Seacrest ? Revenait-il sur leur accord ?

Elle allait s'enfuir à toutes jambes lorsque Minerva la retint fermement.

— Minerva, lâche-moi, je t'en prie !

— Non, ma princesse, objecta Minerva en tenant bon. Il faut lui dire…

— Non ! s'exclama Haith en se dégageant pour se précipiter à toute allure entre les habitations sans tenir compte des mises en garde de Minerva.

— Haith, reviens ! Tu es en danger.

La jeune fille courut jusqu'au grand parapet de bois, puis elle pivota sur elle-même en quête d'une issue. À gauche, se trouvaient les écuries ; mais l'idée de se retrouver une fois de plus piégée dans ce trou à rats avec Nigel ne l'enchantait pas le moins du monde. Elle opta pour la droite et s'enfonça dans les rues du village.

Soudain, Nigel surgit de l'arrière d'une masure et la saisit par le bras avant de l'entraîner à sa suite contre un mur lépreux. Haith poussa un hurlement d'épouvante et son cri déchira le silence étoilé de la nuit.

— Alors, ma belle, comme ça, tu croyais m'échapper ? gloussa le hobereau tandis que Haith se débattait. Je ne peux le permettre. Ta vie même dépend de mon bon vouloir à présent. Et j'entends te faire payer ta perfidie.

— Je ne vous dois rien ! postillonna la jeune fille. C'est en accord avec vous que je quitte Seacrest ce soir. Vous m'avez placée devant une alternative, et j'ai fait mon choix. Maintenant, laissez-moi partir !

Pour toute réponse, cette démonstration sans faille valut à Haith une gifle du revers de la main.

— Au contraire, tu me dois tout, fille de catin ! Et le moment est venu de payer tes dettes.

Nigel se jeta sur elle malgré ses protestations, et tous deux tombèrent à terre. Malgré sa petite corpulence et ses muscles effilés, il n'eut aucune difficulté à l'immobiliser au sol tout en passant la main sous ses jupes. Haith se mit à hurler lorsque les doigts de son agresseur se posèrent sur sa peau nue ; mais il eut tôt fait de la réduire au silence par le même moyen que précédemment.

— Si tu ouvres encore une fois la bouche, je te tue sorcière. C'est compris ? prévint-il en la menaçant du doigt comme une enfant.

Le sang s'écoulait comme une moquerie du nez de Haith jusque sur son menton.

Elle hocha la tête, jugeant plus sage de ne pas le contredire. Cependant, lorsque Nigel recommença à la toucher, elle s'accrocha à la première idée qui lui traversa l'esprit.

— À Greanly, commença-t-elle, la gorge serrée par les sanglots, la honte et l'exécration, vous aurez besoin d'une informatrice.

— Quoi ? s'exclama Nigel en se figeant pour la regarder bien en face.

— Nous ne savons toujours pas ce qu'est devenu Donald. Je… je pourrais vous révéler les plans de Tristan.

Haith essaya de rabaisser ses jupes en glissant sur le sol, mais Nigel l'en empêcha.

— Mais pour ça, il faut que vous me laissiez partir… saine et sauve.

— Tout simplement ? demanda-t-il comme s'il s'agissait d'une simple joute verbale.

Haith se contenta d'opiner du chef, car elle n'était pas sûre de pouvoir encore produire un son. Nigel parut réfléchir un instant, et la jeune fille se prit à croire en sa libération prochaine. Le courage de parler lui revint avec l'espoir.

— Tiendrez-vous parole, messire ?

Nigel la regarda droit dans les yeux. Là où Haith s'était attendue à découvrir de la résignation, voire de la déroute, elle ne vit qu'une âme noire et sournoise.

— Bien sûr que je tiendrai parole ! dit-il d'un ton doucereux en esquissant un sourire perfide.

Haith put enfin souffler, mais son soulagement ne fut que de courte durée.

— Cependant, au vu de tes précédentes décevances, je doute que tu en fasses autant, nuança-t-il en la dévisageant. Je vais cependant te remettre à d'Argent afin que tu me serves. Mais sache, ma jolie, que si tu reviens sur notre accord, je te tuerai de mes propres mains.

Nigel se pencha en avant et lécha la joue de Haith. Celle-ci détourna la tête, mais il ne se laissa pas décourager et l'enveloppa malgré elle de son haleine tiède.

— Pour te prouver que je ne lance pas des menaces en l'air, tu vas d'abord m'accorder ce qui me revient.

C'est alors que Haith s'aperçut que Nigel avait commencé à défaire ses aiguillettes, et elle fut prise d'une peur panique lorsqu'il se plaqua contre elle. Avec rage et énergie, il se démena contre elle tout en s'efforçant de lui retirer son délicat jupon.

La fine étoffe se déchira, et Haith hurla à pleins poumons, tandis que Nigel criait victoire. Elle le conspua à en perdre la voix et se débattit comme un beau diable, en vain. Déjà Nigel s'apprêtait à violer son intimité. Elle sentit quelque chose de pointu et de tiède s'immiscer en elle, puis ce fut tout.

L'instant d'après, il s'effondrait à quelque distance le long d'un mur sale.

Haith se hissa tant bien que mal sur son séant. Prise de convulsions et hurlant toujours, elle s'efforça de rabaisser son vêtement. Minerva, qui se tenait près d'elle, la prit dans ses bras et la berça doucement.

— C'est fini, ma princesse. Je suis là maintenant, susurra-t-elle en écartant ses mèches trempées de sueur.

— Il ne t'a pas déflorée, n'est-ce pas ?

Haith secoua la tête avant de se blottir dans le cou ridé de Minerva.

— Comment as-tu fait pour me trouver ? demanda la jeune fille en claquant des dents.

— Ce n'est pas moi qui t'ai trouvée, mon enfant, corrigea Minerva à mi-voix, c'est lui.

Haith tourna la tête vers son sauveur. Un colosse armé d'une magnifique épée de combat se tenait au-dessus du corps recroquevillé et gémissant de Nigel.

La blonde chevelure du guerrier ondoyait dans le vent. Il posa sur Haith son beau regard lapis-lazuli, et le cœur de la jeune fille s'ouvrit sur un océan de gratitude.

L'homme qui lui était apparu en rêve se tenait à moins de dix pas.

— Minerva, je perds la raison ! murmura-t-elle avec un sourire béat avant de s'évanouir.

Haith s'éveilla dans les bras de Minerva au son mélodieux de sa psalmodie. La sombre ruelle qui marquait la séparation entre les dernières chaumières et le mur d'enceinte était anormalement éclairée. Tandis qu'elle était sans connaissance, une armée de villageois de Greanly et de Seacrest étaient accourus avec des brandons et faisaient à présent trembler l'étroit passage de leurs violentes invectives.

Mary, son bébé dans les bras, se précipita auprès de Haith. Au moment où elle s'agenouillait dans la terre meuble, la convalescente se dégagea de l'étreinte protectrice de Minerva et se pencha en avant pour jeter un coup d'œil au remue-ménage.

C'est alors que, malgré l'attroupement qui lui bloquait presque entièrement la vue, elle aperçut de nouveau son sauveur.

Par ici ! supplia-t-elle en silence.

Le guerrier leva la tête et lui rendit son regard par-dessus la multitude.

Haith ne s'était jamais sentie aussi heureuse, sauf peut-être en rêve.

Il existe vraiment !

Elle n'avait donc pas rêvé sa venue dans l'écurie, ni sa promesse de la protéger.

Il est revenu !

Malgré les admonestations et la prévenance de Minerva et de Mary, Haith se dressa sur ses jambes chancelantes avant de se diriger lentement vers l'attroupement. Aveugle et sourde au tumulte environnant, elle n'avait d'yeux que pour un seul.

Enfin, les voix se turent et la petite foule se scinda d'elle-même sur son passage. Certains villageois considérèrent avec indignation sa mise déplorable ; d'autres détournèrent le regard avec respect. Sa longue robe était déchirée et maculée de boue. Une croûte de sang desséché entourait ses lèvres et sa joue tuméfiées. Elle passa également outre ceux qui étaient animés par une curiosité malsaine et ceux qu'inspirait une certaine compassion. Elle n'avait qu'une seule idée en tête : Tristan.

À deux pas de son sauveur, elle se planta devant lui et leva sans mot dire les yeux sur son beau visage courroucé. Instantanément, le charme opéra et, pendant une seconde, ils furent nimbés dans une lumière qui les isolait du reste du monde. Haith tendit doucement la main à son galant.

— Quelle catin ! s'exclama soudain Nigel, brisant le fragile silence qui régnait autour de Haith.

La jeune fille sursauta et tourna un regard terrifié en direction de son agresseur.

— Voici qu'elle se jette à vos pieds, d'Argent ! Ne vous disais-je pas la vérité ?

Perplexe, Haith considéra tour à tour les yeux exorbités et rouges de colère de Nigel, puis le visage impénétrable et insensible de celui qu'il venait d'appeler d'Argent.

Insinue-t-il que je l'ai invité à me violer?

Mais... d'Argent n'est autre que...

À cet instant, Barrett, qui s'était frayé un chemin de ses larges épaules à travers la populace, vint se planter devant Nigel et le menaça du poing.

— Espèce de sale menteur ! tonna-t-il.

Médusé, Nigel recula d'un pas avant de se reprendre avec effronterie.

— Je te ferai pendre ! prévint-il. Tu oublies que je suis ton seigneur.

— C'est du passé ! rectifia Barrett d'un ton imperturbable avant de désigner le grand guerrier blond qui ne perdait rien de l'échange au sujet de la jeune fille ébouriffée. J'ai juré allégeance à lord Tristan, et c'est à lui que je dois fidélité.

À ces mots, Haith laissa échapper un petit cri d'épouvante. Nigel, qui ne s'était pas attendu à un tel revirement, ne se laissa pourtant pas impressionner.

— Maudit paria ! De quoi te mêles-tu ? C'est une affaire entre gentilshommes.

— Cette petite, commença Barrett en montrant Haith du doigt, est encore à la veille de s'offrir à quiconque, et encore moins à une brute telle que vous. J'ai bien connu sa mère et son père, et je connais parfaitement Minerva aussi. Elle a reçu la meilleure éducation.

— La meilleure éducation que puissent donner une catin et une vieille sorcière chassées du château par mon honnête épouse !

Soudain, une rumeur parcourut la foule. Minerva venait de se poster à côté de Tristan et s'avançait vers Nigel avec un air menaçant.

— Vous osez salir la mémoire de ma Corinne ? souffla-t-elle d'un ton qui n'augurait rien de bon. Vous parlez sans savoir, vieux reptile !

— Bas les pattes, sorcière ! protesta Nigel avec une légère fêlure dans la voix. Je m'occuperai de toi et de ta grue plus tard.

— Non ! riposta Minerva.

Nigel eut un mouvement de recul puis leva instinctivement le poing, mais la guérisseuse lui saisit le poignet de sa main déformée par les rhumatismes. Nigel poussa un cri de douleur et tomba à genoux sous la pression de la frêle vieillarde. L'assistance recula dans une clameur inquiète.

— Bonté divine ! s'écria-t-il avec virulence tandis que de petites volutes de fumée s'élevaient le long de son bras. Par tous les saints, lâche-moi, espèce de créature du diable !

— Vous avez fait une offre de mariage à Haith, et elle a accepté ! rappela Minerva en le regardant droit dans les yeux. De votre propre fait, vous avez cessé d'être son maître. Elle quittera donc Seacrest ce soir.

Nigel plissa les yeux pour conjurer sa peur et sa douleur, mais il ne put empêcher une odeur de roussi de se répandre à travers la basse-cour.

— Dans ce cas, qu'attendez-vous ? hurla-t-il en rejetant la tête en arrière, le dos anormalement cambré.

Son visage crispé et blême ruisselait de sueur.

Haith tressaillit et sortit soudain de sa léthargie.

— Minerva, arrête ! Tu vas le tuer.

La vieille femme lâcha aussitôt prise comme on laisse tomber un vulgaire bâton. Nigel en profita pour se redresser tant bien que mal avant de s'écarter sans demander son reste. Haith accourut auprès de Minerva et l'exhorta à laisser partir sa victime, mais la guérisseuse ne se laissa pas fléchir.

Pour le plus grand émoi de la foule, un bracelet de chairs sanglantes et calcinées entourait le poignet du seigneur de Seacrest.

— Suppôt de Satan ! s'écria Nigel en massant sa blessure. Tu m'as brûlé avec ton feu infernal !

Puis, tournant ses petits yeux de fouine débordants de larmes vers les badauds inquiets, il ajouta :

— Saisissez-vous d'elle !

Mais nul ne broncha.

— La pourriture de ta chair révèle la nature de ton cœur ! accusa Minerva en pointant sur lui son doigt crochu.

Carogne, mère et demoiselle,
Prends garde à ceux qui donnent des ailes au diable,
Car le mal que tu répands revient
Trois fois trente-trois fois dans ta main.

Pâle comme un clair de lune, Nigel était tétanisé et ne parvenait pas à détacher son regard de la petite vieille qui venait de l'isoler aux yeux de la communauté.

— *C'est un sort!* murmura quelqu'un tandis que plusieurs paysans se signaient.

— Va au diable! s'écria Nigel d'une voix tremblante.

Minerva partit alors d'un grand rire clair comme source d'eau pure. Cette joie soudaine finit de déstabiliser le seigneur de Seacrest qui s'enfuit en courant dans la rue étroite, bousculant au passage quelques habitants du village qui en profitèrent pour se disperser. Les derniers badauds, quant à eux, surveillaient l'étrange guerrier, Barrett, Minerva et Haith du coin de l'œil.

Après le départ de Nigel, Haith se tourna vers Tristan, prenant soudain conscience de sa situation peu enviable.

— Êtes-vous Tristan d'Argent, seigneur de Greanly? demanda-t-elle en cherchant son regard aimé.

— Oui, grommela-t-il d'une voix sépulcrale en la considérant comme si elle était la vouivre en personne. Et vous, vous êtes Haith de Seacrest, la fille de lord James.

Haith hocha la tête.

— Vous êtes le promis de ma sœur, articula-t-elle enfin.

Tristan fit une grimace de dégoût.

— Quant à vous, vous vous êtes engagée à épouser celui qui a décidé de me tuer!

Chapitre 9

Haith s'efforçait de suivre le vieux cheval fatigué qui emportait Minerva. Ses délicates pantoufles de cuir étaient en bout de course et ne laissaient de l'incommoder. À chaque pas, de petits cailloux tranchants se glissaient douloureusement entre ses pieds et la semelle, obligeant la jeune fille à s'arrêter à intervalles réguliers pour les ôter avant de reprendre sa marche en boitillant.

La lune avait déserté le ciel, et l'aube tardait encore à venir, si bien que la campagne était plongée dans une obscurité totale. Haith commençait à trouver que cet exode nocturne tirait en longueur, et elle n'était pas la seule dans ce cas. Des mères s'efforçaient en vain de calmer leurs enfants qui ne cessaient de pleurer depuis qu'on les avait réveillés sans ménagement pour se mettre en route en plein milieu de la nuit. Les gamins les plus âgés marchaient quand ils le pouvaient. Quant à ceux qui étaient trop petits pour marcher longtemps ou qui tombaient de fatigue, on les hissait à l'avant des chevaux. De nombreux soldats tenaient ainsi un enfant endormi sur les genoux. Haith enviait malgré elle le confort et le sommeil de ces petits innocents.

Dans leur précipitation, les paysans s'étaient rassemblés en une caravane bigarrée composée de chariots chargés à la hâte, d'animaux et de quelques âmes enhardies par les récentes anicroches. Au total, une petite centaine de villageois furent ainsi escortés par les guerriers de Greanly, soit moins du tiers du nombre initial de réfugiés.

En tête du cortège se trouvaient quelques chariots débordant de grain, de fourrage, de viandes salées, de fûts de bière et de vin, de beurre et de fromage. Ce n'était qu'une petite partie des provisions qui revenaient à Greanly, mais c'était déjà beaucoup pour un seul voyage. Barrett chevauchait à hauteur du chariot de tête aux côtés de Pharao. Haith avait croisé le regard de l'étranger à plusieurs reprises et avait cru déceler un austère mépris à l'abri de ses paupières tombantes.

Cette attitude semblait s'inspirer directement de celle de son suzerain. De fait, après avoir mentionné le mariage prochain de Haith avec Donald, Tristan avait rejoint ses hommes d'un pas raide, laissant la jeune fille triste et éplorée dans les bras de Minerva. Dès lors, il ne lui avait plus rendu aucun de ses regards, préférant faire semblant de ne pas la voir. S'agissait-il vraiment du même homme qui l'avait comblée de tendresse dans l'écurie ?

Haith en eut le cœur meurtri.

En quelques heures, toute sa vie avait été chamboulée. Le galant qu'elle désirait de tout son cœur, celui qui peuplait ses rêves depuis l'enfance, épouserait Bertie, sa sœur bien-aimée, par décret du roi. Quant à Haith, qui était de noble naissance et point bâtarde, elle était à présent prise au piège et s'apprêtait à célébrer une caricature de fiançailles avec un laboureur grimaçant et violent. Pour fuir Nigel, Haith avait quitté le seul foyer qu'elle n'ait jamais eu, se condamnant à coup sûr à une lente agonie spirituelle.

Je n'ai même pas eu le temps de dire au revoir, songea-t-elle le cœur lourd.

De fait, elle n'avait fait ses adieux, ni à Bertie qu'elle reverrait cependant bientôt, ni à ses parents qui dormaient sous un tumulus en surplomb de Seacrest. Le temps lui avait tout simplement manqué. Toutes ses possessions tenaient à présent dans quelques sacs de toile grossière attachés à la selle de Minerva.

Juchée sur sa monture, cette dernière fredonnait un air comme si elle se rendait à la foire de Londres. Il s'agissait d'une mélodie écossaise contant l'histoire d'une fée et de son mortel amant. La romance commençait à porter sur les nerfs déjà à vif de Haith.

— Minerva, je t'en prie, supplia cette dernière en trébuchant dans une fondrière, arrête cette chanson. Il n'y a pas de quoi se réjouir !

— Pourquoi non ? demanda la vieille du tac au tac. Tu as trouvé ton âme sœur, et nous voici en route pour notre nouveau foyer !

Sans attendre de réponse, Minerva entonna un nouveau couplet.

Haith jeta un rapide coup d'œil alentour afin de s'assurer que personne ne l'avait entendue, puis elle trébucha de nouveau et, cette fois, perdit l'équilibre.

Accablée de chagrin et de fatigue, elle resta ainsi accroupie dans la poussière, s'efforçant en vain de retenir ses larmes.

Minerva s'arrêta aussitôt de chanter et revint se poster avec son cheval au-dessus du corps recourbé de la jeune fille.

— Allons, mon enfant, relève-toi, gronda-t-elle. Nous ne voulons pas le faire attendre.

— Je n'y arrive pas, répondit Haith à voix basse.

C'est alors que Rufus, un villageois, s'agenouilla à sa hauteur.

— Lady Haith, pouvez-vous poursuivre ? demanda-t-il.

— Je crains que non, mon bon Rufus, répliqua-t-elle en grelottant. Je vais me reposer un peu ici avant de continuer.

Déjà, Rufus était rejoint par un autre paysan qui s'inquiéta, lui aussi, de l'état de Haith, puis ce fut le tour d'une famille entière, puis d'une autre, si bien que la moitié du convoi se trouva immobilisée.

— Madame, voulez-vous que je vous porte ?

— Faisons la chaise.

— Peut-être pourrions-nous l'installer au sommet d'un chariot ?

Les protestations de Haith se perdirent dans le tumulte des surenchères. La jeune fille savait que plus ils passaient de temps à l'arrêt, plus ils risquaient d'attirer l'attention de leur seigneur ; et Haith ne se sentait pas la force de l'affronter une nouvelle fois.

Minerva elle-même le comprenait. Aussi s'ingénia-t-elle à décliner l'offre des villageois d'un geste vague de la main.

— Elle ira mieux dans un moment. Avancez !

Mais ces bonnes âmes étaient sceptiques.

— Ses pieds sont en sang !

— Madame, permettez que je vous…

— Accrochez-vous à mon bras, madame.

Soudain, la terre vibra sous les mains de Haith tandis que deux énormes sabots apparaissaient dans son champ de vision. Elle leva la tête et reconnut la robe grise du cheval de d'Argent.

Ce dernier semblait très en colère.

— Quelque chose ne va pas ? demanda-t-il.

Rufus se porta aussitôt au secours de la jeune fille.

— Lady Haith a les pieds en sang, messire, elle ne saurait aller plus loin.

Tristan bouillait mais ne dit rien, créant une gêne palpable parmi les voyageurs qui s'étaient attroupés autour de Haith. Rufus se racla intentionnellement la gorge sous le regard assassin de son seigneur puis s'avança pour prendre le bras de la jeune fille.

— Permettez, madame, suggéra-t-il en l'aidant à se relever.

— Lâche-la ! ordonna sèchement Tristan.

Rufus obéit sur-le-champ, et Haith retomba sur le sol durci.

— Aïe !

— Messire ? intervint Rufus d'un ton perplexe.

— Elle marchera toute seule ou nous nous passerons d'elle ! décréta Tristan. La route est encore longue jusqu'à Greanly, et je n'ai pas l'intention de me laisser retarder par les traînards.

Haith n'en crut pas ses oreilles. Comment une bouche aussi bien dessinée pouvait-elle proférer de pareilles horreurs ?

Il considéra la jeune fille de toute sa hauteur, lui faisant regretter de ne pas disparaître aussitôt sous terre. Cependant, elle n'était pas au bout de ses peines.

— J'interdis désormais qu'on l'appelle « madame », déclara-t-il. Elle a promis d'épouser un rustre, renonçant ainsi à tous les égards dus à son rang.

Il lança un regard noir sur l'assistance abasourdie et ajouta :

— Elle est des vôtres à présent, et j'entends qu'elle soit traitée comme telle.

Rufus et les autres serfs se mirent à piétiner en s'indignant du sort réservé à leur *lady*. Ils étaient partagés entre la crainte de déplaire à un seigneur qu'ils connaissaient encore mal et le désir de désobéir.

Haith considéra le cavalier aux bottes robustes et souples qui reposaient dans d'étincelants étriers et piqua une colère. Comment osait-il l'humilier devant les siens parce qu'elle était à la traîne, tandis qu'il se pavanait confortablement sur son destrier ? Comment pouvait-il la destituer de son titre et de son rang, alors qu'elle n'avait cherché qu'à préserver Bertie et Ellora du déshonneur et à se défendre de la lubricité de Nigel ? Avait-il déjà oublié sa promesse de la protéger ? Non seulement il semblait résolu à lui nuire en informant les villageois de ses fiançailles forcées, mais en plus il ne montrait aucune détermination à les remettre en question.

Eh bien, c'est tant pis pour lui ! songea Haith.

La façon dont Tristan se comportait avec elle rendait presque plus doux le pacte qu'elle avait conclu avec le diable Nigel.

Une fois de plus, la jeune fille rassembla ses forces pour se lever, puis elle soutint avec courage le regard de Tristan. Le désordre de sa mise n'enlevait rien à son allure majestueuse et à son port de tête aristocratique. Pourtant, son cœur se serra quand les nobles sentiments qu'elle nourrissait pour cet homme connu seulement en rêve se consumèrent au brasier de sa colère.

Le cheval de d'Argent se cabra lorsque Haith se dressa devant lui. Pris de court, Tristan calma sa monture non sans laisser paraître son mécontentement.

La jeune fille fit semblant de ne pas voir l'orgueilleux animal, préférant se concentrer sur le cavalier.

— Quant à vous, mon noble seigneur, vous n'êtes qu'un bougre d'âne sans cervelle qui déverse son fiel sans même s'en rendre compte !

La majorité des villageois ne se fit pas prier pour se disperser en se forçant à toussoter pour ne pas rire. Tristan fronça les sourcils et foudroya tour à tour Haith et Minerva du regard. Cette dernière, qui était toujours paisiblement installée sur sa vieille rosse, se contenta de sourire placidement.

Tristan devint rouge de colère.

— Que dis-tu rustaude ? demanda-t-il.

Haith fit la sourde oreille et rejoignit les autres villageois en boitillant avec autant d'élégance que ses pieds ensanglantés le lui permettait.

Tristan se tourna alors vers Minerva.

— Qu'a-t-elle dit ?

— Ne vous inquiétez pas, messire, rassura la guérisseuse en tapotant la cuisse du cavalier. Elle a dit que vos paroles étaient d'or et qu'elle ferait de son mieux pour vous plaire.

Minerva fit faire demi-tour à son cheval en gloussant doucement et laissa Tristan planté là.

— Pourquoi diable n'arrivai-je pas à te croire, la vieille ? marmonna-t-il en secouant la tête.

Il aperçut la mince silhouette de Haith qui s'appuyait au bras d'un villageois. Pendant quelques instants, il fut pris d'un accès de remords, et toutes sortes de sentiments – comme le doute, le repentir, l'humiliation et la solitude – qu'il n'avait pas éprouvés depuis des années recommencèrent à le torturer de leur aiguillon amer.

Sans doute aurais-je dû m'enfuir avec elle l'autre nuit dans l'écurie, songea-t-il en donnant du talon dans le flanc de sa monture. Pourquoi, en effet, n'avait-il pas cherché à la revoir avant d'aller trouver Nigel ? Quelque chose dans l'arrangement qu'elle avait conclu avec ce dernier lui échappait.

Quoi qu'il en soit, la présence de la jeune fille ravivait en lui un besoin d'amour qu'il croyait éteint depuis le temps où, enfant, il arpentait seul les rues de Paris.

Il devrait absolument convaincre Guillaume de renoncer à le marier avec Bertie, sous peine de la tromper en son cœur avec sa propre sœur. D'ici peu, Haith vivrait à Greanly sous le toit et l'autorité de Donald. Elle serait comme ces fruits mûrs qui restent à jamais interdits.

Le rêve risquait de se transformer en cauchemar.

Chapitre 10

Haith se laissa tomber sur une chaise de la vaste chaumière de Greanly où elle était censée vivre désormais avec sa grand-tante. L'habitation avait été prévue pour accueillir une guérisseuse et sa réserve de médicaments. Les murs de la pièce principale étaient recouverts de rayonnages, de casiers et de patères. Un pan entier était occupé par un âtre gigantesque. Des crémaillères de fer avaient été scellées dans le mortier afin d'y suspendre des chaudrons et autres bouilloires. Un four avait été construit séparément pour la cuisson des aliments, et l'on avait même pensé à installer un plan de travail pour la fabrication et la mixture des médications. Plusieurs chaises solides flambant neuves agrémentaient le tout.

Malgré ses courbatures dues à la longue chevauchée, Minerva sautillait d'allégresse à la vue de sa nouvelle officine tout équipée.

— Oh, petite fée, s'exclama-t-elle en s'avançant vers Haith à pas de deux pour la prendre dans ses bras. N'est-ce pas le plus bel endroit où nous ayons jamais vécu ?

La jeune fille recula avec irritation.

— Oui, Minerva, c'est très beau !

— Eh bien, mon enfant, pourquoi broies-tu du noir ? demanda Minerva.

— Pourquoi ? Tu me demandes pourquoi ? répéta Haith en se redressant brusquement pour jeter son ballot de vêtements sur la paillasse.

Le soleil était déjà haut dans le ciel et la maison était inondée de lumière.

— J'ai été envoyée ici pour trahir ma sœur et détruire celui que tu appelles mon sauveur ! s'exclama-t-elle en tournant comme un renard pris au piège.

Elle passa le doigt dans ses mèches emmêlées puis reprit :

— Lord Tristan n'a cessé de m'humilier sans que j'en connaisse les raisons.

— Peut-être a-t-il été surpris d'apprendre que tu avais accepté le projet de mariage que Nigel a fomenté pour toi.

— Surpris ? répéta Haith en se tournant vivement vers sa grand-tante. Surpris au point d'en interdire aux villageois l'usage de mon titre légitime avant de me déclarer lâche et indigne !

Elle sortit en trombe par la porte du fond puis réapparut quelques secondes plus tard pour terminer sa harangue.

— Ne comprends-tu pas qu'il doit épouser Bertie ? s'emporta-t-elle.

Ses yeux bleus jetaient des éclairs.

— Il aurait au moins pu m'en avertir lorsque nous nous sommes rencontrés aux écuries !

Minerva parut de nouveau tout ouïes.

— Vous vous étiez donc parlé avant ce soir ? Petite cachottière !

Haith poussa un long soupir puis ferma les yeux d'exaspération.

— Je croyais que c'était encore un rêve, dit-elle d'un ton qui se voulait posé.

— Je le savais, je le savais ! s'exclama Minerva en sautant de nouveau de joie. C'est lui ton promis, ma fée.

Puis la vieille dame croisa les mains sur sa poitrine aplanie par les ans et ajouta :

— Tu ne parlais plus jamais de lui. Aussi ai-je cru que tu l'avais perdu pour de bon. Mais à présent, poursuivit-elle avec enthousiasme en glissant vers le plan de travail, j'ai la confirmation que les runes disaient vrai. C'est lui qui sera ton mari !

— Es-tu sourde ? demanda Haith en s'apprêtant à déballer ses affaires. Guillaume l'a fiancé à ma propre sœur !

— Bah ! Peu importe, s'exclama Minerva d'un ton sarcastique en rangeant sur une étagère de tous petits récipients remplis de baume. Bertie ne lui est pas destinée. Je l'ai vu moi-même.

Haith allait lui demander ce qu'elle entendait exactement par là lorsqu'elle fut interrompue par un bruit qui la fit sursauter. La vieille guérisseuse alla tranquillement ramasser le balai qui était tombé en travers de l'entrée.

Déesse Corra, veille sur notre huis,
Que nos visiteurs soient comme cul et ch'mise !

Minerva avait à peine prononcé cette incantation que Barrett franchissait le seuil.

— Ah, ah ! Minerva s'exclama le sheriff en passant sa tête hirsute dans l'entrebâillement de la porte.

Apercevant la jeune fille qui essayait à grand-peine de se recoiffer, il se retourna pour s'assurer que personne ne les observait et s'inclina d'un coup sec.

— Lady Haith…

— Bonjour, Barrett ! Entre donc, salua Minerva avant de retourner vaquer à ses occupations. Je t'aurais volontiers offert un morceau, gloussa-t-elle en essuyant une étagère du plat de la main, mais je crains que notre garde-manger ne soit vide !

— En effet ! confirma Haith que la prudence du sheriff avait vexée. Il semblerait que notre bon maître ait oublié que ses nouveaux esclaves ont un estomac !

Elle prit un air renfrogné et s'employa à aider Minerva.

— Au contraire, madame, s'empressa de rectifier Barrett en se balançant d'un pied sur l'autre. C'est la raison de ma venue.

Il observa le contenu d'un pot que la guérisseuse venait d'extraire avec circonspection d'un sac et crut reconnaître de petits globes oculaires ?

— Dans ce cas, ne perdons pas de temps, mon gaillard, suggéra Minerva en agitant le bocal sous le nez du sheriff. Ne crains rien, ils ne vont pas te manger !

— Euh, non bien sûr, rougit Barrett. Mes hommes sont en train de décharger les chariots. Messire Tristan demande que vous veniez chercher un ou deux jours de nourriture. Le reste sera mis en réserve pour être réparti entre tous les habitants.

Haith s'empara d'un sac vide et d'un panier d'osier.

— Merci de nous avoir prévenues, Barrett. Minerva, je vais chercher ce qu'il nous faut et je reviens.

La jeune fille s'élança vers la porte, mais le sheriff lui barra la route.

— Pas vous, madame, dit-il avec un air penaud en l'arrêtant d'un geste de la main. Messire Tristan vous attend au château prestement. Il veut vous parler.

— Tiens donc ? s'exclama-t-elle d'un ton faussement calme.

— Oui, acquiesça Barrett. Tout de suite.

— Vous pouvez dire à lord Tristan, commença-t-elle en poussant le bon sheriff dehors sous le regard insatiable des villageois, que j'ai plus urgent à m'occuper. S'il souhaite me parler, il peut solliciter une entrevue comme toute personne civilisée, même si ce genre de pratique ne lui est pas naturel !

Barrett battit en retraite tandis que Minerva profitait du spectacle depuis le chambranle de la porte.

— En outre, poursuivit la jeune fille, tant que je ne suis pas mariée à un rustre, il siérait à cet homme qu'il continue de m'appeler « madame » et me traite en égale. Je ne suis pas une domestique que l'on convoque en audience !

Au comble de l'exaltation et le visage écarlate, Haith défia le sheriff qui la regarda en bredouillant d'embarras.

— Euh, très bien, madame, balbutia-t-il. Je ne manquerai pas de l'en informer.

Haith hocha la tête et prit la direction de l'entrepôt.

— Lady Haith ? héla Barrett.

La jeune fille se retourna, mains sur les hanches, en faisant virevolter son sac et son panier.

— Oui, Barrett. Que voulez-vous encore ?

— C'est que les chariots sont…, commença le sheriff en indiquant discrètement la direction opposée.

Haith s'empourpra et passa en trombe à côté de lui.

— Je vous remercie !

— De rien.

Tristan se renversa sur sa chaise en poussant un long soupir de lassitude. Après deux nuits passées sur son cheval et la tension accumulée lors des événements récents, ses nerfs étaient à vif.

Il ne se souvenait plus au juste pourquoi il avait envoyé mander la jeune Haith. Il regrettait amèrement l'attitude qu'il avait eue à son égard et aurait souhaité se faire pardonner.

— Nom d'un chien !

Pourquoi s'était-elle engagée auprès de ce fichu Donald avec autant de désinvolture ? N'avait-il pas promis de revenir la chercher et de veiller sur elle ? Ses paroles n'étaient-elles que du vent à ses oreilles ? Comment oublier la tendresse échangée lors de cette fameuse nuit qui les avait enfin réunis ? Malgré tout, elle avait choisi d'agir seule et de le tenir à l'écart des dangers qui la menaçaient à Seacrest.

« Tristan, viens à mon secours… »

Le soir précédent, une petite voix intérieure – était-ce celle de Haith ? – lui avait suggéré d'emprunter la ruelle où Nigel avait essayé de la violer. Le sang du guerrier n'avait fait qu'un tour. Il avait écarté le prédateur d'une seule main avant de tirer son épée pour lui ôter la vie.

C'est alors qu'il s'était laissé distraire par les sanglots de la jeune femme, par sa présence même, si semblable à la vision de ses rêves.

Puis il s'était souvenu des paroles qu'elle avait prononcées avant son intervention.

« Tiendrez-vous parole, messire ? » avait-elle demandé à Nigel.

Furieux, Tristan s'était alors abstenu de trancher la tête à ce dernier.

Soudain, une autre éventualité se fit jour, et il se redressa d'un coup. La nuit de leur rencontre, il s'était senti attiré vers l'écurie et avait découvert Haith à son réveil. Au moment même où il la prenait dans ses bras, Donald et ses sbires s'embarquaient dans leur folle entreprise. Était-ce une simple coïncidence ?

La veille, encore, il avait été conduit à intervenir en sa faveur. Encore un hasard ?

Avec assez de vraisemblance, elle avait prétendu ignorer qui il était ; mais que savait-il au juste de cette jeune femme ? Il était étrange, en effet, qu'au moment où sa sœur rencontrait son futur mari pour la première fois, elle n'ait pas choisi de rester à ses côtés.

Pourquoi Haith ne vivait-elle pas sous le même toit que Bertie mais dans une hutte avec la guérisseuse ? Nigel avait mentionné le fait que lady Ellora l'avait bannie. Mais pour quelle raison ?

Était-elle fourbe ?

Cette petite diablesse aux cheveux de feu qui hantait ses rêves et stimulait ses sens conspirait-elle avec Nigel contre lui ? Avait-il, à son insu, fait entrer le loup dans la bergerie ?

Les pensées de Tristan furent interrompues par l'arrivée de Barrett qui entrait de son pas pesant.

— Messire, salua le sheriff. Je reviens d'où vous m'avez envoyé.

— C'est ce que je vois, Barrett, répondit Tristan d'un ton amusé. Où est-elle ?

— Eh bien, c'est-à-dire que…, s'interrompit le sheriff avant d'être invité à poursuivre par le regard courroucé de son maître. Lady Haith a dit qu'elle allait faire des provisions pour elle et Minerva, et que c'était plus important que venir vous parler…, pour l'instant, en tout cas, ajouta-t-il en se raclant la gorge.

— Tu veux rire ? demanda Tristan tandis que son vieux mal de tête revenait à la charge.

— Non, messire. Elle a dit aussi que tant qu'elle n'était pas mariée, elle voulait que vous l'appeliez madame et que vous la traitiez comme une dame.

— Ah bon, elle a dit ça ?

— Oui, c'est ce qu'elle a dit.

Tristan joignit les doigts en cathédrale.

— Et au moment où nous parlons, elle fait des provisions ?

— Oui, messire.

Le maître des lieux se leva et passa d'un pas raide devant le sheriff en faisant résonner ses talons. Puis il ouvrit violemment le lourd portail de chêne et se dirigea d'un pas décidé vers les réserves.

Il n'eut aucune difficulté à repérer la silhouette élancée de Haith parmi la foule des villageois qui s'activaient autour des chariots. Ses nattes cuivrées étincelaient dans la lumière matinale, et les soldats chargés de distribuer la marchandise semblaient irradiés par la grâce de sa présence.

Avisant Tristan et sa mine courroucée, les quelques paysans s'éloignèrent prudemment de Haith. La jeune fille, qui ne l'avait pas vu venir, sursauta lorsque le seigneur la saisit par le bras avec une poigne de fer et l'entraîna à l'écart.

Elle poussa un cri aigu tandis que Tristan l'emmenait sans ménagement vers le château. Le sac de blé et le panier de navets qu'elle transportait roulèrent dans la poussière.

— Lâchez-moi ! hurla-t-elle en se débattant.

— Tais-toi, rustaude, grommela Tristan en accélérant le pas, de sorte que Haith trébucha.

Il la remit d'un coup sec sur ses pieds puis reprit sa route sans même la regarder.

— Je te conseille de ne pas me désobéir une deuxième fois, ajouta-t-il.

En haut de l'escalier, il la força à entrer dans la salle des banquets. Une fois à l'intérieur, il lâcha prise et vociféra à l'intention de quelques serfs qui s'activaient à différentes corvées.

— Dehors ! cria-t-il en leur indiquant la sortie.

Les villageois ne se le firent pas dire deux fois. Tristan était si furieux que Haith faillit tromper sa vigilance en filant à l'anglaise derrière Barrett.

— Sauf toi ! précisa-t-il en l'extrayant de la file avant de claquer la porte après le départ du dernier paysan.

Puis il se tourna vers la jeune femme.

— Tu as trois minutes pour t'expliquer, diablesse. Ensuite, mon irascibilité reprendra le dessus sur ma bonté !

— Je n'ai rien à vous dire ! rétorqua-t-elle en le défiant avec mépris avant de se diriger vers la porte.

Tristan lui barra immédiatement la route.

— Tu sembles oublier que je suis le maître ici, rappela-t-il en se rembrunissant. Tu vas donc m'obéir.

L'irritation de Haith se dissipa comme nuages dans le ciel. Elle déglutit à grand bruit en prenant conscience de sa situation : elle était seule dans un château qu'elle ne connaissait pas, en compagnie d'un homme très grand, très puissant et très en colère. Elle eut soudain très soif et l'implora du regard tandis qu'il enchaînait.

— Si tu commençais par me dire comment ton amant et toi avez l'intention de me supprimer ?

Chapitre 11

Haith resta un long moment bouche bée.

— Qu'avez-vous dit ?

— Tu m'as parfaitement entendu, Haith.

Elle fut bouleversée de l'entendre prononcer son prénom et en oublia presque pourquoi elle était au château. Mais la terrible accusation lui revint aussitôt en mémoire, provoquant en elle une peur accrue.

Comment a-t-il deviné que je lui arracherais volontiers les yeux ?

— Oui, je vous ai entendu, répliqua-t-elle. Avez-vous bu ?

Ce fut au tour de Tristan de paraître décontenancé.

— Tu ne réponds pas à ma question, mais sache que non, je n'ai pas bu. Ne fais pas la maligne avec moi.

— Je ne fais pas la maligne. Seul un idiot ou un ivrogne peut s'imaginer un tel complot.

— Tu as dit un idiot ? s'emporta Tristan.

— Vous venez d'écarter l'autre possibilité, répliqua-t-elle, enhardie par la consternation. Si j'avais voulu vous tuer, je l'aurais fait lorsque nous nous sommes rencontrés aux écuries.

— Tiens, tiens ! s'écria Tristan. C'est donc que tu connaissais mon identité.

— Pas du tout ! s'exclama-t-elle en criant aussi fort que lui. Je disais cela pour vous démontrer l'inanité de votre raisonnement.

— Il me faudra plus qu'une scène lascive dans une stalle pour te croire.

— Une scène lascive ? reprit Haith en blêmissant face à tant de mépris. Je ne vous ai pas demandé votre assistance cette nuit-là, c'est vous qui me l'avez offerte.

— Parce que je vous croyais dans la détresse, riposta-t-il en passant involontairement au vouvoiement. Si tel n'était pas le cas, pourquoi pleuriez-vous ? Et puis d'abord, que faisiez-vous en pleine nuit aux écuries ?

— Je vous retourne la question, messire Tristan, répliqua Haith en posant ses mains tremblantes sur ses hanches. Que faisiez-vous déguisé en gueux, rôdant dans une ville qui ne vous appartient pas ?

— Cela ne vous regarde pas.

— La raison de ma présence aux écuries ne vous regarde pas davantage. Voici deux fois que vous me traitez de traînée, aussi, avec votre permission, j'aimerais prendre congé. Elle se dirigea vers la sortie, mais il lui barra de nouveau le chemin.

— Vous n'avez pas répondu à ma question, insista-t-il avec un regard noir en la saisissant par le bras.

— Je n'ai pas entendu de question qui mérite une réponse.

Tristan resserra son emprise douloureuse.

— C'est moi qui commande ici, et vous allez m'obéir. Qui êtes-vous pour juger du bien-fondé de mes questions ?

Haith détourna la tête dans un silence de mort. Chaque invective lui arrachait le cœur. Comment avait-il eu vent du complot de Nigel ? S'il découvrait le pot aux roses, Bertie courrait un grave danger. Haith elle-même serait accusée de complicité avec l'ennemi. En conséquence, afin de s'épargner d'autres accusations et de ne point se mettre dans son tort, elle décida de se taire.

— Vous refusez de coopérer ? demanda-t-il.

Comme Haith ne disait rien, il décida d'employer les grands moyens.

— Comme vous voudrez. Peut-être retrouverez-vous votre langue en compagnie de votre complice ?

Haith fut de nouveau contrainte de le suivre, cette fois jusqu'aux sous-sols de la forteresse. Finalement, la peur l'emporta sur l'orgueil, et elle se décida à parler.

— Où m'emmenez-vous ? demanda-t-elle tandis qu'il l'entraînait au bas d'un étroit escalier.

— Retrouver votre bien-aimé.

Au rythme où il l'emmenait, elle n'eut pas le loisir de lui poser d'autres questions. Le sombre et étroit corridor où ils s'étaient engagés parlait de lui-même. Une froide humidité monta le long de ses chevilles. La lueur des torches accrochées çà et là contre le mur vacillait de manière insolite sur leur passage. Loin devant eux brillait une lumière plus intense que les autres, et l'on entendait des cris et des malédictions.

— Barrett ! s'exclama d'une voix éraillée un homme qui se tenait dans l'ombre d'un cachot. Espèce de gros lard plein de soupe ! J'espère que tu m'apportes à manger !

Le prisonnier sembla tirer sur sa chaîne avant de reprendre avec encore plus de véhémence :

— Ba-rrett !

Quelques instants plus tard, Haith arriva devant une cellule dont la porte en chêne était percée d'un fenestron barré d'une grille en fer forgé. Le dos voûté comme un énorme crapaud, Donald le forgeron était assis dans un coin sur une planche grossière. La puanteur était telle que Haith fut contrainte de reculer en se bouchant le nez. Si Tristan ne l'avait pas retenue fermement, elle se serait sûrement enfuie pour cette seule raison.

— Je t'amène de la visite, Donald, annonça d'Argent d'un ton faussement aimable sans parvenir cependant à dissimuler son dégoût et sa colère.

Donald ouvrit de grands yeux lorsqu'il aperçut Haith de l'autre côté de la grille. Il se leva avec difficulté en tenant son bras droit amputé au coude, puis se précipita jusqu'au fenestron en chancelant, remuant au passage de nouveaux effluves putrides. Haith en eut des haut-le-cœur.

— Haith ! s'exclama Donald en s'accrochant de la seule main qui lui restait aux barreaux de son cachot. Lord Nigel est-il avec toi ?

Incapable d'articuler le moindre mot, la jeune fille se contenta de secouer la tête en fermant les yeux avant de se pincer le nez de plus belle, en vain.

— Nigel ne se mouillera pas pour toi ! grommela Tristan.

Pour toute réponse, Donald émit un grognement hargneux.

— J'ai pensé que tu serais content de revoir ta promise, glissa le seigneur des lieux en désignant Haith d'un geste de la tête.

— Très drôle, messire, répliqua Donald avec un rictus avant de reculer pour lancer un regard nerveux à Haith. Assurément, on ne nous refusera pas de nous marier, maintenant que je suis estropié et en prison ! La prochaine fois, n'hésite pas à apporter une bourse d'or et un gigot pour me faire danser, bougre de nigaude !

— Oh, mon Dieu ! s'exclama Haith dans sa main.

Le monstre qui se tenait devant elle lui ôtait toute capacité de réaction. Tant qu'elle avait été à Seacrest, où la lubricité de Nigel avait été son premier souci, il n'avait pas été difficile d'oublier le caractère ignominieux du forgeron. Mais à présent qu'elle se trouvait face à cette masse puante et frémissante, la fuite semblait sa seule planche de salut.

Haith ravala sa fierté.

— Je vous en prie, murmura-t-elle en se tournant vers Tristan, emmenez-moi loin d'ici.

Il la considéra avec froideur.

— Dois-je comprendre que vous ne souhaitez pas visiter celui qui sera bientôt votre époux ? demanda-t-il en faisant l'étonné.

Haith secoua la tête. Il n'allait tout de même pas la laisser seule avec Donald dans ce trou à rat !

— Non. Je vous en prie, messire, ne faites pas cela, supplia-t-elle en éclatant soudain en sanglots. Il n'est pas…

À cet instant, Donald frappa la grille en rugissant. Haith poussa un hurlement de terreur tandis que Tristan la poussait dans son dos pour la protéger, au moins en partie, des outrages de Donald.

— La ferme, espèce de traînée! lança ce dernier en s'agrippant aux barres. Nigel t'a envoyée ici pour moi. Tu seras mienne!

Puis, se tournant vers Tristan, il fit la grimace et ajouta d'un ton hargneux:

— Enfermez-la avec moi!

— Je n'ai pas d'ordre à recevoir de toi, répondit froidement le geôlier en faisant trembler les murs. Dis-moi ce que je veux savoir; et peut-être que je te relâcherai.

Haith faillit s'étouffer en entendant cette folle annonce.

Quant à Donald, il se contenta d'émettre un grognement.

— Je n'ai rien à vous dire, vieille branche! La putain est mienne en vertu du bon vouloir de lord Nigel.

— Très bien, répliqua Tristan en haussant les épaules.

Pendant ce temps, Haith se prépara à se défendre bec et ongle au cas où l'idée lui viendrait d'ouvrir la porte de la cellule.

À sa grande surprise, il tourna tout simplement les talons et la prit par le bras avant de donner un dernier conseil à Donald.

— Cependant, songe que Nigel est à Seacrest, et que tu auras tout le temps de pourrir ici avant qu'il ne vienne à ton secours.

Puis il s'élança dans le goulet en entraînant Haith à sa suite. La jeune fille se laissa emmener en tremblotant.

— Haith ! s'époumona Donald. Tu es mienne, ma bonne amie. Nous sommes liés par un pacte, et tu ferais mieux de t'y tenir si tu ne veux pas qu'il t'arrive malheur !

Tristan la tira jusqu'en haut des marches, l'aidant cette fois à se relever chaque fois qu'elle trébuchait à cause de la précipitation ou de la fatigue. Lorsque la voix de Donald ne fut plus qu'un lointain murmure, il s'arrêta, la plaqua contre la paroi et regarda fixement son visage strié de larmes.

Haith, tourna vers lui ses yeux rouges et gonflés.

— Je vous en prie, vous ne pouvez pas vous contenter de le libérer, supplia-t-elle. Donald est une brute qui n'hésitera pas à...

— Ne vous êtes-vous pas engagée de votre plein gré à l'épouser ? interrompit Tristan.

— Non, répondit Haith avec un hoquet dans la voix. Je reconnais que je n'avais pas d'autre choix, mais...

— Pourquoi, Haith ? Pourquoi Nigel est-il prêt à vous marier à un manant alors qu'il a tout à gagner à ce que vous épousiez un noble ?

D'Argent tenait toujours la jeune femme par le bras, ce qui n'était pas fait pour la rassurer. Elle était désarçonnée par son regard inquisiteur et craignait de commettre une erreur en disant ce qu'il ne fallait pas. Elle essaya donc de se dégager, mais Tristan tint bon.

— Nigel ne doit pas savoir que vous retenez Donald prisonnier, prévint-elle avec émotion. S'il venait à l'apprendre, il viendrait me chercher. Je ne veux pas retourner à Seacrest.

— Calmez-vous, Haith. Si vous voulez que je vous aide, il faut d'abord me dire quelle sorte de danger vous courez à Seacrest.

La jeune fille cessa soudain de se débattre et considéra le jeune homme avec une immense tristesse.

— Si quelqu'un ne peut rien pour moi, c'est bien vous.

— Au contraire, je peux vous aider, assura-t-il en essuyant une larme qui peinait à recouvrir les bleus que lui avait faits Nigel.

Ensuite, il l'embrassa tendrement sur la joue.

Haith s'abandonna pendant quelques instants à la caresse apaisante de ses lèvres, puis, s'estimant indigne de tant de réconfort, elle détourna la tête.

— Ne soyez pas affectueux avec moi, Tristan. Ma sœur est mon unique préoccupation.

Il la prit doucement par le menton et la regarda droit dans les yeux.

— Mon unique préoccupation, c'est vous.

Il l'embrassa sur la bouche avec une extrême délicatesse, comme s'il craignait d'ajouter à ses contusions. Troublée, Haith ferma les yeux, libérant ainsi une dernière larme qui vint mourir à la jonction de leur baiser.

Puis Tristan releva imperceptiblement la tête. Les paupières closes et les lèvres entrouvertes, elle s'imprégna de sa présence et s'y épanouit.

Enfin, elle laissa échapper un soupir.

— Haith, commença-t-il en la tirant de sa rêverie. Il faut que nous parlions.

— Oui, soupira-t-elle dans une sorte d'hébétude avant de rouvrir les yeux et de se raviser. Euh… je veux dire, non. Enfin, peut-être, quand vous serez marié…

— Chuuut…, susurra Tristan en posant l'index sur la bouche de la jeune femme. Mes fiançailles avec Bertie ne sont pas valides. J'ai l'intention d'envoyer une requête au roi.

Haith secoua la tête avec fougue. Elle allait parler lorsque son sauveur l'en empêcha de nouveau.

— Pas un mot, Haith. Nous démêlerons ce sac de nœuds ensemble. Mais pas maintenant, promit-il en la reconduisant par la taille jusqu'à la salle des banquets.

— Pour plus de sûreté, Barrett va vous reconduire auprès de Minerva. Couchez-vous et dormez.

Puis il se planta au centre de la pièce et la regarda droit dans les yeux.

— À votre réveil, venez me voir. Nous parlerons. Le ferez-vous ?

Haith le considéra pendant un long moment comme si elle cherchait une réponse sur son visage.

— Oui, dit-elle enfin.

Elle avait hâte de lui confier sa peur et sa colère, ses regrets aussi, puis de tourner la page. Mais si elle lui révélait le plan de Nigel, qu'adviendrait-il de Bertie ?

Pour l'heure, Haith était seulement capable de s'abandonner à la présence rassurante de Tristan. Elle brûlait de se blottir contre sa large poitrine, dans sa chaleur bienveillante, tandis qu'il veillerait sur elle de son beau regard bleu nuit. En attendant, comment résister à l'envie de le toucher ?

Elle posa la main juste au-dessus du cœur du jeune homme. Comme il était fort et puissant – réel ! Dans sa fascination, elle en oublia qu'elle parlait à voix haute.

Tristan lui prit la main, et elle trouva enfin le courage de parler.

— Vous serez bien là, n'est-ce pas, à mon réveil ?

— Oui, dit-il d'un ton grave. Je ne vous quitterai plus.

Puis, pour le bonheur de Haith autant qu'à son plus grand effroi, il l'embrassa derechef.

L'intention de Tristan n'avait été, jusque-là, que d'apporter à Haith un peu de réconfort. Néanmoins, lorsque la jeune femme passa les bras autour de son cou pour prolonger leur étreinte, le consolateur se transforma en demandeur. Les lèvres de la jeune femme étaient comme une source en plein désert. Il épanchait avec elle sa soif de vie et d'amour, espérant ainsi combler un manque abyssal, le vide douloureux d'une existence solitaire passée à guerroyer loin de l'aimée. Comment aurait-il fait pour tenir pendant toutes ces années si elle ne l'avait pas visité en rêve ?

Pendant qu'il serrait Haith dans ses bras, Tristan sentit le poids de la solitude et des tracas le quitter pour laisser place à une impression d'exaltation qui les nimba tous deux de sa lumière, tandis que leurs cœurs battaient à l'unisson. Il suçota doucement ses lèvres, et elle s'abandonna volontiers au plaisir de sa bouche en lui caressant la nuque, puis en jouant avec ses mèches, et enfin en effleurant sa joue.

Il la serra encore plus fort, et leurs corps s'arc-boutèrent. Les mains posées sur ses reins, il l'invita à se cambrer comme s'ils ne faisaient déjà plus qu'un.

Hélas, le charme fut soudain rompu par un cri de stupeur qui résonna dans la vaste salle. Ils se tournèrent en même temps vers l'importune.

Ellora se tenait à contre-jour dans l'entrée.

Derrière Ellora, Bertie considérait le couple avec effarement.

— Haith ? héla Bertie en contournant sa mère qui s'efforçait en vain de lui masquer la scène.

— Que cela signifie-t-il ?

Elle était à la fois indignée et anéantie.

— Bertie ! Je… nous…, bredouilla Haith les joues en feu.

— Je te l'avais bien dit, ma fille, commença Ellora accourant auprès de Bertie, je te l'avais bien dit que c'est dans sa nature de prendre ce qui revient à autrui. Ce n'est qu'une traînée, en voici la preuve !

— Lady Ellora, grommela Tristan, je vous demanderais de vous abstenir de ce genre de calomnies sous mon toit.

— Oui, taisez-vous, mère, ajouta Bertie d'un ton inhabituellement cassant. Ceci est une affaire entre ma sœur et moi.

Ellora parut surprise mais obtempéra.

Puis Bertie franchit les quelques mètres qui la séparaient de Haith et lui prit timidement la main.

— Haith, dis-moi la vérité. Lord Tristan t'a-t-il forcée ?

La jeune fille balaya du regard les personnes en présence et fut soudain accablée d'une profonde lassitude. En mentant à Bertie, elle compromettrait non seulement encore un peu plus leur relation, mais elle déshonorerait Tristan et ferait peu de cas de ce qui venait de se passer entre eux. En conséquence, elle inspira profondément.

— Non, Bertie, dit-elle un ton trop haut. L'étreinte dont tu as été témoin était consentie.

— Étreinte ? répéta Ellora d'une voix stridente. Vous aviez plutôt l'air de vous entre-dévorer !

— Mère ! s'exclama Bertie en faisant volte-face. Si vous ne pouvez pas vous taire, laissez-nous. Vos commentaires sont superflus !

— Change de ton, Bertie ! Après tout, si tu étais moins grosse…

Haith perdit patience et s'interposa entre la mère et la fille.

— Bertie n'est pas en cause, Ellora.

— Je n'ai pas besoin que tu me défendes, répliqua sèchement sa sœur. Je vois d'ici quel soin tu prends de mes intérêts.

— Assez ! s'exclama Tristan.

Un silence inquiet s'abattit sur l'assistance.

Puis, se tournant vers Haith, il ajouta :

— Lady Haith, je vous saurais gré de prendre congé pendant que je m'occupe de mes visiteurs… hum, inattendus.

— Messire, implora Haith, si vous le permettez, j'aimerais m'entretenir avec Bertie.

— Je doute que ma fille ait encore envie d'entendre tes mensonges ! intervint Ellora sans plus chercher à dissimuler son mépris.

Tristan ramena aussitôt le silence d'un geste de la main.

— Non. L'heure n'est pas à la discussion quand les passions sont échauffées.

Il se tourna vers Haith dans l'intention de l'entraîner au-dehors, puis se ravisa et l'invita à le précéder.

La jeune femme obéit en jetant un dernier regard peiné à sa sœur, puis attendit tête baissée que Tristan vienne lui ouvrir la porte. Le sheriff, qui était assis contre le mur du donjon, se leva pesamment.

— Barrett, ordonna Tristan d'un ton grave, raccompagne lady Haith auprès de Minerva avec ordre de se reposer jusqu'à ce que je l'envoie quérir.

— Bien, messire, acquiesça le sheriff sans s'étonner que Haith ait retrouvé son titre.

Puis, désignant Ellora et Bertie d'un geste vague de sa grosse patte de géant, il ajouta :

— Toutes mes excuses, seigneur Tristan, mais je n'ai pas eu le temps de vous prévenir.

— Ce n'est pas ta faute, répliqua Tristan. Greanly est une gabegie en ce moment. Je suis certain qu'une fois que tout sera rentré dans l'ordre, cela ne se reproduira plus.

— Pour sûr, messire ! soupira le bon sheriff avant de prendre délicatement Haith par le bras. Venez, madame, vous tombez de sommeil.

Tristan regarda pendant un instant la jeune femme s'éloigner en courbant le dos et eut un pincement au cœur en prenant soudain conscience de son allure meurtrie et sale. Par miracle, il l'avait enfin retrouvée en découvrant qu'elle ne s'était pas liée de plein gré à un autre comme il l'avait craint quelques heures plus tôt. À présent, l'important était de ne pas se laisser aveugler par son enthousiasme.

Certes, l'envie était forte de renvoyer Ellora et sa fille à Seacrest sans plus se préoccuper de ses fiançailles, ni de ce que penserait le roi. Néanmoins, il savait que s'il voulait continuer de vivre à Greanly, il devrait d'abord assainir la situation.

En conséquence, il referma la porte et se prépara à affronter les deux femmes dont les yeux jetaient des poignards.

Conquérir l'Angleterre avait été un jeu d'enfant en comparaison de ce qui l'attendait…

Chapitre 12

Grâce aux bons soins de Minerva, Haith sombra rapidement dans un lourd sommeil peuplé de rêves.

Elle se retrouva aussitôt dans une salle qu'elle ne connaissait pas où des convives dansaient dans leurs plus beaux atours au son d'une musique enchanteresse. Les couples virevoltaient et s'entraînaient dans une ronde infernale en riant aux éclats. Soudain, l'étrange musique se fit plus lointaine, et Haith put reconnaître les visages des danseurs.

Nigel dansait avec Ellora, John avec Mary – laquelle était déjà de nouveau enceinte –, Donald avec le cadavre en décomposition de son épouse toujours souriante, et les parents de Haith tournoyaient ensemble dans un halo céleste, tandis que Minerva et Barrett évoluaient agréablement malgré leur différence de gabarit. Haith crut défaillir lorsqu'à quelques pas seulement elle reconnut Tristan et Bertie qui tourbillonnaient au rythme endiablé de la musique.

Haith, qui brûlait d'envie de danser, battait la mesure avec ses pieds lorsqu'elle remarqua que les danseurs ne souriaient pas, mais qu'ils grimaçaient atrocement en une sorte de caricature de la gaieté. Le tempo s'accéléra à nouveau, et la mélodie devint semblable à un cri suraigu monstrueux qui contraignit Haith à se boucher les oreilles. Dans leur effort pour garder la cadence, les danseurs ressemblaient à des marionnettes épileptiques à bout de forces.

— Arrêtez la musique ! cria Haith dans son rêve.

Puis elle se précipita pour intervenir et se heurta au mur d'une cellule où elle était retenue prisonnière. Elle s'agrippa de toute sa fougue aux barreaux et continua de hurler.

— Arrêtez la musique ! Vous voyez bien qu'ils sont épuisés !

— On n'arrête pas ce qui ne dépend pas de soi, répondit quelqu'un d'une voix grave et mélodieuse.

Elle chercha sur le visage des convives lequel d'entre eux avait parlé. Assis sur une estrade à l'autre bout de la pièce, elle aperçut Pharao, l'ami au visage hâlé de Tristan. Il était vêtu d'une longue bure d'un blanc immaculé. Malgré, ou à cause, de son immobilité, Haith comprit à son regard insistant qu'il lui parlait sans ouvrir la bouche.

— À s'obstiner contre l'inévitable, on ne gagne qu'une bonne migraine.

— Ne voyez-vous pas ce qui se passe ici ? lança-t-elle.

Tel un souverain sur son trône, il se contenta de la regarder en spectateur impassible.

— Ils ne peuvent pas continuer ainsi, ajouta-t-elle. Ils vont tous y passer !

— Vous vous trompez, répondit Pharao d'un ton posé sans la quitter des yeux.

Puis il indiqua d'un geste de la main la foule qui les séparait et ajouta :

— Ne voyez-vous pas que certains d'entre eux sont déjà morts ?

À son grand effroi, Haith s'aperçut alors que de nombreux danseurs avaient propulsé leur partenaire d'outre-tombe dans les bras d'une autre dépouille dans le but macabre de former des couples assortis. Ceux-ci raclaient le sol de leurs pieds sanguinolents et sans vie, tandis que leurs têtes désarticulées rebondissaient en arrière au rythme effréné de la musique.

— Faites-les cesser ! hurla Haith en tirant en vain sur les barreaux de sa prison, tandis que Tristan et Bertie passaient en trombe juste devant elle.

Ils portaient un masque de colère figé sur un cri sans voix.

— C'est pourtant pour vous qu'ils dansent, intervint Pharao. Ils ne sont là que parce que vous les regardez.

— Mais je ne peux pas m'enfuir, sanglota la jeune femme. Je suis prisonnière !

— Pas du tout, répondit Pharao à mi-voix. Regardez plutôt ce qu'il y a derrière vous…

Haith tourna aussitôt la tête vers le fond la cellule. Le mur avait disparu. À la place s'ouvrait un horizon radieux au bout duquel se trouvait un tumulus qu'elle connaissait bien ; puis elle se retourna et constata que d'autres convives étaient passés de vie à trépas, et qu'ils se roulaient par terre de manière convulsive et bouffonne.

Elle s'éloigna lentement de la fenêtre à barreaux tandis que la musique se taisait, puis elle recula d'un pas, et le tempo ralentit de moitié. Plus elle reculait, plus l'image de Pharao diminuait sans que sa voix ne perde en intensité.

— Que chacun tire ses propres leçons, préconisa-t-il. Une résolution doit être prise, par vous seule. Quand vous aurez fait votre choix, votre décision modifiera l'avenir de nombreuses personnes.

Soudain, Haith sentit sous ses pieds la fraîche caresse de l'herbe tendre et de la terre meuble.

— M'accorderez-vous finalement cette danse ? demanda quelqu'un dans son dos.

Haith se retourna aussitôt, mais elle était seule au milieu de la prairie. La salle de bal et la cellule avaient également disparu, et des collines vallonnées s'étendaient à perte de vue.

Effrayée, la jeune femme se mit à tourner sur elle-même.

Personne ! songea-t-elle. *Pas le moindre chant d'oiseau non plus, ni le moindre bourdonnement d'abeille butineuse.*

Pas une seule chaumière, ni un seul arbre non plus, pour égayer ce paysage irréel blotti sous un ciel de mi-journée désespérément bleu qu'aucun nuage, ni aucun vent, ne venait troubler. Même le soleil en était absent. Haith commença à trouver le silence pesant, et ses oreilles se mirent à bourdonner au point qu'elle crut que sa tête allait exploser.

— Hé ho ! héla-t-elle.

Mais sa voix sembla tomber à plat comme si l'air manquait pour la porter. Elle fit la grimace et, sans se laisser décourager, mit ses mains en cornet.

— Il y a quelqu'un ?

De nouveau, ce fut comme si elle se parlait à elle-même.

L'effroi de Haith était tel qu'elle faillit perdre ses nerfs. Son cœur se mit à battre la chamade, emplissant cet univers inhumain et sans bornes de ses accablantes et sinistres pulsations.

Elle était tétanisée. Elle s'accroupit et se blottit contre ses genoux en tremblant. L'air n'entrait plus dans ses poumons lourds comme du plomb. Des points noirs dansaient devant sa rétine. Elle ouvrit la bouche pour crier, mais aucun son n'en sortit.

Elle était désespérément seule.

Tristan était d'humeur exécrable.

Après avoir envoyé Haith se reposer, il s'était entretenu avec Ellora et Bertie, qui l'avaient informé du but de leur visite inopportune. Il aurait préféré se retirer pour réfléchir, voire dormir, car cela faisait plusieurs jours qu'il vivait sur ses réserves. Néanmoins, l'étiquette l'obligeait à recevoir dignement les deux envoyées de Nigel. À contrecœur, il fit donc porter leurs malles dans un appartement réservé aux invités. Ses serviteurs, qui n'avaient pas encore eu le temps de se familiariser avec les lieux, se mirent dans tous leurs états. Leur maître recevait avant même d'administrer son bien !

Pour couronner le tout, Pharao avait montré le bout de son nez peu après le départ de Haith, et avait semblé fort préoccupé par quelque mystérieux problème. Il n'avait pas pour habitude de manifester des signes de tracasserie, et Tristan n'en était que plus perplexe face au troublant mutisme de son ami, car il ne savait pas comment l'aborder.

Ces dames se retirèrent enfin dans leurs chambres pour s'y remettre du voyage, et le calme revint au château. Tristan en profita pour rejoindre Pharao dans la vaste prairie qui s'étendait hors les murs. Il trouva son ami coude à coude avec Rufus, un ancien résident de Seacrest. Les deux hommes se montraient mutuellement les jachères qui s'étendaient devant eux en remuant les bras.

— Bonjour, messire, héla Rufus, non sans quelque appréhension, en apercevant Tristan.

Ce dernier en conclut que son comportement de la veille envers Haith n'avait pas œuvré pour sa bonne réputation.

— Bonjour, euh…, c'est Rufus, n'est-ce pas ? salua Tristan.

— Oui, messire, répondit le paysan en se redressant.

Il était aussi ravi que surpris que le maître de Greanly se souvienne de son nom.

— Pharao.

— Seigneur.

Les deux hommes échangèrent un regard où s'exprimait une mutuelle compréhension, l'un accueillant la perplexité et la lassitude de son ami, l'autre compatissant à son irritation à peine dissimulée.

Au bout d'un moment, Rufus, qui se tenait entre les deux amis, commença à montrer des signes d'agitation tant la tension était devenue palpable.

— Bon, ce n'est pas tout, commença-t-il en dansant d'un pied sur l'autre sans quitter le ciel des yeux, mais il faut que j'aille déballer mes affaires si je veux me lever tôt demain.

Cependant, au lieu de partir, par déférence pour Tristan, il ajouta :

— À moins que messire Tristan n'ait une autre tâche à me confier ?

— Non, Rufus, ça ira, merci. J'ai toute confiance en Pharao. S'il est content des projets, alors je le suis aussi.

— Très bien, messire, répondit Rufus en s'inclinant brièvement devant les deux hommes.

Puis il prit congé en toute hâte.

— Qu'avez-vous sur le cœur ? demanda Pharao en regardant au loin sur l'horizon désert.

— J'aimerais seulement savoir ce qui te tourmente, répliqua Tristan du tac au tac. Nous nous sommes toujours confié librement l'un à l'autre. Ainsi, j'attends que tu partages avec moi la cause de ta colère.

— Vous bercez la jeune femme d'illusions, dit Pharao sans détour.

Tristan se rembrunit, car il n'était pas sûr d'avoir bien compris.

— Tu parles de lady Bertie ?

— Oui, répondit Pharao d'un ton las. Elle vous a surpris dans les bras de l'autre dame, celle à cause de qui vous allez refuser de l'épouser.

— Comment…, s'interrompit Tristan, ne jugeant pas utile de terminer la question.

Pharao avait le chic pour deviner ce qu'on voulait précisément lui cacher.

— C'est vrai, Phar, reprit Tristan. Je n'ai aucune envie de lier mon sort à celui de Bertie. Dès que les affaires courantes de Greanly seront démêlées, j'ai l'intention de demander à Guillaume de me libérer de mon engagement.

— Vous voulez épouser sa sœur, déclara Pharao d'un ton saccadé. Celle que vous voyez en rêve.

Tristan ne sut que répondre.

— Phar, je ne comprends pas. Tu m'en veux de désirer une femme qui ne me ligotera pas à Nigel ? Dis-moi, tu veux ma mort ?

— Bertie ne vous a causé aucun tort.

— Exact ! De plus, la perfidie de Nigel ne la rend pas fautive. Mon refus de l'épouser n'est pas fondé sur une critique de sa personne.

— Faire l'étalage de votre désir de coucher avec sa sœur l'est-il ? demanda Pharao un ton plus haut.

Tristan se demanda pourquoi son vieil ami s'obstinait à jouer avec ses nerfs.

— Prends garde ! s'exclama-il en guise d'avertissement.

— Je vous retourne le conseil, messire, répliqua Pharao en évitant son regard. Vous l'ignorez peut-être, mais ces deux sœurs sont liées par un lien très fort. Leurs énergies vitales sont indissolublement mêlées. Si vous faites du tort à l'une d'entre elles, l'autre vous tuera sans merci.

Tristan parut réfléchir un instant, tandis qu'une odorante et vivifiante brise de printemps jouait avec ses cheveux.

— Je t'ai entendu, mon ami, et, à mon tour, je te conseille la prudence.

Au bout d'un long moment de silence durant lequel les deux hommes semblèrent intégrer ce qu'ils venaient de se dire, Pharao prit enfin la parole.

— Votre bien-aimée est promise à Donald, récapitula-t-il d'un ton apaisant. Si Nigel apprend que vous le retenez prisonnier, n'enverra-t-il pas chercher la belle ?

— Il est capable de tout, songea Tristan à voix haute. Néanmoins, il s'apercevra vite que sa requête n'a aucune signification pour moi. Il est hors de question qu'elle retourne à Seacrest.

— À votre place, je n'en serais pas si sûr, mon seigneur, nuança Pharao le plus calmement du monde.

Puis, sans laisser à son ami le temps d'intervenir, il ajouta :

— Peut-être pourrions-nous renvoyer madame leur mère dans ses foyers ?

— Mais c'est une excellente idée, Phar ! gloussa Tristan en tapotant l'épaule de son ami. Il est l'heure d'aller se coucher, vieux frère, une longue journée nous attend demain.

— Oui, en effet. Bonne nuit, mon seigneur, répondit Pharao avec un ample hochement de tête.

Tristan tourna les talons et gravit la colline d'un pas lourd tandis que Pharao restait seul à contempler l'horizon. En fait, ce dernier n'avait aucune envie d'aller se coucher, car il redoutait le moment où il devrait retourner s'asseoir en rêve sur le trône princier pour mener le bal des morts et des vivants.

Pour tout dire, Pharao était terrorisé.

Bertie était assise seule dans la chambre qui lui avait été attribuée à Greanly. Elle ne pleurait pas, mais ses idées étaient des plus confuses. Que fallait-il penser de la scène dont elle avait été témoin avec Ellora ?

Elles avaient trouvé Haith et Tristan enlacés d'une manière inconnue de Bertie. Les deux amants avaient semblé si absorbés dans leur étreinte qu'Ellora avait dû manifester sa stupéfaction à voix haute pour qu'ils s'aperçoivent enfin de leur présence. La question qui se posait désormais à Bertie était la suivante : avait-elle été trahie par la seule personne dont elle se croyait aimée ?

Que penser également de la mise désordonnée de sa sœur ? Haith portait sur le visage les stigmates de la violence d'un homme. Quant à sa robe, elle était déchirée et couverte de boue. Le voyage jusqu'à Greanly avait-il été si rude ? Même si Bertie avait souffert de l'ennui, elle n'avait pas trouvé la chevauchée particulièrement éprouvante.

Fallait-il en conclure que la brute l'avait forcée à marcher, qu'il l'avait battue ? Le boitillement de Haith n'avait pas échappé au regard attentif de sa sœur, ni ses bleus. Peut-être qu'après tout le coupable n'était-il pas lord Tristan, mais Donald. Comment admettre que Haith ait accepté d'épouser cette créature dégoûtante ? Ellora était pourtant formelle.

Trop agitée pour rester assise, Bertie se leva et commença à faire les cent pas dans la chambre en se tordant les mains de désespoir. Venue à Greanly dans le but d'aider Haith, la jeune femme ne savait plus à présent de qui ou de quoi elle devait la protéger. La veille encore, tout avait semblé si simple... En vingt-quatre heures, le désir de la comprendre et de la consoler s'était mué en acrimonie. En cela, Bertie ne différait plus guère d'Ellora. N'y avait-il pas de quoi frémir ?

Bertie s'approcha de la fenêtre et regarda en contrebas. Elle aperçut Minerva qui sortait d'une chaumière avec un panier sous le bras. La vieille guérisseuse la regarda bien en face avant de poursuivre sa route sans répondre à son salut. Bertie laissa retomber mollement son bras.

Était-elle condamnée à l'exclusion, à vivre à l'écart au sommet d'un donjon, tandis qu'en bas la vie battait son plein ? Les fenêtres de Haith et de Minerva étaient éclairées, et Bertie s'attendait d'un instant à l'autre à voir surgir la silhouette de sa sœur.

Soudain, la vérité s'imposa à elle avec la clarté d'une évidence.

Je n'ai aucune attache en ce lieu, conclut-elle.

L'environnement familier de Seacrest lui manquait. De plus, elle n'avait nullement l'intention d'épouser lord Tristan, ni de devenir lady d'Argent. Manifestement, ce dernier partageait son manque d'attirance, ce qui n'était pas pour déplaire à Bertie. Elle en déduisit qu'il préférait les baisers de Haith, mais également que Nigel n'était pas étranger à la réticence du jeune homme. Le seigneur de Seacrest ne se comportait-il pas de manière de plus en plus suspecte depuis près d'un an, en s'associant, comme il le faisait, avec les individus les moins recommandables ?

Son principal acolyte n'étant autre que…

Donald!

Bien sûr, tout cela était sans compter avec l'échec du repas de fiançailles. Elle se souvint soudain que quelqu'un avait fait une allusion qui avait échappé à Bertie à cause de la troublante présence de Pharao Tak'Ahn à sa table.

Quand on pense au loup…, songea Bertie en apercevant l'ami de Tristan qui traversait la haute-cour. Ils se regardèrent pendant un long moment. Puis il s'engouffra à l'intérieur du château sans même lui adresser un signe de la main.

La jeune femme se laissa tomber sur son lit en soupirant de lassitude. Soudain, elle eut une idée, et retrouva une respiration normale. Pendant qu'Ellora était confortablement installée dans sa propre chambre et que Nigel était loin, Pharao venait de pénétrer dans la pièce du dessous !

Tout se précipita dans son esprit, et ses doutes, ainsi que ses peurs, s'envolèrent. Si elle parvenait à éviter de croiser lord Tristan, elle pourrait peut-être enfin obtenir un tête-à-tête avec ce bel étranger qui l'émoustillait au plus haut point. Elle se redressa, arrangea ses jupes et mit de l'ordre dans ses cheveux.

À mi-chemin de la porte, elle s'arrêta brusquement.

Mon Dieu, qu'est-ce qui me prend ? Que lui dirai-je ?

— Belle soirée, messire Pharao. Cela vous ennuierait-il que je vous admire jusqu'à en perdre la vue ? s'entraîna Bertie à voix haute.

Quelle gourde ! s'exclama-t-elle en pensée avant de faire demi-tour pour ensuite revenir à sa première idée.

Le courage n'avait jamais été la qualité principale de Bertie. Toutefois, les événements de la veille semblaient lui donner des ailes. Ce n'était donc pas le moment de battre en retraite.

Par conséquent, elle ouvrit la porte et s'élança dans l'escalier avant de changer encore une fois d'avis.

Pharao se tenait si près de son huis qu'elle faillit le heurter dans son élan. Elle poussa un petit couinement surpris et recula d'une marche, tout éberluée par la présence du jeune homme qui s'inclinait déjà.

— Madame, salua gravement Pharao en se redressant. Puis-je vous être utile ?

Pendant tout ce temps, il ne détacha pas son beau regard marron de la jeune femme qui semblait si émue de le voir.

Bertie frissonna des pieds à la tête. C'était la première fois qu'un homme la regardait avec une passion aussi ardente sans qu'elle se sente laide ou ridicule.

Tout donnait à penser qu'il la désirait.

Bertie éprouva des sensations qu'elle n'avait jamais connues auparavant, et elle eut envie de découvrir le corps de cet homme habillé de blanc. Elle chassa aussitôt cette pensée jugée choquante. Néanmoins, celle-ci revint à la charge, attisée par la bouche sensuelle et les longs cils noirs de Pharao.

Tu es folle ! pensa-t-elle sans grande conviction.

C'est alors qu'elle capitula.

— Si vous voulez bien entrer, murmura-t-elle.

Chapitre 13

Haith se réveilla avec des sueurs froides dans la lumière voilée qui précède le lever du jour. Elle resta pendant un long moment immobile dans son lit à regarder fixement l'étrange plafond. Après l'interminable silence de la prairie qu'elle avait visité en rêve, celui de la chambre l'oppressa au point qu'elle se demanda si elle n'était pas devenue sourde.

C'est alors que résonna au loin le choc métallique du marteau qui s'abat sur l'enclume, suivi par la cacophonie des oies et un bruit de pas en provenance de la chambre d'à côté. Ces bruits, somme toute banals pour un village qui s'apprêtait à vivre une nouvelle journée, émurent Haith jusqu'aux larmes de par leur tonalité rassurante.

Elle rejeta les couvertures et se redressa avant de passer la main dans ses cheveux trempés. Endolorie et courbatue, elle était également affligée d'une forte migraine, et ses yeux mal réveillés étaient tout gonflés.

Soudain, Minerva entrebâilla la peau de bête qui séparait les deux pièces de la chaumière et glissa la tête dans l'ouverture.

— Bonjour, ma princesse, dit gaiement sa grand-tante. Viens donc soulager ton estomac. Allez, dépêchons, une dure journée nous attend !

Puis elle disparut de nouveau dans un claquement de cuir sans que Haith ait pu émettre le moindre son.

La jeune femme poussa un long soupir en songeant qu'il lui faudrait se concentrer sur des corvées subalternes. Le plus urgent pour Haith était de trouver Bertie et de tenter de réparer l'offense de la veille. En tout cas, elle lui devait une explication. Il serait toujours temps ensuite d'aller trouver Tristan et de décider de la nouvelle marche à suivre.

L'évocation de son nom lui rappela la douceur de ses baisers. Comme par enchantement, sa migraine cessa, mais elle fut aussitôt saisie d'un terrible sentiment de culpabilité.

Pourquoi ? Oui, pourquoi ? s'exclama-t-elle en son for intérieur, tout en sachant pertinemment que la question était plutôt : « Comment sortir de cette situation embarrassante pour tout le monde ? »

Haith enfila sa seule tunique qui ne fut pas déchirée, puis natta à la hâte son épaisse chevelure en une tresse qui lui descendait jusqu'à la taille.

Elle passa ensuite la tête dans l'embrasure. Minerva s'activait déjà dans la pièce attenante. Deux chaudrons mijotaient sur le feu. L'agréable odeur des feuilles curatives fraîchement broyées mit Haith en appétit.

Elle alla fouiller directement dans les sacs et les pots qui se trouvaient sur les rayonnages flambant neufs, et ne tarda pas à mettre la main sur la jaunâtre écorce de saule séchée censée apaiser ses maux de tête et en déchira une petite bande qu'elle lava à l'eau claire. Cependant, puisqu'un bol de céréales fumait sur la table, et que l'estomac de Haith commençait à gargouiller, l'amer remède attendrait.

Minerva laissa la jeune femme se régaler avant de prendre enfin la parole.

— Quand iras-tu trouver messire Tristan ? demanda-t-elle en remuant un pot de graines avant d'en sentir le contenu avec satisfaction.

Haith pouffa de rire.

— Je pense que c'est la dernière personne avec qui je devrais me montrer aujourd'hui. Bertie est le premier de mes soucis, annonça-t-elle avant d'avaler une cuillerée de porridge.

— Je ne suis pas d'accord, petite fée.

— L'es-tu jamais ? demanda Haith.

Elle avala une autre cuillerée, puis ajouta :

— Tu n'ignores pas ce qui s'est passé hier, n'est-ce pas ?

— Oh, non.

— Tu sais également comment a réagi Donald quand il m'a vue ?

— Hum, hum, marmonna la guérisseuse en posant sur la table un mortier qui contenait un genre de racine brune qu'elle commença à broyer menu. Cela résout bien des questions, ne crois-tu pas ?

Haith envoya valdinguer la cuillère en bois dans son bol vide et lança un regard outré à sa grand-tante.

— Non, Minerva, cela ne résout rien, s'exclama-t-elle en envoyant valser le récipient avant de se mettre à bouder, le menton dans les mains. Tout est seulement encore plus compliqué qu'avant.

— Non, Haith, c'est simple, au contraire, rectifia Minerva en ajoutant une pincée de quelque chose à son mélange. Tristan est ici. Tu es ici. Vous êtes enfin réunis !

— Dois-je te rappeler, Minerva, commença Haith en détachant chaque mot, que Tristan est fiancé à ma sœur, à qui je ne veux faire aucun mal ?

La jeune femme se leva d'un bond pour débarrasser la table.

— Oh, Bertie chérie, entonna Haith avec une voix de fausset, verrais-tu un inconvénient à ce que je te vole ton fiancé ? Il faut que tu saches que je rêve de lui depuis l'enfance, et qu'en plus, il embrasse comme un dieu. Tu vois bien que c'est impossible, Minerva !

— Pourquoi pas ? Bertie t'aime et ne souhaite que ton bonheur…

— Et moi le sien ! interrompit Haith en doublant sa dose d'écorce de saule. Même si Guillaume le permettait – ce dont je doute fort…

— Qu'en sais-tu ?

— Je le sais, c'est tout ! riposta la jeune femme. Suis-je supposée la prier de retourner vivre à Seacrest pour le restant de sa vie comme une vieille fille en compagnie d'Ellora et de Nigel ? Voilà des années que Bertie décline de bons partis dans la perspective d'épouser Tristan. À vingt-deux ans, qui voudra encore d'elle ?

Minerva haussa les sourcils.

— Petite fée, je m'étonne que tu n'accordes pas plus de prix aux charmes conjugaux de ta sœur.

— Ce ne sont pas de ses charmes dont je doute, expliqua Haith avec une pointe d'exaspération dans la voix, c'est de la rareté des prétendants ! Si Bertie souhaitait en épouser un autre, elle devrait se rendre à Londres pour cela.

— Tu ne sais pas de quoi tu parles ! Tiens, remue plutôt cet onguent.

— Arrête de dire que je parle sans savoir ! s'exclama Haith en saisissant une longue cuillère en bois. Par ailleurs, j'ignore quelles sont les intentions de lord Tristan.

— Ses inventions ?

— Non, ses intentions ! répéta Haith en remisant la cuillère à son crochet. Ses intentions me concernant, concernant Bertie, ainsi que ses projets à l'égard de Nigel, de Donald. Moins de la moitié des villageois de Greanly se sont ralliés à lui. Quant à Guillaume, il attend de ses vassaux qu'ils soient unis, et, le moins que l'on puisse dire est que, pour l'heure, tout ne va pas de soi.

Haith poussa un long soupir et alla se poster derrière la fenêtre d'où elle contempla le château en jouant avec sa tresse. J'ignore tout de ses projets et de ses sentiments.

— Il existe pourtant un moyen de les connaître, lança Minerva en se levant pour aller verser ses poudres dans l'un des deux chaudrons. Regarde ce que disent les runes.

Haith détourna vivement la tête et lui jeta un regard glacial par-dessus son épaule.

— Je refuse. Ces inepties plaisaient peut-être à maman, mais elles ne m'amusent pas.

Minerva allait riposter lorsque Haith l'en dissuada en la pointant d'un index accusateur.

— Et n'essaie pas de prétendre le contraire.

— Je m'apprêtais simplement à suggérer que si tu ne veux pas consulter les runes, alors tu ferais aussi bien de te rendre au château, expliqua Minerva d'un ton conciliant.

Puis, levant le menton en direction de la forteresse, elle ajouta :

— Va trouver lord Tristan, et demande-lui d'éclairer ta lanterne.

— Hum…, murmura Haith. Je vais y aller.

Mais pas pour questionner Tristan, songea-t-elle en gagnant la porte.

— Envoie-moi chercher si tu as besoin de moi, lança-t-elle enfin par-dessus son épaule avant de sortir.

Dès que la porte se fut refermée, Minerva se laissa tomber sur sa chaise en soupirant.

— Ah, ma pauvre Corinne ! s'exclama-t-elle en levant les yeux au plafond. Aucun doute, Haith est bien ta fille !

Puis elle se mit à fredonner une ritournelle entraînante du vieux pays d'Écosse. Au deuxième couplet, quelqu'un frappa d'un coup sec.

— Entrez ! héla Minerva en s'appliquant à réunir les ingrédients de sa seconde décoction de la journée.

Une fraction de seconde plus tard, la barbe hirsute de Barrett apparaissait dans l'entrebâillement. Le sheriff semblait fort agité.

— Ah, Barrett, qu'est-ce qui t'amène de si bonne heure en mon humble logis ?

— Où est lady Haith ? demanda-t-il d'une voix assez forte pour briser la vaisselle en se courbant en deux pour entrer. Lady Haith, êtes-vous là ?

— Assez braillé, espèce de grand dadais, rouspéta Minerva. Tu ne crois pas que si elle était là elle t'aurait entendu ?

La vieille femme se rembrunit tandis que Barrett ressortait de la chambre la mine attristée.

— Où est-elle, Minerva ?

— Eh bien, elle vient de partir au château. Tu as dû la croiser.

Le bon sheriff secoua la tête.

— J'en viens.

Il tourna les talons et allait sortir lorsque Minerva l'arrêta en posant la main sur son bras immense.

— Quelque chose ne va pas, Barrett ?

— Donald s'est enfui, annonça-t-il d'un ton grave.

Il laissa la guérisseuse accuser le coup puis ajouta :

— Il a tué son garde, sans doute peu avant le lever du jour, et depuis personne ne l'a vu. D'après lord Tristan, il y a des raisons de croire qu'il cherchera à nuire à Haith.

— Que les fées nous protègent ! soupira Minerva. Elle ne doit pas être loin. Allons-y !

Haith sortit des latrines situées juste derrière la chaumière au moment où Minerva et Barrett prenaient la direction des écuries. Elle fut arrêtée net par une main qui s'abattit sur son épaule et la força à se retourner.

Donald!

— Ne crie pas! prévint-il en l'entraînant à l'abri des regards.

Haith fut immédiatement prise de nausée. Il l'attira contre lui, et elle crut s'évanouir en sentant la puanteur épicée de son moignon en décomposition. Avec l'énergie du désespoir, elle essaya de se dégager et, à sa grande surprise, il n'opposa aucune résistance. Elle avait l'avantage, et il le savait, car un seul cri aurait suffi à ameuter tout le village.

— Maintenant que j'ai retrouvé la liberté, nous avons du pain sur la planche, toi et moi.

Il gloussa tout bas, et son haleine putride faillit avoir raison du petit déjeuner de Haith. À son grand effroi, il fit un pas en avant et ajouta :

— On m'a dit que tu avais un message pour moi...

Les idées se bousculèrent dans l'esprit de la jeune femme.

— Qui vous l'a dit? demanda-t-elle pour gagner du temps.

— La personne qui m'a fait évader.

— C'est que je suis arrivée seulement hier. Je n'ai encore rien appris qui vaille la peine. Et puis même si c'était le cas..., s'interrompit-elle, de toute manière j'ai décidé de ne pas aider Nigel.

— Ah oui, vraiment ? demanda Donald en faisant les gros yeux.

Elle dévisagea ostensiblement son visage violacé.

— Oui, vraiment. D'ailleurs, vous feriez bien d'en faire autant. Tristan vous cherche sûrement, et s'il vous trouve, il vous tuera. Si vous trahissez Nigel, ce dernier en fera autant. Votre salut est dans la fuite.

— Écoute-moi bien espèce de petite catin prétentieuse, grommela Donald en se rapprochant si près que Haith put voir ses nerfs trembler sous sa peau, lord Nigel ne sera pas le seul vainqueur en cas de victoire. Il m'a promis un poste de choix à Greanly pour me récompenser de mes services. Aussi n'ai-je pas l'intention de laisser une gamine tout mettre par terre. Je n'ai pas pour projet de frapper une enclume toute ma vie, espèce de gosse de riche.

— Vous êtes un imbécile. Nigel ment comme il respire, et il ne tiendra jamais sa promesse, déclara Haith en prenant quelque peu sa revanche. Il se sert de vous pour accomplir ses basses œuvres.

— Cela ne regarde que moi. Maintenant fermela, et écoute ce que je vais te dire, annonça-t-il en la plaquant contre le mur du coin d'aisances. S'il venait aux oreilles de lord Nigel que mademoiselle a changé d'avis, dit-il avec un petit rire moqueur riche en postillons, il t'enverra aussitôt chercher, ainsi que la coutume l'y autorise.

— Je ne retournerai pas à Seacrest, déclara-t-elle en s'efforçant de cacher sa peur, car elle savait que Donald disait vrai.

Le crapaud glissa le doigt entre les seins de Haith et s'arrêta juste au-dessous de la gorge avant de lui serrer le cou de sa petite main potelée.

— Que crois-tu qu'il te fera pour prix de ta trahison, hein ?

Haith déglutit, et Donald en profita pour serrer plus fort. Manifestement, il se délectait de la peur qu'il faisait naître en elle.

Enfin, il lâcha prise, lentement, et comme à regret.

— Si tu as vraiment envie d'échapper pour toujours à Nigel, alors donne-moi l'information que j'attends.

Haith respirait avec précipitation sans quitter l'abject crapaud des yeux.

— Si je crie maintenant, menaça-t-elle, c'en est fini de vos complots.

— Ne te gêne pas, répliqua-t-il en haussant les épaules pour mieux lui montrer qu'il s'en fichait. De mon côté, je me ferais un plaisir de parler à lord Tristan de ton pacte avec Nigel. N'oublie pas que je suis le mieux placé pour jouer double jeu dans cette farce !

Haith se trouvait face à un dilemme. Tristan la suspectait déjà de comploter avec Nigel, et il n'aurait aucune difficulté à croire les allégations de Donald. Fomenter un complot contre la noblesse était passible de la peine de mort. Soudain, l'image de la hache du bourreau s'imposa à son esprit.

Cependant, la jeune femme était encore plus inquiète au sujet de sa sœur. À coup sûr, Guillaume ne permettrait pas un mariage aussi frauduleux.

D'un autre côté, si les fiançailles de Tristan et de Bertie étaient rompues, cette dernière serait déshonorée à jamais.

— J'attends ta réponse, catin. Ma patience a des limites !

Haith leva la tête et prit enfin la parole, chaque mot scellant un peu plus son sort.

— Lord Tristan a l'intention d'envoyer une requête à Guillaume pour demander l'annulation du projet de mariage.

— Quand ?

— Je ne sais pas. Sans doute une fois que tous les villageois seront installés.

Donald détourna le regard en marmonnant dans sa barbe avant de revenir à Haith.

— Que sais-tu d'autre ?

— Rien. Comme je vous l'ai dit, j'arrive à peine.

Donald la mesura du regard afin de déterminer si elle mentait ou non, puis, manifestement satisfait, il fit un bref signe de tête.

— Dans une semaine, je t'enverrai un messager depuis Seacrest. Retrouve-le au coucher du soleil à la lisière sud de la forêt de Greanly. Tu l'informeras de tout ce qui se passe ici, déclara-t-il en lui serrant le cou.

Haith ferma les yeux puis détourna la tête.

— Si tu ne viens pas au rendez-vous, je saurai te retrouver, et alors je te ferai regretter les châtiments de Nigel. C'est compris ?

Haith acquiesça et put de nouveau respirer.

Lorsqu'elle rouvrit les yeux, son persécuteur avait disparu. Elle tomba à genoux et vomit en frémissant.

Tous ses espoirs en l'avenir étaient anéantis. Il ne restait plus qu'un grand vide effrayant et douloureux.

Car Haith était désormais contrainte de renseigner Nigel, il devenait de plus en plus urgent pour elle de se réconcilier avec Bertie. Néanmoins, elle devrait d'abord s'assurer que sa sœur était hors de danger. Pour cela, il faudrait lui cacher les troubles qui se tramaient entre Tristan, Nigel et elle-même.

Haith se releva, rajusta ses jupes et se recoiffa en respirant profondément. Puis elle longea la dernière rangée de chaumières en chancelant chaque fois qu'elle s'essuyait les yeux, espérant ainsi se reprendre avant de pénétrer dans la forteresse. Elle implora le ciel de ne pas rencontrer Tristan avant de s'être réconciliée avec Bertie.

La salle des banquets était quasiment déserte, à l'exception de deux jeunes écuyers occupés à réparer des cottes de mailles près de l'âtre. La chance lui souriait enfin ! Elle fit le tour de la pièce en toute hâte et se rendit à l'étage. Au sommet de l'escalier, une surprise l'attendait sous forme d'un long corridor bordé de portes identiques et… fermées.

J'aurais dû m'y attendre ! grommela-t-elle en collant son oreille à chacune. Il était bien sûr hors de question de frapper à toutes les portes, car elle serait fatalement tombée sur Tristan ou Ellora !

Son découragement s'accrut lorsqu'elle constata que le silence régnait derrière les épais panneaux de chêne et l'épaisse muraille.

Elle regretta succinctement Seacrest et les parois de bois de son enfance qui permettaient presque de communiquer sans se voir.

Haith arrivait au bout du couloir lorsqu'un léger bruit se fit entendre. Elle tendit l'oreille en retenant son souffle. Derrière l'ultime porte, Bertie fredonnait une chanson. La jeune femme pressa le pas et s'arrêta sur le seuil.

Que ferai-je si elle refuse de m'ouvrir ? se demanda-t-elle. *Que deviendrai-je si elle ne veut plus jamais me voir ?*

— Tu n'aurais que ce que tu mérites, sœur indigne ! siffla-t-elle, faisant ainsi les questions et les réponses. Mieux vaut en avoir le cœur net !

« Toc, toc, toc ! »

— Entrez, lança gaiement Bertie.

Haith entrouvrit légèrement la porte et glissa la tête dans l'ouverture. Assise en chemise de nuit, Bertie se brossait les cheveux.

— Bertie ? héla Haith non sans quelque appréhension. Puis-je entrer ?

— Sœurette ! s'exclama Bertie en tournant un visage radieux vers la visiteuse.

Puis elle rejeta sa brosse et s'élança à sa rencontre.

— Bien sûr, entre donc ! ajouta-t-elle en tirant Haith par la main.

— Où étais-tu passée ? Voilà des heures que je t'attends !

Haith fut sidérée par l'accueil chaleureux de sa sœur, mais se laissa prendre dans ses bras avant de la considérer avec étonnement.

— N'es-tu pas fâchée contre moi ? demanda-t-elle en remarquant soudain que la jeune femme avait le rose aux joues et les yeux pétillants.

Bertie partit d'un grand rire et lui fit une bise.

— Bien sûr que non, bêtasse, je ne suis pas en colère, assura-t-elle en invitant sa sœur à s'asseoir avec elle sur le lit.

— Mais hier, je…, insista Haith.

— Oh, ça ? s'exclama Bertie avec un geste vague sans se départir de son sourire. Je suis vraiment désolée de ma réaction. Je crois que je ne m'y attendais pas…

Elle pouffa de plus belle puis enchaîna.

— Quoi qu'il en soit, je suis bien décidée à te sauver des pattes de cet affreux Donald pour te confier aux bras protecteurs de lord Tristan. N'est-il pas charmant ? Certes, il est un peu intimidant, je te l'accorde, cependant…

— Bertie chérie, interrompit Haith en détachant chaque mot, tu n'as pas oublié que Tristan doit t'épouser ?

— Non, bien sûr. Cela complique un peu les choses, n'est-ce pas ? admit Bertie en faisant la grimace avant de céder à l'inquiétude.

— Mon Dieu ! s'exclama-t-elle en effleurant le visage tuméfié de Haith. Que t'est-il arrivé ? Et puis quelles sont ces sottises que mère m'a rapportées ? Es-tu vraiment obligée d'épouser Donald ?

— Il vaut mieux que tu restes à l'écart de cette histoire, suggéra Haith en frémissant au souvenir de ses rencontres successives avec Nigel et le forgeron. Ce n'est pas simple… et fort déplaisant.

— Je peux tout entendre, dit Bertie, même si jusque-là j'ai pu te paraître plutôt désarmée. Mais tout est différent à présent. J'ai changé !

— C'est ce que je vois, confirma Haith avec admiration en avisant une tache de sang sur le couvre-lit blanc.

La jeune femme n'en crut pas ses yeux.

— Allez, dis-moi tout. Je parie que c'est encore un coup de Nigel ? demanda Bertie avec indignation sans remarquer l'épouvante de sa sœur. Quel infâme personnage ! Même si c'est à cause de lui que mère et moi sommes venues à Greanly, je suis très contente que… Haith, que se passe-t-il ?

Bertie suivit le regard de sa sœur jusqu'aux traces de sang.

— Oh là là ! piaula Bertie en rougissant avec grâce. J'ai oublié de l'enlever ce matin ! Allez, debout…, glousa-t-elle en obligeant Haith à se lever avant de s'empresser de rouler les draps en boule. Il est encore un peu tôt pour mettre mère dans la confidence !

Médusée, Haith regarda sa sœur jeter le ballot dans un coin. La gaieté de Bertie s'expliquait enfin.

Tristan n'a donc pas renoncé à l'épouser après tout ! songea Haith avec amertume. *Toutes ses années perdues à l'aimer en songe !*

L'amour avait été consommé, et avec brio, à en juger par la bonne humeur de Bertie.

La gorge serrée et les yeux débordants de larmes, Haith se tourna vers Bertie.

— Haith ? interrogea Bertie en cessant immédiatement son bavardage. Qu'arrive-t-il ? Tu ne te sens pas bien ?

Elle tendit le bras, mais Haith recula.

— Non. Je veux dire, si, bredouilla-t-elle sans parvenir à chasser le souvenir du sang de Bertie.

Elle s'efforça de se convaincre que tout était pour le mieux, et que Tristan finirait peut-être par aimer sa sœur pour le plus grand bonheur de cette dernière.

Si tout était si simple, pourquoi son cœur saignait-il ?

— Pour tout dire, je ne me sens pas très bien.

— Mais tu allais bien tout à l'heure, s'inquiéta Bertie en essayant de nouveau d'attraper la main de Haith. Allonge-toi un peu, cela te fera du bien.

— Non ! s'écria la jeune femme en considérant le lit avec des yeux horrifiés qui firent peur à Bertie. Je ne m'allongerai pas sur ce lit !

— Haith, qu'as-tu enfin ? Ce lit n'est pas impur. C'était un acte d'amour. J'aurais cru que tu serais contente pour moi.

À ces mots, Haith fondit en larmes.

— Je le suis, Bertie, sincèrement, dit-elle en reniflant. C'est juste que…

— Quoi, ma sœur adorée ? demanda Bertie en prenant – avec succès cette fois – la main de Haith. Viens t'asseoir sur cette chaise et raconte-moi. Quelle que soit la cause de ton trouble, je te promets de m'en occuper. Tout ce que je veux, c'est que tu sois heureuse.

En entendant presque mot pour mot les paroles de Minerva, Haith redoubla de chagrin.

— C'est vrai, insista Bertie.

Haith gémit.

Bertie fouilla dans un coffre à la recherche d'un mouchoir qu'elle lui glissa ensuite dans la main en s'agenouillant à côté d'elle.

— Essuie tes larmes, et laisse-moi t'aider. Je suis sûre que ce n'est pas si grave.

Haith renifla, puis se moucha.

— D'accord, Bertie, si tu veux la vérité, la voici, commença-t-elle avant de prendre une longue inspiration. Te souviens-tu des rêves étranges que je faisais toutes les nuits lorsque nous étions petites ?

— Comment les aurais-je oubliés ! s'exclama Bertie en esquissant un sourire empreint de nostalgie. Comme j'aimais t'entendre me parler de ce puissant guerrier qui venait, nuit après nuit, t'arracher au danger sur son fougueux étalon. Tout cela était si exaltant ! Et comme je t'enviais alors !

Soudain, Bertie prit un air grave, puis elle ajouta :

— Tu ne m'en avais plus parlé depuis que les rêves ont cessé.

— Ils n'ont pas cessé, rectifia Haith avant de se moucher à grand bruit. Même si je n'en parlais plus. J'en avais assez que Minerva me harcèle de questions, et de l'entendre radoter au sujet de ma mère, de mon père, des âmes sœurs et autres chimères.

Elle poussa un long soupir puis enchaîna.

— Elle répétait que j'étais destinée à connaître un amour pareil à celui de mes parents. L'idée même m'était insupportable. Je ne voulais surtout pas ressembler à ma mère!

— Mais pourquoi ? demanda Bertie. J'adorais Corinne.

— C'était une femme adultère, Bertie! s'écria Haith. Elle a convoité le mari d'une autre et lui a fait une bâtarde sans se soucier des conséquences que…

— Haith, je ne vois toujours pas quel est le rapport avec… ça! interrompit Bertie en désignant le lit.

— Oh, Bertie chérie! s'exclama Haith en cachant sa honte dans son mouchoir. Ce guerrier, dont j'ai rêvé depuis tant d'années…

— Oui? Continue…

— C'est Tristan, dit enfin Haith d'une voix à peine audible.

Bertie resta un long moment bouche bée avant de se ressaisir.

— En es-tu sûre?

Haith tortilla son mouchoir puis fit « oui » de la tête.

— Je suis sincèrement désolée, Bertie, balbutia-t-elle. Je l'ignorais, je te le jure. Mais tu n'as rien à craindre de moi. Je ne suis pas comme ma mère. Je…

— Haith, s'esclaffa Bertie, prenant soudain conscience du comique de la situation.

Mais elle fut à son tour interrompue par la porte qui s'ouvrit brusquement dans un vacarme épouvantable. Les deux sœurs sursautèrent en même temps, tandis que Tristan entrait au pas de charge. La petite chambre devint soudain exiguë. Il se planta devant Haith et la regarda droit dans les yeux.

— Oh non…, gémit cette dernière en baissant les paupières.

— Lord Tristan ! s'écria Ellora de sa voix stridente en se campant derrière l'importun, non sans essayer de jeter un coup d'œil à l'intérieur. Rien ne vous autorise à faire irruption dans la chambre de ma fille sans chaperon.

Pour toute réponse, Tristan se contenta d'émettre un grognement sourd. Puis, sans prendre la peine de se retourner, il lui claqua la porte au nez et tira le verrou pour faire bonne mesure.

Bertie poussa un petit cri lorsqu'elle se souvint qu'elle était en chemise devant lord d'Argent. Quoi qu'il en soit, ce dernier ne semblait pas intéressé. Elle se hâta néanmoins d'extirper une étole de l'une de ses malles.

Haith rouvrit les yeux et constata, à son grand désespoir, que Tristan était toujours là. Son beau regard bleu exerçait sur elle une fascination digne d'un sortilège. Malgré la proximité de Bertie, la jeune femme ne put s'empêcher de désirer qu'il la prenne une fois encore dans ses bras. Ses propres désirs lui faisaient honte.

C'est alors que Tristan s'avança, puis parut se raviser, comme s'il venait seulement de s'apercevoir de la présence de Bertie.

— Toutes mes excuses, lady Bertie, dit-il en la saluant d'une courte révérence.

— Que se passe-t-il donc, lord Tristan ? demanda-t-elle avec aménité.

— Je dois m'entretenir d'un problème important avec lady Haith, répondit-il d'un ton qui se voulait affable.

— N'en dites pas plus, répliqua Bertie en l'arrêtant avant de ramasser en toute hâte un fouillis de vêtements. Je vous laisse à votre intimité et vais faire mon possible pour calmer maman.

— Tous mes remerciements, dit Tristan en s'inclinant de nouveau.

— Bertie, non ! Je t'en prie, ne pars pas ! hurla Haith.

La perspective de rester seule dans une chambre avec Tristan l'effrayait au plus haut point.

Elle essaya en vain de retenir sa sœur lorsque celle-ci passa devant elle en coup de vent.

— Ne t'en fais pas, sœurette, tempéra Bertie en tirant le verrou.

Puis, avec un petit sourire en coin, elle ne put s'empêcher d'ajouter :

— Contrairement à ma mère, je ne crois pas qu'un chaperon soit nécessaire.

Haith grommela quelque chose tandis que Bertie refermait la porte d'un coup sec. Immédiatement, la jeune femme se leva afin de mettre assez de distance entre elle et Tristan, mais ce dernier la prit aussitôt dans ses bras.

— Où étiez-vous passée ? lui susurra-t-il à l'oreille. J'ai retourné ciel et terre pour vous retrouver.

Pendant un instant, Haith exulta de joie et souhaita ne plus jamais être séparée de lui. Il lui semblait qu'un poids lui avait été enlevé. Elle soupira, ferma les yeux et remplit ses poumons de l'odeur du galant.

Elle faillit céder à la tentation de l'avertir des menaces proférées par Donald. Dans les bras protecteurs de Tristan, Haith se sentait invulnérable, même si elle savait que le danger la guettait toujours.

C'est alors qu'elle se souvint de l'endroit du sang sur les draps. Elle fit aussitôt taire la petite voix qui lui conseillait de tout lui avouer et le repoussa.

— Comment osez-vous ? siffla-t-elle en le giflant de toutes ses forces.

Chapitre 14

Haith et Tristan se firent face dans le lourd silence qui s'ensuivit. Le jeune homme resta de marbre. Seul un rictus nerveux sembla indiquer qu'il était de chair et d'os.

Il contourna Haith et s'approcha de la fenêtre en quelques enjambées. Celle-ci n'eut d'autre choix que de se retourner pour le suivre du regard, tout en restant sur ses gardes. Il se pencha au dehors et observa les allers et venues dans la cour en contrebas. Enfin, il sembla trouver ce qu'il cherchait et leva la main.

— Tout va bien ! lança-t-il avant de hocher la tête en réponse à une réplique inaudible.

Puis il se retourna, et Haith eut un mouvement de recul involontaire.

— De grâce, commença-t-il d'un ton faussement calme, quel mal vous ai-je fait pour mériter une gifle ?

Haith bouillait d'indignation.

— Je ne suis pas une idiote. Vous pensiez peut-être que Bertie ne m'en parlerait pas ?

Tristan fronça les sourcils.

— Je ne comprends pas, Haith. Cessez de parler par énigmes, et expliquez-vous. Il se passe des choses graves dont je dois m'occuper.

— Oh ! Ainsi notre noble seigneur a d'autres chats à fouetter, et l'honneur de sa promise peut attendre ?

— Oui, enfin… Que voulez-vous dire ?

Haith fulminait à présent. Elle se précipita sur le paquet de draps et les jeta aux pieds de Tristan.

— Allons bon ! Êtes-vous assez léger ou assez sot pour vous figurer que nous vous partagerions, Bertie et moi ? demanda-t-elle en tremblant de tout son corps. Puis elle tapa du pied en hurlant de désespoir.

— Espèce de crétin prétentieux !

— Haith ! s'exclama Tristan en guise d'avertissement. L'honneur de votre sœur n'est pas en mon pouvoir, si ce n'est l'obligation que m'a faite Guillaume de l'épouser.

— Parlons-en ! Vous avez plutôt intérêt à l'épouser à présent, menaça-t-elle en se rapprochant du jeune homme sans s'apercevoir qu'elle pleurait. Dussé-je vous jeter un sort et emmener votre gros postérieur à l'église sur une charrette !

Pantelante, elle se planta juste devant lui.

— J'épouserai qui je veux, et quand je veux. Et personne, ajouta-t-il en s'inclinant légèrement, fût-il roi ou simple sujet, ne me forcera la main.

— Je me suis trompée sur vous, soupira Haith en laissant échapper une grosse larme brûlante. Quand je pense que j'ai failli…

Elle détourna le regard puis reprit.

— Qu'arrivera-t-il si elle est enceinte ? Serez-vous assez insensible pour rejeter la mère et son enfant pour un oui ou pour un non ?

— Haith, murmura Tristan en s'approchant pour poser la main sur le bras de la jeune femme.

— Ne me touchez pas, s'écria-t-elle en reculant.

En conséquence, il la prit par les épaules et la força à le regarder malgré ses protestations.

— Répondez à ma question et je vous laisserai partir.

Malgré sa peine et sa colère lancinante, Haith se calma et croisa enfin son regard.

— Votre sœur vous a-t-elle dit que nous avons fait l'amour hier soir ?

Jamais Haith ne s'était sentie aussi misérable. Néanmoins, elle ne se laissa pas désarçonner.

— La preuve est là, déclara-t-elle en désignant la literie roulée en boule d'un geste de la tête.

— Ce n'était pas moi.

— Vous mentez ! hurla Haith en se dégageant. Bertie ne connaît personne d'autre à Greanly. De plus, c'est une fille chaste !

Tristan la suivit jusqu'à ce qu'elle s'enferme d'elle-même dans un recoin de la pièce. Alors, il l'entoura de ses bras et poursuivit le jeu des questions et des réponses.

— A-t-elle prononcé mon nom ?

Dans l'incapacité de soutenir son regard de peur de céder à ses charmes, Haith ferma les yeux.

— A-t-elle prononcé mon nom ? répéta-t-il.

Soudain, plus rien n'était sûr. Bertie avait-elle nommé Tristan ? Ou bien s'était-elle imaginé que Bertie s'était donnée à lui ? Haith rouvrit les yeux et fut bouleversée par le ravissant sourire du jeune homme.

— Mais qui alors ? demanda Haith en désespoir de cause.

— Il existe un autre candidat, annonça Tristan en laissant glisser ses mains le long des bras de la jeune femme.

— Qui ? susurra-t-elle, tandis qu'elle commençait à céder à la fascination de ses prunelles, de ses lèvres et de son souffle sur son visage. Quelque chose lui disait que lord d'Argent ne mentirait pas au sujet d'une question aussi importante, puisqu'il était facile d'obtenir la réponse de la bouche même de Bertie.

Tristan secoua la tête et, comme s'il lisait dans ses pensées, répondit :

— Ce n'est pas à moi de vous le dire, mais à votre sœur.

Il lui effleura l'épaule, puis la nuque, effaçant sans s'en douter tout souvenir des odieuses caresses de Donald.

— Écoutez-moi attentivement, Haith, commença-t-il en prenant son visage dans ses mains. Je ne désire pas lady Bertie. Ou plutôt, corrigea-t-il, je ne désire aucune autre femme que vous.

Haith faillit s'étrangler. Depuis combien de temps attendait-elle ces paroles ? Mais à présent qu'elles étaient dites, Haith était contrainte de les rejeter.

— C'est impossible, dit-elle en ravalant ses larmes.

Puis elle posa la main sur le bras du galant et le repoussa, mais Tristan ne se laissa pas impressionner.

— Guillaume confirmera vos fiançailles, et je refuse de devenir une femme adultère, ajouta-t-elle.

— Au risque de me répéter, répliqua-t-il en lui caressant le menton, j'épouserai qui me plaît et quand cela me plaira. En plus, de lady Bertie ou de moi, qui est le plus cocu ?

Haith ouvrit de grands yeux. Tristan avait raison.

Bertie, non !

Le jeune homme appuya son front contre celui de sa belle et laissa échapper un soupir.

— Il y a plus grave, reprit-il, Donald s'est échappé.

— Je sais, répondit-elle en détournant brusquement la tête pour ne pas devoir affronter son regard.

— Ne t'inquiète pas, Haith. Il ne te fera aucun mal.

Manifestement, Tristan avait pris sa culpabilité pour de la peur. Il effleura une dernière fois la joue de Haith et se mit à faire les cent pas. La jeune femme resta sans voix. Il accompagna sa déambulation de prises de décision, et plus il parlait, plus Haith avait peur.

— Je vais écrire à Guillaume aujourd'hui même pour qu'il intercède en notre faveur. En attendant que sa réponse nous parvienne, vous ne devrez pas sortir de Greanly.

— Pourquoi ? demanda-t-elle en faisant un pas en avant. Je ne joue aucun rôle dans cette affaire.

Si Tristan lui interdisait de sortir des remparts, elle ne pourrait pas aller retrouver le messager de Nigel en lisière de forêt. Elle en tressaillait d'avance.

— Au contraire, rectifia Tristan en la regardant dans les yeux. J'ai bien réfléchi, et j'ai compris pourquoi votre simple présence est un obstacle au complot de Nigel.

— Je ne comprends pas, hasarda Haith.

— Vous êtes de noble extraction, et vous hériterez de Seacrest au même titre que Bertie, expliqua-t-il. Guillaume ne verra aucun inconvénient à ce que je vous épouse de préférence à votre sœur. Mais je n'en dirais pas autant de Nigel…

— Nigel convoite Greanly, répondit Haith en réfléchissant à haute voix au piège à double tranchant que lui avait tendu ce dernier. Ce qui signifie que si Guillaume venait à vous destituer de vos titres, rien ne l'empêcherait de donner vos terres à Nigel. Quoi qu'il en soit, même si vous épousiez Bertie, Nigel, en tant que tuteur, pourrait encore récupérer Greanly si vous tombiez en défaveur.

Tristan acquiesça.

— Mais si je vous épouse, il ne gagnera rien à me voir démis de mes titres, car vous passerez automatiquement sous tutelle de la Couronne.

— C'est pourquoi il m'a interdit de me présenter au château le soir de votre arrivée à Seacrest. Il ne voulait pas que nous nous rencontrions.

— Exactement ! Et c'est aussi pourquoi vous ne devez pas sortir de Greanly.

— Je vous assure que je ne cours aucun risque chez Minerva.

— C'est hors de question ! s'exclama Tristan en lui prenant la main pour l'embrasser tendrement. Je veux que vous emménagiez au château où je peux garder un œil sur vous.

Haith en eut le souffle coupé.

Non seulement Tristan lui interdisait de quitter la forteresse, mais il lui offrait l'occasion d'apprendre toutes sortes de secrets qu'elle serait ensuite obligée de livrer au messager de Nigel. En outre, en vivant nuit et jour dans l'entourage du galant, il lui faudrait rester sur le qui-vive pour ne pas céder à ses appâts.

— Je ne peux pas vivre sous votre toit, messire. Ellora ne…

— Qu'Ellora aille au diable, grommela-t-il. Qui est le seigneur ici ? Je veux que vous viviez près de moi.

Il l'attira contre lui, et elle se laissa embrasser. Dieu que ses lèvres étaient brûlantes ! Elle en fut tout émue, voire bouleversée.

— Ferez-vous ce que je vous demande ?

Elle se dégagea à contrecœur afin de se reprendre.

— Oui, mais nous devrons nous éviter le plus possible.

— Pourquoi cela ? demanda-t-il en la serrant contre lui. Nous ne risquons rien à passer du temps ensemble.

Haith se dégagea puis s'éloigna.

— Si Ellora se doute de quelque chose, elle risque d'en informer Nigel, voire Guillaume, afin de vous contrer. Il est préférable que nous attendions la décision du roi pour vivre ensemble, conclut-elle en s'approchant de la porte. Ellora veut à tout prix que vous épousiez Bertie, et elle fera n'importe quoi pour s'en assurer.

— Nous n'aurons qu'à nous tenir sur nos gardes ! s'exclama-t-il avec un sourire enjôleur irrésistible. Viendrez-vous me rendre visite le soir venu ?

Haith se sentit soudain mystérieusement attirée vers lui, mais elle tint bon malgré l'invitation.

— Non, répliqua-t-elle en frissonnant avant de hausser le ton à l'intention des oreilles indiscrètes.

— Je vais chercher mes bagages, messire, ainsi que vous me l'avez demandé.

Puis elle s'enfuit dans le corridor.

Tristan alla aussitôt se poster à la fenêtre pour la regarder passer dans la haute-cour avant qu'elle ne s'engouffre dans la chaumière de Minerva. Il se promit alors de la persuader de le rejoindre dans son lit.

Peut-être pas ce soir..., songea-t-il. *Mais bientôt!*

Il la désirait ardemment. Un peu plus tôt, tandis que Donald avait disparu et que Haith restait introuvable, Tristan avait redouté le pire. Le meilleur moyen d'assurer la sécurité de la jeune femme n'était-il pas qu'elle dorme chaque nuit dans ses bras ? De plus, il cesserait peut-être enfin de rêver d'elle !

— Messire ? héla Bertie depuis l'embrasure de la porte en se tordant les mains. Tout va bien ?

Elle était à présent complètement vêtue.

Tristan se retourna promptement.

— Aussi bien que les circonstances le permettent, lady Bertie, répondit-il avec un sourire malicieux. J'espère que votre première nuit à Greanly s'est bien passée.

Bertie devint rouge comme une pivoine et détourna le regard, mais sa mine réjouie constituait en soi un aveu.

— Oui, messire. Pour tout dire, elle fut très agréable.

Tristan fit un pas en avant et jeta un coup d'œil dans le couloir.

— Mère fait le tour des cuisines, messire, annonça Bertie. Vous pouvez parler librement.

Le jeune homme se passa la main dans les cheveux pour se donner un peu de contenance.

— Pourquoi n'avez-vous pas dit à votre sœur que ce n'est pas moi qui vous ai rendu visite dans votre chambre hier soir ?

— J'allais l'en informer quand vous êtes arrivé avec mère sur vos talons, expliqua-t-elle en haussant les épaules pour marquer son impuissance. Je ne veux pas qu'Ellora le sache.

— Je comprends, répliqua Tristan afin de lui épargner de brosser un tableau complet du problème. C'est beaucoup plus sage, en effet. Nous devrons nous montrer prudents à l'avenir, et ne faire confiance qu'à nous-mêmes.

Bertie fit signe qu'elle était d'accord.

— Comptez-vous épouser Haith ?

— Si elle veut bien de moi, répondit-il d'un ton espiègle en penchant la tête de côté.

Bertie ouvrit de grands yeux et posa la main sur le bras du chevalier.

— Bien sûr qu'elle veut de vous ! Elle vous attend depuis qu'elle est toute petite.

Tristan tapota la main de Bertie en s'efforçant de dissimuler son émotion.

— Raison de plus pour que vous et moi continuions à jouer aux fiancés jusqu'à ce que nous ayons les mains libres, dit-il en scrutant le regard pétillant de la jeune femme. Cependant, qu'allez-vous devenir une fois que j'aurai épousé Haith ? Quels sont vos projets ?

Bertie alla se poster près de la fenêtre.

— Je n'ai aucun projet. C'est ma première histoire d'amour, confia-t-elle en rougissant de plus belle. Néanmoins, j'ai le pressentiment que ce n'est pas une passade.

Elle poussa un long soupir, puis ajouta :

— Je crains de l'aimer déjà.

Tristan la rejoignit à la fenêtre.

— Pourquoi dites-vous que vous « craignez » de l'aimer ?

— Même si mon intuition me dit que c'est un homme d'honneur, commença Bertie, j'ignore presque tout de lui. Nous avons beaucoup parlé hier soir, et je lui ai confié des secrets que même Haith ne connaît pas. Cependant..., s'interrompit-elle avec angoisse, il refuse de parler de son pays, et même de sa famille.

— En vérité, Bertie, je n'en sais probablement guère plus que vous, admit Tristan. La mère de Pharao était égyptienne. Quant à son père, il appartenait à une caste élevée de l'un des petits royaumes de l'Inde. Phar et sa mère ont quitté le pays des Rajas quand il n'était encore qu'un enfant.

— Les origines de sa mère expliquent son nom unique en son genre ! fit remarquer Bertie d'un ton amusé avant de reprendre son sérieux. Son père a-t-il été tué ?

— Oui, assassiné, précisa Tristan. Quant à sa mère, elle est morte de la grippe au lendemain de leur arrivée à Paris. Nous nous sommes rencontrés peu de temps après.

— Et vous ne vous êtes plus quittés depuis ? demanda Bertie en esquissant un sourire.

— Non, répondit Tristan en lui retournant son sourire. Mais cela ne signifie pas qu'il m'ait raconté son passé. Quelque chose s'est produit dans son pays dont il refuse de parler à qui que ce soit.

— Ce dut être affreux, hasarda Bertie en regardant la ligne d'horizon.

Elle imagina un petit garçon errant seul dans une grande ville étrangère.

— Peut-être qu'un jour il me permettra de porter ce fardeau avec lui, conclut-elle.

— Peut-être…, murmura Tristan en gagnant la porte.

— Encore une question, messire, si vous le permettez, bien sûr.

— Naturellement, répondit-il en faisant demi-tour.

— Si vous n'aviez pas rencontré ma sœur, m'auriez-vous épousée ? demanda-t-elle en lui offrant un profil remarquablement séduisant et altier.

— Non.

Bertie reprit son souffle.

— Pourquoi ?

— J'aurais refusé d'épouser la reine en personne si ce mariage avait impliqué une alliance avec Nigel.

— Je vous remercie, dit Bertie en se retournant, tout sourires.

Tristan la salua d'un imperceptible mouvement de tête et sortit.

Il descendit l'escalier de pierre et alla rejoindre Barrett et Pharao qui l'attendaient dans la salle des banquets.

— Barrett ! s'exclama Tristan dès l'entrée. Prends cinq soldats de ton choix et rends-toi aujourd'hui même à Londres avec Pharao. Envoie également vingt hommes à Seacrest avec des charrettes. Fais aussi appeler John le petit fermier.

— Tout de suite, messire, répondit Barrett en tournant les talons.

— Un instant, l'arrêta Tristan. Personne d'autre que nous trois, lady Haith et lady Bertie ne doit savoir ce qui se passe au château. Surtout pas Ellora, ajouta-t-il à voix basse. Je n'ai aucune confiance en elle. Est-ce bien clair ?

Barrett fit « oui » de la tête.

— Si jamais tu entends des potins au village au sujet de mes fiançailles avortées avec Bertie, je veux que tu y mettes fin en faisant savoir que le mariage aura bien lieu à la date prévue.

— Tout ce que vous voudrez, messire, acquiesça le géant avant de quitter la salle d'un pas décidé.

Ensuite, Tristan se tourna vers Pharao.

— Penses-tu pouvoir me dénicher du parchemin ?

De sa large manche, Pharao tira plusieurs feuilles de couleur bistre.

Tristan les prit et alla s'asseoir à la table seigneuriale où l'on gardait en permanence une plume et un encrier plein. Il ne lui fallut pas longtemps pour écrire deux lettres et les cacheter avant de les fourrer sous sa

Il s'interrompit soudain. Son regard jetait des flammes.

— Et j'entends bien récupérer ce qui m'appartient. Accorde-leur une heure pour faire leurs bagages.

Barrett trouva la situation très délicate.

— Je comprends que vous désiriez les voir revenir, messire, concéda-t-il en faisant la grimace. Mais ce ne sera pas facile. Les femmes ne se laisseront pas séparer de leurs chérubins de bon cœur. Suis-je censé recourir à la force ?

— Je te laisse décider des moyens, pourvu que la majorité des résidents de Greanly soit rentrée demain avant le coucher du soleil.

Il s'interrompit et s'abîma un instant dans la contemplation des dalles de pierre en se grattant le menton.

— Note que je comprends ta réserve. Je ne veux pas d'effusion de sang. Cela ne nous aiderait pas à sortir de cette mauvaise passe.

Barrett parut terrifié à l'idée de faire couler le sang de ses congénères. Néanmoins, il se garda sagement d'intervenir.

— Fais savoir à ceux qui regimbent que l'ordre émane de leur seigneur, et que s'ils refusent d'obéir, ils se verront, ainsi que leurs familles, bannis à jamais de Greanly. Quant à leurs biens, ils seront redistribués à discrétion. Les épouses seront mariées en secondes noces et les enfants proposés à l'adoption. Je ne transigerai pas.

Barrett émit un retentissant bruit de gorge.

— Je vous demande pardon, messire, mais…

— Suffit ! s'exclama Tristan en levant la main. Tel est mon ultimatum, et je n'y reviendrai pas. C'est compris, Barrett ?

— Oui, ronchonna le bon sheriff. Mais ce ne sera pas du gâteau…

— Je suis leur suzerain, et je me fiche qu'ils approuvent mes directives, rétorqua Tristan avec véhémence. Leur rôle est d'obéir ! Ils apprendront à leurs dépens ce qu'il en coûte de me tenir tête. Réunis tes hommes et attends mes ordres.

Tristan allait sortir lorsque Barrett l'arrêta.

— Hum… Messire ?

— Oui, Barrett, répondit Tristan dont la patience commençait à montrer ses limites.

— C'est juste que je n'arrive pas à lire tous ces jolis mots sur votre liste.

— Tu ne sais pas lire ?

— Non, messire, avoua Barrett en rougissant comme une jeune première.

Tristan poussa un soupir d'exaspération puis fit la moue.

— Bon ! Eh bien, trouve quelqu'un qui sait et dis-lui que je l'autorise à t'accompagner.

— C'est parfait comme ça, messire, remercia le sheriff en se hâtant de décamper.

Pendant ce temps, autour de la table seigneuriale, Pharao et John achevaient la liste des déserteurs.

— Le village ne se portera que mieux avec tous ses habitants, vous ne croyez pas, messire ? hasarda John en esquissant un large sourire.

Tristan se contenta d'émettre un grognement.

— Merci de ton aide, John, remercia-t-il enfin, histoire de le congédier.

Aussitôt, le petit fermier se rembrunit.

— Bien, messire. Bonne journée à vous, salua-t-il en s'éclipsant.

Au moment où il sortait, Haith entra.

— Bonjour lady Haith.

— Bonjour John, salua la jeune femme en le regardant partir d'un œil inquiet.

Les bras chargés de son balluchon, elle traversa la salle des banquets. Tristan la regarda s'approcher en louchant sur son déhanchement, sur ses chevilles que venait effleurer à chaque pas l'étoffe de sa robe et sur sa longue et superbe tresse qui venait mourir entre ses seins.

Il la désirait d'autant plus que les événements de la journée lui avaient mis les nerfs en pelote.

— Que se passe-t-il dehors ? demanda Haith dès qu'elle eut rejoint les deux amis. J'ai vu des soldats apprêter des chariots.

— Messire..., commença Pharao en se levant sans prêter attention à la jeune femme. Je vais me préparer pour le voyage.

— Bien sûr, Phar. Nous nous reparlerons avant ton départ.

Haith le regarda partir en frémissant, car elle se souvenait du rôle qu'il avait joué dans son cauchemar. Elle chassa ce souvenir et se tourna vers Tristan.

— Il ne m'apprécie guère, fit-elle remarquer.

— Qui sait ce que pense Pharao ? répliqua-t-il en la dévorant des yeux.

Il esquissa un sourire charmeur puis ajouta :

— Moi, je vous apprécie.

Haith fit la sourde oreille et réitéra sa question initiale.

— Pourquoi tous ces soldats s'affairent-ils ? J'imagine que vous n'envoyez pas un détachement complet chez Guillaume.

— Quelques-uns sont en partance pour Londres, en effet, tiqua Tristan. Les autres se mettent en route pour Seacrest.

— C'est ce qui s'appelle aller bon train, fit remarquer la jeune femme avec admiration. Mais pourquoi renvoyer déjà des hommes à Seacrest ?

Tristan alla d'un pas nonchalant jusqu'au tonnelet de bière et but une grande rasade, car il avait grand soif, en plus de brûler de désir pour Haith. Une fois qu'il eut vidé sa corne à boire, il se sentit plus armé pour continuer la conversation.

— Mes serfs seront de retour demain.

— Vraiment ? s'étonna Haith d'un ton soupçonneux. Pensez-vous qu'ils se seront réconciliés avec votre seigneurie en si peu de temps ?

— Leurs états d'âme importent peu, répliqua Tristan en s'approchant de la belle avant de poursuivre à voix basse. Permettez que je vous raccompagne jusqu'à votre chambre, ma douce.

Haith fit brusquement un pas de côté.

— Au contraire, c'est important, objecta-t-elle. Vous ne pouvez pas les contraindre à quitter Seacrest.

— Non seulement je le peux, mais je le ferai, rétorqua-t-il en escamotant le problème d'un revers de main. Ils doivent apprendre à obéir à leur maître. Allez, venez…

Il lui tendit le bras, mais Haith le considéra comme s'il s'agissait d'un brandon.

— Non, lord Tristan. Apprenez que la confiance et le respect du peuple se méritent, qu'ils ne sont pas un dû. D'ailleurs, vous feriez mieux de vous y mettre tout de suite.

Tristan n'en crut pas ses oreilles et partit d'un grand rire.

— Abstenez-vous de me conseiller en des matières dont vous ignorez tout. S'il en est une qui devrait savoir que la volonté du seigneur fait loi et que le peuple est là pour obéir sans poser de questions, c'est bien vous !

— Et pourquoi suis-je censée le savoir mieux que quiconque ? demanda Haith. Parce que mon propre père était vassal de son roi ?

— Oui, confirma Tristan, visiblement ravi d'entendre la bonne réponse.

— Mon père, poursuivit Haith, était un maître bon et juste, obéi de son peuple pour ces raisons mêmes. Ce n'était pas un tyran.

— Vous n'étiez encore qu'une enfant lorsque votre père est mort, se souvint Tristan d'un ton moqueur. Vous ne pouvez pas savoir quel genre de chef il était. Quoi qu'il en soit, ajouta-t-il à mi-voix, il est inutile de nous quereller pour si peu. Je comprends que vous vous laissiez attendrir par le sort des paysans de Seacrest, car leur sang coule dans vos veines par votre mère. Il est donc normal que vous souhaitiez leur épargner les conséquences de leurs actes.

— Par ma mère ? répéta Haith d'un ton faussement calme. Insinuez-vous qu'elle était une rustre parce qu'elle était écossaise ?

— Je sais que votre père a couché avec une roturière, et que vous êtes le fruit de leur union, dit-il avec commisération. Et parce qu'il était déjà marié à Ellora, il vous a envoyées vivre au village.

Il marqua une pause et prit un air peiné.

— Cela dit, vous n'y êtes pour rien, et je me fiche de savoir qui sont vos ancêtres, Haith.

C'est alors qu'il commit l'erreur de se planter devant elle et d'ajouter :

— Pour tout vous dire, moi aussi, j'ai été rejeté par mon propre père, c'est pourquoi je compatis à votre détresse.

— Vous êtes un crétin ! s'exclama Haith d'un ton si détaché que Tristan parut chanceler sous le choc.

Mais elle ne lui laissa pas le temps de se ressaisir et fonça droit sur lui.

— Vous semblez ignorer que ma mère – cette roturière comme vous dites – commença-t-elle au bord de l'explosion, était la fille du plus riche propriétaire terrien de toute l'Écosse. Par conséquent, si les lignées figuraient dans les registres des clercs, vous pourriez constater que mon rang dépasse le vôtre de façon abyssale !

— Surveillez votre langage, jeune fille !

Haith ne tint aucun compte du conseil et, de rage, se planta juste sous son nez.

— J'ignore qui vous a si mal renseigné au sujet de ma famille, mais ce menteur éhonté mérite le fouet !

Une fois en colère, Haith ne savait plus s'arrêter.

— Mon père aimait ma mère d'un amour si sincère qu'il a éloigné sa femme et m'a transmis son titre. Sachez également qu'il ne nous a pas envoyées laver notre honte au village, mais que nous vivions avec lui au château selon ses vœux. C'est Ellora qui nous a bannies, Minerva et moi, dans cette masure, mais seulement après que ces démons de Normands, dont vous êtes, eurent assassiné mes parents le même jour.

Tristan ne sut plus que dire. Il n'avait pas l'habitude d'être remis à sa place sous son propre toit. Haith interpréta son silence comme une capitulation, et redoubla de vindicte.

— Quant à ces petites gens, qui selon vous ne méritent même pas votre respect ni vos égards, ce sont eux qui m'ont accueillie dans leur village, comme vous le rappeliez. Cependant, ils m'ont toujours considérée comme la fille de leur seigneur, jamais comme une bâtarde, même si Ellora les y encourageait. Parce qu'ils respectaient mon père, ils m'ont respectée. Et ils m'ont toujours témoigné les mêmes égards.

Elle s'interrompit un instant pour reprendre son souffle.

— Ce n'est pas la race qui fait le caractère, mais les actes et les paroles. Eux seuls font qu'un homme est digne de gouverner ou non.

Soudain, Tristan retrouva sa langue et, avec elle, son orgueil blessé.

— Vous ne m'enseignerez pas mon devoir, Haith. Même si je vous désire plus que tout au monde, je ne céderai pas à vos caprices puérils comme un bouffon.

— Vous n'avez pas besoin de moi pour vous ridiculiser, mon bon seigneur, rétorqua la jeune femme d'un ton cinglant. Il suffit de vous écouter parler…

— Regagnez votre chambre avant que je ne perde mon calme, suggéra-t-il entre ses dents.

— Pourquoi vous emportez-vous ? osa-t-elle contre toute prudence. Parce que je dis vrai ? Fort bien, poursuivit-elle en le regardant de toute sa hauteur, je vous laisse à votre grandeur, mais avant, je vais vous dire une bonne chose : considérez-moi comme une roturière autant qu'il vous plaira, mais ne vous imaginez pas que votre enfance ressemble à la mienne. Maudissez vos parents si cela vous chante, mais ne salissez pas la réputation des miens, car ils m'ont aimée au point de sacrifier leur propre vie.

Tristan leva la main mais se contint lorsque Haith détourna la tête en hurlant. Un lourd silence s'ensuivit durant lequel le jeune homme regretta immédiatement son geste. Il n'avait jamais frappé une femme, et son cœur saignait à l'idée que Haith aurait pu être la première. Les contusions causées par les coups de Nigel semblaient désormais l'accuser en même temps que son ennemi.

— Haith, murmura-t-il en s'approchant d'elle.

Elle recula jusqu'à la porte, son balluchon toujours serré contre son sein.

— Vous avez failli me frapper !

Main tendue, Tristan continua d'avancer.

— Non. Laissez-moi vous expliquer…

— Ne m'approchez pas ! s'exclama-t-elle.

À la vitesse de l'éclair, elle ouvrit la porte et disparut.

Debout sur le seuil, Tristan la regarda s'enfuir en se faufilant à travers la foule des soldats et des villageois. Il se dit qu'elle passait sa vie à le fuir, et allait la poursuivre lorsque les badauds l'en dissuadèrent en se tournant vers lui comme un seul homme. Il reconnut le visage soucieux de Barrett qui le dévisagea d'un œil perplexe. Quant à Pharao, il lui lança un regard plein de reproche.

Tristan battit en retraite et claqua la porte derrière lui. Pour cette fois, elle s'en tirerait à bon compte. Il n'aurait pas été prudent d'attirer l'attention sur eux. Plus tard, lorsqu'ils auraient tous deux retrouvé leur sang-froid, il irait la retrouver et la couvrirait de baisers pour lui faire oublier sa peur. Pour l'heure, il devait s'assurer de la sécurité de son patrimoine en vue de leur avenir, qu'il espérait commun.

— Je vois que vous lui avez donné la leçon qui lui pendait au nez depuis longtemps, proféra Ellora depuis la porte du fond. Je me réjouis que vous ayez déjà commencé à la prendre en main.

Tristan bougonna dans sa barbe. Visiblement, il luttait contre l'envie de l'envoyer au diable.

— Je n'ai pas de temps à vous consacrer, lady Ellora, prévint-il en se dirigeant vers la table sur laquelle se trouvait toujours la liste des paysans de Greanly.

— Naturellement, messire, roucoula Ellora. Je vois que vous êtes très occupé, ajouta-t-elle d'un ton enjoué. Il me semble deviner que vous avez changé d'avis au sujet des fiançailles…

Tristan s'arrêta la main sur la poignée et la regarda froidement par-dessus son épaule.

Ellora attendait qu'il rompe le silence pesant qui régnait entre eux.

— Le mariage aura lieu, annonça-t-il enfin.

Puis il sortit.

Restée seule dans la vaste salle où résonnait encore l'écho des paroles de Tristan, Ellora eut tout loisir de savourer sa fragile victoire.

Chapitre 15

Pharao et Bertie étaient assis l'un à côté de l'autre sur l'herbe tendre qui s'étendait au-delà des remparts de Greanly. Même s'ils étaient à l'abri des regards, ils s'en tenaient seulement à quelques caresses furtives.

— Faut-il vraiment que tu partes aujourd'hui ? demanda-t-elle.

Puis elle détourna le regard et ajouta :

— Nous nous connaissons à peine et déjà...

— J'ai juré obéissance à mon suzerain, se contenta de dire Pharao en lui effleurant la joue.

La jeune femme se laissa fléchir et croisa enfin son regard.

— Je serai bientôt de retour, ma douce, promit le galant.

— Suis-je vraiment ta douce ? susurra Bertie. Je ne supporte pas l'idée d'attendre un homme dont le cœur n'est pas mien.

Pharao la regarda longuement dans les yeux.

Il est beau à couper le souffle, songea Bertie.

Puis il fouilla sous sa propre tunique et parvint à en extraire une longue chaîne en or qu'il retira de son cou. C'était un fin pendentif de forme oblongue. Il le tint un moment en suspens.

— Chez moi, commença-t-il d'un ton grave, quand un homme prend une femme pour épouse, il lui offre un *mangalsutra*. C'est un symbole qui signifie qu'elle est sienne et qu'il la protège.

Il s'interrompit et considéra le fragile collier.

— En général, ils sont très beaux et ornés de pierres précieuses qui symbolisent l'amour du mari.

Bertie ne parvenait plus à détacher ses yeux du bijou et des étranges figures qui étaient gravées dans le métal jaune. Elle frissonna et se surprit à s'humidifier les lèvres.

— Celui-ci, poursuivit Pharao en élevant le collier, est dans ma famille depuis des générations. Nous nous le transmettons de père en fils. Jadis, j'aurais pu t'offrir toute la fortune des miens, mais aujourd'hui, ce bijou est tout ce qui me reste.

— Oh, Pharao ! s'exclama Bertie avec émotion. Ta fortune est peu de chose en comparaison de l'amour que j'ai pour toi.

Pharao leva la chaîne qui forma un triangle inversé.

— Veux-tu l'accepter en gage de mon amour pendant mon absence ?

Bertie fit signe que oui, car les mots lui manquaient, puis elle pencha la tête, et Pharao lui passa le collier avec respect. Il lui tint la nuque et l'embrassa sur le front avant d'enfouir son visage dans ses cheveux.

— Tu me fais un immense honneur, dit-il.

— Oh non, Pharao, protesta Bertie en se redressant.

Puis elle prit le visage de son bien-aimé dans ses mains et le regarda au fond des yeux.

— C'est toi qui me fais honneur. Même dans mes rêves, je…, s'interrompit-elle en ravalant un sanglot. J'avais si peur de rebuter les hommes.

Pharao prit à son tour le visage de son aimée dans ses mains et l'attira à lui. Il essuya ses larmes et les remplaça par de doux baisers.

— Tu es belle comme le lotus, dit-il. Comme ses pétales, ton corps blanc est généreux et lisse quand il s'ouvre et que j'entre en ton sanctuaire. En ta présence, je ne suis jamais loin du divin.

— Pharao, je t'en prie, implora-t-elle, ne pars pas. Je ne supporterai pas d'être déjà séparée de toi.

— Ma fleur, commença-t-il d'un ton consolateur, ce ne sera pas long. Pendant mon absence, mon amour ne te quittera pas un seul instant.

Il souleva le bijou qui pendait entre les seins de Bertie, l'embrassa et le reposa délicatement.

— Lady Bertie Pharao, dit-il enfin avec une extrême douceur.

Ils se serrèrent dans les bras l'un de l'autre, puis Pharao mit dans ses baisers la promesse d'un amour qui durerait toujours.

— Pharao ! Pharao !

C'était Barrett qui appelait au loin.

Les deux amants durent rompre leur étreinte.

— Je t'attendrai, promit Bertie sans pleurer, car son chagrin s'était changé en détermination.

Pharao hocha la tête et l'embrassa une dernière fois sans la quitter des yeux.

— Un jour, dit-il, je t'offrirai le plus merveilleux *mangalsutra* jamais conçu par Dieu lui-même. Alors, nous ne serons plus jamais séparés.

Bertie sourit et laissa partir à regret son bien-aimé.

— Je t'en prie, pars tant que j'en ai la force, ordonna-t-elle en regardant au loin par-dessus l'épaule du jeune homme.

Ce dernier salua le courage de la jeune femme et s'en fut en toute hâte rejoindre ses hommes à l'intérieur des remparts.

Bertie resta assise dans l'herbe. Au bout d'environ une heure, elle vit passer la petite colonne de soldats sur la route qui menait à Londres et suivit les cavaliers jusqu'à ce qu'ils disparaissent derrière les collines. L'un d'entre eux demeura un long moment sur la crête tandis que son cheval piaffait en direction du château.

Bertie se leva et contempla l'homme et sa monture qui manœuvraient en cercles concentriques.

— Sois prudent, mon amour, murmura-t-elle en lui faisant de grands signes de la main.

Le cheval se cabra puis s'élança pour rattraper la troupe.

Pharao verrait bientôt le roi.

Haith fit irruption dans la chaumière de Minerva en envoyant la porte s'écraser contre le mur, faisant trembler les pots rangés sur les étagères.

— Nom d'une fée ! s'exclama Minerva.

— Nom de Dieu ! s'exclama Rufus – l'intendant préposé aux récoltes – en se levant d'un bond la main sur le cœur, étalant au passage l'onguent de Minerva sur sa chemise.

Il était venu faire soigner ses ampoules aux doigts par la guérisseuse.

— Un peu de calme, ma chérie, je n'ai pas envie que Rufus fasse un arrêt cardiaque.

— Lady Haith, salua Rufus avec un léger tremblement dans la voix.

Puis il considéra sa chemise tachée de baume.

— Désolé, Minerva, s'excusa-t-il.

— Ce n'est pas grave, répliqua la vieille femme en faisant les gros yeux à Haith. J'ai plein de baume d'avance.

Puis elle fit signe à Rufus de se rasseoir.

Quant à Haith, elle jeta son balluchon dans la pièce d'à côté en poussant un cri aigu qui exprimait sa rage. Debout les bras croisés au beau milieu de la pièce, elle commença à taper du pied d'impatience et dévisagea tour à tour Minerva qui s'occupait tranquillement de Rufus, puis ce dernier qui jetait à intervalles réguliers des regards inquiets par-dessus son épaule.

Lorsque Haith eut enfin compris que Minerva ne ferait pas de commentaires au sujet de son retour prématuré, elle prit la parole.

— As-tu bientôt fini, Minerva ?

La vieille guérisseuse leva la tête et ses yeux lancèrent des éclairs.

— Oui, princesse, mais reste polie !

— Je peux finir le bandage moi-même, suggéra Rufus, qui avait hâte de se soustraire à la furie de Haith.

La jeune femme saisit l'occasion pour aller lui ouvrir la porte.

— C'est tellement gentil à vous, Rufus. Au revoir.

Rufus se leva immédiatement.

— Assis ! ordonna Minerva.

Et Rufus se rassit.

— Haith, ajouta la guérisseuse, je me passerais volontiers de tes caprices pendant que je travaille.

Elle prit une longue bande de gaze et commença à l'enrouler autour de la main de Rufus.

— Si tu n'arrives pas à te contrôler en attendant que je termine, va voir ailleurs si j'y suis !

Haith se rua sur la table, tandis que Rufus rentrait la tête dans les épaules.

— Ce ne sont pas des caprices, insista-t-elle. Je…

— Haith…, commença Minerva d'une voix douce comme un début de tempête au printemps.

C'est alors qu'un petit récipient tomba de l'étagère et se fracassa sur le sol.

— Oh, Seigneur tout-puissant ! murmura Rufus.

Haith n'accorda pas un seul regard au réceptacle, mais resta plantée devant Minerva en pleurant de rage et d'impuissance.

— Très bien, dit-elle enfin sans desserrer les dents tandis qu'une autre cruche s'écrasait par terre. J'attendrai.

Sans s'énerver, Minerva commença à bander l'autre main de Rufus.

Mais un troisième pot vola en éclats sans bouger du rayonnage.

— Tu le répareras, annonça la guérisseuse en interrompant momentanément sa tâche.

— Pour l'amour de Dieu, Minerva, chuchota Rufus dans sa barbe. Dépêchez-vous avant que le suivant ne me brise le crâne !

C'est alors qu'un quatrième ustensile se mit à trembler avant de basculer à son tour.

Bling !

— Ne bouge pas, Rufus, ordonna Minerva.

Elle tira son couteau recourbé de sa ceinture et coupa la bande au-dessus du nœud, puis elle saisit les deux mains du blessé et marmonna une courte prière.

Soudain, une cuillère à long manche s'envola d'un chaudron dans lequel refroidissait une préparation quelconque et éclaboussa la pièce d'un liquide âcre avant de s'écraser contre le mur.

— Je te conseille de garder le pansement durant toute la nuit, suggéra la guérisseuse d'un ton placide en se levant pour aller décrocher une minuscule peau tannée suspendue à un crochet, écrasant au passage les tessons de terre cuite éparpillés sur le sol.

Puis elle la tendit au paysan qui rasait les murs, tandis que dans l'âtre le feu reprenait vie spontanément.

— Demain matin, n'oublie pas de nettoyer la blessure à grande eau et tout ira bien.

— Je vous remercie, Minerva, dit Rufus avant de pousser un cri d'effroi tandis qu'un énorme récipient volait en éclats juste à côté de lui. Au revoir, lady Haith, salua-t-il enfin avec nervosité.

Il baissa la tête pour ne pas se cogner et sortit sans bruit. La porte claqua toute seule derrière lui, manquant de le pousser dehors.

Minerva tourna aussitôt un regard enjoué vers Haith.

— Depuis quand sais-tu que tu as ce pouvoir ? demanda-t-elle en désignant les bris de cruches d'un geste ample.

Hélas, Haith n'avait pas envie de parler vaisselle cassée, même si sa colère en était responsable.

— Je voudrais que tu interroges les runes, Minerva, déclara-t-elle. Tout de suite.

— Tu n'en as pas besoin, proclama la vieille dame d'une voix chantante. J'essaie de t'apprendre la magie depuis que tu es toute petite, et voilà qu'aujourd'hui tu fais voler mes pots presque malgré toi, ajouta-t-elle avec fierté.

— Tire-moi les runes ! insista Haith, qui n'avait pas envie de rire. Nous parlerons de mes dons ensuite, si tu y tiens.

— Eh, bien sûr que j'y tiens ! s'exclama la guérisseuse d'un ton moqueur en sautillant pour attraper un petit sac de fourrure posé en haut d'une étagère.

La voyante se dirigea vers la table, suivie de Haith qui balaya les coupons de gaze avec l'avant-bras. Ils allèrent rejoindre les tessons.

Minerva marqua un temps d'arrêt et sourcilla devant tant d'impatience, puis elle tira une chaise et s'assit.

— Maintenant, commença Minerva une fois que Haith se fut installée en face d'elle, raconte-moi ce qui s'est passé pour que tu sois aussi pressée que j'interroge les runes ?

— Je veux savoir qui sera mon mari, répondit la jeune femme en croisant les bras.

Minerva cligna des yeux en mimant l'incompréhension.

— Que dis-tu ?

— Je veux savoir qui sera mon mari ! s'écria Haith en frappant la table du plat de la main. Mon mari, Minerva, je veux connaître son nom.

— Mais c'est lord Tristan, ma princesse, dit la voyante en tirant le cordon de la petite bourse. Je croyais que c'était clair.

— Non, ce n'est pas clair, répliqua Haith en posant la main sur celle de Minerva afin de l'empêcher de refermer le sac. Interroge les runes !

Minerva parut réfléchir un instant. Pendant ce temps, Haith ne fléchit pas. Finalement, sa grand-tante céda.

— Très bien ! soupira-t-elle. De toute façon, tu n'as jamais cru une seule de mes prédictions.

Puis elle souffla lentement sur l'escarcelle.

Après la pluie,
Le vent ravive les flammes.
Ô Déesse immortelle,
Entends la prière de Haith,
Et réponds-lui
En toute vérité
Par ces pierres que je lance
En guise de question.

Après cette incantation, Minerva laissa tomber le sac dans la main ouverte de la jeune femme.

— Tu te souviens comment on fait, petite ? demanda-t-elle.

Haith hocha la tête d'un air distrait. Puis elle se concentra sur le poids des pierres en régulant sa respiration.

— J'aimerais savoir, commença-t-elle d'une voix à peine audible, le nom de l'homme de ma vie. Dis-moi la vérité, maintenant !

Ensuite, Haith rendit le sac à Minerva. Cette dernière desserra le cordon, en retira les pierres et les étala minutieusement en rang sur la table avant de rejeter la bourse de côté. Puis elle jeta à Haith un coup d'œil plein de reproche et commença à examiner les runes avec attention.

— Je vois un jeune homme aux cheveux blonds, commença-t-elle en scrutant les symboles de plus près.

Puis elle frappa la première pierre du bout de l'index.

Haith fronça les sourcils, mais Minerva ne se laissa pas décontenancer.

— C'est un homme de pouvoir et de cœur, poursuivit la voyante en levant les yeux vers la jeune femme. C'est une bonne mixture. Un meneur d'hommes, quoi !

— Continue.

— Non, soupira Minerva, car ce n'est pas nécessaire, fit-elle remarquer en regardant sa petite nièce avec méfiance. Mais pourquoi ce désir pressant de confirmer ce que tu sais déjà ?

— Je ne peux pas croire que Tristan soit mon promis, soupira Haith en posant le menton sur ses mains, tandis que Minerva remisait les runes dans leur étui en remerciant les fées.

— Comment faut-il te le dire ? s'exclama la voyante en se levant pour le caler entre deux pots d'onguent. Chez nous, les Buchanan, toutes les femmes reçoivent deux dons. Le premier..., eh bien, c'est celui-ci, dit-elle en jetant un coup d'œil désabusé aux éclats de poterie. Quant au second..., s'interrompit-elle en prenant la main de Haith, c'est la capacité à connaître leur âme sœur en rêve.

Elle passa la main sur la tresse de la jeune femme et ajouta :

— Tu as reçu les deux, ma chérie. Mais ce n'est pas une raison pour se plaindre.

— Il a failli me battre, expliqua Haith dans sa barbe.

— Je me demande bien pourquoi il ferait une chose pareille ? demanda la vieille femme soudain interloquée.

— Nous nous sommes disputés. Il a dit que... Oh, Minerva, c'était affreux !

— Fais voir un peu. Lève la tête, ordonna Minerva en prenant Haith par le menton pour examiner son visage sous tous les angles. Je ne vois rien que les blessures que t'a faites cette vipère de Nigel, conclut-elle. À propos de quoi vous êtes-vous disputés ?

— De mes parents, et des habitants de Greanly, soupira la jeune femme. À propos de tout et de n'importe quoi.

Minerva haussa les sourcils.

— J'ai peine à croire qu'il ait failli te battre pour si peu. Que vous êtes-vous dit exactement ?

— Il a été ignoble ! s'écria Haith.

Puis elle se leva en faisant basculer sa chaise. Il veut forcer les villageois à rentrer à Greanly.

— Il est leur suzerain, petite fée, rappela Minerva en se baissant pour ramasser la cuillère au long manche. Il est dans son droit. Tiens, répare-moi ça, dit-elle enfin en désignant un tas de tessons.

Haith les ramassa avec circonspection et les posa sur la table.

— Sans doute, mais ce n'est pas comme ça qu'il gagnera leur confiance et leur respect !

— Peut-être que c'est sa façon à lui, qui, certes, différerait de la tienne si tu étais à sa place, suggéra Minerva en essuyant la cuillère sur son tablier avant de la remettre dans le chaudron. Mais tu n'es pas à sa place, continua-t-elle.

Puis elle désigna les bris de vaisselle et ajouta :

— Je t'ai dit de les réparer, non de faire le ménage.

— Papa était un seigneur juste ! s'exclama Haith d'un ton irascible. Il était aimé de ses serfs et ne les a jamais brutalisés, rappela-t-elle ensuite en recouvrant le tas de tessons de ses mains.

Quand elle les retira, le récipient était de nouveau intact.

— Bravo, princesse ! félicita Minerva. Et maintenant, les autres ! ordonna-t-elle en décrivant un cercle de la main.

Haith obéit et fit le tour de la pièce pour réparer la casse pendant que Minerva continuait de penser à voix haute.

— Pour rendre justice à Tristan, commença la vieille dame, James n'a jamais eu à affronter un ennemi comme Nigel, ni à s'imposer comme maître d'une nouvelle forteresse. Ton père avait toujours vécu à Seacrest. Les villageois le connaissaient, ainsi que ses façons de gouverner et ses attentes à leur égard. Je crois que lord Tristan a raison de montrer qu'il a de la poigne.

— Je ne suis pas d'accord, protesta Haith en replaçant le dernier pot sur l'étagère.

— Peu importe que tu sois d'accord ou non. Garde tes opinions pour toi, tu ne t'en trouveras que mieux.

Minerva réunit les ingrédients pour faire du pain et les versa dans une grande vasque en bois. — Il ne s'est pas mis en colère pour un simple désaccord, n'est-ce pas ?

— Non, répondit Haith à contrecœur en s'approchant de l'âtre pour entretenir le feu.

— Eh bien, je t'écoute…

— Je… je crois que j'ai insinué que ses parents l'avaient abandonné parce qu'ils ne l'aimaient pas, avoua-t-elle avec horreur.

Minerva s'arrêta de pétrir sa pâte au sarrasin et tourna lentement la tête vers Haith.

— Non ! Tu n'as pas fait ça ?

— Pas tout à fait en ces termes, expliqua la jeune femme, mais il…

— Et elle s'étonne qu'il ait été un peu contrarié ! l'interrompit Minerva en levant les yeux au ciel. Par tous les dieux ! Énervé, même, par de si douces paroles prononcées par une femme qui a si bon caractère.

Haith allait se défendre mais sa grand-tante ne lui en laissa pas le temps.

— Bon sang, je n'en crois pas mes oreilles, s'exclama cette dernière en replongeant les mains dans la farine. Si tu avais parlé de la sorte à n'importe quel autre, tu ne serais plus de ce monde.

— Minerva ! s'exclama Haith. Tu es de mon côté ou du sien ?

— Écoute-moi bien, soupira la vieille. Je ne suis du côté de personne. Vous êtes deux imbéciles qui se sont blessés mutuellement. Quoi qu'il en soit…

— Mais, interrompit Haith…

— Quoi qu'il en soit, disais-je, reprit Minerva d'un ton qui ne souffrait pas d'autre interruption, tout ce qu'a pu te dire lord Tristan au sujet de tes parents vient à coup sûr de ces deux menteurs que sont Nigel et Ellora. Tu ne peux pas lui tenir rigueur d'avoir été induit en erreur. Ce qui n'est pas ton cas, nuança-t-elle en fronçant les sourcils sans s'arrêter de pétrir, au point que la table se mit à vaciller sur ses pieds. Imagine-toi que ce pauvre garçon a grandi loin de toute affection filiale, et qu'ensuite il n'a cessé de guerroyer afin de se faire une place dans la société ; pour finalement se retrouver à la tête d'une horde de paysans bornés et dans l'obligation d'épouser une femme qu'il n'aime pas, tandis que celle qu'il aime le trouve antipathique et lui reproche de se montrer incapable de faire son devoir.

Elle s'interrompit pour renifler, puis ajouta :

— Tu devrais avoir honte !

De fait, Haith avait très honte, et la tirade cinglante de Minerva n'y était pas étrangère.

— Je n'aurais pas dû lui parler ainsi de ses parents, reconnut-elle. Mais il m'avait mise très en colère !

— Oh, je sais à quel point tu peux te montrer irascible, fit remarquer Minerva en se calmant à son tour, de sorte que la table reposa de nouveau sur ses pieds. Cependant, je crois que tu ferais bien d'essayer de te mettre un peu à sa place pour éviter de te laisser emporter de nouveau.

Minerva coupa la pâte à pain en deux et en donna la moitié à Haith.

— Grâce à Ellora, j'ai vu de près ce qu'est la vie d'une femme mariée à un homme violent. Je refuse de devenir l'une d'entre elles.

— Oh, je ne m'inquiète pas pour toi, mais plutôt pour lord Tristan, rétorqua Minerva d'un ton sarcastique. Je suis sûre qu'à l'heure qu'il est il regrette amèrement son geste et qu'il est prêt à se couper un bras plutôt que de poser la main sur toi, même si une bonne fessée ne te ferait pas de mal.

— Ce n'est pas drôle ! répliqua Haith avec virulence. S'il a pu y songer une fois, qui me dit qu'il ne recommencera pas et que, cette fois, il n'ira pas jusqu'au bout ? Personne ! C'est un risque que je ne veux pas courir, quoiqu'en disent mes rêves et les runes.

— Qui vivra verra…, répondit Minerva d'un ton badin. Tu changeras peut-être d'avis.

Puis elle se remit à pétrir en fredonnant.

Haith garda le silence, mais elle échafaudait déjà un plan. Elle ne donnerait pas l'occasion à Tristan de lui faire changer d'avis, car elle quitterait Greanly.

Elle replia la pâte en deux et lui asséna un violent coup de poing en s'imaginant que c'était la tête de Donald ou de Nigel. N'était-ce pas une folie de rentrer à Seacrest ?

Ah, comment se concentrer à côté de quelqu'un qui ne sait pas travailler sans chanter des chansons d'amour à tue-tête !

La vieille femme recouvrit les deux boules de pâte parfumée d'un linge puis remua le récipient en cercle avant de le déposer près du foyer pour qu'elles lèvent.

Il était beau et fort, et avait les yeux bleus, si bleus…

À l'évidence Minerva passait un moment agréable, car elle se lança dans une gigue improvisée.

Mon bel Écossais, comme je t'aimais…

— Dieu du ciel ! s'exclama Haith.

Cette ritournelle entraînante la rendait de mauvaise humeur.

Si j'entends encore une chanson d'amour écossaise aujourd'hui, je ne sais pas ce que…

C'est alors que lui vint la solution au problème.

Chapitre 16

Épuisé, Nigel se laissa tomber sur sa couche en soupirant d'aise. Néanmoins, il lui restait assez de réflexes pour donner au passage une tape sur les fesses nues de la caméristе qui se ruait hors du lit.

La servante lui jeta un coup d'œil obscène par-dessus l'épaule, puis elle ramassa ses vêtements qui traînaient sur le sol et se dépêcha de se rhabiller à tâtons. Le départ de lady Ellora avait laissé le champ libre au libertinage de Nigel au détriment des demoiselles qui étaient à son service. Ses rendez-vous galants clandestins s'étaient mués en rapts purs et simples qui pouvaient survenir à n'importe quel moment. Aucune femme vivant à l'intérieur du château n'était à l'abri de ses assauts.

— Adorable donzelle, complimenta-t-il, reviens me voir ce soir avec une amie.

La pauvre fille se contenta de lui lancer un regard noir. Le maître de Seacrest, qui était nu comme un ver, émit un petit rire.

— Et garde-toi de désobéir, prévint-il d'un ton amusé en faisant danser ses sourcils de manière suggestive, car si je dois venir te chercher, il t'en cuira!

Il tendit la main en travers du matelas et attrapa un pichet de vin qu'il approcha de ses lèvres en portant un simulacre de toast à la jeune fille.

— C'est tellement plus drôle quand le gibier ne se laisse pas prendre trop aisément…

La cameriste claqua la porte derrière elle, mais Nigel ne se laissa pas impressionner. Il engloutit une grande quantité d'alcool puis s'essuya la bouche du revers de la main.

C'est quand même trop facile! songea-t-il en se levant pour aller se planter au-dessus de son pot de chambre et s'y soulager en sirotant son vin. Certes, les soubrettes donnaient agréablement le change à son ennui en plus de calmer ses envies sexuelles, mais celle qu'il aurait le plus aimé tenir dans ses bras s'entêtait à lui échapper.

Haith!

Une fois qu'il eut satisfait son besoin naturel, Nigel retraversa la chambre pour s'habiller. Il posa le pichet sur une petite console et fit le tri dans les vêtements qu'il avait ôtés avant de batifoler.

Tandis qu'il enfilait ses chausses, il eut toute une série de visions : Haith riant en compagnie de la grosse Bertie ; Haith rejetant sa longue natte rougeoyante par-dessus son épaule ; Haith aux yeux bleus comme un ciel d'automne, piquant une colère ; Haith couchée jambes écartées sous lui et hurlant de terreur…

Ce dernier souvenir était de loin son préféré.

J'espère qu'elle a enfin compris qu'elle ne gagne rien à me résister, pensa-t-il plein d'espoir.

Cela faisait déjà deux jours que d'Argent avait quitté Seacrest avec sa misérable cohorte de paysans crédules. Haith avait sûrement eu tout le temps de rencontrer Donald et de prendre conscience de sa terrible erreur. À présent que Bertie était à Greanly, l'insoumise verrait enfin la raison.

En définitive, songea Nigel, *elle a le choix entre trahir sa sœur ou coucher avec un beau seigneur – en l'occurrence moi – et retrouver son rang à Seacrest.*

Il gloussa intérieurement. Malgré les vues ambitieuses que nourrissait la jeune femme au sujet de Tristan, elle ne tarderait pas – ainsi que d'Argent – à s'apercevoir qu'un décret royal était aussi irrévocable qu'un jugement divin. Guillaume ne fléchirait pas, Nigel en avait la certitude, surtout depuis qu'il avait envoyé des émissaires à Londres le matin même.

Les nouvelles transmises par Donald laissaient prévoir des complications dans le déroulement de leur plan, car il faisait état de l'intention de d'Argent d'envoyer une requête au roi. L'information ne pouvait venir que de Haith.

On dirait qu'elle coopère à présent, spécula-t-il, *mais je suis sûr qu'elle essaiera de s'affranchir de mon influence à la première occasion. Quoi qu'il en soit, même si elle gagne les faveurs de ce parvenu, quelle importance, puisque je le ferai assassiner et récupérerai définitivement Greanly ?*

Bientôt l'immense seigneurie et la fille seraient siens.

Cependant, Nigel n'avait pas l'intention d'attendre la chute de Tristan pour récupérer Haith. Même si sa décision de partir pour Greanly l'avait pris de court, il était convaincu que celle qu'il considérait comme une bécasse sans cervelle n'avait pas la force d'âme d'une espionne et qu'elle rentrerait d'elle-même au bercail. Il s'attendait à tout moment à voir surgir un messager venu lui annoncer que Haith avait émis le souhait de rentrer à Seacrest. Nigel l'attendait les bras grands ouverts. Peut-être même qu'elle n'enverrait pas de messager et se présenterait directement à lui.

Bon prince et indulgent comme je suis, se dit-il en prenant un air suffisant, *je ne lui tiendrai pas rigueur de sa petite démonstration insurrectionnelle. Non, aucune rigueur, pourvu qu'elle se présente à moi repentante et demande grâce.*

Soudain, un coup de semonce résonna dans la pièce.

Serait-ce déjà elle qui tente de forcer l'entrée ? songea-t-il en haussant les sourcils.

Il retira sa chemise et finit de se laver à la hâte. Puis, sans plus penser au pichet de vin, il quitta la chambre en sifflant un air joyeux entre ses dents.

Caché derrière le tronc d'un gros arbre, Donald jeta un coup d'œil alentour. Les derniers soldats de Tristan franchissaient la herse de Seacrest. C'était le moment ou jamais de tenter sa chance.

Malgré la fatigue et l'embarras que lui causait son corps, il bondit de sa cachette et se coula le long de la muraille pour se glisser enfin parmi les ombres du village.

Son moignon lui faisait mal.

Il le serra contre sa poitrine, mais sa respiration difficile en rendit la douleur lancinante encore plus insupportable tandis qu'il s'enfonçait furtivement dans la nuit des ruelles. Il avait cessé depuis longtemps d'être dérangé par la puanteur de sa blessure, même si les passants ne manquaient jamais d'émettre des commentaires sur une supposée odeur de volaille pourrie. Il avançait à vue, faisant en sorte d'éviter à la fois les habitants du cru et les soldats de Greanly. Il se faufila à travers les chaumières et déboucha bientôt à l'arrière du château, près de l'office. Collé dos au mur, il balaya les environs du regard afin de s'assurer que personne ne le surveillait, puis il s'engouffra à l'intérieur.

Les premiers sons que Donald entendit furent des éclats de voix. Il reconnut aussitôt le timbre de Nigel. Le fuyard eut tout juste le temps de se cacher derrière un amas de tonneaux, tandis que des serviteurs au bord de la crise de nerfs quittaient la salle des banquets en trombe pour se réfugier aux cuisines. Donald tendit une oreille attentive en direction de la clameur déformée par l'écho, afin de déterminer l'endroit où se trouvait Nigel. La tâche s'avérant quasiment impossible, il dressa la tête au-dessus des barriques en faisant un effort pour entendre.

Un léger chatouillement sur la nuque le fit sursauter, si bien qu'il se redressa brusquement en tournant la tête et se cogna le crâne contre une étagère. En essayant de se retenir, il donna un grand coup dans le mur avec le bout de son bras coupé. Il se couvrit aussitôt la bouche de sa main valide pour ne pas crier, puis, au paroxysme de la peur, se mit en quête de la cause de son désagrément.

Accrochés à un clou au-dessus de sa tête, pendaient un châle et un tablier laissés là par quelque servante partie se coucher. Il avait failli être trahi par un bout de tissu ! Il tira d'un coup sec et les jeta à terre avant de les piétiner comme un forcené.

C'est alors qu'une idée lui traversa l'esprit.

Il ramassa la tenue et la secoua pour enlever la poussière, puis enfila le long tablier et passa le châle sur sa tête.

— Vous êtes venu faire quoi ? hurla Nigel de sa voix de charretier contrarié.

Barrett ne se laissa pas impressionner par ses yeux qui lui sortaient de la tête et se contenta de le regarder avec bienveillance piquer sa crise de nerfs.

— Vous n'emporterez rien ni personne de ce château ! D'Argent a déjà pris ce qui lui revenait, rappela-t-il en se pavanant à grands renforts de moulinets afin de donner une contenance à sa colère. S'il n'arrive pas à gérer son domaine, ce n'est pas mon affaire. Tu n'es donc pas le bienvenu ici, Barrett. Prends tes hommes et va-t'en !

— Ce n'est pas avec vos manières efféminées que vous allez me faire peur, fit remarquer le bon sheriff, puis il tira l'ordre de mission de Tristan et le jeta sur la table. C'pendant, soyez rassuré, c'est la dernière fois que vous nous voyez. Ceux qui ne viendront pas ce soir seront bannis à jamais de Greanly.

— Si au moins tu réfléchissais autant que tu parles, grommela Nigel en se rapprochant dangereusement de Barrett, tu comprendrais le sens de mes paroles. Je te répète que personne ne sortira d'ici ! Per-sonne ! s'exclama-t-il en battant l'air de son bras vêtu de velours afin de se faire mieux comprendre.

Nigel ne croyait pas si bien dire. Nul, hormis quelques soldats alertés par l'odeur, ne remarqua la vieille femme qui longeait les murs de la pièce en chancelant.

Les relents de pourriture n'échappèrent pas à Barrett lui-même qui renifla en lançant un regard écœuré à la vieille bique. Il mit l'infection sur le compte de son manque d'hygiène et la regarda monter l'escalier avant de revenir à Nigel.

— Je me fiche de vos doléances, dit le sheriff en se plantant sous le nez de Nigel. J'exécuterai les ordres que j'ai reçus, et vous feriez bien de ne pas vous opposer à une disposition qui émane de Guillaume lui-même.

— De quel droit te permets-tu de me donner des conseils, espèce d'énorme palefrenier mal dégrossi ! s'exclama Nigel avec mépris. Ma parole a valeur de loi ici.

Mais Barrett ne se laissa pas décontenancer.

— Nigel, vous interférez dans les affaires de mon suzerain, déclara le sheriff en savourant chaque mot. Si vous vous entêtez, je vais devoir vous mettre moi-même hors d'état de nuire.

À ces mots, Nigel fut pris d'inquiétude et recula, comme s'il venait de s'apercevoir qu'il était cerné par les soldats de son ennemi.

— De toute façon, les paysans refuseront de partir, prévint-il. Ce n'est qu'un bétail humain paresseux et stupide. Mais allez, faites donc ! s'esclaffa-t-il un ton trop haut en écartant les bras. Convainquez-les, si vous le pouvez. Je m'en fiche.

Lorsque Barrett et ses hommes passèrent de la salle des banquets dans la haute-cour, Nigel se précipita au-devant de la troupe dans une ultime démonstration de forfanterie.

— Guillaume vous fera tous pendre et il aura la tête de Tristan pour cet affront ! Retenez bien mes paroles !

Personne ne tint compte de cette creuse menace. Depuis le seuil, Nigel put s'apercevoir que tandis qu'il ergotait avec Barrett, les soldats de Tristan n'avaient pas perdu leur temps. Déjà une grosse vingtaine de villageois s'étaient rassemblés sur le boulingrin, tandis qu'une compagnie de bonshommes se hâtait de charger leurs possessions sur des chariots.

— Braves gens ! héla Nigel sans quitter son refuge. Vous n'êtes pas obligés de partir ! Ici, vous serez à l'abri du marteau d'arme de Guillaume. Il ne vous fera aucun mal tant que vous serez sous ma protection.

Plusieurs paysannes regardèrent tour à tour le seigneur de Seacrest et les soldats qui rassemblaient leurs enfants récalcitrants dans un chariot à part. Elles semblaient attendre que Nigel intervienne. Lorsqu'il parut évident qu'il ne lèverait pas le petit doigt, elles se joignirent à leurs progénitures.

Même la chambrière, qui était pourtant rompue aux frasques de son maître, en profita pour grimper à bord, non sans lui jeter un regard satisfait.

— J'aurai sa peau ! marmonna Nigel en faisant claquer la porte.

Il déversa un flot de malédictions à l'encontre de Tristan d'Argent en arpentant le château à la recherche d'un bouc émissaire, de préférence féminin, sur qui passer sa colère. Les pièces du bas étaient vides depuis le départ de la majorité des serviteurs dès les premiers signes de grabuge. Les natifs de Greanly qui ne se terraient pas se préparaient au voyage. Quant à ceux de Seacrest, ils étaient si fascinés par ce qui se passait qu'ils en oublièrent de consoler leur maître.

Nigel revint sur ses pas et donna un grand coup de pied dans un tonneau en poussant un cri de rage, puis il renversa une table sur laquelle était posé un jeu de dames. Les pions tombèrent sur le sol en cliquetant, et il les frappa du pied, proférant des jurons lorsqu'il manqua de glisser.

Puis il décida d'explorer les pièces de l'étage supérieur au cas où il y découvrirait une proie. Au passage, il arracha une tapisserie accrochée au-dessus de l'escalier et la jeta dans la salle des banquets. Ensuite, ce fut au tour d'une petite sellette sur laquelle était posé un petit bouquet printanier. Soudain, il remarqua la lueur vacillante d'une bougie qui filtrait par la porte entrouverte de sa chambre. Le visage congestionné et le souffle court, il s'immobilisa.

Ils ne sont donc pas tous partis ! fulmina-t-il intérieurement. *Bien, à nous deux !*

Il se rua sur la porte et la poussa d'un geste violent en vociférant.

— Je me fiche de savoir qui tu es, mais tu ferais mieux de te déshabiller !

C'est alors qu'il se trouva devant une vieille femme pansue et courte sur pattes. Elle était en train de boire son vin en regardant à la fenêtre. Nigel dérapa puis s'arrêta net.

Doux Jésus, je n'y crois pas !

Il lorgna du coin de l'œil ce corps en forme de poire qui le rebutait et frémit. Puis il s'arma de courage, redressa les épaules et ôta sa ceinture.

— Tu as entendu, vieille sorcière ? cria Nigel en approchant, au cas où la vieille serait dure d'oreille. C'est aujourd'hui ton jour de... Bonté divine !

Le seigneur de Seacrest eut un mouvement de recul et se boucha les narines.

Quelle pestilence !

C'est alors que la vieille se retourna.

— Bonsoir, votre seigneurie, gloussa Donald. Merci de cet accueil charmant...

— Que fais-tu dans ma chambre ? demanda Nigel en reculant d'horreur non seulement à cause de l'odeur, mais aussi à l'idée qu'il avait pu convoiter sexuellement le corps difforme du forgeron.

Il en eut soudain la nausée.

— Lady Ellora, ma bonne maîtresse, m'a aidé à m'enfuir, expliqua Donald en buvant à grand trait avant de roter. N'est-ce pas vous qui le lui avez suggéré ?

— Si, naturellement, mentit Nigel en retrouvant peu à peu son sang-froid, sans pour autant s'habituer à la puanteur du bonhomme.

L'envie de vomir ne le quittait pas.

— Cependant, tu étais censé demeurer à Greanly pour y recueillir les informations divulguées par lady Haith.

— Avec ce bougre de Tristan aux trousses ? Pas question ! Comment aurais-je pu me défendre avec ça ? demanda-t-il en exhibant son moignon.

Nigel en eut l'estomac tout retourné.

— Qu'est-il arrivé ? parvint-il à articuler.

— Oh, s'exclama Donald d'un ton moqueur, ne soyez pas si sensible, votre seigneurie.

Puis il partit d'un grand rire qui se transforma rapidement en une inquiétante quinte de toux.

— Je t'avais envoyé là-bas pour tuer lord d'Argent, rappela Nigel sans sourciller. Si j'en juge par ce qui se passe en ce moment dans la cour, je ne peux que présumer que tu as échoué.

— Vous ne pouvez que présumer ! s'exclama Donald en contrefaisant la voix de son maître. En attendant, j'ai perdu un bras ! À quoi vous attendiez-vous ? Que je l'assomme avec mon moignon ? Le bougre est bâti comme une montagne !

Nigel leva les mains pour dissuader Donald de s'approcher davantage.

— Calme-toi, Donald.

— En plus, c'était ma dextre !

— Nous arrangerons cela.

— Mais je vais devoir porter un crochet ! s'écria Donald.

— Je te répète que nous arrangerons cela.

— Plus facile à dire qu'à faire, vu comment ils l'ont cautérisé au fer rouge.

Nigel ferma les yeux en soupirant d'exaspération.

— Je veux dire, commença-t-il d'un ton qui se voulait débonnaire, que d'Argent paiera ce qu'il t'a fait.

— Ah ! s'exclama Donald avant de se rembrunir. Mais comment ?

— D'abord, je veux savoir… ce que fait Haith.

Donald hocha fièrement la tête.

— Eh, eh, c'est elle qui m'a appris que d'Argent avait envoyé des émissaires auprès du roi. Comme je ne pouvais pas rester à Greanly avec ce bougre qui remuait ciel et terre pour me retrouver, je lui ai dit que vous lui enverriez un messager d'ici une semaine.

— Voilà qui est bien…

— Mais je ne sais pas si elle sera au rendez-vous.

— Que veux-tu dire ? demanda Nigel en haussant les sourcils.

— Voyez-vous, votre seigneurie, dit le forgeron en bombant le torse, avant de décamper, j'ai entendu dire que d'Argent a un faible pour la petite. On raconte qu'ils se sont fait surprendre dans une situation…, disons intime. Il a l'intention de l'installer au château.

Nigel bouillait à l'idée que Tristan récupère Haith en plus de Greanly. Cela se traduisit par un violent chapelet de blasphèmes. Lorsqu'il eut passé sa colère, il prit une longue inspiration, caressa sa barbe bien taillée et se plongea dans un abîme de réflexion.

— Je ne lui enverrai aucun messager.

— Messire ?

— Je veux que tu trouves le moyen de pénétrer à l'intérieur de Greanly.

— Non, vous ne pouvez pas me demander ça ! s'exclama Donald en reculant à son tour. Je n'y retournerai pas ! Le rustre veut ma peau. S'il me trouve, il me tuera, c'est certain.

— Fais donc en sorte qu'il ne te trouve pas.

— Mais je ne peux même pas me battre à l'épée ! pesta de plus belle le forgeron en agitant son membre amputé. Comment pourrais-je l'occire avec un bras en moins ?

Nigel secoua la tête.

— Ce n'est pas lord Tristan que nous voulons.

Donald sembla fournir un gros effort pour comprendre. Mais ce fut en vain.

— Qui alors ?

— Lady Haith, évidemment.

— Comme vous y allez ! fit remarquer Donald en invitant Nigel à continuer, car son seigneur avait éveillé sa curiosité.

— Si nous parvenons à enlever la gamine et à la ramener ici, d'Argent tombera dans le piège.

— Ah oui ?

À l'évidence, Donald ne partageait pas l'enthousiasme de Nigel.

— Oui. Il a un sens aigu de la propriété. Il ira jusqu'au bout du monde pour la récupérer, surtout si c'est pour me l'arracher. Une fois qu'il sera dans ces murs, je le tuerai de mes propres mains.

— Ce plan me plaît, déclara Donald, qui n'avait plus envie de s'exposer directement à la colère de Tristan. Cela dit, comment suis-je censé livrer le colis ? Je gage qu'elle ne viendra pas de bon gré, et mon bras me fait encore si mal qu'il sera difficile de la maîtriser.

— Bien observé ! répliqua Nigel en se grattant le menton.

Puis il fit les cent pas et, enfin, ajouta :

— Nous devrons l'attirer jusqu'à nous.

— Mais comment ?

Nigel marqua un temps d'arrêt et écarta l'objection de Donald d'un revers de main.

— Nous réglerons les détails plus tard. D'abord, occupons-nous de ta blessure, suggéra-t-il en désignant le membre raccourci du forgeron. Dans cet état, les gens de Greanly détecteront ta présence à des lieues à la ronde.

— Pourtant je ne sens rien, soutint Donald en reniflant.

— Tu peux me croire sur parole, répliqua Nigel en invitant le forgeron à sortir avant de se couvrir le nez avec un mouchoir. Allons trouver une guérisseuse.

Donald passa devant son maître, et les deux compères redescendirent.

— Donald ? héla Nigel à travers le tissu qui lui servait de masque. Qu'est-il arrivé au juste à ton bras ?

— Il l'a fait couper ! s'écria le forgeron de guerre lasse en se hâtant de gagner les cuisines.

Puis il remonta sa chemise de fortune et bougonna dans sa barbe en secouant la tête.

— Il est bouché ou quoi ?

Chapitre 17

— Tristan, sauve-moi ! cria Haith.

Tristan avait l'intuition que la jeune femme était toute proche. Aussi se lança-t-il en haletant à sa recherche à travers les rues de Seacrest. S'il le fallait, il retournerait ciel et terre pour la retrouver.

— Tristan, je suis ici !

Il obliqua à toute allure à l'angle d'une chaumière et tomba nez à nez avec une villageoise qui transportait une grande panière. Surprise, elle échappa son fardeau d'osier qui roula à terre en répandant un ahurissant chargement de pierres bleutées. Tristan saisit la paysanne par les épaules et leurs regards se croisèrent.

— Sauve-moi, Tristan, dit la vieille avec la voix de Haith. Je meurs.

L'inconnue avait la physionomie de la mère du jeune homme.

— Non ! Non ! S'écria Tristan d'une voix rauque en se redressant d'un bond dans son lit, le cœur battant la chamade.

— Avez-vous fait un cauchemar, messire ?

Aussitôt, le seigneur de Greanly sauta de sa couche et saisit son épée dont il menaça l'intrus. Qui ose pénétrer dans ma chambre ?

Non loin de là, sur une table, quelqu'un avait allumé une bougie.

Il reconnut le visage de Minerva.

— N'ayez crainte, lord Tristan, dit-elle d'un ton apaisant. Ce n'est que moi.

— Savez-vous que j'ai bien failli vous occire ? grommela-t-il en baissant la garde.

Puis il poussa un long soupir et se passa la main dans sa chevelure ébouriffée. C'est alors, seulement, qu'il prit conscience de sa nudité. Il empoigna une couverture et l'enroula en toute hâte autour de sa taille.

— Je n'en veux pas à vos attributs virils, messire, même s'ils sont fort engageants, gloussa la guérisseuse.

Tristan lui jeta un regard noir puis s'assit au bord du lit, le cœur battant.

— Que faites-vous ici, Minerva ?

— Je suis venue vous entretenir au sujet de Haith.

Aussitôt, Tristan ressentit une vive émotion, et se leva derechef pour prendre la vieille femme par les épaules.

— Que se passe-t-il ? demanda-t-il sans trop savoir s'il ne rêvait pas encore. Est-elle malade ? Où est-elle ?

— Quel inquiet vous faites ! fit remarquer Minerva. Rassurez-vous, Haith dort en sécurité sur ses deux oreilles, je m'en porte garante.

— En êtes-vous sûre ?

— Oui. Je la quitte à l'instant, expliqua-t-elle avant de marquer une pause. Messire, vous avez laissé tomber votre couverture.

Tristan baissa aussitôt la tête. Il était de nouveau nu comme un ver. Renonçant à cet expédiant peu fiable, il décida de se recoucher. Sa pudeur en souffrirait moins.

— Si Haith est saine et sauve, pourquoi venir me trouver en plein milieu de la nuit ?

— Pensiez-vous que son retour soudain chez nous passerait inaperçu ?

Tristan fit la grimace.

— Elle vous a parlé de notre dispute ?

— Oui, répondit Minerva en plissant les yeux. Également de votre geste malencontreux.

Tristan implora du regard l'indulgence de la vieille dame.

— Elle a eu des paroles assassines, dit-il enfin.

Au grand étonnement du jeune homme, Minerva sourit.

— Oui, il semblerait que, parfois, elle ne tourne pas assez souvent sa langue dans sa bouche.

Tristan ne put s'empêcher de pouffer, mais s'abstint de tout commentaire badin. Au contraire, il répondit le plus sérieusement du monde.

— Je suppose qu'elle me déteste, à présent.

— Elle essaie, admit Minerva. Et elle peut se montrer rancunière.

— Que puis-je faire pour qu'elle me pardonne ?

— Ce n'est pas à moi qu'il faut le demander, messire.

Soudain, Tristan se rembrunit.

— Dans ce cas, que faites-vous ici, si ce n'est pour m'apporter votre conseil ?

— Je suis venue vous raconter une histoire, répondit la guérisseuse. Le genre d'histoire qui pourrait vous faire entrer de nouveau dans les bonnes grâces de Haith.

— Vous pensez qu'elle m'aime ? demanda Tristan du tac au tac.

— Ne posez pas de questions idiotes, messire, répondit Minerva.

Puis elle s'approcha et lui glissa en confidence :

— Elle vous connaissait en rêve avant de vous rencontrer. Comprenez-vous ? Elle avait à peine huit ans la première fois.

— Elle était si jeune ? demanda Tristan d'un ton incrédule avant de reprendre son aplomb. J'aimerais que vous me racontiez cette histoire.

— Parfait, acquiesça Minerva.

Elle se leva de son siège et s'approcha du lit, tandis que Tristan restait sur ses gardes.

— Faites un peu de place à une vieille femme, ordonna-t-elle en frappant dans ses mains.

— Ce n'est pas convenable, marmonna Tristan en se décalant néanmoins.

Minerva prit place.

— Votre grâce ne risque rien avec moi. Maintenant, cessez de bavarder et écoutez-moi.

Elle plongea son regard dans celui du jeune homme, et la flamme de la bougie se mit à danser au rythme de ses paroles, projetant des ombres inquiétantes et fantomatiques sur les murs de la chambre.

Oyez mon histoire
Du prélude à la fin !
Prêtez l'oreille,
En voici le début ;
Elle vous sera rendue
Avec mille merveilles.

Quand elle eut terminé son annonce, la flamme cessa aussitôt de sautiller.

— C'était très beau, dit Tristan d'un air pensif.

— Merci. À présent, taisez-vous.

Le lent débit de Minerva avait quelque chose d'apaisant, et Tristan se laissa bercer comme un petit enfant.

— Autrefois, sous le règne d'Édouard, avant l'arrivée de Guillaume en ces contrées…

— Je me trouvais alors à Paris…, l'interrompit Tristan.

— Comme c'est intéressant ! Vous voulez l'entendre, cette histoire, oui ou non ?

— Continuez, acquiesça-t-il.

— Il était une jeune demoiselle. Elle était la fille du puissant Buchanan. Son père, qui était fort sage, craignait pour la sécurité des siens pendant qu'il livrait bataille aux clans rivaux. Sa propre femme avait déjà succombé à la perfidie de ses ennemis, et il n'avait de cesse de placer son unique enfant en sécurité jusqu'à la fin des hostilités. Ce bon seigneur avait entendu parler d'un anglais, ami d'Édouard et seigneur d'une immense seigneurie. Il décida de lui confier sa sœur et sa propre fille. L'avenir s'annonçait durablement sombre et belliqueux, et il espérait ainsi que sa fille pourrait contracter un mariage avantageux à la cour du roi.

Les deux jeunes femmes versèrent beaucoup de larmes et supplièrent le seigneur de les garder auprès de lui. Toutefois, ce dernier ne voulut rien entendre. C'est ainsi que Corinne, sa fille, et moi-même, la sœur de Buchanan, avons quitté l'Écosse pour gagner l'Angleterre afin de nous placer sous la protection de James de Seacrest et de sa femme…

Le chariot roulait à grand bruit sur la voie romaine qui menait à Seacrest. Corinne Buchanan se blottit contre sa tante en apercevant l'étrange fortin.

— Il n'est pas encore trop tard pour rebrousser chemin, Minerva, implora-t-elle. Rappelons l'escorte et retournons chez nous. Papa a besoin de nous.

Minerva tapota la main de la jeune fille afin de la rassurer.

— Non, ma fille, c'est lui qui a voulu que nous venions ici. Nous ne saurions nous opposer à sa volonté, déclara-t-elle en esquissant un sourire qui révéla les rides qui seraient les siennes des années plus tard. N'aie crainte. Ton père ne nous aurait pas envoyées en un lieu inhospitalier.

— Je n'aime pas ce pays, pensa Corinne à voix haute en regardant au loin les collines vallonnées qui descendaient vers la mer.

Corinne voyageait pour la première fois, et elle trouva cette campagne affreusement plate en comparaison des escarpements de ses Highlands natales. Elle retira son corset qui l'empêchait de respirer et lui donnait chaud, puis se rembrunit.

— Que l'air est lourd ici ! On se croirait dans un marais.

— Tu t'y habitueras.

— Je ne vois pas ce qui pourrait me retenir en ce lieu ! prédit Corinne en rejetant en arrière sa chevelure aux reflets cuivrés. Ce n'est pas ici que je rencontrerai mon futur époux ! De plus, je ne veux pas d'un de ces Anglais efféminés.

Minerva ne put retenir un éclat de rire.

— Du calme, ma belle. Que sais-tu des aristocrates anglais ?

— J'ai entendu dire toutes sortes de choses à leur sujet.

— Dans ce cas, je te conseille de les garder pour toi tant que nous vivrons ici.

Corinne soupira en levant les yeux au ciel. Pourquoi Minerva s'obstinait-elle à la réprimander comme une enfant ? N'était-elle pas une femme à dix-sept ans ?

Le chariot pénétra dans l'enceinte du château puis roula au pas jusque devant l'entrée. La porte aux immenses battants qui barrait l'entrée de la tour s'ouvrit brusquement, et une jolie dame blonde à peine plus âgée que Corinne, se précipita au-dehors et courut jusqu'à la carriole pour les accueillir.

— Bienvenue, dit à bout de souffle cette dernière avec un sourire qui éclaira son visage couleur de pêche et

souligna l'éclat de ses grands yeux marron, de ses cheveux soyeux et dorés. Bienvenue à Seacrest. Je suis lady Ellora.

Elle regarda successivement l'aînée puis la plus jeune des deux femmes, et ajouta :

— Vous êtes Corinne, n'est-ce pas ?

Corinne hocha la tête. Elle se sentait mal fagotée en comparaison de son hôte au teint rayonnant. Cette jeune femme à peine plus âgée qu'elle était-elle vraiment lady Ellora ?

— Oui, dit enfin Corinne. Voici ma tante, ajouta-t-elle en désignant Minerva.

— Oui ! Minerva ! Votre nom était mentionné dans la lettre. Soyez la bienvenue ! s'exclama Ellora en reculant pour permettre aux gardes écossais hirsutes d'aider les voyageuses à descendre.

— Je suis si contente de vous voir ! ajouta-t-elle en prenant aussitôt le bras de Corinne avant de l'entraîner à l'intérieur. Nous allons devenir de grandes amies, commença-t-elle avant de s'interrompre en rougissant d'une jolie teinte pourpre. Oh, mais je vous assomme de paroles alors que vous devez être éreintée !

— Je suis un peu fatiguée, en effet, avoua Corinne.

— Comment ne le seriez-vous pas ! s'exclama Ellora en la faisant entrer dans l'obscurité et la fraîcheur accueillantes du château. Le temps de vous montrer vos chambres et je vous fais monter une légère collation ainsi que de l'eau pour vous rafraîchir. Je vous ferai visiter les lieux quand vous vous serez remises du voyage.

Corinne s'était promis de ne point se départir d'une certaine réserve. Néanmoins, face à l'amabilité et à l'enthousiasme de la maîtresse de maison, elle ne put s'empêcher de lui manifester sa sympathie.

— Ce sera avec grand plaisir.

— Maman ! s'écria soudain une petite fille en se jetant, boucles blondes au vent, dans les jambes d'Ellora.

Essoufflée, sa nourrice arriva quelques secondes plus tard.

Ellora se baissa et prit le bambin d'à peine trois ans dans ses bras en lançant un regard magnanime à la gouvernante en émoi.

— Bertie, dis bonjour à lady Corinne et à lady Minerva.

— Bo'jou', babilla Bertie en tendant deux mains potelées à Corinne. J'arrive !

Puis elle se jeta dans les bras de Corinne.

— Mon Dieu, s'esclaffa cette dernière en l'attrapant de justesse. Mais tu es très mignonne, toi !

— Pardonnez-la, c'est sa façon de vous prévenir qu'elle veut que vous la portiez, expliqua Ellora. Cela veut dire que vous lui plaisez !

— J'en suis ravie, répliqua Corinne en chatouillant le ventre du bébé. Tu me plais aussi, tu sais, jolie demoiselle.

— Voulez-vous que je la reprenne, madame ? interrompit soudain la nourrice.

— Oh non, intervint Corinne. Elle ne m'embête pas, au contraire.

— Vous êtes sûre ? demanda Ellora.

— Certaine ! répondit Corinne, tout sourires, en caressant la petite main qui jouait avec ses boucles

élastiques. Tu veux bien rester avec tata Corinne, petite fleur ?

— Certaine ! répondit Bertie par imitation.

Les quatre femmes partirent d'un grand rire, puis Ellora ouvrit la marche jusqu'à leur chambre qui se trouvait à l'étage. Ni Corinne, ni Ellora, ne remarquèrent la profonde tristesse qui germa dans le regard de Minerva.

En quelques minutes, Tristan vécut en imagination quinze jours de la vie de Corinne. Grâce au récit de Minerva, il fut témoin de l'amitié grandissante qui l'unissait à Ellora. Les images se succédèrent à une vitesse folle. Un jour, lord James était enfin rentré de voyage, et Minerva avait fait tout son possible pour attirer Corinne hors du château afin qu'elle ne le rencontre pas, mais Ellora s'était montrée pressante.

— Mais enfin, Minerva, il faut qu'elle vienne l'accueillir ! insista-t-elle. Il est resté si longtemps absent, et puis je suis sûre qu'il a hâte de rencontrer la famille de Buchanan !

— Oui, son absence a duré plusieurs semaines, raison de plus pour vous laisser vous retrouver tous les deux, insista Minerva d'un ton réfléchi.

— Elle a raison, Ellie, convint Corinne à contrecœur. Je ne voudrais pas vous déranger.

— Nous aurons tout le temps de nous retrouver dans l'intimité de notre chambre, épilogua Ellora avec un sourire coquin, pour son plus grand amusement et celui de Corinne.

Puis elle essuya ses larmes de joie et ajouta :

— Tu seras là pour l'accueillir, c'est un ordre de la maîtresse de maison !

Corinne prit un air idiot pour s'accorder à cette magistrale démonstration d'autorité. Elles allaient de nouveau s'esclaffer lorsque les sentinelles annoncèrent à grands cris l'arrivée d'une troupe de cavaliers.

Corinne se figea.

— Le voilà ! jubila Ellora en bondissant de son siège avant de se précipiter sur les remparts.

L'estomac noué, Corinne frémit de tout son corps. Elle chassa cette impression désagréable et s'efforça de sourire à Minerva.

— Viens-tu finalement ? demanda-t-elle à sa tante qui caressait ses runes d'un air affligé près de l'âtre.

— Encore un instant, petite, répondit Minerva avec une pointe de résignation dans la voix.

— Très bien, répliqua Corinne en lui lançant un regard perplexe avant de quitter à son tour la grande salle des banquets.

Une larme germa dans l'œil de Minerva tandis qu'elle regardait sa nièce s'éloigner. Par la porte entrouverte, elle aperçut le beau ciel bleu où s'accumulaient de gros nuages d'orage sous un glorieux soleil d'été.

C'est pourquoi Minerva ne fut pas étonnée lorsqu'un éclair déchira le calme azuréen en crépitant. Quelques secondes plus tard, un roulement de tonnerre fit trembler les murs du vieux château.

— Ma chérie, murmura-t-elle, comme je te pleurerai !

La chandelle était presque morte lorsque Tristan revint soudain à la réalité. Il s'était laissé bercer par le récit de Minerva, au point qu'il lui semblait encore sentir le parfum de Corinne, le goût salé des larmes de la conteuse, et la fragrance des cheveux d'Ellora.

— Que s'est-il passé ensuite ? demanda-t-il d'une voix tendue à peine audible.

— Ce qu'il pouvait arriver de pire, je le crains, répondit Minerva en secouant lentement la tête. James était l'âme sœur de Corinne. Il lui apparaissait en rêve depuis maintes années, et réciproquement. Pendant des semaines, ils se sont refusés à l'évidence. Corinne était bien décidée à ne pas trahir Ellora. À force de lutter contre son propre cœur, elle tomba gravement malade. Ensuite, plusieurs mois passèrent, jusqu'au jour où elle est venue me voir en me disant qu'elle préférait rentrer en Écosse ou mourir plutôt que de tromper son amie. Bien sûr, je l'ai prévenue que c'était une folie, mais elle était têtue, ma chère enfant.

— Le moins que l'on puisse dire est que Haith lui ressemble, fit remarquer Tristan en esquissant un sourire.

Puis il reprit son sérieux et ajouta :

— Corinne est restée ?

— Oh, elle a bien essayé de partir, se souvint Minerva en prenant une longue inspiration avant de se lancer dans la suite de son histoire. Par une nuit d'hiver, avec pour tout bagage les vêtements qu'elle portait sur le dos et une ration de viande séchée. Quand James s'est aperçu de son absence, il a cru devenir fou d'inquiétude. Il vous faut comprendre que, jusque-là, il avait fait de son mieux pour éviter Corinne et renoncer à son amour pour elle par fidélité envers Ellora. Ils s'arrangeaient toujours pour ne pas se trouver ensemble dans la même pièce. Quoi qu'il en soit, Ellora avait fini par se douter de quelque chose. La nuit où elle quitta le château, James partit à sa recherche sans prévenir sa femme. Il la retrouva au bout de deux jours, mais elle était pratiquement morte d'épuisement. Il n'a pas pu la ramener immédiatement et s'est occupé d'elle pendant une bonne semaine avant de rentrer à Seacrest. Quand ils revinrent, leur amour était consommé.

— Que voulez-vous dire ? demanda Tristan.

Le soleil commençait à poindre au sommet des collines et baignait la chambre d'une lumière inquiétante. Jamais Minerva n'était apparue à Tristan si pâle et émaciée.

— Ellora n'était pas tombée de la dernière pluie, reconnut la guérisseuse. Lorsqu'ils sont rentrés près de quinze jours après le départ de Corinne, elle comprit que sa seule amie lui avait pris son époux. À sa place, plus d'une femme se serait tuée ou serait devenue folle. Bref, c'est ainsi que Haith est née l'été suivant pendant les moissons. La graine avait été plantée durant leur escapade. La vie à Seacrest ne fut plus jamais la même. James accorda à Corinne le même statut qu'à Ellora, et reconnut Haith comme sa fille, au même titre que Bertie. Cependant, Ellora ne pardonna jamais Corinne. D'ailleurs, je ne crois pas que ma nièce se soit jamais elle-même pardonnée.

— C'est un miracle que Haith et Bertie soient si proches, pensa tout haut Tristan.

— Les enfants n'ont pas fini de nous surprendre, messire, répliqua Minerva d'un ton badin. La querelle qui opposait Corinne et Ellora ne les a jamais séparées, car nulle ne faisait de différence. Bertie se faisait un plaisir de s'occuper de Haith, car elle avait connu la solitude des enfants uniques.

— C'est alors que James et Corinne ont trouvé la mort ? relança Tristan.

— Oui, se rembrunit Minerva. James fut fauché à la bataille de Hastings, et Corinne lorsque les troupes ont envahi Seacrest. Les maudits barbares ! jura Minerva en gaélique. Ils ont tué ma chérie pendant que nous célébrions les funérailles de James. Ils auraient aussi assassiné la petite Haith s'ils ne l'avaient pas crue déjà morte parce qu'elle était avec les esprits.

— Avec les esprits ?

— Je vous raconterai une autre fois, répliqua Minerva en se levant.

On entendit le lit craquer.

— Haith ne va pas tarder à se réveiller, grommela-t-elle.

— Attendez ! héla Tristan avant que la vieille dame ne sorte. Je vous suis reconnaissant de tout ce que vous m'avez raconté cette nuit, mais en quoi cela m'aidera-t-il ?

Minerva s'arrêta devant la porte.

— Dieu donne le cheval, mais il ne tient pas la charrue, messire. Vous connaissez à présent la gravité de ce qui vous arrive, ainsi qu'à Haith. À vous d'agir !

— Insinuez-vous que c'est le destin qui nous a réunis, que nous n'avons d'autre choix que de vivre ensemble ? demanda Tristan d'un ton qui traduisait son manque d'assurance.

— C'est ainsi. Vous n'avez pas le choix, confirma Minerva en ouvrant la porte. L'un de vous risque sa vie.

Puis elle sortit et referma sans faire de bruit.

Chapitre 18

Dès le réveil, Haith se mit en quête de Tristan. La dispute qu'ils avaient eue la veille la rendait confiante au sujet d'un exil prochain en Écosse.

Elle hanta les rues du village afin de retarder le moment où elle entrerait dans la salle des banquets. Soudain, elle l'aperçut dans un pré voisin. Tristan eut l'intuition de sa présence et interrompit la conversation qu'il avait avec Rufus pour lever la tête.

Le cœur de la jeune femme fit un bond lorsqu'elle croisa son regard. Les deux pieds dans la terre rouge, son corps se découpait sur les atours verdoyants du printemps. Dans le champ attenant, des bœufs tiraient les charrues conduites par des serfs voûtés comme des pèlerins accablés de fatigue. Ces derniers ployaient et se redressaient en une sorte de rituel qui consistait à semer les semences rapportées de Seacrest le plus profondément possible dans la terre nourricière de Greanly. Tristan était tout ébouriffé par la brise déchaînée et croisait nonchalamment les bras. Quand il la regarda, il sembla même à Haith qu'elle distinguait l'éclat bleuté de ses yeux.

Le propriétaire des lieux donna une tape dans le dos à son régisseur et se dirigea à grandes enjambées vers Haith, laquelle se redressa et pointa légèrement le nez en l'air afin de chasser le désir qui venait de s'emparer d'elle.

Je ne l'aime pas! essaya-t-elle de se persuader.

— Messire, commença-t-elle bien avant qu'il fût à bonne distance pour entamer une conversation, pourriez-vous m'accorder un instant?

— Lady Haith, salua aimablement Tristan.

Avait-il renoncé à l'irascibilité et à la suffisance dont elle l'avait cru coutumier?

— J'espérais également avoir l'occasion de m'entretenir avec vous aujourd'hui. Si nous marchions?

Haith régla son pas sur celui du gigantesque guerrier en serrant timidement les mains sur son giron afin d'en maîtriser le tremblement.

Elle allait parler lorsqu'il prit la parole.

— Je vous prie d'excuser mon comportement d'hier, dit-il. L'idée que vous puissiez me craindre me fait horreur.

Haith fut abasourdie. Elle avait compté sur la rancœur du maître pour appuyer sa demande de bannissement volontaire, et voilà qu'elle était bouleversée par ses excuses.

— Je n'aurais pas dû vous dire comment gérer vos affaires, répondit-elle du tac au tac.

— Quand bien même, j'ai eu tort, insista-t-il en secouant la tête d'un air pensif.

Puis il s'arrêta, et Haith fit de même.

Elle leva la tête et croisa son regard débordant de remords, ainsi que d'un autre sentiment qu'elle ne sut pas nommer. Cette vision entama sa résolution si durement forgée. Comment avait-elle pu se montrer aussi blessante avec lui ?

— Dans ce cas, n'en parlons plus, suggéra-t-elle avec fermeté. Quoi qu'il en soit, je vous cherchais pour une autre raison.

Tristan esquissa un sourire.

— Vous m'avez rendu un immense service, Haith. Poursuivons ensemble jusqu'au château et demandez-moi ce que vous voulez, exhorta-t-il en lui offrant le bras.

Haith le prit à contrecœur et le regretta aussitôt. Néanmoins, la chaleur de ses muscles la fit frémir jusqu'au plus profond d'elle-même, et elle resta pendant de longs instants sans voix. Même l'odeur musquée de son corps en sueur la ravissait.

Tandis qu'ils traversaient le village, les habitants de Greanly hochèrent la tête en souriant sur leur passage.

— Bonjour messire. Madame…

En entendant les villageois s'exprimer ainsi, Haith ne sut plus que penser. Tout cela semblait si naturel à leurs yeux.

Cesse de rêver, ma vieille ! se dit-elle. *C'est impossible. Si Guillaume maintient son décret, nous n'en retirerons que du chagrin. Sois forte !*

— Messire, commença-t-elle en s'efforçant de ne pas répondre au sourire dont la gratifia Tristan. J'ai une faveur à vous demander.

— Je ferais tout mon possible pour vous l'accorder.

Haith prit sa respiration et se lança.

— J'aimerais me rendre auprès de mon clan en Écosse.

Tristan s'arrêta brusquement, et Haith faillit trébucher.

— En Écosse ?

La jeune femme chercha un point sur lequel fixer son regard. N'importe lequel ferait l'affaire pourvu qu'elle échappe à la vigilance scrutatrice de Tristan.

— Oui, dit-elle simplement, car chaque mot semblait lui coûter un effort considérable. Ce sera mieux pour tout le monde. Mais j'ai besoin de votre aide pour le voyage.

Tristan fit la moue.

— En fait, vous m'en voulez toujours. À tel point que vous voulez partir.

— Non ! s'exclama-t-elle en croisant son regard. Je vous ai donné ma parole que c'était oublié. Mes raisons pour faire ce voyage sont indépendantes de cet incident.

Tristan croisa les bras sur sa puissante poitrine et inclina la tête.

— Et peut-on connaître ces raisons ? demanda-t-il.

Haith devint soudain toute rouge et détourna la tête pour ronger son frein.

— Vous les connaissez parfaitement, chacune d'entre elles, s'emporta-t-elle en jetant un coup d'œil alentour au cas où des oreilles indiscrètes les auraient espionnés. C'est la meilleure solution.

De son côté, Tristan ne semblait pas se soucier des badauds.

— Pourquoi prétendez-vous que c'est la meilleure solution ? demanda-t-il en haussant légèrement le ton. Quelque chose m'échappe. Comment votre désir de vous réfugier en une contrée que vous n'avez jamais visitée résoudra-t-il quoi que ce soit?

— Je vous en conjure, parlez moins fort! siffla Haith.

Puis elle se reprit:

— Si je suis loin de Greanly lorsque Guillaume rendra son verdict, il sera plus facile pour tout le monde de se déterminer en connaissance de cause.

Tristan maugréa, puis jeta un coup d'œil à la ronde avant de l'entraîner à l'arrière d'une chaumière.

— Vous dites des bêtises..., commença-t-il lorsqu'ils furent à l'écart.

Haith était très mal à l'aise. Pire que paraître en public bras dessus bras dessous, ils risquaient à présent d'être découverts au fond d'une impasse! Pendant tout le temps que dura la conversation, elle resta aux aguets.

— Les parties concernées ont déjà fait leur choix. Vous vous souvenez que Bertie a un amant, n'est-ce pas? demanda-t-il un ton plus bas. Ainsi que de ma décision de ne pas l'épouser?

— Tous ces beaux projets seront réduits à néant si Guillaume rejette votre requête, fit remarquer la jeune femme en faisant appel à la raison malgré son désir d'embrasser le jeune homme. Il est roi, et vous n'êtes que son vassal!

— Il est aussi mon ami, rectifia Tristan en lui caressant la joue. Dites-moi, Haith, que redoutez-vous?

— Rien! s'exclama-t-elle en détournant la tête, car en vérité tout l'effrayait. Dois-je en conclure que vous êtes prêt à me garder ici jusqu'à ce que Nigel m'envoie chercher après le refus de Guillaume ? demanda-t-elle en le regardant au fond des yeux. Je vous l'ai déjà dit : je ne retournerai pas à Seacrest.

— Haith, murmura Tristan, avez-vous si peu confiance en moi au point de croire que je vous livrerais à lui ou vous enverrais en Écosse pour un oui ou pour un non ? À moins que vous ne me cachiez quelque chose..., suggéra-t-il enfin avec émotion.

Haith baissa les yeux.

Si au moins, il cessait de me caresser et se mettait en colère ! songea-t-elle.

Haith se sentait aimée et protégée comme cela semblait seulement possible en rêve. Dans ces conditions, comment lui mentir ?

— Non, je ne vous cache rien, mentit-elle cependant en contemplant le gravier. Il n'en reste pas moins que ma présence à Greanly nous fait courir un risque à tous, expliqua-t-elle en levant la tête de mauvaise grâce dans l'espoir qu'il l'approuve. Vous ne comprenez pas...

— Je comprends plus que vous ne l'imaginez, répliqua Tristan, tandis que Haith étouffait un sanglot. Tant que vous êtes sous ma protection, vous ne risquez rien.

— Je dois quitter Greanly, soupira-t-elle. Je vous en prie, aidez-moi à partir.

Tristan appuya le front contre le sien, et les deux amoureux restèrent ainsi un long moment, jusqu'à ce que le jeune homme se penche en arrière.

— Coupons la poire en deux, proposa-t-il. Promettez-moi de rester jusqu'à ce que nous recevions la réponse de Guillaume. Si ensuite vous désiriez toujours partir pour l'Écosse, je vous y aiderais.

Haith réfléchit longuement en se mordant la lèvre inférieure. D'un côté, c'était une folie de vivre si près de Nigel, d'autant que les menaces de représailles proférées par Donald semblaient bien réelles. De l'autre, rester auprès de Tristan et de son aura protectrice était très tentant, surtout s'il continuait à la regarder avec autant de douceur. Elle le désirait au point que ses idées s'embrouillèrent ; le bon côté des choses étant que sa migraine avait disparu, comme par miracle, avec l'apparition du désir. Après tout, Guillaume libérerait peut-être Tristan de son engagement avant qu'elle ne soit obligée de renseigner Nigel plus avant…

Dans ce cas, qu'adviendrait-il de Bertie ? Son mystérieux amant prendrait-il soin d'elle, ou bien, abandonnée de tous et déshonorée, serait-elle obligée de se rappeler au bon souvenir de Seacrest, s'exposant ainsi au courroux permanent de Nigel et d'Ellora ?

La voix de Tristan la tira soudain de ses pensées.

— Je vous en prie…, murmura-t-il en effleurant du pouce la bouche de sa belle. Ne me laissez pas déjà.

Haith ferma les yeux et s'abandonna à la douceur de sa présence aimée. Le souffle du guerrier vint alors caresser son front comme le vent dans les blés.

— Je… je ne sais plus…, balbutia-t-elle d'une voix rauque. Tout cela est trop…, vous êtes si…, s'interrompit-elle à court de mots.

— Restez encore un peu, soupira Tristan en l'embrassant au coin des lèvres. Nous aviserons ensuite.

Haith était comme ivre, ivre du désir de l'embrasser. Soudain, toutes ses sages résolutions volèrent en éclat, et elle s'abandonna à la douceur de ses baisers. Une force inouïe, qui semblait sortie des profondeurs oubliées de son être, l'irrigua bientôt dans un mélange de puissance et de vulnérabilité.

Était-il encore question de le quitter ?

Au loin, retentit un grondement sourd semblable au roulement du tonnerre. Prise d'une terreur soudaine, Haith rompit l'étreinte qui l'unissait à Tristan.

— Ce n'est que Barrett qui rentre de Seacrest, affirma ce dernier d'un air perplexe.

Le cœur de Haith battait la chamade. Aussi s'efforça-t-elle de contrôler sa respiration.

— Il faut que vous alliez le retrouver, suggéra-t-elle en regardant ailleurs.

— Pas avant que vous m'ayez donné votre parole, répliqua Tristan d'un ton qui n'admettait pas de tergiversations. Sommes-nous d'accord que vous resterez à Greanly jusqu'à ce que les messagers rentrent de Londres ?

Haith hocha la tête.

— Je veux vous l'entendre dire, ordonna-t-il.

— Je vous promets de demeurer à Greanly jusqu'à ce que la réponse de Guillaume nous parvienne, assura-t-elle. Ensuite, vous m'enverrez en Écosse.

— Seulement si tel est votre désir, rappela-t-il en esquissant un sourire taquin avant de l'embrasser longuement sur le front.

Pendant ce temps, le bruit du cortège de chariots se rapprochait.

— Retrouvez-moi ce soir dans mes appartements, l'exhorta-t-il.

Haith le regarda comme s'il avait soudain perdu la raison.

— Je ne viendrai pas !

— J'ai une surprise pour vous.

— Je n'en doute pas ! s'exclama-t-elle avec dédain.

Tristan partit d'un grand rire et s'éloigna.

— Venez me retrouver. Je ne vous toucherai pas sans votre permission.

C'est bien là le problème ! songea Haith. *Comment ne pas vous la donner ?*

— Qu'en dites-vous ? demanda-t-il en reculant jusqu'à l'extrême limite de la ruelle.

— Nous verrons..., répondit Haith.

— Je vous attendrai, dit-il en lui faisant un clin d'œil suivi d'un sourire coquin, avant de disparaître à l'angle d'une chaumière.

— Viens, lança Bertie depuis l'intérieur de sa chambre.

Haith entra, et trouva sa sœur assise à la fenêtre, le menton posé sur le poing. Il n'échappa point à la jeune femme que sa sœur avait perdu du poids. Bertie fondait à vue d'œil.

— Bonjour sœurette !

Bertie tourna vivement la tête et accueillit Haith de son plus beau sourire.

— Dieu merci, c'est toi ! J'ai eu peur que ce ne soit ma mère.

— C'est donc pour cette raison que tu te terres dans ta chambre ! T'a-t-elle encore harcelée récemment ?

— Oui, comme à son habitude, répondit Bertie en levant les yeux au ciel.

Haith fut à la fois surprise et ravie de découvrir le visage sculptural de sa sœur. Comment se faisait-il que ce détail lui ait échappé ?

— Elle me rend dingue à force de me parler de mariage et de mes obligations en tant que future châtelaine de Greanly.

— Hum ! murmura Haith en se prélassant sur le lit de Bertie. Préférerais-tu qu'elle te parle de virginité ?

Bertie rougit tout en riant aux éclats.

— Ah, nos petits commérages commençaient à me manquer !

— Donc ?

— Donc, quoi ? répéta malicieusement Bertie en se levant pour aller rejoindre sa sœur en travers du lit. Que veux-tu savoir ?

— Bertie ! s'exclama Haith en frappant la jetée pelucheuse du plat de la main.

Bertie rit de plus belle de son rire de petite fille.

— Oh, Haith, soupira-t-elle. Je suis amoureuse !

— C'est en effet ce que ta literie semblait indiquer l'autre jour. Mais dis-moi, qui est l'heureux élu ?

— Pharao.

Haith resta bouche bée.

— Le bras droit de Tristan ?

— Lui-même.

— Bertie, comment…

— Comment est-ce arrivé ? Je n'en sais rien, interrompit Bertie en se renversant sur le matelas dans un océan de boucles blondes. Ni pourquoi, d'ailleurs. Nous semblons si différents, n'est-ce pas ?

— Un peu, oui, confirma Haith toujours sous l'effet de la surprise. L'aimes-tu d'un cœur sincère ?

— Oui. Je ne me l'explique pas, mais c'est comme si…, commença-t-elle avant de se tourner sur le côté, adoptant ainsi la même position que sa sœur. C'est comme si, dès le premier regard, j'avais enfin trouvé ce que je cherche depuis toujours.

— Je comprends ce que tu veux dire, murmura Haith en se souvenant des doux baisers de Tristan.

Elle chassa néanmoins cette image et demanda :

— Partage-t-il tes sentiments ?

— Je crois, oui, répondit Bertie en se redressant pour lui montrer le talisman offert par Pharao. Il me l'a donné hier avant de partir.

— Oh, Bertie, il est magnifique ! s'exclama Haith en prenant le pendentif dans sa main pour en admirer les élégantes ciselures labyrinthiques.

Bertie acquiesça avec un sourire radieux.

— C'est tout ce qui lui reste de sa famille, expliqua-t-elle.

Puis elle marqua une pause avant de confier d'un ton hésitant :

— Je crois qu'il a l'intention de m'épouser à son retour.

— Tu vas te marier ? s'écria Haith en écarquillant les yeux.

— Ce n'est pas encore sûr, mais il a promis de revenir me chercher. Je ne sais pas encore où nous irons, mais nous ne pourrons certainement pas rester ici.

Haith se jeta avec fougue dans les bras de sa sœur.

— Oh, ma chérie, tu vas me manquer terriblement si tu pars, dit-elle avant de rompre leur étreinte. Mais je suis si heureuse pour toi !

Les deux jeunes femmes avaient les larmes aux yeux.

— Et moi pour toi ! répliqua Bertie d'un ton enjoué.

— Que veux-tu dire ?

— Si j'épouse Pharao, Tristan sera libre de t'épouser.

— Bertie, je ne suis pas amoureuse de lord Tristan, et lui non plus d'ailleurs n'est pas amoureux de moi.

— Ah bon ? s'étonna Bertie. Et tous ces rêves alors ? Il veut que tu deviennes sa femme, sache-le.

Haith perdit quelque peu son sang-froid devant l'évidence.

— Ce ne sont que des rêves. En outre, il ne m'a pas parlé mariage.

— À moi, si, annonça Bertie en prenant la main de sa sœur. Ne baisse pas les bras, Haith. Il a tant besoin de toi, peut-être encore plus que tu n'as besoin de lui.

— Je n'ai pas le moins du monde besoin de lui, riposta Haith. Minerva et toi, vous me suffisez.

— Mais, si Dieu le veut, je quitterai bientôt cet endroit, rappela Bertie sur le ton de la prière. Ainsi que Minerva. Tristan est ton promis, Haith. Ne te détourne pas de lui.

— À ce que je vois, Minerva t'a fait la leçon ! incrimina Haith en levant les yeux au ciel. Cette vieille chouette ne me laissera donc jamais tranquille ?

— Je suis sérieuse, Haith, répliqua Bertie en considérant sa sœur d'un regard profond. Tu espères t'enfuir, n'est-ce pas ?

— Oui, reconnut Haith. En Écosse, si jamais Guillaume confirme votre mariage.

À ces mots, Bertie prit la main de Haith et la posa sur son cœur.

— Pour l'amour de Dieu, Haith, ne dis plus jamais une chose pareille. Ne sais-tu pas ce qui est arrivé lorsque ta mère a quitté notre père pour rentrer au pays ?

— Non, et je ne veux pas le savoir, prévint la jeune femme en retirant doucement sa main. Surtout de ta bouche. Ce qu'ils ont fait me déshonore.

Bertie prit note de la réaction de sa sœur sans plus de commentaire.

— Quoi qu'il en soit, il est préférable que, le moment venu, je sois loin. Ne ferme pas ton cœur à Tristan, Haith.

— J'ai une idée, s'exclama soudain cette dernière, pour changer de sujet de conversation. Si nous descendions souhaiter la bienvenue à Barrett et à ses hommes. On ne sait jamais, peut-être nous apprendront-ils que Nigel est tombé au fond de ses latrines !

Bertie pouffa malgré elle.

— Ne t'inquiète pas trop pour moi, petite sœur, dit cette dernière avec un sourire affable, je veille au grain ! En outre, nous ne risquons rien à Greanly.

Comment lui dire que je suis le principal danger qui les menace ? se demanda sa sœur.

— Suis-moi, dit Haith en roulant au bas du lit, descendons avant que les meilleures commères ne soient rentrées chez elles.

Chapitre 19

Haith et Minerva pénétrèrent dans la salle des banquets à l'occasion du festin donné en l'honneur des paysans qui avaient émigré de Seacrest. De longues tables dressées sur des tréteaux et leurs bancs occupaient les moindres recoins, et les premiers convives s'en donnaient déjà à cœur joie.

Le dernier contingent de villageois était arrivé à Greanly depuis environ une semaine. Pendant tout ce temps, Haith avait fait de son mieux pour éviter Tristan, préférant consacrer ses moments de loisir à réconforter les nouveaux arrivants et à les aider à s'adapter à leur nouvel environnement. Minerva, de son côté, considérait qu'il n'y avait pas lieu de les rassurer ni de perdre du temps à écouter leurs craintes. Elle ne manquait d'ailleurs jamais une occasion de le faire savoir lorsqu'elle croisait une paysanne éplorée.

Tandis que Minerva était occupée à passer un savon à l'une d'entre elles, Haith aperçut Bertie. Celle-ci, qui était assise à la table seigneuriale, lui fit signe d'approcher. Haith alla donc la rejoindre en se frayant un chemin parmi les convives.

— Étais-tu au courant de ce qu'il préparait ? demanda Haith en guettant subrepticement l'arrivée de Tristan, car elle craignait d'être vue en sa compagnie par la quasi-totalité du village.

En outre, elle savait que sa volonté fléchissait en sa présence comme le roseau sous le vent, ce qui ne laissait pas de la perturber.

Bertie contempla la salle en pleine effervescence en souriant de toutes ses dents.

— Non, je ne le savais pas. Je regrette de ne pas y avoir pensé. L'idée est excellente ! s'exclama cette dernière en frappant dans ses mains, tandis que des serviteurs entraient par la porte de derrière avec de grands plateaux.

Elle tira Haith par la manche et ajouta :

— Prenons place, sœurette. Et que la fête commence !

— Il faut que j'aille retrouver Minerva, annonça Haith afin d'éviter de dîner à la table de Tristan. Elle doit m'attendre pour commencer à manger.

— La voici justement qui arrive en compagnie de lord Tristan, gloussa Bertie. Tiens, Ellora est pendue à son autre bras ! Cela promet d'être amusant !

Haith pesta intérieurement tandis qu'ils approchaient de l'estrade. Tristan lui lança un regard espiègle, et elle rougit. Puis il s'arrêta et invita courtoisement Minerva à s'asseoir en bout de table avant de gagner sa place aux côtés de Bertie et de Haith. Bien sûr, Ellora ne put s'empêcher de regarder la jeune femme de travers.

— Bonsoir, mesdames ! salua Tristan en s'inclinant brièvement avant d'entraîner Ellora à l'autre bout et de l'installer face à Minerva.

—Messire… Mère… salua à son to
faisant une révérence.

Lorsque Tristan revint vers elle pour
s'asseoir. Elle le remercia avec un sourire gra
Puis le maître de maison prit délicatement H
par le bras, et celle-ci sursauta au contact de sa mai

—Puis-je vous aider ? murmura-t-il.

Tandis qu'il la conduisait à côté de Minerva, elle faillit causer un esclandre afin de détromper l'assistance dont les yeux étaient rivés sur eux. Sous ses manières courtoises, Tristan ressentait une vive excitation, et Haith le savait.

Ensuite, le seigneur de Greanly alla se placer entre les deux sœurs, derrière l'ultime chaise vide qui lui était réservée, puis il accrocha le regard de Barrett qui se tenait au repos devant lui.

—Silence ! cria le bon sheriff en faisant trembler les murs.

Aussitôt, la salle obtempéra. Puis il se tourna vers son suzerain.

—Messire, c'est à vous.

—Soyez les bienvenus à Greanly, commença Tristan en levant les bras au ciel. Je suis heureux de vous compter parmi nous.

Haith jeta un coup d'œil en direction de sa sœur. Celle-ci contemplait, en souriant noblement, les visages inquiets des villageois.

Elle est si naturelle ! songea Haith. *Elle semble née pour devenir la femme du seigneur des lieux.*

« Tu ne crois pas si bien dire…, répliqua le démon de la jalousie. Ce château est sien par la volonté de Guillaume. »

Soudain la voix de Tristan la tira de sa rêverie, et elle se laissa envelopper par son timbre caverneux.

— Je sais que le voyage a été long et fatigant. D'abord à cause de la distance, mais aussi en raison des pertes et des sacrifices auxquels vous avez consenti, admit-il en parcourant du regard la foule attentive. Il n'est pas en mon pouvoir d'abroger les événements qui nous ont conduits ici. Même si je le pouvais, je ne le ferais pas. C'est en vivant désormais à Greanly que nous servirons notre roi, et nul ne le servira mieux que celui qui s'appliquera avec un zèle de tous les instants à la tâche qui lui incombe. J'y veillerai. Des rumeurs circulent au sujet de ma supposée cruauté sanguinaire, poursuivit le hobereau en constatant avec amusement que certains villageois préféraient regarder ailleurs. Certes, j'ai tué des hommes et en tuerai peut-être encore, car la guerre est chose cruelle, bien que nécessaire. De plus, les vaincus aiment à noircir le caractère des vainqueurs.

En entendant ce discours, l'assistance commença à montrer des signes d'anxiété. Tristan rétablit le silence d'un geste de la main.

— Si je vous raconte cela, c'est uniquement pour vous rassurer concernant votre sécurité à Greanly. Nous formons un tout. Greanly vous appartient autant qu'à moi, lança-t-il en considérant l'ensemble des convives, y compris sa propre tablée. Mon bien, je l'estime, et je le protégerai de ma vie s'il le faut. Je n'en attends pas moins de vous.

Il croisa le regard de Haith pendant une fraction de seconde, et celle-ci frissonna.

— C'est ici que vous travaillerez, continua-t-il, et c'est ici que votre labeur trouvera sa récompense. Mais prenez garde, car je ne transigerai pas avec les traîtres.

À ces mots, Haith manqua de s'étrangler.

— La rapine, la médisance, la paresse et la calomnie envers la Couronne seront considérées comme une trahison. Notre communauté n'a rien à y gagner, si ce n'est la destruction.

Il promena sur l'assistance un regard vif qui illustrait parfaitement son propos.

— Toute personne prise en flagrant délit de sape se verra rapidement condamné et sévèrement puni. Cet avertissement concerne tous les villageois ainsi que les proches assis à ma table.

Haith prit soudain très peur. Avait-il découvert le message qu'elle avait fait passer à Nigel ? Tristan avait inclus les personnes qui l'entouraient, et Haith se sentait directement visée. Supporterait-elle le châtiment qu'il réservait pour de telles offenses, sans oublier la déception qu'elle lui causerait par la même occasion ?

— Si l'un d'entre vous désire me consulter au sujet d'un problème, qu'il n'hésite pas à venir me voir, car mon rôle auprès de vous est également celui d'homme de loi.

Dans un moment de panique, Haith se demanda s'il ne serait pas plus simple de tout lui avouer et de demander grâce. Le messager de Nigel n'arriverait que dans deux jours. Peut-être qu'avec l'assistance de Tristan…

— Je vous ai réunis ce soir afin de fêter votre rattachement à Greanly, car demain commenceront les choses sérieuses. J'en profite également pour vous demander de me prêter allégeance, même si mon droit m'autorise à l'exiger. À moins que vous ne me juriez librement fidélité, votre engagement n'aura aucune valeur pour moi.

Il prit la coupe qui était posée devant lui et la leva très haut.

— Moi, Tristan d'Argent, seigneur de Greanly, fait le serment de protéger et de servir mes gens afin de veiller à leur prospérité et à leur bien-être sous l'égide de sa majesté le roi Guillaume et par la grâce de Dieu.

Un très long silence s'ensuivit durant lequel chacun examina le nouveau maître.

Enfin, Barrett se leva et prit la parole.

— En conséquence, je jure fidélité à mon suzerain, déclara-t-il solennellement en portant un toast à Tristan.

Ce fut ensuite le tour de Rufus.

— Je jure fidélité à mon suzerain.

Puis vint celui de John et de sa femme Mary.

— En conséquence, je jure fidélité.

— Je jure fidélité.

Aussitôt, toute la salle se leva et répéta l'antienne en levant sa coupe :

— Je jure fidélité !

Par son discours, Tristan avait réussi un coup de maître : renverser l'opinion des villageois. Haith ressentit un serrement au cœur mêlé d'une fierté douce-amère.

Bravo ! C'est du grand art !

C'est alors que Minerva se leva et se tourna vers d'Argent.

— Je vous jure fidélité, lord Tristan, et vous assure de mon dévouement et de mon affection.

L'aristocrate et la guérisseuse en profitèrent pour échanger un regard entendu qui n'échappa point à Haith.

— Je vous servirai de tout mon cœur pendant tout le temps que je vivrai à Greanly, déclara Bertie en se levant avec un beau sourire qui ravit l'assistance.

Haith écouta avec attention cette formulation pleine de prudence.

Enfin, toutes les têtes se tournèrent dans sa direction, car elle était la seule à ne pas avoir prêté serment. De fait, Ellora appartenait à une autre seigneurie et ne pouvait, à ce titre, jurer allégeance à Tristan. Tremblant de peur et d'appréhension, Haith se leva et affronta le regard de Tristan. À sa grande surprise, il la considéra, non avec méfiance, mais avec bienveillance et un petit sourire de satisfaction.

La jeune femme déglutit puis se racla la gorge.

— Je fais le même serment que ma sœur, murmura-t-elle avant de se rasseoir en toute hâte.

Tristan parut s'en amuser, puis se tourna de nouveau vers l'assemblée. Ses yeux avaient le même éclat que les pierres précieuses qui ornaient la poignée de son épée.

— Peuple de Greanly, commença-t-il en levant sa coupe encore plus haut, tandis que sa voix se répercutait, bienvenue chez vous !

Les villageois poussèrent un grand cri de joie, et Tristan fit signe à l'armée de serviteurs qui attendait patiemment de distribuer les plats.

Puis il se rassit.

— J'ai deviné votre petit jeu, princesse, glissa-t-il à l'oreille de Haith.

Haith se figea tandis que sa coupe était à mi-chemin de ses lèvres sèches.

Lorsque Minerva l'appelait « princesse », Haith ne s'en réjouissait pas outre mesure, mais dans la bouche de Tristan, le mot prenait valeur de caresse.

— Je… euh…, balbutia-t-elle pour le plus grand plaisir de Tristan.

— Vous pensez qu'en répétant les mots de votre sœur, vous serez libre de me quitter et de partir pour l'Écosse quand bon vous semblera, fit-il remarquer.

Puis il se renversa sur son siège et lui porta un toast moqueur.

— Bien joué ! Cependant, la réponse de Guillaume ne nous est pas encore parvenue.

— Je le sais, riposta Haith avant de vider sa coupe pour se donner bonne contenance.

Néanmoins, Tristan ne se laissa pas décourager par le ton agressif de la jeune femme.

— Nous aurons sans doute l'occasion d'en reparler ce soir dans mes appartements.

— Je vous ai déjà dit que je ne viendrai pas ! chuchota-t-elle sèchement.

— Au contraire, je crois que vous viendrez, ne serait-ce que pour entendre la nouvelle que j'ai à vous annoncer. Ne vous avais-je pas dit que j'avais une surprise pour vous ?

— De quoi s'agit-il ? demanda-t-elle.

— Plus tard, plus tard... répliqua Tristan en découvrant la planche de bois chargée de victuailles qu'un serveur venait de déposer devant lui.

— Venez me retrouver sur le coup de minuit quand tout le monde sera couché.

Haith avait bien envie d'en savoir plus, mais elle en fut empêchée par Ellora qui lui lança un regard plein de reproches en interpellant Tristan. Il ne lui restait plus qu'à manger, mais elle n'avait plus faim. En revanche, elle avait toujours soif, et but une grande gorgée de vin. Jeter un sort à Nigel aurait été une solution, mais le simple fait d'y penser faisait frémir la jeune femme.

À sa connaissance, les dons d'enchanteurs des Buchanan étaient plus une malédiction qu'une bénédiction. Pour rien au monde elle n'aurait voulu aggraver la situation. Il lui faudrait donc se débrouiller par des moyens plus terre à terre.

D'abord, découvrir ce que Tristan veut me dire, songea-t-elle. *Pour cela, je dois aller dans sa chambre – en son absence !*

Elle but une autre gorgée, puis fit signe au page qui servait le vin d'avancer.

Une fois qu'il l'eut resservie, elle se renversa contre le dossier de sa chaise et, l'air songeur, balaya la pièce du regard. Les villageois semblaient heureux et détendus. Bref, ils prenaient du bon temps, et certains improvisaient même des chansons. Bertie, de son côté, discutait à bâtons rompus avec Tristan et Ellora. En somme, tous avaient des raisons de s'égayer et de céder à l'étourdissement de la fête. Néanmoins, cela ferait long feu si Haith respectait la promesse qu'elle avait faite à Nigel. Du temps où les paysans se refusaient à rejoindre Greanly, où Bertie était démoralisée à cause de ses noces prochaines avec Tristan, où Haith elle-même ne connaissait de ce dernier que son affreuse réputation, sa propre duplicité lui avait paru justifiée, mais ce n'était plus le cas.

À présent, renseigner Nigel signifiait le dépeçage de Greanly sans espoir d'instaurer de nouveau la paix. Bertie serait renvoyée illico presto à Seacrest, et son cher Pharao ne la reverrait plus.

Quant à Tristan…

Si Nigel triomphait, Tristan perdrait son titre et ses terres ; peut-être même la vie.

Tout cela à cause de l'égoïsme de Haith. Horrifiée par cette constatation, cette dernière but de plus belle.

La situation avait indéniablement évolué, et elle seule pouvait redresser les torts qu'elle avait causés. Tant pis si Tristan ne lui pardonnait pas sa déloyauté. Après tout, méritait-elle son indulgence ? Sans doute en viendrait-il finalement à reconsidérer la possibilité de son départ pour l'Écosse…

Soudain, elle pouffa d'un rire sans joie, et Tristan se tourna immédiatement vers elle.

— Qu'y a-t-il de si drôle, mon amour ? demanda-t-il à voix basse.

— Beaucoup de choses, je crois, répliqua-t-elle en parlant dans sa coupe avant de la vider d'un trait.

— À savoir ? demanda-t-il en esquissant un sourire à faire fondre le cœur.

— Vous saurez tout à minuit.

— Princesse, implora Minerva depuis le seuil de la chambre, je vais annoncer à lord Tristan que tu es indisposée et que tu le verras à un autre moment. Tu n'es pas en état de soutenir une conversation sérieuse.

Haith souleva le bras de son front et jeta un coup d'œil à sa grand-tante qui se tenait au pied du lit. Pourquoi celle-ci s'était-elle dédoublée ?

Oh, c'est sans doute le vin, pensa la jeune femme.

— Non, je préfère résoudre la question avant l'aube, dit-elle en s'asseyant avec effort au bord du lit.

Puis elle attendit dans cette position que la pièce cesse de tourner.

Minerva lui lança un regard noir qui trahissait sa désapprobation.

— Tu ne résoudras rien dans cet état.

— Je t'en prie, Minerva, cesse de bouger, supplia Haith en se levant.

Elle passa devant la vieille guérisseuse avec la prudence chancelante des personnes ivres.

— Si je ne suis pas revenue au lever du jour, cela voudra dire qu'il m'a occise ! Dans ce cas, envoie chercher mon cadavre !

— Puisque tu veux y aller, vas-y ! s'exclama Minerva en levant les yeux au ciel.

Haith sortit dans la rue et se dirigea vers le boulingrin. Le ciel brillait de millions d'étoiles, et Haith ne put s'empêcher de s'arrêter pour les admirer, jusqu'à ce que la voûte céleste elle-même se mette à tourner, l'obligeant à revenir à des préoccupations plus terrestres.

Le lourd portail de chêne qui fermait la salle des banquets refusa d'abord de bouger. Néanmoins, un grand coup d'épaule eut finalement raison de son indocilité... et de l'équilibre de la jeune femme qui s'étala de tout son long sur le sol inhospitalier de la salle obscure. Elle gémit, puis ferma la porte avec le pied avant de se relever tant bien que mal. Toute cette agitation lui avait donné la nausée, et son estomac se mit à gargouiller.

Chuuut..., ce n'est pas le moment, raisonna-t-elle.

Rehaussant ses jupes d'une main, et se guidant à la paroi rugueuse et froide de l'autre, Haith gravit l'escalier dans l'obscurité. Plus elle approchait du but, plus elle était convaincue du châtiment qui l'attendait.

Il me fera probablement fouetter, songea-t-elle en titubant. *Ou pendre ! À moins qu'il ne me renvoie à Seacrest...*

Haith posa le pied sur le palier du premier étage et chassa cette idée saugrenue d'un geste vif de la tête.

Plutôt le fouet et la potence que les griffes abjectes de Nigel!

Elle se trouva devant un corridor qui semblait se séparer en deux embranchements, exhibant au total quatre rangées de portes.

Étrange, se dit-elle, *je ne me souviens pas qu'il y avait deux passages...*

Haith haussa les épaules et prit le couloir de gauche, mais se cogna aussitôt à un mur aveugle.

— Ouille! Mauvais choix! s'exclama-t-elle.

Il ne restait plus que le couloir de droite. Mais elle fut soudain aveuglée par une lumière jaillie de nulle part, tandis qu'une ombre imposante s'avançait à sa rencontre. Une main bienveillante occulta la source de cette illumination, et elle put enfin rouvrir les yeux.

— Je me demandais si vous viendriez, déclara Tristan d'une voix particulièrement sensuelle en finissant d'ouvrir la porte de sa chambre.

Pendant que Haith s'imaginait qu'elle entrait avec grâce et élégance, Tristan s'amusa de sa démarche chancelante et brusque. Il la rattrapa de justesse avant qu'elle ne tombe sur le tapis.

— Bonsoir, messire! salua-t-elle en se dégageant d'un haussement d'épaules. J'espère que la suite du banquet s'est bien passée.

— En effet. Il semblerait que vous vous soyez bien amusée aussi.

— Je ne suis pas venue pour papoter, rétorqua-t-elle en s'affalant sur un coffre en pensant que c'était une chaise. J'ai des révélations importantes à vous faire. Parfaitement! Des choses affreuses...

Tristan esquissa un sourire, puis il alla remplir une coupe d'eau qu'il déposa avec précaution entre les mains de la jeune femme.

— Merci !

Elle but, puis, déçue, recracha avant de s'essuyer la bouche.

— Mais c'est de l'eau !

— Il m'a semblé que, pour le moment, le vin n'était plus indiqué.

Haith lui lança un regard noir, et le jeune homme ne put s'empêcher de glousser.

— Buvez, poursuivit-il, mais lentement. Cela vous fera du bien.

Bien disposée à ne pas obéir, Haith posa la coupe à côté d'elle et partit à la renverse.

— Bonté divine, mais vous êtes complètement soûle ! s'exclama Tristan en se précipitant pour la rattraper.

Il n'eut aucun mal à esquiver les moulinets que Haith fit avec ses bras pour l'empêcher d'approcher et la hissa sur ses pieds.

— Venez, je vais vous ramener chez Minerva. Nous parlerons demain.

— Non ! s'écria-t-elle.

Il la fit taire en posant l'index sur ses lèvres.

— Haith, je suppose que vous n'avez pas envie que tout le monde sache que vous êtes dans ma chambre ? Alors parlez plus bas !

Elle écarquilla les yeux et balaya la pièce du regard à la recherche d'oreilles indiscrètes.

— Non ! cria-t-elle en étouffant sa voix. Il faut que je vous parle maintenant. Ça peut pas attendrrre, expliqua-t-elle avec un charmant accent écossais qui rappela à Tristan les inflexions de Minerva.

C'est alors qu'elle fit un faux pas et s'aplatit contre son torse puissant. Puis sa vision se brouilla et une forte nausée la saisit. Elle était rouge jusqu'aux oreilles.

— Qu'avez-vous donc de si important à me dire ? demanda Tristan d'une voix rauque.

— C'est ma faute, murmura Haith en fermant les yeux. Tous vos ennuis. Ma seule faute à moi, dit-elle avec une moue enfantine.

Tristan esquissa un sourire.

Il ne s'étonna point de rencontrer chez la jeune femme un sens de l'honneur aussi développé, car il savait, depuis son entretien avec Minerva, qu'elle le tenait de Corinne, sa mère. Cela expliquait pourquoi elle se rendait responsable d'événements qui ne dépendaient pas d'elle. Tout en réfléchissant à la question, il l'entraîna vers le lit.

— Je serais curieux d'apprendre quels ennuis vous m'avez causés, mademoiselle. Je suis tout ouïe !

— C'est qu'ils sont nombreux ! s'esclaffa-t-elle avec un hoquet.

Puis elle commença à les compter sur ses doigts.

— Les villageois, Nigel, Donald !

Tristan la fit alors doucement asseoir sur le rebord du lit.

— Je n'ai cessé de vous mentir ! Et puis j'ai cassé toute la vaisselle de Minerva ! avoua-t-elle en implorant son pardon du regard.

Le jeune homme l'écoutait, un genou en terre.

— Min... hic! Minerva m'a obligée à les réparer et je l'ai fait. Allez-vous me faire pendre?

Tristan réprima un fou rire, tandis qu'il lui retirait ses chaussures.

— Je crois pouvoir affirmer que l'on ne pend pas les gens pour quelques pots cassés, fit-il remarquer en s'efforçant de garder son sérieux, car Haith était au bord des larmes.

— Oh, pourquoi n'ai-je pas tenu compte des présages! fulmina-t-elle contre elle-même. Les runes m'avaient prévenue, mais je lui ai dit tout ce que je savais!

Le jeune homme se leva et tira l'épais couvre-lit.

— À qui avez-vous parlé, mon trésor, et de quoi?

— Vous ne m'écoutez donc pas, espèce de gros balourd? ronchonna-t-elle en se glissant docilement sous les couvertures. Nigel est au courant de tout, soupira-t-elle enfin avant de se laisser envelopper par l'odeur fugace de Tristan.

Il lui glissa ses oreillers de plumes sous la tête et la jeune femme s'y enfonça comme dans un nid.

— Vous n'avez rien à craindre de Nigel, ma chérie. Vous êtes en sécurité ici.

Haith se hissa sur un coude.

— C'est pour vous que j'ai peur! Son avidité n'a d'égal que mon égoïsme. Une fois de plus, c'est Greanly qui en pâtira!

Tristan s'allongea sur le lit dans la même position, de sorte à lui faire face.

— Plus je vous écoute, ma jolie, plus j'ai la certitude que vous êtes bien trop ivre pour tenir des propos sensés.

Haith se laissa retomber sur le dos.

— Très bien, dit-elle. Si vous êtes trop bête pour comprendre ce que je vous explique aussi clairement que de l'eau de roche, allez au diable ! J'ai fait ce que j'avais à faire, et j'ai la conscience..., s'interrompit-elle en bâillant à s'en décrocher la mâchoire, tranquille !

— Parfait ! s'exclama Tristan en écartant ses mèches rebelles, tandis qu'elle fermait ses paupières lourdes de sommeil. Je suis touché que vous vous inquiétiez pour moi, Haith.

— Huuum... C'est le cas, oui. Beaucoup.

Tristan sourit.

— Cependant, vous devez me croire quand je vous dis que Nigel ne fait pas le poids contre moi, insista-t-il en lui effleurant la joue.

Comme elle a la peau douce ! pensa-t-il avant de se pencher pour l'embrasser sur la bouche.

— Nous triompherons. Il ne peut en être autrement !

— Je suis désolée, Tristan, s'excusa Haith en remuant imperceptiblement les lèvres, car elle commençait déjà à sombrer dans les bras de Morphée. Si j'avais su que c'était vous pendant toutes ces années...

— Et celles qui viennent, Haith..., termina-t-il en lui donnant un autre baiser avant de se préparer intérieurement à la laisser pour la nuit. Faites de beaux rêves...

Elle le retint mollement par la manche sans toutefois ouvrir les yeux.

— Non, je ne veux pas rêver cette nuit. Je vous veux en chair et en os. Restez avec moi, je vous en prie.

Tristan se trouva face à un dilemme : d'un côté, le cœur – représenté par Haith alors couchée dans son lit ; de l'autre, la raison – représentée par une chaise inconfortable sur laquelle son statut l'obligeait à dormir ! Le meilleur moyen de se débarrasser de la tentation n'était-il pas d'y céder ? Surtout quand l'invitation était formulée avec autant de bonne volonté !

— Restez, répéta-t-elle d'une voix à peine audible, comme si elle avait deviné son hésitation.

— D'accord ! s'exclama Tristan d'un ton grave en la prenant dans ses bras. Mais nous ne pourrons pas faire l'amour tant que…

Un léger ronflement se fit entendre, et il coupa court à sa leçon de morale pour poser le menton sur la tête de la jeune femme dans l'intention de veiller sur son sommeil jusqu'au petit matin.

Chapitre 20

Lorsque Haith s'éveilla avec un pic-vert sous le crâne. Elle entrouvrit un œil maussade, et le referma aussitôt lorsque la lumière blafarde des premiers rayons matinaux vint frapper sa paupière.

— Ouille ! gémit-elle, le cerveau pris dans un étau.

Soudain, quelqu'un foula le sol de la chambre au son de récipients qui s'entrechoquent.

— Minerva, je t'en conjure, fais moins de bruit ! s'exclama Haith en faisant la grimace.

Tristan gloussa et s'approcha à pas feutrés du lit. Il portait un plateau chargé d'un pichet, d'un bol et d'un gros morceau de pain. Il le posa par terre, puis s'assit aux côtés de la belle endormie.

— Bonjour, Haith…

Elle ouvrit aussitôt grand les yeux et, avec une agilité surprenante pour quelqu'un qui avait la gueule de bois, elle sauta du lit et se rua sur le pot de chambre pour vomir.

L'air ravi, Tristan détourna la tête plissant les yeux. Fort du constat des conséquences qu'avait sur Haith l'excès d'alcool, il se félicita de sa propre modération lors du banquet de la veille. Cependant, il remercia le ciel, car cette petite incartade lui avait permis, contre toute attente, de se réveiller avec sa bien-aimée blottie dans ses bras. En revanche, à cette heure-là, il aurait déjà dû se trouver à pied d'œuvre pour s'occuper des affaires courantes, plutôt que de jouer au garde-malade. N'était-ce pas le rôle de Minerva ou de Bertie, après tout ? Cependant, la tentation d'assister au réveil de Haith l'avait emporté. Il serait toujours temps ensuite de la confier aux bons soins d'une autre personne.

Les premiers haut-le-cœur de Haith passés, Tristan remplit un gobelet d'eau froide dans lequel il trempa le coin d'un linge et s'approcha de la jeune femme pour lui appliquer la compresse. Haith était appuyée, tête bêche, les deux mains contre le mur, comme si elle voulait l'empêcher de s'effondrer.

— Voici de quoi vous rincer et une compresse d'eau froide, dit-il avec une pointe de dérision dans la voix.

Les yeux gonflés et rouges, la jeune femme se tourna avec précaution et lui lança un regard furieux.

— Allez-vous-en !

— Si je m'en vais, comment expliquerez-vous que vous étiez seule dans ma chambre ? demanda Tristan en l'incitant à prendre la coupe qu'il lui tendait.

Elle la prit, et il l'en remercia par un sourire.

— Buvez à petites gorgées, conseilla-t-il, sinon ça va recommencer.

Hélas, l'avertissement était venu trop tard, car Haith avait déjà ingurgité le liquide d'un trait. Son estomac se mit à gargouiller bruyamment, et elle laissa tomber la coupe qui s'écrasa au sol avec un bruit métallique, puis elle se retourna pour vomir de nouveau.

Tristan ramassa le récipient et lui glissa le linge humide dans la main quand elle releva la tête.

— On a essayé de m'empoisonner ! s'exclama-t-elle.

Le jeune homme réprima une forte envie de rire, préférant aider sa belle à se recoucher.

— Oui, répondit-il avec le plus grand sérieux, vous !

Haith s'allongea en miaulant tristement, mais oublia ce désagrément en prenant soudain conscience de l'endroit où elle se trouvait.

— Qu'est-ce que je fais dans votre chambre ?

— Avez-vous déjà oublié nos ébats torrides ? se moqua Tristan pour donner le change au regard noir de la jeune femme.

Il reprit la compresse, la rinça et la retrempa dans l'eau fraîche avant de l'essorer et de la lui rendre.

— Je vous avais demandé de venir me rejoindre après le banquet et, à mon grand étonnement, vous êtes venue. Vous étiez soûle, mais vous êtes venue quand même.

Des images de la veille se formèrent peu à peu dans l'esprit embrumé de la jeune femme, puis elle gémit tout bas et se couvrit le visage avec le linge.

— J'avais des informations à vous communiquer, poursuivit-il, mais j'ai dû remettre cela à plus tard, car vous sembliez désireuse de m'avouer un certain nombre de fautes imaginaires. Ensuite, vous êtes tombée de sommeil.

— Non pas imaginaires, mais bien réelles ! rectifia-t-elle sans ôter le voile humide qui lui recouvrait la bouche.

— Haith, commença Tristan d'un ton compréhensif, vous ne pouvez pas porter la souffrance de tous vos proches, ni vous rendre responsable de leurs actes.

Il s'assit sur le lit en prenant soin de ne pas relever ses bougonnements de protestation. Si vous voulez bien écouter ce que j'ai à vous dire, vous vous apercevrez que vous n'avez rien à vous reprocher.

— J'écoute..., dit-elle en ôtant la compresse de sa frimousse inquiète.

— J'ai des raisons de croire que Nigel a infiltré un espion à Greanly. On me dit en effet que ses hommes seraient arrivés à la cour de Guillaume avant les miens et qu'ils auraient répandu des fausses rumeurs au sujet de mon supposé mauvais traitement des villageois.

— Mon Dieu ! s'exclama Haith d'un ton catastrophé.

Le roi lui-même serait bientôt au courant de sa trahison.

— Le fait que les rumeurs portent sur des événements postérieurs à l'évasion de Donald, m'oblige à en déduire que l'espion demeure parmi nous et qu'il est en excellents termes avec Nigel. J'ai la conviction, conclut-il en effleurant le bras de Haith, que les fuites proviennent de lady Ellora.

— Non, Tristan, protesta la jeune femme en se redressant malgré le pic-vert et la nausée, ce n'est pas Ellora.

— Cela vous surprendrait-il à ce point ? demanda-t-il. N'essayez pas de la défendre. Il n'est d'ailleurs pas impossible que ce soit elle qui ait aidé Donald à prendre la poudre d'escampette. Elle agit à des fins secrètes. Cependant, soyez sans crainte, j'irai la trouver ce matin même ! Et je vous promets qu'elle n'aura plus l'occasion de nous trahir jusqu'à ce que la réponse de Guillaume nous parvienne.

— Il faut que vous m'écoutiez, insista la jeune femme en lui prenant le bras.

Mais Tristan se dégagea avec tact et gagna la porte.

— Reposez-vous un peu ici. Je dirai à votre sœur de venir vous voir.

— Attendez ! s'écria-t-elle.

Mais la porte se referma, et Haith resta seule avec son secret.

Elle s'extirpa aussitôt du lit, ce qui réveilla le pic-vert et son estomac contrarié. Avec davantage de précautions cette fois, elle s'agenouilla afin de chercher ses sandales de cuir éculées. Elle les enfila à la hâte, puis attendit que son ventre se calme en se promettant de ne plus jamais boire de vin.

Puis elle entrouvrit la porte et jeta un coup d'œil de chaque côté du couloir.

Personne !

Elle se glissa jusqu'au rez-de-chaussée avec autant de décontraction que possible. Quoi qu'il en soit, il régnait un tel raffut dans la salle des banquets que personne ne remarqua son entrée.

Tristan était entouré d'un groupe de guerriers dont il n'échappa point à Haith qu'une partie appartenait au peloton envoyé à Londres. L'un des soudards tira un parchemin de son gilet et le remit solennellement à son suzerain.

Haith eut un haut-le-cœur et s'appuya contre le mur pour ne pas tomber. C'est alors qu'elle croisa le regard de Tristan qui la cherchait dans la foule. Au même moment, un bruit avertit la jeune femme que quelqu'un dévalait l'escalier quatre à quatre.

— Bertie ! s'exclama Haith en se retournant.

— Les messagers sont de retour, Haith, annonça Bertie avec entrain et enthousiasme. As-tu aperçu Pharao ?

— Non, répondit Haith en secouant la tête.

Puis elle revint au compte rendu des messagers, tandis que Bertie glissait sa main dans la sienne.

— Où est Pharao ? demanda Tristan au garde qui venait de lui remettre le pli royal. J'aimerais entendre son récit de l'expédition.

Le soldat resta d'abord de marbre, puis il lança un regard appuyé à ses compagnons d'arme.

— Il n'est pas rentré avec nous, messire.

À ces mots, Bertie eut un sursaut qui passa inaperçu de tous, sauf de Haith qui pressa sa main pour la rassurer.

— Pour quelle raison ? demanda Tristan en dévisageant les soldats un à un à la recherche d'une explication.

Le malheureux qu'on avait désigné pour faire le rapport de la mission reprit alors la parole.

— Nous quittions Londres lorsqu'un groupe de cavaliers vêtus de vêtements semblables à ceux de

Pharao est venu à notre rencontre. Votre lieutenant a échangé quelques mots avec eux, puis il les a suivis. Nous ne l'avons plus revu.

— Insinuerais-tu qu'ils l'ont enlevé ? demanda Tristan d'un ton sceptique.

— Non, messire, répondit le soldat en secouant vigoureusement la tête. Nous ne les aurions pas laissés faire.

Tristan égrena un chapelet de jurons enflammés, et le soudard chercha de l'aide auprès de ses comparses.

— Nous aussi nous étions loin d'imaginer qu'il déserterait, messire.

Tristan se tourna brusquement vers le garde et le souleva par le col de sa cotte de mailles avant que celui-ci n'ait pu dire « ouf ». Aussitôt, les autres soldats reculèrent de plusieurs pas.

— Je te ferai couper la langue, si tu t'en sers encore une fois pour ternir la réputation de Pharao. Est-ce bien compris ?

— Oui, messire. Je vous présente mes excuses. Je voulais simplement dire…

— Dehors ! ordonna Tristan en le laissant retomber sur ses pieds.

Les guerriers évacuèrent instantanément les lieux, puis Tristan se tourna vers l'escalier où Haith et Bertie étaient figées sur place.

Tout à coup, Bertie lâcha la main de sa sœur et vola jusqu'au bas des dernières marches qui la séparaient de la salle des banquets. Elle traversa l'immense pièce et se jeta dans les bras de Tristan, emplissant le vide de la pièce du triste écho de ses sanglots.

— Pourquoi ? s'écria Bertie dans les replis de sa tunique seigneuriale. Pourquoi m'a-t-il quittée ?

Haith et Tristan échangèrent un regard par-dessus l'épaule de Bertie, puis Haith remarqua que Tristan tenait toujours la lettre de Guillaume dans la main qui lui servait à consoler sa sœur.

— Là, là, Bertie. Donnez-moi un peu de temps, et je découvrirai le fin mot de l'histoire.

Soudain, la porte du fond s'ouvrit, et Ellora fit irruption dans la salle. Elle était accompagnée de Barrett, qui la suivait de son pas d'ours, légèrement en retrait.

— Pourquoi tant d'émoi ? demanda la blonde dame élancée en se plantant devant eux. Comme c'est attendrissant !

Quel spectacle plus réjouissant, en effet, pour une mère, que de surprendre sa fille dans les bras du mari qu'elle lui destine contre son gré ?

Bertie détourna son visage mouillé de larmes et se détacha de Tristan pour courir à l'étage sans accorder un regard à Haith.

— Elle est un peu lunatique en ce moment, vous ne trouvez pas ? demanda Ellora avec désinvolture à l'intention de son futur gendre. D'où revenaient ces soldats ?

— Ne faites pas semblant de l'ignorer, Ellora ! prévint Tristan. Votre situation en ces lieux est au mieux précaire. Quant à votre prétendue naïveté, elle m'exaspère.

Ellora parut interloquée à s'y méprendre.

— Messire, de quoi m'accusez-vous au juste ? demanda-t-elle.

Elle avisa le parchemin avec avidité.

— Avez-vous reçu des nouvelles de Nigel ? poursuivit-elle. Serait-il… euh, mécontent de moi ?

— Je gage que nous ne tarderons pas à le savoir. En attendant…, s'interrompit-il avant de la menacer du doigt. En attendant, je vais devoir vous mettre hors d'état de nuire. Barrett ?

— Messire ?

— Trouve une cellule pour lady Ellora jusqu'à ce que je change d'avis.

Ellora jeta un coup d'œil à la ronde et se rembrunit.

— Quoi ? Je vous somme, lord Tristan, de m'informer du chef d'accusation !

— Tristan, vous vous apprêtez à commettre une injustice, intercéda enfin Haith. Ellora n'est au courant de rien.

— Haith, prévint-il sans même la regarder, restez en dehors de ça ! Et tenez votre langue !

— Non, je ne me tairai pas ! s'exclama la jeune femme en se plaçant entre Ellora et lui. Je ne peux, en toute conscience, permettre une telle injustice.

— Il ne s'agit pas de ce que vous croyez, grommela Tristan. Retournez chez Minerva avant de prononcer des paroles que vous pourriez regretter ensuite.

— Cette catin vous a-t-elle abreuvé de menteries ? intervint Ellora avec virulence. C'est une menteuse ! C'est plutôt d'elle dont vous devriez vous méfier !

— Barrett, emmène-la, ordonna Tristan d'un ton dédaigneux avant de tourner les talons.

Barrett prit Ellora par le bras aussi galamment que possible.

— Venez, madame.

— Lâche-moi espèce d'abruti ! s'exclama Ellora en essayant de se dégager, tandis qu'il la conduisait vers la porte du fond.

— C'est moi qui ai prévenu Nigel ! s'écria Haith.

Cette soudaine révélation fit l'effet d'un coup de tonnerre, et toutes les têtes se tournèrent dans sa direction.

Tristan fronça les sourcils et s'arrêta sur le seuil.

— Haith, plus un mot !

— Non ! C'est injuste ! s'exclama-t-elle en se frappant la poitrine. La personne envoyée par Nigel pour vous espionner, c'est moi, et moi seule.

— Lady Haith ! s'indigna Barrett.

Mais Haith ne tint aucun compte de la déception du bon sheriff.

— Je n'ai jamais été promise à Donald. C'était une ruse pour être admise à Greanly, expliqua-t-elle. Mais c'était avant que je vous connaisse vraiment. J'ai cru aux mensonges de Nigel, car je craignais pour la sécurité de Bertie quand elle serait votre femme. Il me semblait alors que je n'avais pas le choix.

Ellora essaya de nouveau de se dégager, mais ce fut en vain.

— Tu as comploté avec mon mari ? siffla-t-elle. Et tout ça dans le but de compromettre le mariage de Bertie ?

— Arrêtez, Haith ! ordonna Tristan d'un ton tranchant.

Mais la jeune femme n'en fit qu'à sa tête.

— Non pour compromettre son mariage, mais pour la protéger ! Bertie est ma sœur et je l'aime ! nuança-t-elle à l'intention d'Ellora.

— Tu n'aimes que toi ! rétorqua cette dernière d'une voix stridente qui perça le cœur de Haith. Tu n'es qu'une putain, comme l'était ta mère. Puissiez-vous toutes deux rôtir en enfer !

Aussitôt, elle fut projetée à terre par une main invisible.

— Je ne vous laisserai pas salir la mémoire de Corinne, Ellora ! menaça Minerva d'un ton résolu et funeste depuis le seuil qu'elle partageait à présent avec Tristan.

Puis elle alla se planter juste à l'aplomb d'Ellora qui la regarda avec stupéfaction et dit :

— Voulez-vous savoir quel autre choix votre mari lui a laissé ?

— Minerva, non ! s'exclama Haith en s'interposant. Cela n'a aucune importance.

— Je ne suis pas de cet avis, princesse, répliqua Minerva avec une jovialité feinte. Je crois au contraire qu'Ellora doit savoir que si tu n'avais pas aidé Nigel dans sa félonie, il aurait fait de toi sa maîtresse pour que tu lui donnes un héritier.

— Vous mentez ! riposta Ellora, le visage déformé par l'exécration.

— C'est la vérité ! rétorqua la guérisseuse au paroxysme de la colère.

— Assez ! s'écria Tristan. Barrett, emmène lady Ellora.

— Pourquoi elle ? demanda Haith en se retournant pour lui faire face. Puisque je viens de vous avouer que c'est moi qui ai averti Donald de votre intention d'envoyer une requête à Guillaume. C'est donc moi qu'il faut emprisonner, pas Ellora.

— À votre guise ! grommela-t-il. Emmène également lady Haith. Mais place-les dans des cellules séparées pour ne pas qu'elles s'entre-tuent !

— Messire ? demanda Barrett d'un air sceptique.

— Exécution !

Le sheriff aida Ellora à se relever comme on soulève un enfant qui fait un caprice. Haith, de son côté, lui tendit docilement le bras.

Avant de s'engouffrer dans le couloir qui conduisait à la geôle, Haith jeta un regard en arrière.

— Je suis désolée, Tristan, mais j'ai essayé de vous le dire.

Lorsque Barrett et ses prisonnières eurent disparu, Minerva posa une main amicale sur le bras de d'Argent.

— Est-ce la réponse que vous attendiez ? demanda-t-elle en désignant le parchemin.

— Je l'ignore. Je n'ai pas encore eu le temps de la lire, répondit-il en se passant la main sur le visage. Pourquoi ne fait-elle jamais ce qu'on lui dit ?

Pour toute réponse, Minerva esquissa un sourire résigné.

— Me tiendrez-vous au courant ?

— Bien sûr.

— J'attendrai à la chaumière.

La guérisseuse jeta un regard triste en direction de la voûte qui menait aux cachots, puis elle sortit en secouant la tête.

Quant à Tristan, il s'approcha de la table seigneuriale et se laissa tomber sur une chaise en soupirant d'ennui.

— Fichu caractère !

Il examina la missive qui portait le sceau de Guillaume aux armes royales. Il prit sa respiration et, à l'aide d'un petit couteau plat, décacheta le pli sans briser l'estampille, puis il déplia la feuille jaunâtre noircie à la plume de la main du roi.

« Lord Tristan,

Nous avons accordé à votre requête en vue de l'annulation de vos fiançailles avec lady Bertie de Seacrest toute l'attention qu'elle mérite. Cependant, nous ne vous cacherons pas que lord Nigel, son beau-père, nous a exprimé son inquiétude concernant votre manière de traiter les habitants de Greanly, votre refus d'épouser lady Bertie et votre mépris à l'égard d'un seigneur en tout point votre égal, lui-même en l'occurrence. Tristan, nous avons eu, vous et moi, l'occasion de nous apprécier mutuellement sur de nombreux champs de bataille ; et nous vous considérons non seulement comme un fidèle serviteur de la Couronne, mais aussi comme un ami. À ce titre, nous vous avons toujours tenu en très haute estime. C'est pourquoi, c'est avec un immense regret que nous rejetons votre requête. En tant que souverain, nous devons veiller avant tout à l'union de nos vassaux. Par ailleurs, il incombe à l'honorable pair du royaume que vous êtes désormais, de faire passer l'intérêt de l'Angleterre avant votre intérêt personnel.

Notre volonté est donc de maintenir la réunion des familles de Greanly et de Seacrest. Jusqu'à ce que nous soient fournies des preuves contraires établissant avec certitude que ce mariage ne doit point avoir lieu pour le bien du royaume et non en raison d'un avantage personnel, notre décision restera irrévocable. Tout acte de désobéissance de votre part entraînerait des représailles immédiates qu'il nous serait désagréable de nommer ici.

Nous croyons également comprendre qu'une certaine lady Haith réside actuellement à Greanly. Tant que vous n'êtes point marié, cela ne contrevient en rien à l'étiquette ; mais nous entendons qu'au lendemain de vos noces, elle retourne toutes affaires cessantes à Seacrest se placer sous la protection de son tuteur.

Accomplissez le devoir que, nous n'en doutons pas, vous dicte l'honneur. Si vous suivez notre conseil, le mécontentement de vos serfs se tarira et vous retrouverez la place qui est la vôtre dans notre estime.

Guillaume »

— Bon sang! s'exclama Tristan en frappant la table du poing de rage et d'humiliation.

« Fais ce que je te dis, sinon je te confisque Greanly. » Les termes de l'ultimatum ne laissaient planer aucune ambiguïté. Son exaspération était moins due à l'injonction du roi qu'à la victoire mesquine remportée par Nigel. La diffamation orchestrée par cet infâme personnage était parvenue aux oreilles royales avant les messagers de Greanly. C'est ainsi qu'il avait réussi à plaider sa cause en premier et à travestir la requête de Tristan en une demande égoïste et contraire aux intérêts du royaume.

À compter de ce jour, et surtout à cause des révélations de Minerva au sujet de l'ignoble chantage auquel Haith avait été soumise, Tristan ne songea plus qu'au moyen d'entraîner son ennemi à la ruine. Il lui suffisait d'imaginer son ardente petite princesse subissant les assauts, puis portant l'enfant de ce répugnant avorton pour être pris de nausée... et d'effroi!

La décision de Guillaume, bien que crédule, était définitive, et Tristan risquait de perdre Haith pour de bon. Entre autres difficultés, Pharao – son conseiller le plus proche et le plus sûr – avait disparu.

Tristan rejeta la lettre de Guillaume d'un revers de poignet. Elle voleta jusqu'au centre de la table. Puis il se renversa sur son siège pour ruminer à son aise son unique obsession : neutraliser Nigel. Quel qu'en soit le prix, il était bien décidé à ne pas renvoyer Haith à Seacrest.

Tristan en était à ce stade de sa rumination lorsque Barrett entra et s'avança vers lui en arborant une mine impassible.

— Les deux dames sont enfermées, messire. Que puis-je faire d'autre pour vous être agréable ?

Tristan comprit que cette attitude traduisait son hostilité envers la décision d'emprisonner Haith. Tristan n'en estima que plus son sheriff. Le fait qu'il ait exécuté les ordres malgré son désaccord en disait long sur la profondeur de caractère de Barrett.

— Assieds-toi, invita Tristan en lui indiquant la chaise placée à côté de la sienne.

Le bon sheriff tiqua, car il ne s'était jamais figuré s'asseoir un jour à la table seigneuriale, du moins pas en présence de sa seigneurie. Il obéit non sans réticence.

Tristan réfléchit un long moment avant de prendre la parole.

— Es-tu au courant de la disparition de Pharao ?

— Oui, répondit Barrett en hochant sa tête hirsute. Les hommes ne parlent que de ça.

Tristan tapota le plateau de la table avec le bout de son index pour s'aider à bien choisir ses mots.

— Barrett, je connais Pharao Tak'Ahn depuis plus de vingt ans. Il est pour moi un frère, et j'ai la conviction qu'il n'aurait pas abandonné les troupes sans m'informer de ses intentions.

Le sheriff se détendit un peu en écoutant la confidence de son seigneur.

— Que s'est-il passé d'après vous ?

— À dire vrai, je n'en sais rien. J'aimerais que Nigel soit responsable, car il semble être à l'origine de la plupart de mes soucis actuels, mais mon intuition me dit que ce n'est pas le cas.

— Hum ! Que gagnerait ce lâche à organiser l'enlèvement de Pharao ? Je crois au contraire que Nigel le craint, fit remarquer le bon sheriff, qui n'avait pas l'œil dans sa poche.

— Je le crois aussi, dit Tristan en avisant brusquement le parchemin qui le narguait. Ce n'est pas tout…

— Ne me dites pas que Guillaume ne vous accorde pas gain de cause ! s'exclama le sheriff en fronçant les sourcils.

— Ce que nous redoutions est arrivé, expliqua Tristan. Nigel l'a régalé de demi-vérités et de purs mensonges afin d'assurer ma ruine, mais aussi le retour de lady Haith à Seacrest.

Ces revers étaient durs à admettre pour un guerrier qui était sorti victorieux à Hastings aux côtés du Conquérant.

— Vous ne le permettrez pas, messire ! s'exclama le bon sheriff en rougissant comme une pivoine de sa propre audace. Guillaume doit entendre raison.

— Fais-moi confiance, assura Tristan en levant la main. Même s'il affirme que sa décision est irrévocable, je sais qu'il changerait d'avis si on lui apportait la preuve de la fourberie de Nigel. Je ne pense pas que le roi lui accorde grand crédit.

— Dans ce cas, c'est un roi bien avisé que notre souv'rain, fit remarquer Barrett avant de chercher le regard du hobereau. Que peut-on faire ?

— Il faut que je me rende à Londres pour exposer ma requête en personne à Guillaume. Et puisque Pharao a disparu aux abords de la ville, peut-être aurai-je la chance d'en apprendre davantage sur ce qui s'est passé.

Barrett s'inclina aussitôt.

— Sûrement. Quand partons-nous, messire ?

— Dans cette affaire, c'est moi qui suis en cause, mon bon ami, je partirai donc seul.

— Le voyage est bien trop dangereux pour un cavalier solitaire, messire. En plus, la route de Londres passe à proximité de Seacrest.

— C'est ainsi, répliqua Tristan d'un ton définitif. J'irai plus vite tout seul et attirerai moins l'attention. Par ailleurs, j'ai besoin que tu restes ici. En l'absence de Pharao, c'est toi qui es responsable de la sécurité de Greanly.

À ces mots, Barrett prit conscience de la grande confiance que lui témoignait son suzerain et se redressa fièrement.

— Je ne vous décevrai pas, promit le bon sheriff. Personne ne violera cette forteresse.

— Veille également à ce que personne n'en sorte, ajouta Tristan. Je ne sais toujours pas avec certitude qui sert de relais entre Ellora et Nigel. En attendant que je tire cette affaire au clair, nous ne pouvons prendre aucun risque. Nous ne pourrons cacher très longtemps mon absence aux villageois, mais je suis sûr que quand notre espion apprendra mon départ pour Londres, il se hâtera d'en informer Seacrest.

— C'est compris ! J'essaierai d'étouffer la rumeur aussi longtemps que possible pour vous donner une longueur d'avance, suggéra Barrett.

Puis il marqua une pause afin de peser ses mots.

— Que, euh..., que dois-je faire des prisonnières, messire ?

— Garde-les au frais jusqu'à mon retour. Aucun visiteur n'est autorisé à les voir à l'exception de toi, de Minerva et de lady Bertie.

— C'est vrai, alors, que lady Haith nous a trahis ? demanda le bon sheriff d'un ton maussade.

— C'est ce qu'elle croit, reconnut Tristan avec un sourire désabusé. Son unique tentative s'est avérée sans conséquences. Nigel a deviné que j'enverrai une requête à Guillaume le soir de notre première rencontre, mais il ignorait quand.

Barrett parut soulagé.

— A-t-elle cru qu'elle pouvait vous nuire en lui transmettant une information frelatée ?

— De mon côté, j'avais vu clair dans le petit jeu de Nigel, mais je n'en ai rien dit à personne, jusqu'à ce que je sois convaincu de la loyauté de Haith. Laissons-lui croire en sa culpabilité pour le moment. Nigel sera furieux quand il n'aura plus de nouvelles. Ainsi, elle est beaucoup plus en sûreté en prison. Maintes fois, lady Haith a déjà jeté la raison aux orties.

— Vous connaissez bien le spécimen, messire.

Les traits de Tristan se durcirent.

— La culpabilité de lady Ellora, cependant, est plus aisée à prouver. C'est par le plus grand des hasards que j'ai découvert une lettre qu'elle destinait à Nigel. En revanche, je ne sais pas combien de plis semblables ont échappé à ma vigilance, ni quel était leur contenu.

Barrett acquiesça solennellement, puis s'abîma dans la contemplation de ses pieds, comme si le sol s'ouvrait sous ses pieds. Lorsqu'il releva la tête, il paraissait très inquiet.

— Promettez-moi que Greanly ne périra pas, messire. Nous avons tous tant souffert pendant toutes ces années passées à Seacrest, et l'idée que Guillaume puisse rejeter votre requête m'effraie.

— Rassure-toi, mon bon sheriff, répondit Tristan en lui donnant une tape sur l'épaule. Je te promets que celui qui causera notre perte n'est pas encore né.

Les deux hommes se levèrent, et Tristan ajouta :

— Fais-moi préparer deux chevaux pour le voyage, avec seulement le minimum de provisions. Je partirai au coucher du soleil et voyagerai de nuit.

— Tout de suite, messire.

L'imposant sheriff sortit, et Tristan se dirigea vers l'escalier. Il s'arrêta devant le passage qui menait aux cellules. La tentation était forte de revoir Haith une dernière fois avant de partir. Après un moment d'hésitation, il poursuivit sa route jusqu'à l'étage. Pour se consoler de son absence, il préférait garder le souvenir de la nuit passée avec elle dans son lit. À son retour de Londres, espérait-il, ils auraient la vie entière pour être ensemble.

Chapitre 21

Haith s'effondra lamentablement dans un coin de la cellule glaciale où Barrett l'avait enfermée avec tant de sollicitude. Son moral ne pouvait se trouver au plus bas.

— J'espère que tu es contente de toi ! s'exclama Ellora depuis l'autre bout du tunnel.

Lirait-elle dans mes pensées ? se demanda Haith.

— Bien sûr, Ellora, je suis comblée !

— Tu le peux ! répliqua Ellora encore plus fort.

Haith en conclut qu'elle se tenait devant les barreaux de la petite ouverture percée dans la porte.

— Tu es arrivée à tes fins, ajouta-t-elle.

— En fait, commença Haith en levant les yeux au ciel, j'ai toujours eu comme ambition de passer pour une parjure et une catin ; sans oublier, bien sûr, de finir en prison. Pour une réussite, c'est une réussite !

— Rira bien qui rira la dernière, petite effrontée.

— Je ne vous ai pas demandé de m'adresser la parole.

— Voyez-vous cela ! s'exclama Ellora en faisant tinter ses ongles sur les barreaux de son cachot. Ma conversation ne te plaît pas ? Je t'ennuie peut-être ? On aura tout entendu ! Dans ce cas, compte sur moi pour te casser les oreilles. Bien, de quoi allons-nous parler ? Eh ! Peut-être aimerais-tu entendre la liste de tous les torts que tu as causés à Bertie ? À moins que tu ne préfères que nous parlions de tes tentatives de séduction auprès de mon mari et de lord Tristan ? Apparemment, tu n'es pas très sélective, pourvu que ta proie appartienne à une autre femme.

— Taisez-vous !

— Je pourrais aussi te raconter comment ta catin de mère s'est jetée sur mon premier mari pour me remercier de mon hospitalité envers elle et l'autre vieille chouette.

— Avez-vous apprécié la façon dont la vieille chouette vous a cloué le bec tandis que vous calomniez ma mère ?

Ellora partit d'un grand rire.

— Et toi, comment vas-tu m'en empêcher ? En me jetant des feuilles séchées au visage ? Il faut que je te raconte comment cette traînée était prête à tout pour coucher avec un prince de sang !

Soudain, Haith laissa exploser sa colère et brandit brusquement l'index en direction de la cellule d'Ellora.

— Aïe ! hurla cette dernière. Sorcière !

— Silence !

Haith avait besoin de temps et de calme pour réfléchir. Les conséquences de ses actes ne lui apparaissaient pas encore clairement, mais il lui semblait que la situation à Greanly s'était dangereusement envenimée.

Sa première préoccupation restait le bonheur de sa sœur.

La pauvre, songea-t-elle, *la nouvelle de la disparition de Pharao l'a complètement anéantie. Elle doit se trouver dans un tel état !*

Il était urgent qu'elles aient un entretien pour élaborer un plan de bataille. Mais comment ? Bertie aurait-elle seulement le droit de lui rendre visite ? Si oui, comment pourraient-elles parler librement avec Ellora à proximité ?

Haith savait que par amour pour Pharao, Bertie refuserait de se fiancer avec Tristan. Probablement avec encore plus de détermination à présent que son amant avait disparu. Cependant, qu'était la volonté d'une femme face à celle d'un roi ?

De grosses larmes amères germèrent dans ses yeux, et elle cacha son visage dans ses mains pour pleurer.

Si je savais me taire, je pourrais réconforter Bertie à l'heure qu'il est, se sermonna-t-elle.

Cependant, elle n'avait pu laisser une innocente – fût-elle la méchante Ellora – croupir en prison à sa place. De plus, elle devait la vérité à Tristan. Certes, elle avait soulagé sa conscience, mais les conséquences étaient amères. Comment parviendrait-elle à oublier la morgue avec laquelle il l'avait regardée pour la protéger lors de sa confession ?

Son cœur se serra, et elle étouffa un sanglot.

Quelle calamité ! s'exclama-t-elle intérieurement.

Pourquoi la nature l'accablait-elle d'une telle malédiction qui compromettait son bonheur et de dons de sorcellerie qui n'apportaient que du malheur quand elle s'en servait ? Haith maudit ses ancêtres qui avaient condamné les descendantes des Buchanan à provoquer la ruine de leurs bien-aimés.

— Oh, bon sang ! murmura Haith en prenant soudain conscience du sens de sa réflexion. Je l'aime !

— Haith ? héla Ellora d'un ton confus. Serais-tu malade ?

— Non, répondit Haith en ravalant ses larmes.

— Je te signale que tu parles toute seule ! fit remarquer Ellora en retrouvant le ton aigre de la conversation précédente. Je refuse d'être emprisonnée avec une folle !

Confrontée au silence de la jeune femme, Ellora changea de tactique.

— Haith, si je te pose une question, me répondras-tu franchement, pour une fois ?

— Je vous répondrai la vérité, Ellora, répliqua Haith d'une voix éraillée par le chagrin. Si je ne peux pas vous la dire, je ne répondrai rien.

Ellora sembla satisfaite du marché.

— S'il est vrai que mon mari t'a fait des avances, ainsi que tu le prétends, autrement dit s'il te désire à ce point, pourquoi t'a-t-il envoyée à Greanly ? Il aurait été plus logique de prendre du bon temps avec toi pendant que Bertie et moi étions ici.

— N'avez-vous pas entendu ce qui a été dit dans la salle des banquets ? demanda Haith en essuyant ses larmes, oubliant un instant ses misères pour passer sa colère sur Nigel. Votre mari m'a placée devant une alternative, Ellora. Il semblerait qu'il soit aussi cupide que lubrique !

— Ainsi, tu prétends que faute de te convaincre de coucher avec lui, il t'a forcée à l'aider à mettre la main sur Greanly ? réfléchit tout haut Ellora.

— C'est cela même. Quoi que je fasse, j'étais piégée.

— Je me fiche bien de ce qui peut t'arriver ! explosa Ellora.

Haith ne l'avait jamais entendue hurler à ce point.

La femme de Nigel inspira un grand coup pour se calmer puis demanda :

— A-t-il dit ce qui adviendrait à Bertie si Tristan tombait en disgrâce ?

— Il a dit qu'elle serait assez jeune pour se remarier, se souvint Haith au comble du désarroi.

Il s'ensuivit une volée d'injures et de jurons qui arrachèrent une grimace involontaire à Haith. Puis le silence retomba entre les deux cellules. Ce fut Ellora qui reprit la parole, cette fois d'un ton franchement accusateur.

— Pourquoi ne t'es-tu pas contentée de coucher avec lui ?

Haith se leva d'un bond en bafouillant d'indignation, puis se colla au fenestron de sa cellule.

— Pour vous donner raison chaque fois que vous me traitez de catin ? Plutôt mourir !

— Il serait temps que tu grandisses ! s'exclama Ellora de sa voix la plus aiguë. Si tu crois que la vie est une partie de plaisirs, Haith, tu te trompes. On est souvent obligé de faire des choses qui nous sont désagréables. Je sais de quoi je parle !

— Une chose désagréable ! Est-ce ainsi que vous qualifiez le viol ?

— Oui. L'essentiel est que cela aurait épargné à Bertie de mener une vie semblable à la mienne, argua Ellora avec un haut-le-cœur. Apparemment, tu ne l'aimes pas autant que tu le prétends.

— Ellora, commença Haith en la regardant droit dans les yeux, je suis sincèrement désolée de la peine que vous a causée ma mère. Chaque jour de ma vie, je rougis de ce qu'elle a fait. Cependant, ne comptez pas sur moi pour passer le restant de mes jours à expier une faute que je n'ai pas commise. Je chéris Bertie plus que tout au monde, et j'ai choisi de venir à Greanly pour veiller sur elle. Si c'était à refaire, dit-elle enfin en se souvenant de sa sœur au lendemain de sa nuit avec Pharao, je le referais.

— C'est ce qui fait de toi un être stupide et égoïste, rétorqua Ellora d'un ton résigné. Quoi qu'il en soit, Nigel ne t'aurait pas mise enceinte. Il est stérile.

Haith n'en crut pas ses oreilles.

— Mais…, il a dit…

— Il se vante, mais ce n'est qu'un baume sur son orgueil blessé. Crois-tu que je ne suis pas au courant de son petit manège avec les servantes ? Comment se fait-il, à ton avis, qu'aucune ne soit jamais tombée enceinte depuis huit ans qu'il me trompe ? demanda Ellora en s'esclaffant. Mon champ reste vain sous sa graine. Tout ce que tu risquais, c'était la perte de ta virginité et une blessure à ton amour-propre. Je peux t'assurer qu'il y a pire fardeau à porter !

— Vous ne savez rien de ce que je porte, contre-attaqua Haith d'un ton haineux.

— Toi non plus ! répliqua Ellora, tandis que Haith retournait au fond de sa cellule.

Accroupie dans un coin, la jeune femme bouillait. Quoi qu'elle fasse, elle était toujours en faute ! Elle était lasse des accusations et en avait assez du poids de la culpabilité qui écrasait sa vie. Elle ne s'était que trop échinée à protéger ses proches, leur causant par là même davantage de malheur. Son propre cœur hurlait de douleur, mais personne n'entendait ses cris.

L'apitoiement sur soi-même, ajouté à la captivité, l'amena à se souvenir de son rêve de prairie silencieuse. Elle se raidit et frémit, tandis que sa mémoire en rejouait les détails cauchemardesques.

La sinistre corrélation avec son état présent – l'impression d'enfermement, le sentiment de ne pas être entendue et d'être seule au monde – était trop criante pour relever d'une simple coïncidence.

La mystérieuse sentence de Pharao lui revint alors en mémoire avec une étonnante clarté : « On n'arrête pas ce qui ne dépend pas de soi. »

Haith n'eut alors plus qu'une seule idée en tête : trouver le moyen de parler à Bertie et découvrir la teneur de la réponse que Guillaume avait faite à Tristan.

L'occasion s'en présenta plus tôt qu'elle ne le pensait, lorsqu'aux dernières lueurs du soir, Bertie lui rendit visite en compagnie de Barrett.

Un brandon à la main, le colosse ouvrait la marche. Il s'en servit pour allumer les autres torches posées en appliques le long du couloir. Il en résulta non seulement un surcroît de lumière, mais également une impression de chaleur bienvenue dans cet endroit humide. Dans son autre main, Barrett tenait deux petits braseros. Bertie le suivait de près, un paquet bien enveloppé dans les bras. Haith remarqua qu'elle avait dû beaucoup pleurer, car elle avait les joues écarlates et les yeux gonflés et rouges. Bertie s'empressa de lui cacher son visage.

— Bonsoir, mesdames, tonitrua le bon sheriff. Nous vous apportons des affaires de rechange.

Le passe du geôlier tourna d'abord dans la serrure qui bloquait la cellule de Haith. La porte s'ouvrit, et les deux visiteurs entrèrent.

— Qu'est-ce que ça signifie ? lança Ellora depuis l'autre extrémité du couloir. Moi aussi, j'ai besoin de vêtements !

— Ce ne sera pas long, lady Ellora, répondit Barrett d'un ton aimable.

Puis il déposa l'un des deux braseros et fit signe à Bertie d'ouvrir le paquet.

Haith considéra sa sœur avec inquiétude, tandis que celle-ci en déroulait l'enveloppe pour permettre à Barrett de retirer quelques articles. Une fois cette tâche accomplie, il quitta le cachot. Haith ne fut pas surprise lorsque le geôlier referma la porte à clé. Après tout, n'était-elle pas en prison ? À ce titre, elle ne valait pas mieux, à présent, que l'ignoble Donald. Elle se demanda si elle retrouverait un jour la confiance des siens.

Haith ne se laissa pas intimider par la réserve apparente de Bertie et se précipita pour la prendre dans ses bras. Mais cette dernière resta de marbre.

— Bertie, ma sœur chérie, comment te sens-tu ? chuchota Haith avant de se pencher en arrière pour sonder son regard. Bertie ?

— Haith, je suis une idiote ! dit enfin la jeune femme avec émotion. Comment ai-je pu m'imaginer un seul instant qu'il reviendrait ?

Haith la serra de nouveau contre son cœur.

— Tu peux être sûre que Pharao n'a pas fait exprès de tomber dans une embuscade. Il était en route pour venir te retrouver lorsqu'il a été abordé par ces hommes. Attendons que ses ravisseurs envoient une demande de rançon à Tristan.

— J'apporte le malheur à tous ceux que j'aime ! s'exclama Bertie en reculant pour essuyer ses larmes.

Puis elle commença à sélectionner quelques affaires destinées à Haith : une couverture, une tunique, son peigne personnel. Quand elle eut terminé, elle se redressa et croisa le regard de sa sœur qui tournait le dos aux barreaux.

— Guillaume a rejeté la requête de Tristan, chuchota-t-elle.

Haith devint blême et s'appuya contre le mur pour ne pas tomber.

— As-tu l'intention de t'enfuir s'il te fait libérer ? enchaîna Bertie.

Haith hocha pensivement la tête.

— Oui, en Écosse, dès que possible. Rester à Greanly ne ferait qu'aggraver un peu plus la situation, surtout à présent que le roi s'est prononcé en notre défaveur. Par ailleurs, il est hors de question que je retourne à Seacrest.

Elle marqua une pause, comme si elle doutait de la pertinence de ce qu'elle s'apprêtait à dire.

— Bertie, ajouta-t-elle enfin, Nigel m'a envoyée ici pour...

— Je suis déjà au courant, petite sœur, l'interrompit Bertie en plongeant son regard dans le sien.

Haith fut bouleversée par l'acceptation sereine de cette dernière. Barrett m'a tout raconté avant de me conduire ici, mais je m'en doutais depuis des semaines.

— Je suis désolée, susurra Haith. Je t'ai menti malgré moi. Ce que je voulais, c'était...

— Haith, interrompit de nouveau Bertie avec douceur et indulgence, je sais.

Ces deux mots en valaient mille pour Haith. Elle était pardonnée. L'incident était clos.

Puis, d'un ton qui trahissait sa désillusion, Bertie ajouta :

— Lord Tristan est parti ce soir à la recherche de Pharao. S'il revient sans nouvelles, je m'enfuirai avec toi.

Haith eut soudain l'impression qu'un abîme s'ouvrait sous ses pieds. Tristan avait quitté Greanly sans lui en parler. Certes, elle aurait dû prévoir qu'il lui retirerait sa confiance. Néanmoins, son départ précipité la peinait.

Bon, conclut-elle en son for intérieur, *tout est fini à présent. La malédiction s'est encore révélée exacte !*

— Haith ? Haith ? répéta Bertie en secouant sa sœur. Ne dis pas non.

— Hein ? Oh, bien sûr, répondit la jeune femme en revenant à la réalité.

Elle esquissa un pâle sourire.

— Tu pourras venir, si c'est vraiment ce que tu souhaites.

— Je ne veux pas rester ici et épouser un homme que je n'aime pas, même si le roi l'exige. J'aime Pharao et je l'aimerai toujours. Tu es ma seule famille à présent, poursuivit Bertie en jetant un coup d'œil furtif à la porte du cachot, et je ne veux pas te perdre.

Les larmes aux yeux, Haith hocha la tête avec détermination.

— Par conséquent, notre décision est prise. Nous devrons mettre à profit le temps que Tristan restera absent pour élaborer un plan, déclara-t-elle tandis que Barrett refermait à grand bruit la porte de la cellule d'Ellora. Dis à Minerva de descendre.

— C'est impossible, répondit Bertie en secouant la tête. Elle te soupçonne de vouloir t'échapper et a dit qu'elle t'en empêcherait. Nous devrons nous débrouiller seules jusqu'à l'heure du départ. Si elle refuse de nous accompagner, nous partirons sans elle.

L'esprit d'initiative de Bertie fit l'admiration de sa sœur. Comme elle avait changé en si peu de temps !

Haith était sur le point de répondre lorsque la porte s'ouvrit.

Barrett entra, remplissant à lui seul la quasi-totalité de la surface de la cellule.

— Lady Haith, demain matin je vous apporterai de quoi agrémenter votre cellule. En attendant, j'espère que ça ira pour la nuit.

La jeune femme lui jeta un regard de travers. Depuis quand les geôliers s'inquiétaient-ils du confort de leurs prisonniers ? Elle se garda bien de lui poser la question, au cas où certains articles s'avéreraient utiles pour le voyage.

— Je vous remercie, Barrett. Votre amabilité me touche.

— Oh, je n'y suis pour rien. C'est lord Tristan, il a demandé à ce que vous ne manquiez de rien, expliqua-t-il sans tenir compte de l'expression d'incrédulité de Haith. Lady Bertie, poursuivit-il, avez-vous terminé ?

— Encore quelques instants, Barrett.

Le sheriff se retira obligeamment.

— Je reviendrai demain matin, glissa Bertie à l'oreille de sa sœur. Que dois-je faire en attendant ?

Les idées se précipitèrent dans le cerveau de Haith.

— Il faut d'abord nous procurer une carte, dit-elle enfin. Il serait trop dangereux de nous en remettre à la mémoire de Minerva pour nous guider, si toutefois elle acceptait de nous accompagner. Nous ne pourrons pas voyager au petit bonheur.

Bertie acquiesça.

— J'irai en chercher une ce soir dans la chambre de lord Tristan.

— Prépare aussi des vêtements pour deux. Et de l'argent. Nous ne pourrons rien garder dans ce cachot, car cela éveillerait les soupçons. Mais tout devra être prêt pour l'heure du départ.

— Je devrais m'en tirer, d'autant plus que mère n'est plus là pour me surveiller ! répondit Bertie avant de prendre sa sœur dans ses bras.

— J'espère seulement que rien de tout cela ne sera nécessaire. Je crains le pire, tu sais ?

— Je sais, Bertie. Moi aussi, j'ai peur.

— Bertie, vas-tu enfin venir me voir ? cria soudain Ellora.

Les deux sœurs se séparèrent.

— J'arrive, maman, lança Bertie en passant le seuil de la cellule. Dors bien.

Pour toute réponse, Haith se contenta d'esquisser un maigre sourire. Le sommeil semblait la fuir ces derniers temps.

Sous le poids de la lassitude, elle s'accroupit près du brasero dans l'espoir de s'y consoler du départ de Bertie.

Telle une magicienne antique faisant parler les oracles, Minerva se balançait d'avant en arrière devant l'âtre mort et froid. Elle contemplait le feu qui brûlait dans son âme.

De ces flammes imaginaires surgirent soudain des formes et des figures qui arrachèrent à la vieille guérisseuse quelques paroles en gaélique.

— Princesse, sois patiente, dit-elle en substance, tandis que le visage de Haith voletait et que ses cheveux ondulaient frénétiquement dans le brasier infernal. Tristan apparut à son tour, le faciès figé sur une expression de rage muette. Puis il croisa le fer avec les flammes, pensant sans doute venir ainsi à bout de cet ennemi diabolique.

Minerva émit un souffle rauque, puis l'image se dispersa en une infinité d'étincelles minuscules, et la guérisseuse reprit conscience de son environnement immédiat. Profondément bouleversée par sa vision, elle s'agenouilla en tremblant de tous ses membres afin d'allumer un feu de bois, mais fut arrêtée brusquement. Un message était inscrit dans les cendres.

« *Cunnart!* »

— Danger ?

D'une main mal assurée, elle s'empressa d'effacer le mauvais présage, puis s'accroupit sans plus songer au froid malgré l'heure tardive.

Sa dernière vision d'embrasement avait précédé de peu la mort de sa regrettée Corinne. Minerva devina aussitôt que Haith avait l'intention de s'enfuir. En quittant le château, elle s'exposerait de nouveau au danger. Minerva remercia les fées que Tristan l'ait fait emprisonner.

Pourvu qu'il ne tarde pas trop à revenir..., songea-t-elle.

Pour la première fois de sa vie, la thaumaturge pria pour que Haith s'en tienne à briser des pots de terre et n'explore pas plus avant ses dons de magicienne, car combinés à son entêtement, ces derniers deviendraient redoutables, et il serait alors très difficile de la protéger contre elle-même.

Chapitre 22

À son troisième jour d'emprisonnement, Haith s'était habituée tant bien que mal à l'exiguïté de son cachot, qui, il fallait bien le reconnaître, n'était finalement pas si mal équipé. On lui avait apporté un petit lit, qu'elle avait placé au fond, et plusieurs peaux. Elle disposait également d'une toute petite table et de deux chaises pour la conversation avec Bertie et pour prendre ses repas, apportés depuis peu par le jeune Ham. Au vrai, hormis le fait qu'elle ne pouvait sortir à sa guise, elle était comme un coq en pâte dans une chambre de jeune fille qui n'avait rien à envier aux autres du même genre. Barrett lui avait même confectionné une manière de rideau pour obstruer le fenestron à barreaux durant sa toilette ou lorsqu'elle se changeait.

Au fil des jours, une sorte de routine s'était installée. Le matin, le sheriff lui apportait une petite aiguière d'eau chaude pour se laver. Ensuite, c'était au tour de Ham, c'est-à-dire du petit-déjeuner. Quant à Bertie et Minerva, elles lui rendaient généralement visite avant midi et restaient déjeuner, Bertie avec sa mère, Minerva avec Haith. Ensuite, Bertie tenait compagnie à sa sœur pendant le reste de l'après-midi.

Ces entrevues étaient l'occasion de manigances qui duraient jusqu'à l'heure du dîner. Puis Bertie se retirait jusqu'au lendemain matin qui serait ponctué par les mêmes rituels.

L'attitude que Minerva avait adoptée ces derniers jours à l'égard de Haith agaçait grandement cette dernière. La guérisseuse passait en effet son temps à la questionner sans vergogne, la pressant d'un œil scrutateur lorsque les réponses ne venaient pas. Les questions, quasi quotidiennes, tournaient autour du thème de l'Écosse, et lorsque Haith s'aventurait sur un autre terrain, Minerva l'abreuvait de récits de femmes qui avaient disparu en voyage. L'histoire de James et Corinne était un sujet de conversation tout aussi récurrent. À la vérité, Haith se serait bien passée de ces allégories qui lui brisaient le cœur.

Grâce à sa fuite en Écosse en compagnie de Bertie, Haith entendait précisément ne pas reproduire l'erreur de ses parents.

L'inquiétude inaccoutumée de Minerva contrastait avec le calme tout aussi surprenant d'Ellora. Cette dernière avait pratiquement cessé de tourmenter Haith, et la seule à parvenir encore à lui faire décrocher un mot était Bertie. Lorsque Barrett descendait s'assurer du confort de ses prisonnières, Ellora retrouvait le ton imprécateur qui avait été le sien autrefois, demandant qu'on la libère ou qu'on la conduise auprès de Tristan. Apparemment, elle était la seule à ignorer qu'il était absent.

Vers la fin de leur quatrième matinée d'emprisonnement, le comportement d'Ellora devint encore plus hiératique. Ce jour-là, le sheriff lui remit un message de Nigel qui s'inquiétait de ne plus recevoir de ses nouvelles et souhaitait connaître la date du mariage. Il se montrait également soucieux de savoir si Haith résidait toujours à Greanly. Ellora piqua une colère noire et déchira la lettre en mille morceaux qu'elle jeta au feu.

Bouche bée, Barrett la regarda pendant quelques instants faire les cent pas en frappant le creux de sa main avec le poing.

— Quelle est votre réponse, madame ?

— Je n'ai rien à dire à ce démon. Qu'il attende ma réponse le derrière sur sa chaise jusqu'à ce que mort s'ensuive !

Barrett dansa d'un pied sur l'autre.

— C'est que… son messager attend, lady Ellora. Il faut répondre à votre mari, sinon il viendra en personne. Nous ne pouvons…

— Vous avez raison, je vais lui écrire, répondit-elle en se retournant pour prendre la plume et le parchemin que lui tendait le bon sheriff.

— Il ne doit pas venir tant que je ne suis pas prête, pensa-t-elle tout haut en s'asseyant à sa table pour y calligraphier une courte lettre.

Depuis sa cellule, Haith suivit la conversation avec une franche curiosité. C'était la première fois qu'elle entendait Ellora vitupérer de la sorte contre son mari. Cependant, ses paroles sibyllines laissèrent une impression désagréable à la jeune femme. Il semblait, en effet, que l'adversaire préparait également quelque chose.

Ellora signa sa missive et la plia, puis elle prit la bougie afin de la cacheter, mais Barrett l'arrêta, récupéra le parchemin et sortit avant de refermer la porte à clé.

— Ne m'en voulez pas, madame, s'excusa-t-il. Tout message qui sort d'ici doit être lu.

— Comme il vous plaira, Barrett, soupira Ellora en s'approchant du fenestron.

Elle retira sa chevalière et la tendit au sheriff à travers les barreaux.

— Si elle n'est pas cachetée, il se méfiera.

La bague tomba dans le creux de la main du geôlier, et Ellora retourna s'asseoir d'une manière détachée plutôt inhabituelle chez un prisonnier.

Le colosse se dirigea ensuite vers l'autre cellule occupée.

— Lady Haith ?

Haith se présenta à son propre fenestron.

— Oui ?

— Pourriez-vous lire cette lettre à voix haute ? demanda-t-il en glissant la missive d'Ellora entre les barreaux.

Comprenant que Barrett ne savait pas lire, Haith prit la lettre et la déplia. Elle était rédigée dans une écriture élégante. Elle se racla la gorge, non sans jeter un coup d'œil au cachot de sa rivale, puis commença à lire :

« Mon Seigneur et époux,

Soyez sans inquiétude, les préparatifs de mariage vont bon train, et tout le monde ici se porte comme un charme. Naturellement, nous vous avertirons dès que la date de la cérémonie aura été fixée. Il me tarde de vous revoir.

Votre épouse,
Ellora. »

Barrett hocha la tête d'un air approbateur et remit la chevalière d'Ellora à Haith qui s'acquitta de la tâche consistant à appliquer le sceau sur le parchemin. Après le départ du sheriff, la jeune femme considéra la cellule d'Ellora en réfléchissant à l'opportunité d'engager la conversation avec son occupante.

— Ellora ? Le message de Nigel vous cause-t-il du souci ?

— Le fait que Nigel existe me cause du souci ! rétorqua-t-elle depuis le fond de son cachot. Tu peux garder tes questions puériles pour toi, Haith. J'ai d'autres chats à fouetter que d'écouter tes bavardages inutiles.

Haith resta pantoise, car elle ne s'était pas attendue à recevoir une telle volée de bois vert. Elle rangea dans un coin de sa mémoire le précieux renseignement que l'ombrageuse Ellora venait de lui révéler par mégarde, et décida de revenir à la charge plus tard.

Soudain, des éclats de voix retentirent. C'était Bertie et Minerva qui arrivaient en compagnie de Ham. L'heure du déjeuner avait sonné ! Minerva entra en même temps que le jeune garçon dans la cellule de Haith, tandis que Bertie, qui était anormalement pâle, passait le nez entre les barreaux.

— Un messager envoyé par Nigel attend à l'entrée du château, chuchota-t-elle.

— Je sais, répondit Haith en s'assurant que Minerva, qui s'installait à table, ne les écoutait pas. Tout va bien. Ta mère l'a rassuré par lettre.

Haith fronça les sourcils et ajouta :

— Ma sœur, tu ne te sens pas bien ?

Bertie secoua la tête.

— Plus tard…, dit-elle.

Le repas sembla ne jamais vouloir finir, tandis que Haith écoutait d'une oreille distraite les récits à clés de Minerva. Malgré son peu d'appétit, la jeune femme se dépêcha de manger pour hâter le départ de sa grand-tante. Le teint terreux et les traits tirés de Bertie l'inquiétaient. Minerva, quant à elle, donnait l'impression de vouloir prolonger inutilement le déjeuner en mangeant à petites bouchées et en divaguant sur les nombreuses méthodes de torture employée par les bandits de grand chemin avant qu'ils ne massacrent leurs victimes sans merci.

— C'est charmant, Minerva ! commenta Haith avec un sourire en coin. Cependant, je me demande comment tu as pu accumuler autant de précieuses connaissances au sujet de ces méchants brigands en restant ici ou à Seacrest à préparer des potions.

— Oh, ce n'est pas la peine de faire ta maligne, princesse. Figure-toi que je foulais déjà cette terre que tu n'étais pas encore née !

— Comme bandit de grand chemin, peut-être ?

— Humpf ! s'exclama Minerva en fronçant les sourcils avant de se lever.

Haith soupira intérieurement.

Enfin !

La visite était terminée.

— Puisque tu n'es pas d'humeur à m'écouter…, fit remarquer Minerva.

— Oh, je t'en prie ne boude pas ! s'exclama Haith avec un soupçon de culpabilité dans la voix, car elle savait que Minerva se servait de ces vieux contes pour la mettre en garde.

Cependant, les événements de la journée avaient déjà usé toute sa patience.

En conséquence, elle serra la vieille dame dans ses bras et l'embrassa sur sa joue douce et ridée.

— Tu sais que je t'aime, *A'phiuthar mo sheanar.* Ne te fais pas tant de souci.

D'habitude, lorsque Haith utilisait l'équivalent gaélique pour « grand-tante », Minerva souriait. Ce jour-là, elle plissa le front et prit un air chagriné.

— Si tu ressemblais moins à ta mère, peut-être que je m'inquiéterais moins, dit Minerva en serrant Haith contre son cœur avant de gagner la porte en traînant les pieds. Dépêchons-nous, mon petit, lança-t-elle à Ham, on me chasse.

La porte s'ouvrit et Minerva sortit, puis elle s'arrêta devant le fenestron d'Ellora.

— Bon après-midi, madame, dit-elle avec tant d'amabilité que Haith en eut un mouvement de recul.

— Hors de ma vue, vieille sorcière, marmonna Ellora avec colère.

Puis elle se tut.

— Vous ne savez plus rire, Ellie. On dirait que la prison vous a fait perdre tout sens de l'humour, fit remarquer Minerva avant de s'éloigner en gloussant.

Ham laissa la porte de Haith entrouverte pendant qu'il faisait sortir Bertie de la cellule de sa mère. Si Barrett l'avait vu procéder ainsi, le pauvre garçon aurait été quitte pour dix coups de martinet. Bertie traversa le couloir, tandis que Ham récupérait les plats d'Ellora et lui remettait des chandelles neuves.

— Bertie, assieds-toi, ordonna Haith en conduisant sa sœur au teint verdâtre jusqu'à une chaise. Que se passe-t-il ?

— Ce n'est rien, répondit Bertie en parlant fort pour qu'Ellora entende. J'ai dû tout simplement manger une viande plus très fraîche. J'irai voir Minerva plus tard pour qu'elle me donne un remède.

Son doux regard marron était empli de larmes. Elle se pencha en travers de la table et ajouta à voix basse :

— Mes règles ne sont pas venues.

— Oh, par tous les dieux ! s'exclama Haith.

Ainsi s'expliquait la pâleur de Bertie.

— Tu attends un enfant ?

Bertie hocha la tête en esquissant un sourire malade.

— Je ne peux m'empêcher de m'en réjouir, même si cela n'augure rien de bon pour nos projets.

— Tu ne peux pas aller en Écosse, chuchota Haith. Ce serait trop risqué pour l'enfant.

— Je sais, mais que deviendrai-je si Pharao ne revient pas ? Je ne pourrai pas cacher ma grossesse éternellement. De plus, Nigel ne permettra jamais que j'élève un enfant illégitime sous son toit. D'ailleurs, je craindrais pour sa sécurité.

— Oui, tu as raison, admit Haith en appuyant l'index contre sa lèvre inférieure.

Si Bertie est enceinte, je vais devenir tante d'un neveu ou d'une nièce ! Quoi qu'il en soit, ce bébé mérite de grandir dans un foyer aimant, entouré de personnes affectueuses.

À l'évidence, cela ne pourrait se produire sous l'autorité perverse de Nigel. Ce serait le meilleur moyen de préparer un enfer pour la mère et son enfant.

Lorsque la solution au problème s'imposa soudain à Haith avec la clarté d'une évidence, elle aurait juré que son cœur allait bondir hors de sa poitrine.

— Bertie, il n'existe qu'un seul et unique moyen d'assurer l'avenir de ton petit.

— Dans ce cas ne me fais pas languir davantage et dis-le moi.

— Si Pharao ne revient pas, tu dois accepter le décret de Guillaume et épouser lord Tristan.

— Haith ! siffla Bertie. Es-tu devenue folle ? Tristan est ton âme sœur !

— Écoute-moi, ma chérie, commença Haith d'un ton ferme. Je partirai pour l'Écosse avec ou sans toi, car mon but n'est pas seulement de fuir Nigel. Je dois retrouver la famille de ma mère et mettre un terme à la malédiction qui a fait le malheur des femmes de notre lignée. J'ai trahi Tristan de manière honteuse, et il m'a fermé son cœur. Je ne peux rien y changer.

— Haith, Tristan est amoureux de toi ! insista Bertie. Il…

— Bertie, je t'en prie, interrompit Haith d'un ton sec. Mon sort est joué d'avance, en partie à cause de mes parents. À présent, ma seule préoccupation – et la tienne – doit être ton enfant. Veux-tu bien m'écouter jusqu'au bout ?

Bertie acquiesça non sans quelque appréhension.

— Tristan a répété à maintes reprises que Pharao est comme un frère pour lui, poursuivit Haith. Si un malheur était arrivé à l'homme que tu aimes, ne crois-tu pas que Tristan élèverait votre enfant comme si c'était le sien ? Et ne crois-tu pas que Pharao serait d'accord ?

— Haith, c'est impossible. Tu ne pourrais plus jamais revenir à Greanly. Ce serait trop cruel pour toi.

— Dans tous les cas, grande sœur, une fois partie, je ne pourrai pas revenir. Nigel me ferait tuer pour mon désistement, expliqua Haith en serrant la main de Bertie avec force. Après la naissance du bébé, peut-être Tristan te permettra-t-il de venir me voir. Encore une fois, dans l'hypothèse où Pharao ne reviendrait pas.

— Je ne peux pas imaginer une chose pareille ! s'exclama Bertie en retirant sa main. C'est trop affreux.

— Il le faut pourtant, insista Haith. Le temps ne joue pas en notre faveur, et tu sais pertinemment que Tristan s'occuperait de vous deux.

Puis, changeant de ton, elle ajouta :

— Bertie, sois raisonnable. Je pars vivre en Écosse sans me retourner. Ne me donne pas des raisons de me ronger les sangs à ton sujet quand cela peut être évité.

Bertie réfléchit un long moment avant de renifler et de hocher la tête.

— D'accord, mais seulement si Pharao ne revient pas et que lord Tristan est d'accord, dit-elle.

À ce moment précis, Ham pénétra dans la cellule pour collecter la vaisselle sale, obligeant Haith et Bertie à se lever pour aller s'asseoir sur le petit lit.

— Quand partiras-tu ? demanda Bertie à voix basse.

Avant de répondre, Haith se ferma afin de se préparer à la réaction de sa sœur une fois que celle-ci aurait entendu la réponse.

— J'en suis arrivée à la conclusion qu'il faut que je parte cette nuit même. C'est la pleine lune. Je profiterai de ses rayons.

— Déjà ? Mais lord Tristan ne va pas tarder, et…

— L'Écosse n'est pas tout près, grande sœur, et si je veux échapper aux griffes de Nigel, il faut que je parte tant qu'il est encore temps.

Bertie se tordit les mains d'angoisse, mais ne protesta pas.

— Veux-tu que je t'apporte des provisions ?

— Non, répondit Haith en jetant un coup d'œil à Ham qui s'activait à distance respectable. C'est moi qui viendrai te retrouver dans ta chambre à la nuit tombée.

— Mais comment feras-tu pour ouvrir la porte ?

— J'en fais mon affaire, répliqua Haith d'un air absent. En revanche, il ne faut surtout pas que tu reviennes me voir aujourd'hui, sinon on te rendrait complice de mon évasion.

— Je comprends, acquiesça Bertie malgré la peine que lui causait le départ de sa sœur.

— Bon, commença Haith en s'armant de courage, il faut que tu me quittes à présent. On se reverra avant le lever du jour.

— Tu veux que je parte maintenant ?

— Oui, c'est préférable, répliqua Haith en hochant la tête d'un coup sec.

Bertie se leva, et la jeune prisonnière lui emboîta le pas jusqu'à la porte. Là, elles s'enlacèrent avec chaleur.

— Je t'aime, Haith.

— Moi aussi, je t'aime.

Bertie s'arracha à l'étreinte de sa sœur et quitta la pièce en courant. Voyant cela, Ham, panier plein à craquer en main, s'arrêta net.

— Lady Bertie est-elle malade ?

— Non, Ham, lord Tristan lui manque, c'est tout.

— Ainsi, ce qu'on raconte est vrai ? lady Bertie va épouser le seigneur ?

— Il semblerait, oui.

Haith retourna s'asseoir sur son lit, passablement contrariée, car le jeune garçon commençait à s'éterniser.

Ce dernier jeta un coup d'œil à la ronde puis s'approcha de Haith en s'humidifiant nerveusement les lèvres du bout de la langue.

— Un colporteur est venu au village vendre sa marchandise aujourd'hui, annonça-t-il enfin.

— Vraiment ? demanda Haith en saisissant son ouvrage dans l'espoir que Ham verrait là le signal du départ. Les commères se sont arraché sa marchandise.

Peut-être réussiriez-vous à l'amadouer pour qu'il vous offre une petite babiole à bon prix.

— Peut-être.

Ham s'assura de nouveau que personne ne les observait.

— J'espère terminer mes corvées le plus vite possible, car le colporteur a dit qu'il repartirait bientôt, expliqua le page.

Puis, regardant Haith droit dans les yeux, il ajouta :

— Il est en route vers le nord et parle la langue de Minerva…

La jeune femme et l'enfant échangèrent un long regard, tandis que l'allusion sans équivoque restait en suspens et que s'installait entre eux un silence gêné. Haith choisit ses mots avec le plus grand soin.

— Voilà une information intéressante, dit-elle à voix basse. Sais-tu également quand ce marchand se mettra en route ?

Ham hocha mollement la tête.

— À l'aube. Il a dit qu'il était pressé de retourner dans sa famille. Peut-être aimeriez-vous voir quelques-unes de ses marchandises ? Je pourrais demander à Barrett…

— Non ! s'exclama Haith avec un peu trop d'empressement, car le bon sheriff risquait de compromettre le plan qu'elle était en train d'élaborer dans le feu de l'instant.

— Ce colporteur, où loge-t-il ?

— Aux écuries, avec sa charrette.

— Me préviendras-tu s'il décide de partir plus tôt ?

Ham hocha de nouveau la tête.

— Ne parle à personne de notre conversation, prévint Haith. Un mot de trop pourrait m'attirer de graves ennuis. Tu m'as comprise ?

— Oui, madame.

Le garçonnet tourna les talons en fronçant les sourcils.

— Bon courage, dit-il.

— Je te remercie, Ham, bredouilla Haith.

Chapitre 23

L'étalon de Tristan piétina le pavé puis s'ébroua sous le clair de lune qui baignait ce quartier pauvre de Londres. De chaque côté de la rue, les alignements de masures collées les unes aux autres rappelaient les dents d'une mâchoire vorace. Plus habitué à sillonner les grands espaces, l'animal était nerveux. Son cavalier le contint avec douceur et lui tapota l'encolure avant de le pousser plus avant dans la noirceur des rues.

Tristan scrutait les habitations de son regard pénétrant tout en gardant un œil sur les abords. Ce quartier malfamé lui avait été indiqué par un inconnu. Ivrognes, mercenaires et prostituées – tous aussi patibulaires les uns que les autres – s'y dérobaient dans l'ombre, lorgnant, plus souvent qu'à leur tour, l'imprudent juché sur sa belle monture. Tristan serra le manche de son épée, au cas où l'un d'entre eux s'aviserait de le détrousser. Un vent mesquin soufflait sans parvenir à atténuer la moiteur de la nuit ni l'atmosphère suffocante de la venelle, car il charriait lui-même de chauds et tenaces relents de pourriture, d'excréments et d'humidité.

Tristan arriva enfin en vue de la maison qu'il cherchait. C'était une modeste baraque en bois délabrée. Le rez-de-chaussée était plongé dans l'obscurité, mais une chandelle brillait à l'étage, indiquant la présence de son occupant.

Le cavalier mit pied à terre avec souplesse et commença d'enrouler la bride de sa monture autour d'un poteau tandis qu'une ombre s'approchait. Il se tourna prudemment en caressant la garde de son épée.

C'était une jeune femme vêtue du strict minimum et dont le teint hâve trahissait le vieillissement prématuré. Elle l'aborda avec un semblant de sourire qui ressemblait plus à une grimace édentée. Une cicatrice, qui s'étendait de la racine des cheveux à la joue, lui fermait presque entièrement l'œil au passage.

— Bien l'bonsoir, vot' seigneurie, gargouilla-t-elle en guise d'opération de charme. Ça vous dirait un peu d'compagnie ce soir ? demanda-t-elle en effleurant la tunique de Tristan de sa main sale.

Il s'apprêtait à la congédier vertement lorsque son cheval se mit à trépigner. C'est alors qu'une autre idée lui vint, en même temps qu'un petit sourire fatigué. La perspective de laisser son étalon sans surveillance ne l'enchantait guère.

— À vrai dire, l'invitation est fort tentante, mademoiselle.

La prostituée se rengorgea en s'entendant désignée par ce titre honorable et fit un pas de côté pour se placer en face du jeune homme, obligeant ce dernier à ne plus respirer que par la bouche.

— J'ai d'quoi vous satisfaire ! s'enhardit-elle en plaquant contre lui sa poitrine tombante. Suivez-moi à l'intérieur, j'vais vous mont…

— Un moment, si vous voulez bien, l'interrompit Tristan. J'ai d'abord une affaire à régler. Attendez-moi ici. À mon retour, nous pourrons peut-être passer un moment agréable ensemble.

— Oh, tout c'que vous voudrez, vot' seigneurie ! répondit la putain accommodante en lui caressant à l'improviste le torse d'un geste avide. J'vous attendrai ici même. Soyez pas trop long, enfin vous m'comprenez ! ajouta-t-elle tandis qu'il s'éloignait.

— C'est comme si j'étais déjà revenu ! promit Tristan en la laissant de faction à côté de sa monture.

Il frappa un grand coup à la porte de la masure. Des bruits de pas résonnèrent à l'intérieur et quelqu'un – peut-être un enfant –, cria quelque chose dans une langue que Tristan ne connaissait pas.

— Je cherche un homme répondant au nom de Shakir Apom, hasarda-t-il dans l'espoir que la personne en question comprenne l'anglais.

Silence.

— Monsieur Apom ! Ouvrir la porte, s'il vous plaît ! essaya-t-il dans un français approximatif en martelant la porte.

Enfin, le verrou claqua, et la porte s'ouvrit dans un flot de lumière dorée qui se déversa dans la rue. Un homme grand et mince flanqué d'un garçonnet se tenait sur le seuil. Tous deux avaient la peau mate et les yeux noirs. L'enfant regarda tour à tour le visiteur et l'adulte émacié puis s'exprima à toute vitesse dans sa langue. Le personnage répondit d'un ton sec, et l'enfant courut se réfugier dans la maison.

— Vous êtes Tristan d'Argent, je suppose ?

— Oui. Je cherche Shakir Apom. Est-il ici ?

L'inconnu recula pour laisser entrer le visiteur, puis tira le verrou. Tristan en profita pour jeter un coup d'œil à la ronde. Les murs nus avaient été recouverts d'un enduit. Une sorte d'autel trônait dans un coin au milieu de plusieurs dizaines de bougies qui baignaient la pièce dans un halo surnaturel. Des tapis aux motifs complexes et colorés recouvraient presque entièrement le sol. Les deux fenêtres avaient été obstruées avec des rideaux taillés dans une épaisse toile noire, d'où leur opacité pour le passant. Quant au maître des lieux, il évoluait pieds nus. Celui-ci prit place sur un coussin plat puis invita Tristan à en faire autant.

— Avec votre permission…, suggéra-t-il en soulevant un petit pichet avant de remplir deux chopes d'argile.

Tristan s'assit placidement et accepta le breuvage de bonne grâce, non sans attendre, cependant, que son hôte boive la première gorgée.

Le liquide ambré était légèrement amer, mais sain et rafraîchissant pour la gorge sèche du jeune homme.

— Je suis Apom, celui que vous cherchez, déclara Shakir Apom. On me dit que vous aimeriez retrouver Tak'Ahn, votre ami et mon compatriote ?

— Oui, répondit Tristan. Il a été enlevé il y a quelques jours aux abords de Londres, tandis qu'il rentrait au château à la tête d'un groupe de guerriers.

Apom secoua la tête sans se départir un seul instant de son expression sereine.

— Pas enlevé, comme vous le croyez. Tak'Ahn est retourné chez les siens.

— Je ne comprends pas, répliqua Tristan d'un ton perplexe. Sa mère est morte autrefois à Paris. Quant à son père, il n'est plus de ce monde depuis bien longtemps. Je suis la seule famille qui lui reste.

— Non, Tristan d'Argent. Tak'Ahn a nombreuse famille, insista Apom en prenant quelques libertés avec la grammaire. Pendant ces longues années, la famille le cherche. Grand chagrin pour elle, car elle avait peur Tak'Ahn mort.

— Au risque de vous offenser malgré votre aimable hospitalité, commença Tristan, je ne crois pas que mon ami aurait disparu de lui-même sans m'avertir. Nous avons fait un long bout de chemin ensemble, et je le considère comme mon frère.

Apom acquiesça d'un geste gracieux de la tête.

— Bien sûr, confirma-t-il. Il vous considère aussi comme son frère.

Puis il prit un air contrit, et ajouta :

— Je dois vous avouer que Tak'Ahn était d'abord – comment dites-vous déjà, réticent ?

— Où est-il ? s'emporta le jeune homme.

— Tristan d'Argent, vous devez écouter moi, s'il vous plaît…, répondit Apom d'un ton apaisant. Comme je vous l'ai dit, votre ami a d'abord hésité, mais après, il prend conscience de son devoir. Il part libre et revient libre.

Tristan garda le silence pendant quelques instants en s'efforçant d'intégrer la nouvelle, afin de décider si, oui ou non, Shakir Apom était digne de confiance. Durant toutes ces années d'amitié, Pharao n'avait jamais évoqué l'existence d'une famille au-delà de son père et de sa mère.

D'un autre côté, il n'avait jamais prétendu n'avoir ni frères, ni sœurs, ni oncles ni tantes… D'ailleurs, Tristan ne lui avait jamais posé la question. Pharao ne s'était jamais laissé aller à la confidence au sujet de son pays natal et de son enfance. Une fois que leur amitié s'était transformée en une véritable fraternité, le passé avait revêtu une importance toute secondaire qui n'avait pas incité Tristan à le questionner.

Il le regrettait à présent, car Bertie en aurait bénéficié.

— Une femme est concernée, annonça Tristan.

— N'est-ce pas toujours le cas ? gloussa Apom.

— Elle attend Pharao. Il lui a fait don du talisman de son père avant son départ pour Londres. Que va-t-elle devenir ?

Apom haussa les épaules.

— C'est coutume d'offrir un *mangalsutra* pour prendre épouse, mais sans la bénédiction de la famille du garçon et d'un prêtre de notre religion, pas mariage ! expliqua-t-il en secouant la tête d'un air désolé avant de boire une gorgée.

Tristan ne savait que penser.

— N'a-t-il laissé aucune lettre pour moi ou sa fiancée ?

— Tristan d'Argent, Tak'Ahn est chez lui maintenant. Votre cœur devrait se réjouir pour lui, suggéra

Shakir Apom avec bienveillance. Bien sûr il a laissé quelque chose, ajouta-t-il enfin en esquissant un sourire.

Il frappa deux fois dans ses mains, et le jeune garçon accourut avec un parchemin roulé dans la main. L'enfant le tendit à Tristan, puis son compagnon le congédia d'une courte exclamation dans leur propre langue.

— S'il vous plaît…, dit Apom en invitant Tristan à le dérouler.

Tristan s'exécuta, et reconnut immédiatement l'ample et méticuleuse écriture de Pharao.

« Seigneur Tristan,

L'honneur me commande de regagner le pays qui m'a vu naître. Par ma faute, mon passé vous reste en grande partie inconnu. Quoi qu'il en soit, il est trop tard à présent pour vous en informer.
Dites à ma bien-aimée que je ne la décevrai pas. Puisse le ciel faire qu'un jour vous connaissiez toute la vérité. D'ici là, mon frère, prenez soin d'elle, je vous en conjure, comme je l'aurais fait moi-même en d'autres circonstances, et ne négligez point votre propre bonheur.

Que Dieu vous garde et vous bénisse.

Pharao Tak'Ahn al-Amir »

La gorge serrée, Tristan poussa un profond soupir. Sa seule famille, son ami le plus cher, avait peut-être à jamais disparu ! Apom avait dit vrai : il fallait se réjouir des retrouvailles de Pharao avec les siens. Cependant, Tristan ne pouvait s'empêcher de songer au vide que le jeune homme laissait derrière lui, non seulement à Greanly, mais dans son propre cœur.

— Je vous remercie de m'avoir remis cette lettre, dit Tristan d'un ton bourru en roulant le parchemin. Sans cela, j'aurais certainement couru le monde pour le retrouver.

— Tak'Ahn a dit que vous demanderiez des preuves, glousse Apom.

Tristan se leva, et son hôte fit de même, puis celui-ci le reconduisit jusqu'à la porte. Avant d'actionner le verrou, il lui posa la main sur l'épaule.

— Tristan d'Argent, s'il vous plaît, je t'assure que Tak'Ahn a hésité longtemps avant de prendre décision. Au pays, sa famille est très riche et puissante. Seul un insensé leur tournerait le dos.

— Je comprends, répondit Tristan en détournant le regard.

— Non, pas comprendre. Tak'Ahn vous appelle famille, frère..., rappela Apom en lui serrant le bras. Il ne vous oubliera pas, assura-t-il en ouvrant la porte sur les effluves poisseux de la rue qui entrèrent dans la pièce immaculée.

— Merci encore, dit une dernière fois Tristan avant de s'engouffrer dans la nuit.

Tête bêche, il regagna l'endroit où il avait laissé son cheval en s'efforçant d'endiguer le chagrin qui menaçait de le submerger. Il glissa le message de Pharao dans sa tunique à l'emplacement du cœur. L'enfant qu'il n'avait cessé d'être tout au fond de lui-même, et qu'il était encore lors de sa rencontre avec l'ami, était accablé de tristesse.

— Vous voilà enfin, vot' seigneurie ! s'exclama la prostituée en se redressant, tout sourires. J'ai bien cru qu'vous m'aviez oubliée !

Mince ! s'exclama intérieurement Tristan en se disant qu'il n'avait pas besoin de ce genre de consolation.

Il lança une pièce de monnaie à cette triste créature puis détacha d'un coup sec son cheval et sauta en selle. Il fit pivoter l'étalon et jeta un dernier coup d'œil à la prostituée qui remercia avec de grands yeux étonnés le mystérieux bienfaiteur pour son si généreux pourboire.

— Toutes mes excuses, mademoiselle, dit-il d'un ton abrupt avant d'éperonner sa monture comme s'il avait le diable aux trousses.

— Zêtes tout excusé, répliqua distraitement la putain en regardant le bel étranger s'éloigner sur fond de pleine lune. J'étais pas dans l'ambiance, de toute façon !

À des lieues de là, sous le même astre jaune, une autre silhouette traversait en catimini la basse-cour du château de Greanly. Haith s'arrêta devant l'entrée des écuries et contempla le disque lunaire comme si elle s'attendait à y trouver le courage de fuir. Le jour allait se lever, et cette chance ne se représenterait plus.

Après un moment d'hésitation, elle se glissa subrepticement à l'intérieur.

Au fond de l'allée centrale brillait une lueur chétive. Haith se dirigea sans bruit à sa rencontre. Des grommellements l'avertirent que l'homme au corps maigre et nerveux qui se tenait près de la source lumineuse se parlait à lui-même. Elle entra dans la lumière irrégulière de sa torche et se racla la gorge afin de signaler sa présence.

L'échalas ne sursauta pas, contrairement à ce que Haith s'était imaginé de quelqu'un qui, selon toute vraisemblance, avait passé un long moment seul dans le silence d'une écurie. L'inconnu se contenta de tourner la tête et de la regarder de la tête aux pieds de l'œil du connaisseur.

— Vous voilà enfin ! Vous en avez mis du temps ! brailla-t-il. J'allais partir sans vous !

Haith fut interloquée par cette invective et par le fait qu'il semblait avoir attendu sa venue. N'avait-elle pas interdit formellement à Ham de prévenir le colporteur ? Cependant, puisque ce dernier était manifestement sur le départ, le page n'avait peut-être pas eu tort après tout.

Certes, le camelot était maigre et de petite taille, mais les bras qui dépassaient de son gilet étaient musclés. Haith se félicita d'avoir emporté son poignard. Avec un compagnon aussi bourru, ne savait-on jamais ? Pour l'heure, elle prit la décision de renoncer à toute tentative d'engager une conversation anodine. Ses efforts ne seraient sûrement pas récompensés. De plus, elle ne comptait pas gagner son amitié, mais seulement s'en servir de guide jusqu'en Écosse.

Le colporteur chargea plusieurs paquets, puis il se tourna vers Haith.

— Alors, t'as perdu ta langue petite ? Pas grave ! Allez, pose tes affaires là. Oui, au fond. Et grimpe !

Haith se figea lorsqu'il souleva la bâche pour l'inviter à se glisser dessous. Le marchand ambulant soupira d'impatience. Haith se ressaisit et se dépêcha de jeter son balluchon dans la charrette, puis elle monta.

Il arrima fermement la bâche aux quatre coins, et la jeune femme se retrouva plongée dans le noir. Elle se tortilla afin de placer son balluchon sous sa tête en guise de coussin. Son bagage se limitait à quelques vêtements, du pain et de la viande séchée. Soudain, le chariot fut secoué de droite à gauche. Le colporteur venait de s'asseoir. Il cingla la paire de chevaux, et Haith alla s'écraser contre des caisses et des paniers d'où elle eut le plus grand mal à s'extirper. Le véhicule s'ébranla, puis le cahot devint moins sensible à mesure que l'attelage pénétrait dans la basse-cour. Le soleil n'allait plus tarder à se lever, ainsi que Haith put le constater grâce au fin rai de lumière grise qui perçait sous la bâche.

Le colporteur héla les gardes.

Je suis si près du but à présent…, pensa-t-elle.

Un puissant grondement fit soudain vibrer le plancher du chariot. On hissait la herse. L'équipage repartit, et Haith redoubla d'excitation lorsqu'il s'engagea convulsivement sur le pont-levis.

Ça y est, je pars pour de bon !

L'une des roues passa sur une grosse pierre, et Haith se cogna la tête contre une caisse ; puis l'attelage prit de la vitesse, et la bâche se mit à claquer dans le vent, révélant une partie du paysage.

La jeune femme s'appuya sur le coude avec précaution dans le peu d'espace dont elle disposait et regarda une dernière fois s'éloigner Greanly dans la brume matinale. Les herbages ondulaient tendrement sous la brise du petit jour. Elle imagina qu'elle était une herbe folle dans l'air frais et pur du matin. Au loin, la tour et les remparts se détachaient sur la nacre du ciel. Il émanait de l'ensemble une impression de silence et de paix.

Haith souhaitait de tout son cœur qu'avec son départ le calme revienne dans la vie de Bertie et de son enfant. Cependant, elle se refusait de penser à Tristan et le chassa promptement de son esprit.

Son évasion proprement dite s'était avérée beaucoup plus facile que prévu. Forte de son expérience avec la vaisselle de Minerva, Haith s'était exercée nuit après nuit dans l'intention d'utiliser ses pouvoirs afin de déverrouiller l'écrou de sa cellule. Elle n'avait d'abord obtenu que de maigres résultats qui lui avaient causé de fortes migraines. La concentration était une chose, la connaissance de la serrurerie en était une autre.

Le chariot roula dans une nouvelle ornière, et la secousse manqua de lui dévisser la tête. La douleur qui s'ensuivit lui rappela celle engendrée par ses efforts infructueux. Elle maugréa un juron dans sa barbe, puis jeta un coup d'œil mauvais vers l'avant de l'attelage.

Finalement, ses tentatives avaient porté leurs fruits lorsqu'elle avait commencé à se représenter l'énorme clé utilisée par Barrett pour ouvrir le cachot, ainsi que le bruit caractéristique du verrou lorsque le bon sheriff l'actionnait. L'exercice avait fait le reste. Très vite, elle était devenue capable d'ouvrir et de fermer la serrure d'un simple regard.

Cependant, si l'évasion avait été un jeu d'enfant, se résoudre à quitter Greanly avait été un véritable crève-cœur. Bertie l'avait attendue dans sa chambre comme convenu. Lorsque Haith avait trouvé sa sœur en train de faire les cent pas à grandes enjambées, Bertie avait retrouvé meilleure mine, même si elle avait encore les traits tirés par l'inquiétude. Cette dernière avait profité de ce dernier rendez-vous pour faire une ultime tentative afin de retenir sa jeune sœur.

— Il doit bien exister une autre solution, Haith, avait argué Bertie, tandis que l'évadée fouillait dans les affaires préparées à son intention. J'ai l'intuition que quelque chose de terrible se prépare.

Haith ne s'était pas interrompue pour rassurer sa sœur, mais s'était empressée de fermer son balluchon.

— Tu me fais penser à Minerva, Bertie, avec ces histoires d'intuition et de présage. Ce sont tes nerfs qui parlent ! Moi aussi, je suis inquiète, mais nous en avons déjà discuté, et nous avons conclu qu'il n'y avait pas d'autre moyen d'assurer la sécurité de ton bébé.

— Haith, écoute-moi…

— Non, Bertie ! s'était exclamée la jeune femme avec fermeté en se tournant vers sa sœur. Je ne reviendrai pas sur ma décision. Je t'écrirai dès que j'aurai rejoint le clan de ma mère.

Puis elle avait tiré un petit morceau de parchemin de son corsage et l'avait tendu à Bertie.

— Minerva se lève à l'aube. Remets-le lui, et essaie de dissiper ses inquiétudes. Je l'enverrai chercher dès que possible.

— Je ne connais pas le gaélique, fit remarquer Bertie en désignant la feuille du regard.

— C'est la seule langue que Minerva sache lire.

Haith avait ensuite pris son balluchon sous le bras, puis avait entraîné Bertie vers la porte.

— En dehors de Minerva, personne ne doit savoir que tu m'as aidée à m'enfuir.

Bertie avait acquiescé d'un air résigné.

— Il faut que j'y aille, maintenant ! s'était exclamée Haith en effleurant la joue de sa sœur avec un geste tendre.

— Nous ne serons pas longtemps séparées, grande sœur, papa l'a promis !

Enfin, les deux jeunes femmes s'étaient étreintes une dernière fois de toute leur affection en retenant leurs larmes. Puis Haith s'était envolée par le couloir.

Tandis qu'allongée sur l'inconfortable plancher du chariot elle remuait ces souvenirs, elle se sentit plus seule et accablée que jamais, à la nuance près que, cette fois, elle pouvait donner libre cours à son chagrin.

— Tu devrais rester cachée encore un peu, jeune fille, lança le colporteur. Il ne faudrait pas qu'les gardes te repèrent !

Haith posa la tête sur son balluchon moelleux encore empreint de l'odeur de Bertie et sanglota.

Chapitre 24

Rendu encore plus impatient que la veille par l'insomnie, Tristan se leva dès avant le point du jour.

Il s'habilla, puis quitta la chambre que Guillaume avait mise à sa disposition et descendit annoncer à son roi qu'il quitterait Londres le jour même. Pendant qu'il attendait que l'huissier revienne lui dire si, oui ou non, le souverain acceptait de le recevoir, Tristan tourna une fois de plus ses pensées vers Haith.

Il se demanda quelle serait sa réaction, lorsqu'il lui apprendrait la nouvelle. Serait-elle contente d'apprendre que Guillaume acceptait de recevoir son témoignage au sujet du complot fomenté par Nigel ? Accepterait-elle de collaborer ? Certes, Guillaume s'était engagé à laisser Tristan épouser la femme de son choix s'il faisait la preuve de la culpabilité de Nigel. Cependant, Haith comprendrait-elle qu'il s'était rendu auprès du roi afin de s'assurer de leur avenir commun, et surtout qu'il l'avait fait emprisonner pour la protéger en attendant de faire comparaître Nigel devant ses juges ?

Rien n'était moins sûr, car même si elle s'était montrée inhabituellement docile lorsque Barrett l'avait conduite au cachot, Tristan se doutait qu'elle aurait retrouvé tout son mordant après quelques nuits en prison. À son retour, elle ne manquerait pas de le menacer des pires supplices, puis, une fois calmée, elle ne pourrait que se réjouir de le revoir.

Il l'imagina piquant une colère, et lorsque le valet revint, il riait encore dans sa barbe.

— Lord Tristan, Sa Majesté s'entretient actuellement avec un visiteur. Cependant, Elle va vous recevoir immédiatement.

— Bien, répondit Tristan en se dressant de toute sa hauteur pour suivre le domestique un peu guindé jusqu'à la porte sculptée à double battant qui donnait sur la salle d'audience du roi.

Guillaume n'avait pas pour habitude d'interrompre un entretien privé, surtout pour entendre les adieux d'un vassal. Le jeune homme se demanda quel genre de courtisan pouvait avoir besoin d'un royal conseil au point de se lever avant l'aube.

L'huissier le précéda puis se posta dans l'entrée pour l'annoncer.

— Votre Altesse, lord d'Argent de Greanly, à la demande de Votre Majesté.

Tristan entra d'un pas décontracté. Confortablement installé dans un immense fauteuil recouvert de brocarts, Guillaume l'attendait en écoutant une dame blonde assise à côté de lui sur une méridienne.

L'huissier se retira sans un bruit.

— Majesté, salua Tristan en s'inclinant, vous me faites un grand honneur de me recevoir, même si cela aurait pu attendre. Je désirais simplement vous faire mes adieux. Cependant, j'ignorais que vous étiez déjà en audience.

— Cela n'a aucune importance, Tristan, répondit Guillaume en se caressant la barbe. Quoi qu'il en soit, je comptais vous convoquer ce matin.

Le roi s'appuya lourdement sur un accoudoir et considéra son vassal de son regard vif.

— J'ai des raisons de penser que vous serez également désireux de rencontrer mon invitée.

Tristan leva les sourcils, puis tourna la tête en direction de la femme qui n'avait toujours pas ouvert la bouche. Ses cheveux d'un blond cendré remontaient à la perpendiculaire de son cou incliné en une coiffure sophistiquée. Elle portait de riches vêtements. Tristan s'aperçut qu'elle tremblait. Il se demanda néanmoins ce que cette dame, qui appartenait manifestement à la haute aristocratie, pouvait bien attendre d'un jeune hobereau débutant.

— Madame, permettez que je vous présente celui que vous cherchiez, commença Guillaume en lui faisant signe de la main. Voici mon fidèle ami lord Tristan d'Argent de Greanly.

Le ton employé par le roi était celui de la remontrance.

— Tristan, poursuivit-il en guettant sa réaction, la baronne de Crane.

Tristan fit un pas en avant et s'inclina légèrement.

— Baronne, c'est une joie de vous rencontrer.

Tandis que le jeune homme la saluait, la baronne leva lentement la tête et planta son regard bleu pâle dans celui, plus intense, de Tristan.

— Bonjour Tristan, dit-elle d'une voix enrouée. Vous souvenez-vous de moi ?

Le guerrier plissa les yeux et il lui sembla effectivement la reconnaître sans tout à fait y parvenir.

— Pardonnez-moi, mais je…

La baronne inclina tristement la tête, et un rayon de soleil vint frapper le bijou qu'elle portait en pendentif – un gros saphir identique à celui qui ornait l'épée de Tristan.

— Mère ? s'exclama ce dernier d'une voix éraillée.

Geneviève de Crane retrouva instantanément le sourire, et ses yeux débordèrent de larmes. Elle se leva et, bras grands ouverts, s'avança vers Tristan.

— Oh, mon fils adoré, je vous retrouve enfin !

Tristan se laissa enlacer avec la souplesse d'une statue de marbre, l'émotion le laissant momentanément sans voix. Cependant, face à celle qui l'avait abandonné, l'orphelin qui sommeillait toujours en lui fut dévasté par la colère, la douleur et l'envie de lui sauter à la gorge.

— Le roi m'annonce vos noces prochaines, dit Geneviève en le serrant de plus belle avant de le tenir à bout de bras. Il semblerait que j'arrive juste à temps, ajouta-t-elle, tout sourires.

Les paroles de la baronne ne pénétrèrent pas immédiatement dans le cerveau surexcité du jeune homme. Enfin, celui-ci se dégagea avec raideur, de sorte que sa mère se retrouva les bras ballants.

— Sauf votre respect, madame la baronne, commença Tristan, plein de morgue fielleuse, il me semble au contraire que vous arrivez irrémédiablement trop tard.

— Tristan…, balbutia Geneviève, qui ne s'était pas attendue à un tel accueil. Pourquoi dites-vous…

— Mon roi, l'interrompit le jeune homme en se tournant résolument vers Guillaume. Je vous remercie de m'avoir reçu de toute urgence, ainsi que de votre bienveillance eu égard à l'affaire qui nous occupe. J'espère pouvoir obtenir, dès mon arrivée à Greanly, la preuve que vous demandez. Nonobstant, une longue route m'attend, et je me vois dans l'obligation de vous demander la permission de me retirer.

— Un peu de patience, répondit Guillaume.

Puis il se tourna vers la mère de Tristan.

— Baronne, il semblerait que votre apparition ait quelque peu désemparé notre ami. Vous ne verrez aucun inconvénient, j'en suis sûr, à nous laisser quelques instants.

— Mais, je…

— Nous vous en remercions, trancha le roi.

Au même moment, l'huissier entra, comme s'il avait attendu un signal.

— Ayez l'amabilité de raccompagner madame la baronne jusqu'à ses appartements.

Trop émue pour cacher ses larmes, Geneviève tira sa révérence en pleurant avant d'emboîter le pas du valet avec morgue.

Le cœur de Tristan battait la chamade, et la tête lui tournait.

— Asseyez-vous, suggéra Guillaume d'un ton affable. Vous ne vous attendiez pas à une telle surprise, n'est-ce pas ?

Tristan obéit de bonne grâce et s'assit.

— En effet, mon roi. Ignoriez-vous également qu'elle était ma mère ?

— Je l'ai pressenti lorsqu'elle m'a instruit de sa recherche, mais je n'en ai eu la certitude que ce matin. Comme vous, je la croyais morte, expliqua le roi en inclinant la tête pour mieux se caresser la barbe. Vous lui ressemblez.

— Je suppose que oui, murmura Tristan.

Puis il se souvint du titre utilisé par Guillaume lors des présentations.

— Vous l'avez appelée baronne.

Le roi confirma d'un hochement de tête.

— Il semblerait que votre mère ait conquis l'Angleterre bien avant nous ! Jusqu'à récemment, elle était l'épouse du baron lord Richard FitzTodd de Crane. Elle est veuve depuis environ six mois.

— Ce qui fait d'elle une Anglaise à part entière.

— Oui. Mais peut-être seriez-vous plus prompt à accepter son affection si la mort de son mari faisait de vous un baron ? insinua Guillaume en levant les sourcils.

Tristan regarda son suzerain avec stupéfaction, et ce dernier ne fut pas mécontent de son petit effet.

— Le baron a donc un héritier ? demanda Tristan en détachant chaque mot. L'a-t-il eu avec ma mère ?

Guillaume acquiesça.

— Oui, un fils. Il s'appelle Nicholas.

— J'ai un frère ! s'exclama Tristan d'un air pantois.

— Consentez-vous à présent à écouter la baronne jusqu'au bout, Tristan ? demanda le roi. J'ai l'impression qu'elle vous a abandonné parce qu'elle était en danger. Je crois qu'un entretien aiderait à dissiper vos fantômes à tous les deux.

— Non, répliqua Tristan avec fermeté en secouant la tête. Sauf votre respect, Majesté, aucun fantôme ne me hante, et je ne souhaite pas écouter les mensonges de cette vipère. Si vous le permettez, poursuivit-il, je préférerais oublier cette rencontre.

Puis il détourna le regard et ajouta :

— À mes yeux, elle est morte.

La mine un peu déçue, Guillaume réfléchit en silence pendant quelques instants.

— Et votre frère ? demanda-t-il enfin. Ne désirez-vous pas le connaître ?

— À vrai dire, j'ai besoin de temps pour y réfléchir.

— Je comprends. Cela fait beaucoup à penser, en plus de vos récentes difficultés dans la prise en main de Greanly. Me promettez-vous néanmoins de l'envisager ?

— Bien sûr, répondit Tristan en se levant. Avec votre permission, mon roi, j'aimerais à présent me retirer.

— Naturellement. Ne tardez pas à me donner de vos nouvelles.

— D'ici quelques jours, assura Tristan avant de tourner les talons.

Une nouvelle fois, les battants s'ouvrirent comme par magie. Sans doute l'huissier passait-il ses journées à écouter aux portes…

— Lord Tristan, héla le roi avant que celui-ci ne sorte. Pourriez-vous m'accorder encore un instant ?

Tristan s'immobilisa, puis fit demi-tour.

— Mon roi ?

— Pourquoi tant d'hostilité envers la mère que vous aviez perdue ? Je croyais, au contraire, que cette réunion vous remplirait de joie.

— Sans doute parce je ne l'ai jamais perdue, répondit Tristan du tac au tac. C'est elle qui m'a abandonné parce que cela l'arrangeait.

— Insinuez-vous qu'elle ne vous a pas remis à une nourrice, comme elle le prétend ?

Tristan se souvint de la vieille bossue qui l'avait jeté dehors quelque temps après son arrivée chez elle, puis secoua la tête.

— Très bien, décréta Guillaume en le congédiant d'un geste de la main. Nous nous reverrons pour la déposition de vos témoins.

Tristan s'inclina de nouveau brièvement et sortit d'un pas raide.

Après le départ du jeune homme, le roi réfléchit sérieusement à la situation délicate de son vassal en se tapotant les lèvres avec l'index.

Le nouveau seigneur de Greanly ne manquait certes pas d'ambition ni de courage, car c'est à la force du poignet qu'il avait acquis ce qu'il possédait à présent. Cependant, il lui arrivait souvent de manquer de souplesse par excès d'orgueil, et de nourrir un esprit revanchard s'il était convaincu de son bon droit. Guillaume eut presque pitié de lord Nigel, car si les accusations de Tristan se révélaient fondées… Le roi admirait chez son vassal sa fidélité et l'idée toute personnelle que celui-ci se faisait du code de l'honneur. Il n'avait jamais eu à douter de la noblesse de ses aspirations.

Concernant le cas de conscience qui opposait son vassal à la baronne, Guillaume se demanda si la susceptibilité de Tristan n'était pas due, en l'occurrence, à un tort involontaire causé par une mère aimante qui n'avait eu d'autre choix que d'abandonner son enfant. La rigidité du jeune homme lui vaudrait à coup sûr un surcroît de souffrances inutiles, tout en compromettant son avenir.

Guillaume poussa un long soupir. Il était facilement déconcerté par les sentiments humains. Guerroyer lui convenait mieux.

Le roi fit venir son huissier.

— Dites à la reine que nous souhaitons la voir, ordonna-t-il. J'ai un conseil à lui demander. Voyez si elle peut interrompre ses occupations pour me consacrer une heure de son temps.

Après deux heures de voyage sous la bâche, Haith avait pleuré tout son soûl, et le chariot était devenu une étuve. Elle essaya de se tenir le plus droit possible en se dressant sur un coude, puis elle s'essuya le front et les larmes qui lui collaient les cheveux contre le visage. La jeune femme en conclut qu'ils étaient parvenus assez loin de Greanly pour émerger au grand jour. Elle avait également une envie pressante dont la cause était sans doute nerveuse, à moins qu'elle ne fût due aux secousses. En tout cas, ce n'était pas à cause d'un excès d'eau, car elle n'avait jamais eu la gorge aussi sèche.

Comme elle ignorait le nom du colporteur, elle compensa par un excès de politesse.

— Monsieur ? Mon bon colporteur, lança-t-elle haut et fort en s'efforçant de couvrir le bruit des roues, la tête aussi près de la surface que possible. Puis-je sortir à présent ?

Un long silence s'ensuivit.

Haith se racla la gorge et revint à la charge en forçant encore le ton, au cas où le marchand serait un peu dur d'oreille.

— Monsieur ? cria-t-elle.

— Quoi ? brailla-t-il à son tour.

Ne s'attendant pas à une telle rebuffade, Haith sursauta, se cognant derechef.

— Pourriez-vous vous arrêter ? Je dois satisfaire un besoin naturel.

À son grand soulagement, le chariot ralentit.

— Toutes de fichues pisseuses ! maugréa le colporteur.

Quelques instants plus tard, il soulevait la bâche, et un soleil aveuglant inondait la carriole. Haith se protégea les yeux avec la main puis glissa sur les fesses, sauta à terre et sourit timidement à l'inconnu.

— Bon, s'exclama-t-il d'un air renfrogné en croisant les bras, tu as envie ou pas ?

— Oh, ce n'est pas la peine de crier ! riposta la jeune femme d'un ton sec avant de le regretter intérieurement.

N'aurait-il pas été imprudent, en effet, de le fâcher ? L'expédition n'en aurait été que plus désagréable. Pire, le rustre pouvait se lasser de sa passagère et l'abandonner au bord de la route. Il ne resterait plus alors à celle-ci qu'à finir son voyage à pied.

En l'occurrence, le désir d'épargner ses extrémités l'emporta sur son amour-propre. Elle arbora de nouveau son plus beau sourire et fit une nouvelle tentative de pacification.

— Je vous présente mes excuses. Il faut croire que notre relation s'est mal engagée, et j'aimerais y remédier. C'est très gentil à vous de vous être arrêté.

Le bonhomme resta planté sans rien dire, se contentant de la regarder d'un air blasé, et elle dut redoubler d'efforts pour continuer de sourire.

— Je m'appelle Haith, reprit-elle. Et vous, comment…

Le rustaud cracha par terre juste à côté des pieds de la jeune femme.

— Je sais qui tu es ! Moins tu en sais sur moi, mieux ça vaut pour tous les deux. Maintenant, si tu as un besoin à satisfaire, c'est le moment.

Il profita lui-même de l'arrêt pour se soulager contre un arbre situé derrière la carriole, si bien que Haith n'eut d'autre choix que de se trouver un autre endroit.

Elle se fraya un chemin à travers les broussailles touffues de l'autre côté de la route, releva ses jupes et s'accroupit en gardant un œil sur le chariot au cas où le colporteur déciderait de repartir sans elle. Tandis qu'elle soulageait sa vessie, elle remarqua que le soleil était toujours à l'est. Ils se dirigeaient donc bien vers le nord, vers l'Écosse. Elle s'étonna de sa propre observation, car si quelqu'un devait connaître le chemin, c'était bien son guide, dont l'accent écossais était à couper au couteau.

Haith laissa retomber ses jupes, sortit des taillis en lissant sa tunique et se dirigea directement vers l'avant de la carriole.

— Eh, où te crois-tu ? brailla le colporteur depuis l'arrière en l'invitant à venir se glisser sous la bâche.

— Vous ne voulez tout de même pas que je fasse tout le voyage là-dessous ! s'exclama-t-elle en désignant le chargement. Je vais étouffer ! Greanly est suffisamment loin derrière nous pour que je ne sois pas découverte.

— Non ! insista-t-il en secouant la tête avec véhémence. Si quelqu'un vous voit, il vous r'connaîtra tout de suite avec vos cheveux roux !

— Dans ce cas, je porterai un châle sur la tête.

— Non !

— Pourquoi, non ? s'écria-t-elle de rage.

— C'est trop dangereux ! Allez, monte ! ordonna-t-il en secouant la bâche avec insistance.

— Mon bon colporteur, commença Haith dans une énième tentative d'apaisement. Je vais en Écosse retrouver les miens, le clan de ma mère. Ce sont les Buchanan. Peut-être les connaissez-vous ? Si j'arrive chez eux en bonne santé, je suis sûre qu'ils sauront se montrer généreux avec vous.

— J'me fiche comme d'une guigne de savoir pourquoi tu vas en Écosse, gamine, et aussi de la galette que tu m'fais miroiter. Si y sont si inquiets à ton sujet, z'avaient qu'à v'nir te chercher eux-mêmes. Monte !

Haith se prit la tête dans les mains et se massa les tempes. Si au moins sa satanée migraine avait bien voulu lui laisser quelque répit, elle aurait pu ramener calmement cet entêté à la raison ! Elle se récitait les paroles du Notre-Père, lorsqu'une chose étrange attira son attention sous la carriole.

Des traces de roues et de sabots dans le sol poudreux indiquaient qu'un attelage avait fait demi-tour à cet endroit. Haith jeta un coup d'œil sur la droite au-delà des chevaux. Un véhicule en provenance du nord – si elle en croyait la position du soleil – avait bel et bien laissé des marques de son passage. Cependant, elle ne se souvenait pas d'avoir entendu un autre chariot les croiser.

En revanche, sur la gauche, où le colporteur l'attendait en s'impatientant à l'arrière de la carriole, il n'y avait aucune trace.

Devait-elle l'avertir qu'ils s'étaient égarés ? À coup sûr, ce serait jeter de l'huile sur le feu. Cependant, ne valait-il pas mieux arriver en Écosse en compagnie d'un guide furieux, plutôt que de se perdre au diable Vauvert ? Haith releva la tête, et allait parler lorsqu'elle se ravisa.

En fait, nous allions vers le sud, et il a tourné l'attelage face au nord en croyant que je ne m'en apercevrais pas ! Mais pourquoi ?

Le cœur battant, elle pivota sur ses talons et retourna d'un pas tranquille dans les fourrés.

— Eh ! tu vas où comme ça ?

— S'il faut absolument que je retourne sous la bâche, je dois m'assurer de ne pas vous causer un autre arrêt, lança-t-elle par-dessus son épaule. Je n'en ai pas pour longtemps !

— Par le sang du Christ ! grommela le rustre. Dépêche-toi !

À peine eut-il prononcé ces mots que Haith se mit à courir à toutes jambes afin de mettre le plus de distance possible entre elle et son ravisseur avant que celui-ci ne s'aperçoive qu'elle avait pris la poudre d'escampette. Bientôt, les poumons commencèrent à lui brûler, tandis que branches et brindilles lui fouettaient le visage et se fichaient dans ses cheveux.

Soudain, quelqu'un cria des paroles inaudibles dans son dos. Le colporteur venait sans doute de s'apercevoir de sa disparition. Avec une énergie qu'elle ne se connaissait pas, elle fila à toute allure à travers le sous-bois dégarni. Le martellement des sabots résonna au loin, et Haith supposa, à son grand désarroi, que le rustre avait détaché l'un des chevaux pour la poursuivre.

Pourquoi tenait-il tant à la retrouver ?

Elle hasarda un coup d'œil par-dessus son épaule qui confirma ses craintes. Quelque distance en arrière, un cavalier la poursuivait. Elle n'avait plus que quelques secondes devant elle avant qu'il ne la rattrape. Elle se maudit d'avoir oublié son poignard dans son balluchon, puis se rassura en se souvenant que le colporteur n'était pas d'une taille herculéenne. Peut-être un autre genre d'arme suffirait-il pour se défendre ?

Haith continua de courir tout en balayant le sol du regard à la recherche d'un bâton ou d'une pierre.

Pendant ce temps, le cavalier gagnait du terrain, au point que Haith sentait le sol vibrer sous ses pas. Soudain, elle avisa une pierre lisse de la taille d'un poing. Elle se pencha pour la ramasser, mais en fut empêchée par une main qui l'en écarta d'un mouvement brusque avant de la soulever par la taille pour l'asseoir à l'avant de la selle, tandis qu'elle hurlait de peur et de découragement.

— Lâchez-moi, espèce de vieux dégoûtant ! cria-t-elle en se débattant.

— Allons, allons lady Haith. En voilà des manières ! tança suavement l'inconnu soudain dépourvu de tout accent écossais.

La jeune femme se figea, puis leva brusquement la tête. Nigel l'observait de ses yeux noirs, un sourire moqueur au coin des lèvres.

Elle s'évanouit sur-le-champ.

Chapitre 25

Lorsque Haith sortit enfin des brumes où sa conscience s'était réfugiée, des éclats de voix l'avertirent qu'il était préférable de garder les yeux fermés, tandis que ses hanches douloureuses l'incitaient à conclure qu'elle se trouvait toujours au fond de la carriole, mais pieds et poings liés et face contre terre.

Ligotée comme une pièce de viande prête à cuire, elle résista à l'envie d'essayer de détendre ses liens pour prêter une oreille attentive au dialogue suivant :

— Je vous avais dit que j'pouvais m'en charger tout seul ! s'exclama le colporteur.

— Oui, en la laissant s'enfuir dans la forêt, répliqua Nigel d'un ton sarcastique qui lui tenait lieu de sens de l'humour.

— Elle s'enfuyait pas, jusqu'à c'que vous lui donniez la chasse. Croyez-moi, elle s'doutait de rien !

— Si tu crois ça, c'est que tu es encore plus bête que je ne pensais.

— Elle est revenue à elle, annonça un troisième homme.

À son grand effroi, Haith reconnut immédiatement la voix de Donald, et son cœur se mit à battre la chamade. Il ne lui restait plus qu'à faire le mort.

— J'ai pas l'impression, fit remarquer le marchand ambulant.

— Comment le sais-tu, Donald ? demanda Nigel.

— À cause de sa respiration, répondit le rustre en jetant un coup d'œil à l'intérieur de la carriole. C'est un truc que m'a appris ma vieille mère. Regardez…, dit-il en pinçant sauvagement le sein de la jeune femme qui se mit aussitôt à hurler.

Les yeux grands ouverts, elle tourna la tête d'un mouvement brusque et se retrouva nez à nez avec Donald qui la dévisageait d'un air satisfait.

— Qu'est-ce que j'disais ! s'exclama ce dernier.

— Peu importe, répliqua Nigel en entrecoupant ses mots, ce qui était chez lui signe d'agacement. Ne t'avise plus de poser ta sale patte sur elle, espèce de crapaud ridicule, ou je te fais couper l'autre main. Le seul autorisé à la toucher ici, c'est moi !

— Laissez-moi partir, implora Haith entre ses dents.

— Oh que non, ma douce, rétorqua Nigel.

Puis, se tournant vers le colporteur, il ajouta :

— Elle ne devrait plus poser de difficultés jusqu'à Seacrest.

La jeune femme parvint tant bien que mal à se hisser sur le côté, puis, tête bêche, elle jeta un regard noir aux trois complices.

— Tristan vous tuera l'un après l'autre de sa propre main pour ce que vous avez fait ! s'exclama-t-elle.

Nigel soupira, puis leva les yeux au ciel, impatienté par tant de naïveté.

— Haith, ma tourterelle, Tristan te croira en Écosse. Tout comme cette gloutonne de Bertie, n'est-ce pas ? demanda-t-il en levant les sourcils. Je doute que le jeune Ham trahisse notre ami ici présent, ajouta-t-il en désignant le colporteur qui se tenait tout penaud à côté de lui.

Provisoirement condamnée à l'impuissance, Haith ne put que le foudroyer du regard. Aussi poursuivit-il sur le même ton.

— Maintenant, tais-toi et tiens-toi tranquille, sinon je serai obligé de te mettre un bâillon et de t'attacher à la carriole. Tu ne voudrais pas que j'en vienne à de telles extrémités, n'est-ce pas ? Si ?

Nigel et Donald s'éloignèrent puis firent tinter leurs étriers en remontant en selle.

— Si tu laisses des curieux soulever cette bâche, je te tue, vieux grigou ! prévint Nigel en partant au galop.

Cependant, Haith ne bénéficia que d'un bref répit, car déjà le colporteur réapparaissait dans son champ de vision afin de rebâcher la carriole.

— Non, je vous en prie, supplia-t-elle. Il fait trop chaud. Je vais étouffer, croyez-moi !

— Je laisserai un coin desserré, répliqua le marchand d'un ton sec en évitant de croiser son regard.

La bâche fut bientôt presque en place.

— Auriez-vous un peu d'eau ?

— Tu veux ma mort ! marmonna le rustre.

Puis il passa à l'avant du chariot et revint bientôt avec une outre pleine.

Haith désigna ses bras attachés du regard.

— Pouvez-vous desserrer mes liens ?

— Non ! rétorqua le colporteur en débouchant l'outre afin d'aider la jeune femme à boire.

Humiliée, elle retint néanmoins ses larmes, car elle avait grand soif. Aussi but-elle abondamment, tandis que l'excédant d'eau ruisselait à la commissure de ses lèvres.

Le bonhomme retira la gourde avant que Haith ait bu tout son soûl. Cependant, elle aurait pour quelques minutes encore la bouche moins pâteuse et la gorge moins sèche.

— Je vous remercie.

Pour toute réponse, le rustre se contenta de grommeler en rebouchant la gourde. Il jeta celle-ci sur le siège, puis termina d'arrimer la bâche.

Haith ne protesta point lorsque la toile la recouvrit entièrement, à l'exception d'un petit coin qui – chose promise, chose due – resta relevé afin qu'elle puisse respirer. Hélas, cette modeste aération ne laissait pénétrer aucune lumière, et Haith se trouva de nouveau plongée dans l'obscurité totale.

La carriole s'ébranla, puis fit une embardée, tandis que le roulier faisait demi-tour face au sud. Une fois que le véhicule se fut quelque peu stabilisé, Haith tenta de distendre ses liens. Elle essaya tout d'abord de rapprocher ses chevilles de ses poignets, qui étaient attachés dans le bas de son dos. Hélas, l'espace manquait, et cette gymnastique s'avéra inutile. Puis elle essaya, sans plus de succès, de détendre la corde qui enserrait ses seules chevilles, mais elle ne réussit qu'à se blesser.

Haith gémit d'impuissance et de colère, chassant d'un mouvement de tête les cheveux qui lui chatouillaient le visage. Le front et les reins en sueur, elle s'efforça de se reprendre en respirant régulièrement, puis elle commença de remuer les poignets avec circonspection afin d'évaluer la résistance de ses liens.

À ce rythme, l'attelage n'arriverait pas en vue de Seacrest avant plusieurs heures, soit bien après Nigel et Donald. Haith faillit céder de nouveau au désespoir en songeant qu'elle s'apprêtait à tomber encore une fois dans les filets de ces deux scélérats. Cependant, le contrôle de son souffle l'aida à déjouer ce nouvel accès de panique. Elle devait absolument garder son calme et mettre à profit la durée du voyage pour s'évader. Le seul moyen était de recourir à la magie afin de libérer ses poignets.

À Greanly, il lui avait fallu s'exercer plusieurs nuits durant avant de réussir à ouvrir le verrou de sa cellule. Haith ferma les yeux et pria pour que cette deuxième évasion ne lui prenne pas plus de quelques heures de pratique.

— Que les fées la protègent ! soupira Minerva à la lecture du message laissé par Haith.

Elle relut entièrement deux fois la courte missive, puis ferma les yeux et prit appui contre la table de son modeste foyer.

Assise près du feu, Bertie sanglotait en silence, une main sur le front, l'autre sur son ventre gravide.

— Étais-tu au courant ? demanda enfin Minerva.

Bertie fit « oui » de la tête.

— Pourquoi…, pourquoi l'as-tu aidée à faire une telle folie ? demanda la vieille guérisseuse s'approchant de la jeune femme en boitillant. Dis-moi pourquoi ? insista-t-elle en la secouant par le bras.

— Parce que j'attends un enfant, Minerva ! s'écria Bertie. Et que le père de mon bébé a disparu ! Et que lord Tristan est le seul à pouvoir l'élever !

Minerva ouvrit de grands yeux et battit en retraite, comme si elle venait de recevoir un coup en pleine poitrine.

— Je ne te mens pas, ajouta Bertie un ton plus bas en essuyant ses larmes avec sa manche. J'ai aidé Haith à s'évader pour que mon enfant ait une chance de survie.

— Le père est Pharao, n'est-ce pas ?

— Oui, confirma Bertie après un moment d'hésitation.

— Et tu crains qu'il ne revienne pas, à présent que tu es enceinte ?

— Il l'ignore, précisa la jeune femme. Il a été enlevé avant même que je le sache moi-même. Je m'en suis aperçue après le départ de lord Tristan pour Londres.

— Et tu as cru, commença Minerva avec indignation, que lord Tristan s'occuperait de ton enfant sans sourciller ? Par égoïsme, ma fille, tu voles l'amoureux de ta sœur, une décevance dont ta mère ne cesse d'accuser Haith. Tu n'es pas sans savoir que ce sont deux âmes sœurs ?

À ces mots, Bertie se leva d'un bond.

— Ne m'as-tu pas dit toi-même que tu pensais qu'elle projetait de s'enfuir en Écosse ? Tu n'as donc pas le droit de m'en rendre responsable ! hurla-t-elle. Je m'apprêtais à l'accompagner quand j'ai découvert que j'étais enceinte. Elle en avait assez de cette malédiction familiale qui lui gâche la vie, alors elle est partie pour y mettre un terme avec l'aide de ton clan.

Minerva devint soudain toute pâle.

— Bertie, mon enfant, de quelle malédiction parles-tu ?

Bertie soupira de lassitude.

— Tu devrais le savoir, car tu ne cesses de la remettre sur le tapis, rappela la jeune femme.

Puis elle prit une longue inspiration et ajouta :

— Je veux parler de la malédiction qui condamne les filles Buchanan à ne tomber amoureuse que de l'âme-sœur dont elles rêvent la nuit, et qui engendre catastrophe sur catastrophe dès l'instant où ils se rencontrent.

— N-non, bredouilla Minerva d'un ton chagrin, ce n'est pas une malédiction, mais une bénédiction ! Un don transmis de mère en fille afin d'assurer la longévité des Buchanan au moyen du lien indéfectible de l'amour vrai.

— Que veux-tu dire ? demanda Bertie en clignant des yeux.

Minerva se laissa tomber de tout son poids sur la chaise de Bertie, car elle n'avait plus la force de tenir sur ses jambes.

— Haith l'interprète comme une malédiction à cause des souffrances de ses parents, et de celles d'Ellora. Lorsque ta sœur a découvert que son âme sœur n'était autre que ton promis, elle a fini de se convaincre qu'elle allait causer ton malheur...

— Comme Corinne avec Ellora, acheva Bertie, le teint soudain terreux.

— Exactement ! confirma la vieille guérisseuse en levant la tête. Haith est actuellement poussée à agir par la peur, non par le désir. Si nous ne la retrouvons pas bientôt, elle s'affaiblira un peu plus chaque jour jusqu'à tomber malade, car elle ne peut vivre sans Tristan. Lui seul peut la sauver de ce cauchemar.

Pâle comme un linge, Bertie se laissa tomber à son tour sur une autre chaise.

— Quand je pense que je l'ai aidée à courir vers une mort certaine !

Soudain, quelqu'un ouvrit en grand la porte de la chaumière, puis un petit balluchon roula jusqu'aux pieds de Minerva.

— Pas à courir ! rectifia Barrett, dont l'imposante stature emplissait l'entrée.

Il jeta un coup d'œil assassin à la boule de tissu qui s'était ouverte en tombant, et poussa le jeune Ham à l'intérieur en l'invitant à en faire autant.

— Allez, raconte-leur, espèce de petit vaurien ! Après, j'espère que Minerva te transformera en souris et te jettera en pâture à Guillemette. Tu ne mérites pas mieux !

— Barrett ! tança Bertie en aidant le pauvre enfant tout tremblant à se relever avant de le prendre dans ses bras. Que s'est-il passé Ham ? demanda-t-elle enfin. Es-tu au courant de quelque chose ?

Ham hocha la tête en jetant un coup d'œil apeuré en direction de Minerva.

Je l'ai trouvé ce matin en train de chialer dans la cellule de lady Haith, souligna Barrett.

— Raconte-nous ce qui s'est passé, mon petit, l'incita Minerva à mi-voix.

— Qu... quand le... le me-me-ssager est arrivé...

— Bien sûr Ham, nous nous souvenons de son arrivée, continue, l'encouragea Bertie en lui caressant la nuque.

— J-j'aidais Rufus dans les champs quand le col-colporteur a franchi la herse. Il s'est arrêté pour nous parler. Il... il a dit qu'après Greanly, il allait vers le nord.

Puis l'enfant se blottit contre Bertie et, se tournant vers Minerva, ajouta :

— Il p-parlait comme vous !

La guérisseuse se carra sur sa chaise et considéra le jeune garçon.

— Savais-tu que lady Haith voulait se rendre en Écosse ?

Ham fit signe qu'il le savait.

— Je l'avais entendue en parler avec lady Bertie. C'est pour ça que je lui ai parlé du colporteur.

Bertie s'adressa au sheriff par-dessus le crâne de Ham. Barrett montrait tous les signes de l'effervescence.

— Elle voyage donc en carriole ! D'une certaine manière, c'est préférable. Tu ne crois pas ?

demanda-t-elle ensuite, soudain pleine d'espoir, en cherchant le regard de Minerva.

Minerva fronça les sourcils.

— Oui, cela se pourrait. En tout cas, elle n'est pas à pied, ni dépourvue de compagnie. J'espère seulement qu'elle ne tardera pas à arriver à destination afin que les membres de mon clan puissent s'occuper d'elle le plus tôt possible. Cependant...

— Cependant quoi ? intervint Barrett.

— Si Haith voyage dans une carriole, expliqua Minerva en se tournant vers le bon sheriff, Tristan mettra plus longtemps pour la retrouver.

À cet instant, Barrett menaça Ham de toute sa hauteur. L'enfant se cacha immédiatement entre les jambes de Bertie.

— Comment est-elle sortie de son cachot, espèce de petit vaurien ? demanda-t-il. As-tu volé la clé pour lui ouvrir ?

— Non, monsieur Barrett, je jure que non !

— N'aie pas peur, Ham, intervint Minerva. Je te crois. Haith a ouvert la porte par ses propres moyens, Barrett.

— Mais comment ? demanda le colosse d'un ton incrédule. Il n'existe que deux passes. J'en garde un en permanence sur moi, et l'autre est dans la poche de lord Tristan.

Minerva se tourna derechef vers le garçonnet.

— Ham, commença-t-elle tout en douceur, si tu penses que tu risques d'avoir peur, je te conseille de fermer les yeux.

Ham ne se fit pas prier et obtempéra.

— Voici comment ma petite princesse a fait pour s'évader, murmura Minerva.

La magicienne dessina un grand arc de cercle avec le bras, et la chaumière se mit aussitôt à prendre vie.

Le ragoût suspendu à la crémaillère commença à se remuer tout seul, un coffre en bois s'ouvrit et se referma sans discontinuer, un grand panier en osier se décanna et se recanna lui-même sous forme de deux petites panières tandis qu'une fleur sortait de son vase pour aller s'accrocher à l'oreille de Bertie et que le balai de paille sortait en sautillant de sa remise pour aller se planter juste devant Barrett. L'outil ménager s'immobilisa pendant un court instant puis frappa à grands coups le bon sheriff aux mollets avant de retourner dans son coin.

Soudain, la magie cessa aussi brusquement qu'elle s'était manifestée, et les objets domestiques de Minerva replongèrent dans l'immobilité, attendant sagement qu'une main vienne les actionner pour s'animer de nouveau.

Bertie ne fut pas étonnée outre mesure et se contenta d'esquisser un sourire lumineux.

— Tu peux rouvrir les yeux à présent, Hammy.

L'enfant leva la tête avec circonspection.

— Oh, vous avez une fleur dans vos cheveux, lady Bertie !

De son côté, Barrett n'en croyait pas ses gros yeux exorbités. Il se pencha néanmoins en avant pour se masser les mollets.

— Lady Haith aussi sait faire ça ? demanda-t-il à Minerva d'un ton incrédule.

— Ce n'est pas impossible, répondit cette dernière, même si je doute qu'elle connaisse toute l'étendue de ses pouvoirs. Je pense qu'elle a commencé à en prendre conscience depuis qu'elle est arrivée à Greanly.

Bertie acquiesça d'un hochement de tête.

— Cela expliquerait pourquoi elle a refusé de me dire comment elle comptait sortir de sa cellule, fit-elle remarquer. Elle rougissait de ses dons, car Corinne en avait fait un mauvais usage.

— Que fait-on à présent ? demanda Barrett en jetant un coup d'œil méfiant au petit transfuge. Je ne peux pas me mettre en route pour l'Écosse et laisser Greanly sans commandement pendant que Nigel continue de rôder dans les environs.

— Nous attendrons le retour de lord Tristan, trancha Minerva en se levant pour aller chercher un biscuit qu'elle tendit à Ham. De toute façon, lui seul saura la convaincre de rentrer. À moins qu'elle ne comprenne son intérêt avant.

— Tristan me fera fouetter pour son évasion, annonça Barrett d'un ton funeste. J'étais censé ne laisser entrer ni sortir personne. Et vous étiez les seules, mesdames, à pouvoir lui rendre visite…, s'interrompit-il en prenant une mine déconfite.

Il poursuivit néanmoins :

— Et j'ai laissé entrer Ham dans sa cellule qui l'a aidée à s'évader grâce à sa langue bien pendue !

Bertie profita que l'enfant ait terminé son biscuit pour le faire descendre de ses genoux. Il se rua aussitôt dehors.

— Barrett, je suis certaine que lord Tristan aura d'autres soucis en tête que de vous punir pour votre imprudence, argua Bertie. J'espère seulement, poursuivit-elle d'un air pensif, qu'il rentrera bientôt avec de bonnes nouvelles.

Chapitre 26

Satisfait de son rendez-vous avec le colporteur, Nigel se prélassait dans la salle des banquets de Seacrest. Hormis la pitoyable tentative de fuite de Haith, tout se passait pour le mieux. Le moment approchait où s'enclencherait la seconde partie de son plan. Le seul fait d'y penser le remplissait de joie.

La gamine l'avait trahi en refusant de respecter ses engagements ; elle verrait donc de quel bois il se chauffait. Cependant, le soir même où la petite velléitaire avait donné sa parole, Nigel s'était attendu à ce qu'elle ne la tienne pas. Par conséquent, il se félicita d'avoir prévu sa trahison en expédiant son idiote de femme chez d'Argent, s'arrogeant jusqu'au mérite de la situation géographique de Seacrest, à mi-chemin entre Greanly et… Londres. Son succès était d'autant plus assuré que lord Tristan était amoureux de Haith. En outre, Guillaume lui-même avait été mis au courant.

—Eh, oui, mon bon roi, souffla Nigel à voix haute en levant sa coupe dans une parodie de compliment, c'est bien un crime passionnel ! Ne pouvant lui-même l'épouser, d'Argent a fait en sorte que personne ne le fasse à sa place.

Il fit claquer sa langue contre son palais et but à sa propre santé.

Bien sûr, il faudra que je travaille ma démonstration de profond regret lorsque le roi sera dans l'obligation de raccourcir l'un de ses vassaux pour meurtre, songea Nigel.

Il se délectait d'avance à l'idée de porter lui-même le coup fatal à Tristan. D'ici là, il jouirait de Haith à loisir. Peut-être même qu'il l'épargnerait.

Il fut soudain tiré de ses rêveries par l'un de ses gardes.

Le soldat entra au pas de course, précédé par son embonpoint et rendu écarlate par l'effort. Il fit une rapide révérence en donnant un coup de gosier afin de reprendre son souffle.

— Messire, commença-t-il en respirant bruyamment, nous avons de la visite.

L'épouvante s'empara de Nigel. D'Argent n'avait tout de même pas découvert le pot aux roses aussi vite ! Le colporteur et son chargement n'étaient même pas encore arrivés. Il se leva d'un bond.

— Qui est-ce ?

— Une dame. Son estafette nous a informés de l'arrivée de la baronne de Crane. Elle requiert une audience immédiate avec vous.

Nigel se décrispa un peu, même si ce nom lui était inconnu.

— Très bien. Accueillez-la comme il se doit et faites-la venir.

Le garde sortit en courant maladroitement. Nigel en profita pour approfondir les raisons de cette visite inattendue d'une étrangère – une baronne de surcroît !

Il aboya le nom d'une servante, et une jeune fille accourut en toute hâte.

— Messire ? demanda-t-elle craintivement en grimaçant d'appréhension.

— Va chercher des rafraîchissements. J'attends des invités.

Manifestement soulagée, la domestique s'empressa de faire ce qu'il demandait.

— Quelle bécasse ! Pourquoi faut-il toujours que je sois entouré de femmes sans cervelle ?

La baronne de Crane fit son entrée dans la salle des banquets de Seacrest avec la grâce qui seyait à son rang. Quant à Nigel, il fut proprement séduit par son chic racé – beaucoup moins par son statut plus élevé que le sien.

— Madame la baronne, permettez-moi de me présenter, commença-t-il tandis qu'elle avançait à sa rencontre d'un pas aérien. Je suis lord Nigel de Seacrest. Soyez la bienvenue.

— Pardonnez ma visite impromptue, s'excusa la baronne en esquissant un sourire. Cependant, il se pourrait qu'elle soit une aubaine pour tous les deux.

Nigel haussa les sourcils en cathédrale.

— Eh, eh ? Je vous en prie, madame, asseyez-vous et éclairez ma lanterne.

La baronne lissa ses jupes et accepta la coupe que lui tendait Nigel.

— J'arrive à l'instant de la Cour où il m'a été fait de précieuses révélations au sujet de mon fils.

— Pardonnez-moi mais, autant que je sache, je ne connais aucun membre de votre famille, fit remarquer Nigel buvant à petites gorgées.

— Détrompez-vous. Mon fils aîné n'est autre que lord Tristan d'Argent de Greanly.

Nigel manqua de recracher son vin. Il se rua sur son mouchoir.

— Cela va-t-il, messire ? demanda la baronne avec sollicitude. Vous ne vous y attendiez pas, j'imagine.

— Pour une surprise…, s'exclama Nigel en déglutissant avec difficulté.

Il toussa encore un bon coup puis se racla plusieurs fois la gorge avant de retremper ses lèvres, non sans considérer la baronne par en dessous.

— Veuillez m'excuser, reprit-il, mais j'ignorais que d'Argent avait encore de la famille.

— La vie nous a longtemps tenus séparés, c'est indéniable. Il m'a fallu attendre ce matin même pour découvrir son lieu de résidence grâce à une rencontre inopinée chez le roi, expliqua-t-elle en prenant un air renfrogné fort seyant. Manifestement, mon coquin de fils a su mener sa barque pour se voir ainsi récompensé par l'attribution d'une seigneurie telle que Greanly. Pourquoi reste-t-il si déterminé à en découdre avec tout le monde ? Cela me dépasse.

Cette confession engagea Nigel à jouer de prudence malgré son envie de brûler les étapes.

— Madame, dois-je en conclure que lord Tristan était reçu en audience chez le roi ce matin ?

La baronne acquiesça.

— Son attitude à mon égard a été indigne. C'est pourquoi je cherche à rejoindre son château afin de récupérer un objet qu'il détient et auquel je suis très attachée. Il s'agit de la pierre qui orne son épée.

Nigel n'eut aucun mal à se souvenir du joyau en question, car un saphir identique ornait le cou de la baronne. Pourquoi Ellora ne l'avait-elle pas averti du départ de d'Argent pour Londres ? Elle aussi verrait bientôt de quel bois il se chauffait ! Il revint enfin à l'élégante et reprit son interrogatoire à peine voilé.

— Je vous souhaite le plus franc succès, madame. Cependant, en quoi cela me regarde-t-il ?

— Un peu de patience, mon cher, répondit lady Geneviève en clignant des yeux. Guillaume a fait état d'un différend entre mon fils et vous. Une histoire de fiançailles que Tristan désire rompre pour épouser une jeune rustaude à la place de votre belle-fille, est-ce bien cela ?

— C'est cela, répondit Nigel en s'abstenant prudemment de tout commentaire.

La baronne secoua la tête avec consternation.

— Non content de vous discréditer en refusant d'honorer le contrat, il…, s'interrompit-elle en faisant papillonner ses paupières, il a déposé en personne une requête devant le roi, demandant votre arrestation pour trahison.

Nigel tomba des nues, d'abord à cause de l'annonce de cette nouvelle ruse de son ennemi, mais aussi de tant de générosité de la part de la mère de celui-ci.

— N'avez-vous pas lieu de vous en réjouir, madame ?

La baronne souffla de colère.

— Pas le moins du monde. Ce garçon n'a cessé de me causer des ennuis. À commencer par sa naissance qui a provoqué ma chute à Paris. J'étais prête à le pardonner, mais son comportement à mon égard en présence du roi m'a fait changer d'avis. Comment peut-on traiter sa propre mère de la sorte ! Il m'a humiliée ! s'exclama-t-elle en lui tendant une main suppliante. Pour couronner le tout, qu'apprends-je ? Qu'il entreprend d'éclabousser le nom d'innocents – votre propre famille, lord Nigel – dans sa hâte d'épouser cette Haith.

Puis elle se renfrogna de plus belle et, se penchant en avant, ajouta :

— Les manigances de Tristan n'ont cessé de jeter le discrédit sur ma famille – ma vraie famille – durant ces derniers mois. Le baron Nicholas FitzTodd de Crane est mon fils, et il risque de tomber en défaveur si l'on découvre en hauts lieux qu'il est le demi-frère de Tristan. Il faut absolument l'empêcher de continuer ses bêtises. J'ai eu plus que mon soûl de scandales.

— Je vois, répondit Nigel en se disant que c'était l'occasion rêvée pour écraser son ennemi – avec la complicité de sa propre mère de surcroît. Soyez assurée de ma plus profonde compassion dans cette épreuve, madame.

La baronne chassa une poussière imaginaire de sa robe puis regarda Nigel en plissant les yeux.

— Connaissez-vous la jeune fille, cette gueuse sur laquelle il a jeté son dévolu ? J'aimerais également la rencontrer.

— Je la connais, très bien même. Elle est… en route pour Seacrest à l'heure où nous parlons.

— Fantastique ! s'exclama la baronne en plissant de nouveau les yeux avant d'examiner son interlocuteur sans aucune retenue. Auriez-vous la gentillesse de m'autoriser à la voir lorsqu'elle arrivera ? J'aimerais lui dire un mot ou deux.

— Bien sûr, madame. Elle ne devrait plus tarder à présent.

Nigel s'interrompit pour scruter à son tour la baronne en se caressant la barbe d'un air pensif.

— Madame, peut-être vous intéresserait-il de connaître mon plan, puisque vous cherchez à remettre dans le droit chemin ce fils qui vous manque tant de respect ?

— Cela m'intéresserait beaucoup, en effet, répondit la baronne en se renversant sur son siège avec un sourire satisfait. Dites-moi tout, et voyons si nous pouvons nous porter mutuellement assistance.

Donald tira Haith par les pieds et la fit glisser sur le plancher du chariot avant de la mettre debout dans la lumière du crépuscule. La jeune femme s'effondra aussitôt. La seconde moitié du voyage avait été pour elle un véritable enfer. Rendue presque folle par la migraine, l'inconfort de la carriole et la chaleur, elle mordait à présent la poussière à deux pas des remparts de Seacrest.

— Par pitié, parvint-elle enfin à articuler d'une voix rauque, mes mains…

Le colporteur la fit rouler sur le dos en faisant la grimace. Il fut atterré de découvrir ses doigts violets et ses poignets entaillés par la corde.

— Par le sang du Christ ! s'exclama-t-il en tirant immédiatement son couteau de sa poche pour sectionner les liens. Ton maître est du genre cruel, on dirait ? fit-il remarquer.

— Il ne les avait pas autant serrés, rectifia Donald sans s'émouvoir. Elle a dû les tendre en essayant de s'échapper.

Haith hurla de douleur lorsque le colporteur la libéra, puis elle s'évanouit de nouveau, tandis que le marchand ambulant coupait la corde qui entravait ses chevilles.

— Qui t'a demandé de la libérer, espèce d'imbécile ? grommela Donald.

— Je ne crois pas qu'elle soit bien dangereuse dans son état, même pour toi ! rétorqua le colporteur sans cacher son dégoût.

Donald bredouilla quelques paroles incompréhensibles, puis le marchand tira un grand tapis de la carriole et le déroula par terre à côté du corps immobile de Haith.

— Allez, aide-moi à la poser là-dessus que j'empoche mon salaire et m'en retourne chez moi.

Les deux compères enroulèrent Haith dans la tapisserie avant de la remonter sur le chariot. Avec une main en moins, Donald s'avéra relativement inutile. Quoi qu'il en soit, le colporteur regagna son poste de cocher et fit entrer l'attelage dans l'enceinte du fort, tandis que Donald s'insinuait dans la forteresse en courant. Le marchand traversa le village endormi en chassant d'un revers de main les quelques villageois encore éveillés qui le hélaient de-ci de-là pour jeter un coup d'œil à sa marchandise.

De raccourcis en venelles, Donald arriva à l'arrière du château en même temps que le colporteur. Les deux hommes acheminèrent tant bien que mal leur chargement le long du corridor, puis Donald s'éclipsa pour aller annoncer leur arrivée à Nigel pendant que le colporteur attendait dans le passage obscur.

— Ah, ma pauvre enfant, dommage que j'sois obligé d'contribuer à ton malheur, chuchota-t-il en jetant un regard piteux au tapis. Mais si j'ramène pas des sous à la maison, mes p'tits mourront de faim.

Il se passa la main dans sa chevelure clairsemée et avisa la carriole au bout du couloir.

C'est pas des façons d'traiter les êtres humains ! se dit-il. *Surtout si c'est une jolie fille, et intelligente avec ça.*

Sans doute les gens qu'elle avait fuis le paieraient-ils tout aussi bien s'il la leur ramenait plutôt que de la livrer au démoniaque lord Nigel qui la tuerait sûrement. Peut-être aurait-il le temps de la charger de nouveau sur le chariot et de déguerpir avant que Donald ne revienne ?

Il se baissa, attrapa le bout du tapis et tira. À sa grande surprise, il n'eut aucun mal à le hisser sur son épaule. C'est alors que, relevant la tête, il s'aperçut que Donald tenait l'autre bout.

— Alors ? grommela le nabot balafré. C'est parti !

Le colporteur n'eut d'autre choix que de suivre Donald le long d'un labyrinthe de boyaux de pierre étroits et d'escaliers dérobés en faisant attention de ne pas cogner Haith au passage. Enfin, le crapaud poussa une porte avec son derrière difforme et entra à reculons.

Lorsque le colporteur pénétra à son tour dans la pièce, il lui sembla voir le diable en personne. Lord Nigel était en compagnie d'une élégante d'âge mûr qui appartenait manifestement à l'aristocratie. Tous deux considérèrent le tapis avec convoitise. Donald et le marchand posèrent leur fardeau à terre, et au grand effroi de ce dernier, Nigel s'approcha du paquet et lui donna un violent coup de talon.

La tapisserie se déroula d'elle-même sur le corps de Haith qui alla heurter le mur d'en face. Elle émit un faible grognement mais ne bougea point.

— Madame, commença Nigel en désignant le corps immobile de la jeune femme d'un geste courtois, je vous présente Haith de Seacrest.

La baronne blêmit.

— C'est donc elle, l'indigente pour qui mon fils risque son nom et sa fortune ?

Donald, qui était tout à sa joie, outrepassa ses prérogatives en lui répondant directement.

— Oui, enfin, ce qui en reste ! glousserait-il. Cette idiote a essayé de desserrer les cordes que vous lui aviez passées, vot' seigneurie. Il se pourrait bien qu'on soit bientôt deux manchots ! prédit-il en exhibant son moignon.

La baronne le regarda avec effroi. Il remisa son bras coupé en affectant un air grave.

Quant à Nigel, ses yeux jetaient des poignards.

— Vous deux, allongez-la sur le lit, ordonna-t-il en désignant une couche étroite plaquée contre le mur de cette chambre minuscule.

Les deux sbires s'exécutèrent.

— Maintenant, disparaissez. Tous les deux ! ajouta-t-il. Donald, tu n'as plus rien à faire ici. Je t'enverrai chercher si j'ai encore besoin de toi.

Ce dernier devint rouge de honte. Pour un faux pas, c'était un faux pas… Devant une baronne, qui plus est ! Il se contenta donc de s'incliner légèrement avant de s'éclipser.

Pendant, ce temps, le colporteur dansait d'un pied sur l'autre.

— Es-tu sourd, l'ancien ? demanda Nigel.

— Euh, avec tout l'respect que j'vous dois, messire, j'ai pas eu mon argent – enfin, mon salaire, quoi !

Nigel soupira, puis tira de sa ceinture une petite bourse bien remplie et la jeta au marchand enfin soulagé.

— À présent, disparais !

Après le départ du colporteur, Nigel fit claquer la porte et tira le verrou sur le huis clos qui s'annonçait entre lui, la baronne et Haith, laquelle n'avait toujours pas repris connaissance.

Il faisait nuit noire lorsque le marchand ambulant traversa le village de Seacrest en sens inverse, aussi vite et aussi discrètement que possible. La part qu'il avait prise dans cette affaire peu reluisante lui laissait un goût amer. Par conséquent, autant mettre rapidement le plus de distance possible entre lui et le hobereau démoniaque. Ainsi, il quitta sans regret ce village où beaucoup d'habitants semblaient pourtant désireux d'acheter sa marchandise. L'argent ne faisait pas tout. D'ailleurs, la bourse qu'il gardait dans son gilet commençait à lui peser d'un poids plus lourd que celui de l'or : celui de l'infamie.

Il roulait depuis environ une heure lorsque, se jugeant parvenu assez loin de Seacrest pour échapper aux remords, il s'arrêta pour passer la nuit. Devant un feu de camp, il mangea son dîner composé de pain et de viande séchée puis entreprit de compter son honteux butin.

Il crut tout d'abord qu'il avait la berlue à cause des flammes qui dansaient devant ses yeux, mais en y regardant bien, il ne put que se résigner à la triste réalité.

Il avait envoyé une jeune femme à une mort certaine pour deux misérables liards et une poignée d'anneaux de cotte de mailles brisés !

Il referma un poing vengeur sur la ferraille et se mit à brailler de rage et de culpabilité, maudissant lord Nigel au nom de ses furieux ancêtres écossais. Après les pleurs et l'autoflagellation, il surmonta ses émotions et commença d'entrevoir la situation plus clairement.

Prévenir les gens de Greanly ne lui parut pas une bonne idée, car ceux-ci s'étaient sans doute montrés aussi odieux que Nigel avec la petite. Cependant, tout bon Écossais – et le colporteur était écossais – connaissait le pouvoir du clan Buchanan mentionné par la jeune femme. Même s'il n'était pas sûr de pouvoir les prévenir à temps pour lui sauver la vie, cela valait quand même la peine d'essayer. Il devrait se mettre en route sans tarder pour les informer de la situation de leur parente. Lord Nigel aurait ainsi la monnaie de sa pièce.

Tout en redoutant de laisser derrière lui une veuve et une marmaille d'orphelins s'il était puni pour son rôle dans l'enlèvement, il ne pouvait s'empêcher de penser qu'il ne méritait pas mieux.

La baronne de Crane se pencha sur le corps immobile de Haith en cherchant sur son visage quelques signes de vie.

— Elle n'est pas morte, au moins ? demanda Nigel avant de se précipiter aux côtés de sa nouvelle amie afin de s'en assurer par lui-même.

— Non, mais presque, répliqua la baronne en se raidissant.

Puis elle se tourna vers Nigel et, d'un air hautain, ajouta :

— J'ose espérer que vous la traiterez mieux quand je serai partie, lord Nigel, si vous voulez qu'elle survive jusqu'à l'arrivée de Tristan.

— Naturellement, madame, assura le hobereau d'un ton pragmatique. Je n'aurais pas dû confier une tâche aussi délicate à cet empoté de colporteur. Quant à Donald, il ne brille pas par sa délicatesse.

— Si nous voulons attirer mon fils à Seacrest, exposa la baronne en revenant à Haith, il nous faut agir vite. Faites donner l'ordre à mes gens de soigner cette enfant. Il est absolument nécessaire qu'elle soit vue en bonne santé pour ne pas éveiller les soupçons.

— Comme vous voudrez, s'inclina Nigel en gagnant la sortie.

— J'attendrai votre... Madame ! Que..., s'interrompit-il, la main sur la poignée, en avisant la baronne qui se penchait au-dessus de Haith avec un poignard de poche – mais meurtrier – dans la main.

Face à la mine épouvantée de Nigel, la baronne partit d'un grand rire de gorge qu'elle modula d'un fort joli vibrato.

— N'ayez crainte, messire, rassura-t-elle en prélevant avec précision une longue mèche de cheveux bouclés sur la chevelure de Haith.

Puis elle se redressa et agita l'échantillon en l'air du bout de ses doigts.

— Mon fils demandera sûrement une preuve que nous la détenons, car je doute que ma parole lui suffise. Elle a les cheveux d'une rare beauté, ne trouvez-vous pas ?

Nigel secoua la tête en signe d'admiration. Il était visiblement sous le charme.

— Votre ruse et votre intelligence ne laissent de me surprendre, madame. Je plains vos ennemis !

Puis il sortit, ébloui par le sourire de la baronne.

Une fois que celle-ci fut enfin seule, elle se laissa tomber au bord du lit où reposait le petit corps de Haith et se mit à trembler de tout son corps.

— Oh mon Dieu ! Mon Dieu ! s'exclama-t-elle en effleurant de ses mains tremblantes le visage et les épaules de la jeune femme. Tenez bon, mon enfant. Je vais ramener Tristan, dussé-je m'épuiser à le convaincre de m'écouter.

Geneviève respira profondément en s'efforçant de contenir ses larmes et de retrouver son calme. Puis elle prit l'un des poignets meurtris de Haith et le massa énergiquement afin de faire circuler le sang. La jeune femme émit un grognement à briser le cœur.

— Je sais, ma fille, que c'est douloureux, dit-elle en changeant de poignet.

Ensuite, elle essaya de lui retirer ses chaussures, mais les pieds de Haith étant trop enflés, elle dut découper les souliers avec sa dague. Puis elle appliqua à ses chevilles le même remède qu'à ses poignets.

— Je ne compte plus les erreurs que j'ai commises durant ma chienne de vie, murmura la baronne en s'adressant plus à elle-même qu'à la jeune femme qui ne pouvait l'entendre. Mes intentions les plus nobles se sont soldées par des tragédies. Vous êtes peut-être ma dernière chance de rachat.

Puis elle revint s'asseoir à côté de la convalescente et écarta les mèches qui brouillaient le visage blême et fiévreux de celle-ci.

— Peut-être qu'il ne me pardonnera jamais de l'avoir abandonné. Dans ce cas, il me faudra apprendre à vivre avec. En attendant, j'essaierai de toutes mes forces de l'aider à obtenir ce qu'il désire le plus au monde : vous, mon enfant.

C'est alors que Haith remua la tête avec agitation.

— Tristan ! gémit-elle d'une voix cassée.

— Oui, mon enfant, je l'amènerai jusqu'à vous, répéta Geneviève, les yeux débordants de larmes.

— Tristan, sauve-moi ! Je meurs !

— Non, non, il ne faut pas dire cela. Vous ne mourrez pas, assura la baronne, non sans une pointe d'affolement dans la voix, car elle savait que si Haith n'était pas soignée rapidement, cette dernière risquait en effet de mourir.

La vie était bien cruelle ! D'abord son fils lui avait été enlevé en bas âge, et à présent celle qu'elle considérait déjà comme sa fille risquait d'être emportée par la mort.

— Tenez bon, mon enfant, répéta-t-elle.

Soudain, la porte s'ouvrit, et Rose et Tilly – deux domestiques préposées aux soins de la baronne – entrèrent. Elles portaient un énorme sac de toile.

— Oh ! s'exclamèrent les deux demoiselles en découvrant le petit lit.

— Je sais, mes amies, acquiesça Geneviève avec un hochement de tête. C'est affreux ! Mais il va falloir être courageuses, car je compte sur vous pour la remettre sur pied.

Puis, incapable de retenir ses larmes, elle ajouta :

— Cette jeune femme m'est très chère.

Avant de quitter la chambre pour rejoindre lord Nigel, la baronne donna à ses servantes des instructions très précises concernant les soins à apporter à Haith. On l'informa ensuite que le maître de céans l'attendait dans la salle des banquets. Elle se composa une attitude hautaine et s'y rendit.

— Elle s'est endormie, annonça-t-elle. Mes domestiques vont s'occuper d'elle. Vous n'aurez à vous soucier de rien.

— Bien, bien…, dit Nigel. Je lui ferai donc une petite visite plus tard dans la soirée.

Geneviève se figea un instant, puis s'assit en face de lui. Ils étaient séparés par une table basse.

— Je ne pense pas que cela soit judicieux, messire, hasarda-t-elle. Mes servantes ont reçu l'ordre de la garder sous sédatif. Par conséquent, si elle vous trouvait à son réveil, elle risquerait de s'affoler. Nous ne voulons pas qu'elle tente de s'évader.

Nigel se caressa la barbe pendant quelques instants en plissant les yeux.

— Pardonnez mon insolence, madame, mais comment puis-je m'assurer que ce n'est pas là un stratagème pour causer ma perte ?

Pendant un instant, Geneviève se crut déjouée, mais elle puisa du courage dans l'amour qu'elle portait à son fils. Elle se leva avec faste et, l'œil froid et le menton levé, toisa Nigel de toute sa hauteur.

— Détrompez-moi si je fais erreur, mais, à part vous et moi, vos deux laquais incompétents sont bien les deux seuls à être au courant de l'enlèvement de Haith ?

Nigel se recroquevilla légèrement sur son siège.

— Oui, madame. Cependant…

— Dans ce cas, répondez à ma question : pour quelle raison serais-je venue dans cet épouvantable et insignifiant poulailler pour proposer mon aide dans ce projet insensé à un hobereau de rien du tout, sinon en vue de ma propre satisfaction ? Vous oubliez que je prends un risque considérable dans cette affaire !

— Madame, je…

— Le sang de mon sang, que je n'avais pas revu depuis plus de vingt ans, m'a humiliée et rejetée devant le roi en personne, et vous avez l'outrecuidance de douter de ma sincérité ? explosa-t-elle en lui lançant un regard furieux.

Nigel disparut presque entièrement dans son fauteuil, tandis que la baronne priait pour que le subterfuge suivant soit crédible.

— Si c'est ainsi que vous me remerciez, lord Nigel, alors je ne vous souhaite pas bonne chance ! s'exclama-t-elle en sortant d'un pas raide.

— Nigel bondit de sa chaise.

— Mais, Madame, où allez-vous ?

— Rassembler mes gens et leur annoncer que nous rentrons à Hartmoore, répliqua Geneviève sans s'arrêter.

Nigel la retint tandis qu'elle posait le pied sur la première marche de l'escalier.

— Madame, je vous en prie... De grâce ! Je n'aurais jamais dû douter de vous. S'il vous plaît, pardonnez-moi... Comment vous dire ma reconnaissance pour votre assistance ? demanda-t-il en tendant une main hésitante. Je vous en supplie, restez et menez cette affaire à son terme.

La baronne dut fournir un effort surhumain pour ne pas trahir son soulagement.

— Très bien, lord Nigel, acquiesça-t-elle en toisant placidement l'élégant qui l'implorait à genoux, mais que je ne vous reprenne plus à mettre ma malhonnêteté en doute !

— Je vous le promets, madame la baronne.

— À présent, je dois me libérer pour préparer mon départ.

— Mais, je croyais que…

— Mon départ pour Greanly, lord Nigel, précisa Geneviève avec irritation.

— Déjà ? Mais il fera bientôt nuit, madame. C'est dangereux de voyager la nuit, rappela ce froussard.

Puis il esquissa un sourire et ajouta :

— Dînez avec moi. Vous partirez demain matin après une bonne nuit de repos.

La baronne fit semblant de réfléchir puis secoua la tête.

— Non, je veux prendre mon fils au dépourvu. Il a dû rentrer de Londres à présent, puisqu'il s'est mis en route avant moi. Je dois agir avant que la disparition de la fille ne le rende incontrôlable.

— Quand serez-vous de retour ?

— Sauf contrordre, attendez-moi dans trois ou quatre jours, tout au plus.

Elle posa l'index sur sa bouche pour se donner l'air de méditer, puis dit enfin :

— Cela devrait me laisser le temps d'aller, de le convaincre et de revenir.

— Parce que vous comptez ramener d'Argent ?

Cette fois-ci, le sourire de Geneviève fut sincère.

— Oui ! Je vous ramènerai mon fils, je vous en fais serment.

Moins d'une heure plus tard, la baronne de Crane chevauchait en direction de Greanly avec toute sa suite, à l'exception des deux servantes restées en arrière pour veiller sur Haith. Geneviève héla l'un de ses gardes qui vint se ranger à côté d'elle et lui remit un courrier en lui envoyant un regard funeste.

— Rends-toi ventre à terre à Hartmoore et remets ce pli au baron. Je veux qu'il l'ait lu demain matin au plus tard.

Sans poser de question, le soldat prit le parchemin et tourna sa monture face à l'ouest.

— Fais vite, Nicholas, murmura-t-elle dans la nuit. Ton frère a besoin de nous, même s'il l'ignore encore.

Chapitre 27

C'est avec des sentiments mitigés que Tristan pénétra dans la grande salle des banquets de Greanly peu avant le point du jour. Cependant, il puisa un véritable réconfort dans le fait même de rentrer chez lui et de retrouver bientôt Haith. Croyant de nouveau en un avenir commun, il avait hâte de lui raconter son entretien avec Guillaume. Malgré la fatigue due au voyage et à sa visite mouvementée à la cour, les épaisses murailles du château le rassurèrent et l'aidèrent à détourner sa pensée de Geneviève.

Par ailleurs, la disparition de Pharao, son ami intime, ou plutôt son frère d'élection, figurait toujours en tête de ses préoccupations. Même si les murs, à leur façon, lui souhaitaient la bienvenue, ceux-ci restaient hantés par l'absence.

Tristan traversa la salle à demi plongée dans l'obscurité du pas d'un homme harassé. Il lui incombait d'annoncer à lady Bertie que Pharao était retourné dans sa patrie. Cette perspective ne l'enchantait guère, car il serait de nouveau confronté à la triste réalité.

L'envie de revoir Haith était forte, mais il devrait attendre, afin de ne pas la tirer de son sommeil. Lui-même devrait prendre un peu de repos, car les jours à venir promettaient de solliciter toutes ses forces et toute sa concentration. Peu après son départ pour Londres, les cauchemars avaient repris. Depuis combien de temps n'avait-il pas passé une nuit complète de sommeil sans rêve ?

Il obliqua en direction des cachots, mais quelqu'un l'appela avant qu'il n'ait commencé à descendre.

— Messire…

Tristan s'immobilisa et loucha dans l'obscurité. Barrett était assis au fond de la salle. Une unique chandelle projetait ses ombres sur son visage oblong tout hérissé de poils. Il avait l'air encore plus animal que d'habitude. Les coudes appuyés sur la table, le sheriff tenait une grande choppe à deux mains.

— Barrett, pourquoi n'es-tu pas couché ? Ne me dis pas que tu m'attendais !

Sans détacher un seul instant son regard de la flamme, Barrett fit signe que oui.

Tristan s'esclaffa puis examina de plus près le visage du bon sheriff. Il devrait lui rappeler les limites de son emploi, mais plus tard, car pour l'heure, la lassitude l'emportait.

— Eh bien, me voici, mon ami ! À présent, fais-moi plaisir, va te coucher.

Barrett secoua la tête et chercha le regard interrogateur de son suzerain. Le visage exténué de Barrett était empreint de tristesse et de crainte, et le son de sa voix exprimait le regret.

— Lady Haith s'est évadée.

Tristan fut cloué sur place, et ses oreilles se mirent à bourdonner. Il souffla pour évacuer la pression.

— Tu l'as libérée en dépit de mes ordres ?

— Non, messire. Elle s'est évadée avec l'aide de Ham et d'un marchand ambulant, expliqua le sheriff.

Puis il se tut et sembla attendre que tombent le blâme et les promesses de châtiment.

Mais rien de tout cela n'arriva.

— Sait-on où elle s'est enfuie ? demanda Tristan à voix basse d'un ton songeur.

— Oui. Elle a laissé un mot à Minerva, et Bertie était au courant depuis le début. Elle est partie rejoindre le clan de sa mère en Écosse.

Retrouvant enfin l'usage de ses jambes, Tristan alla rejoindre Barrett à sa table. Les mains du sheriff disparurent un instant dans l'obscurité avant de reparaître avec une autre choppe que celui-ci remplit à l'aide d'un pichet posé à côté de lui sur le banc, puis il la fit glisser jusqu'à son suzerain. Tristan but une grande rasade, puis reposa la chope avec un soin inutile.

C'est Barrett qui rompit le silence.

— Je ne l'ai pas poursuivie, parce qu'en votre absence et celle de Pharao, j'aurais dû laisser Greanly sans protection.

Le sheriff leva soudain la tête.

— Avez-vous des nouvelles ?

Tristan opina du chef.

— Nous ne le reverrons pas de sitôt, Barrett. Il est rentré dans son pays.

Puis, comme pris de repentir, il ajouta :

— Tu as bien fait de rester à Greanly.

Son visage trahissait la tristesse de ses pensées. Lors de sa dernière nuit à Londres, il s'était réveillé en plein cauchemar, le même qui le hantait depuis tant années. Au moment où il s'endormait, des bribes de rêve le réveillaient en sueur, puis il passait le reste de la nuit à se tourner et se retourner dans son lit.

Tristan, sauve-moi ! Je meurs !

Il avait beau essayer de rabaisser ces rêves au rang de simples divagations d'un esprit surmené, une conclusion pénible s'imposait peu à peu à lui.

— Elle est en danger, dit-il en regardant Barrett dans les yeux.

— Vous êtes sûr, messire ?

Soudain, une silhouette se détacha de l'obscurité. C'était Minerva. Elle se tenait à quelques pas des deux hommes.

— Oui, répondit-elle, il en est sûr. Tout comme moi.

Le bon sheriff sursauta. Quant à Tristan, il se retourna calmement.

— Avez-vous eu la même vision ? demanda ce dernier.

— Non, répondit Minerva en s'approchant de la table. Les runes sont muettes depuis quelques jours. Mais j'ai un pressentiment. Avez-vous rêvé ?

Tristan hocha la tête.

— Il est peut-être trop tard.

— Je ne crois pas, messire, dit Minerva en posant la main sur l'épaule du guerrier. Si c'était le cas, elle n'aurait pas pu communiquer avec vous. Mais elle est affaiblie.

Barrett ne demanda pas comment ces deux-là s'y étaient pris pour récolter leurs renseignements. Il para au plus urgent et demanda conseil.

— Qu'allons-nous faire, messire ?

— Nous partons pour l'Écosse dans l'heure, Barrett. Réveille tes hommes et dis-leur de se tenir prêts, ordonna Tristan avec l'énergie du désespoir.

— Suis-je aussi du voyage ? demanda le bon sheriff en se levant d'un bond.

— Oui, répondit Tristan. Nigel peut bien s'emparer de ce tas de cailloux, si ça lui plaît. Haith a besoin de nous tous. Agis prestement, Barrett.

Minerva prit le siège laissé vacant par le sheriff.

— Messire, mon intuition me dit qu'elle n'est peut-être pas en É…, commença-t-elle avant d'être interrompue par Barrett qui revenait avec fracas.

Celui-ci avait beaucoup de mal à contenir un individu pourtant bien plus petit que lui, mais qui se débattait avec une énergie redoutable.

C'était une dame blonde entre deux âges, dont les cris risquaient de réveiller tout le village. Tristan bondit de sa chaise.

— Lâche-moi, espèce de brute épaisse ! s'écria-t-elle. Il faut absolument que je voie mon fils ! Je sais qu'il est ici !

— Espèce de toquée ! La mère de messire Tristan est morte ! s'exclama le bon sheriff.

Puis, levant la tête, il ajouta d'un ton perplexe :

— Je l'ai surprise en train de rôder près de la salle des banquets, messire. Une quarantaine de cavaliers l'attendent devant les remparts.

À ces mots, Geneviève cessa de se débattre et jeta un regard affolé à la ronde.

— Tristan, s'exclama-t-elle au bord des larmes. Dieu merci, tu es là !

— Relâche-la, ordonna ce dernier sans manifester la moindre émotion, à l'exception d'un rictus nerveux.

— Messire ? demanda Barrett qui doutait de l'opportunité de rendre sa liberté à une folle.

Tristan confirma l'ordre d'un geste de la tête avant de se tourner vers sa mère qui s'avançait à sa rencontre.

— Restez où vous êtes, mère, ordonna-t-il en l'arrêtant d'un geste de la main afin d'éviter toute effusion.

Barrett et Minerva en eurent le souffle coupé.

— Votre présence ici est inutile. Je n'ai ni le temps ni l'envie d'écouter vos mensonges.

Geneviève ne put retenir ses larmes.

— Tristan, tu dois pourtant m'écouter. J'apporte des nouvelles de Haith.

D'un bond, Tristan s'approcha d'elle et la saisit par les épaules.

— Que dites-vous ? Comment connaissez-vous Haith ?

— Je l'ai vue.

— Par les fées ! s'exclama Minerva.

— Vous mentez ! s'obstina Tristan d'un ton hargneux en repoussant sa mère comme une pestiférée. Haith est en route pour l'Écosse.

Puis il tendit un doigt menaçant.

— Je ne veux plus vous voir ! s'exclama-t-il enfin avant de se tourner vers Barrett.

— Mets-la au cachot. Ensuite, positionne les archers sur les remparts et donne-leur l'ordre d'exterminer ses hommes.

En quelques enjambées, il gagna l'escalier et commença à gravir les marches.

— Je ne veux pas qu'ils nous retardent lorsque nous partirons.

— Ne fais pas cela, Tristan ! hurla Geneviève en essayant d'échapper à l'emprise du sheriff. Elle mourra si tu ne m'écoutes pas. Tristan, je t'en prie, regarde !

La baronne se dégagea et tira la mèche rousse accrochée à sa ceinture de cuir.

Tristan ne céda pas aux supplications de sa mère, mais aux instances de Minerva.

— Messire, elle dit la vérité !

Barrett lâcha prise et arracha la mèche des mains de la baronne. Il l'examina attentivement, puis lança un regard étonné à Tristan.

— C'est vrai, messire, on dirait bien les cheveux de lady Haith.

— Que lui avez-vous fait, mère indigne ? s'exclama Tristan d'un ton qui laissait entendre que sa réputation d'avoir été jadis le marteau d'arme de Guillaume n'était pas entièrement usurpée.

Puis, le regard dangereusement menaçant, il redescendit l'escalier.

— Je ne lui ai rien fait, je te le jure ! protesta Geneviève sans se laisser impressionner par son regard assassin, ni par la main qu'il venait de poser sur le manche de son épée. Elle a été enlevée par un colporteur aux ordres de lord Nigel de Seacrest dans le but de te tendre un piège.

— Un colporteur ? répéta Barrett en se tournant vers Minerva puis vers Tristan.

Indifférente à tout sauf à Tristan, Geneviève regarda ce dernier s'approcher à pas mesurés. Dès que tu seras à Seacrest, il a l'intention de te tuer et de s'emparer de Greanly.

Tristan se planta devant sa mère, la forçant à reculer.

— Comme le sauriez-vous si vous n'étiez pas sa complice ? Tout cela m'a l'air d'une ruse.

— Je suis justement devenue sa complice par ruse !

De guerre lasse, Geneviève se tourna brusquement et arracha la mèche de cheveux des mains de Barrett avant de s'exposer de nouveau courageusement à la fureur de son fils. Elle prit la main de celui-ci, y déposa la relique et serra le tout dans la sienne.

— Tristan, Nigel croit que je te ramènerai à Seacrest dans trois jours pour qu'il te fasse assassiner et épouse la femme que tu aimes. Si nous nous dépêchons, nous pouvons écourter son attente et lui faire une petite visite en compagnie de tes gardes et des miens.

Tristan ne broncha pas.

— Haith est très malade, Tristan, poursuivit-elle. J'ai laissé deux de mes servantes auprès d'elle, mais je crains qu'il ne soit bientôt trop tard si nous n'agissons pas rapidement.

Puis elle pressa la main de son fils et ajouta :

— Je t'en supplie… Je sais que je t'ai fait terriblement souffrir, et sans doute suis-je impardonnable, mais tu dois me croire quand je te dis que je t'expliquerai tout une fois que ta petite Haith te sera rendue. Je lui ai promis de te ramener auprès d'elle, Tristan, quand elle t'a appelée à l'aide.

Tristan esquissa de nouveau un petit sourire nerveux.

— Que faisiez-vous à Seacrest ? demanda-t-il à mi-voix en considérant le visage brouillé de larmes de sa mère. Vous n'avez aucun lien avec cette seigneurie.

— Guillaume m'y a envoyé afin de confirmer tes doutes, murmura Geneviève. Dans son esprit, c'était un moyen de me racheter à tes yeux. Je connais à présent la machination de Nigel dans ses moindres détails, et je puis témoigner de sa culpabilité en utilisant ses propres paroles.

Tristan ne savait plus que penser, car les émotions les plus contradictoires s'entrechoquaient dans son cœur.

— Qu'en pensez-vous mes amis ? demanda-t-il en jetant un coup d'œil à Minerva et à Barrett par-dessus la chevelure de sa mère.

Ce fut Minerva qui répondit en premier.

— Quelque chose me disait qu'elle n'était pas en Écosse. Cette mèche lui appartient, cela ne fait aucun doute.

Puis ce fut le tour de Barrett.

— Je pense comme elle, messire, déclara le bon sheriff en hochant la tête. De plus, il ne peut y avoir deux colporteurs dans cette histoire.

Tristan revint vers sa mère qui le regardait toujours avec effroi en lui tenant la main.

— Très bien, madame la baronne, commença-t-il d'un ton grave, je vais accorder crédit à votre histoire et vais me rendre à Seacrest en armes. Mais prenez garde, prévint-il en retirant brusquement sa main et la mèche qui se trouvait à l'intérieur, si vous avez menti, si vous avez causé à Haith la moindre égratignure, soyez certaine que je vous tuerai à petit feu et avec la plus grande délectation.

Geneviève le regarda droit dans les yeux.

— Mes hommes sont à ta disposition et attendent tes ordres.

— Minerva, vous resterez ici avec madame la baronne pour rassurer lady Bertie, ordonna Tristan. Elle se demandera sûrement ce qui se passe lorsqu'elle trouvera le château désert. Quelqu'un doit aussi s'occuper d'Ellora, si elle ne s'est pas déjà enfuie, ajouta-t-il à l'intention de Barrett.

— Non, messire, répondit le sheriff en devenant tout rouge.

— Tristan, Nigel se doutera de quelque chose si je ne suis pas avec toi, plaida Geneviève. Il…

— Sans doute, mais cette sangsue ne m'attend que dans trois jours, pas aujourd'hui même ! Je n'ai pas l'intention de gâcher du temps et des vies.

Son regard lançait de funestes éclairs bleutés.

— En outre, je ne vous fais pas aveuglément confiance, et je préfère vous tenir éloignée de Haith, si tant est qu'elle se trouve à Seacrest.

— Comme tu voudras, soupira Geneviève. Mais sois prudent, Tristan. Nigel est rusé et prêt à tout.

— N'ayez crainte, madame ma mère, répliqua le jeune homme avec une grimace de mépris. J'ai connu de pires décevances au cours de ma vie. N'oubliez pas que je suis un conquérant.

Puis il mit fin à l'entretien en gravissant l'escalier.

— Commence à réveiller les hommes, Barrett. Minerva, si vous vouliez accueillir madame la baronne sous votre toit, je vous en serais reconnaissant, car elle n'est pas la bienvenue chez moi.

Minerva fit signe qu'elle était d'accord, et Tristan disparut à l'étage.

Minerva prit la main de Geneviève et lui sourit amicalement. La baronne la regarda avec un air abattu.

— Venez, madame, suggéra la guérisseuse, j'ai mille questions à vous poser.

Haith errait de nouveau dans les solitudes muettes de son rêve de prairie solitaire. Depuis des jours, lui semblait-il, elle parcourait cette plaine où rien ne bougeait en appelant Tristan sans discontinuer sous un ciel désespérément bleu. Le rêve et la réalité se confondaient au point que ses pensées revêtaient l'incohérence d'un vitrail brisé où l'absence de logique le disputait aux plus extravagantes fantasmagories.

Lourdes comme un poids mort, ses mains étaient sujettes à de douloureux élancements. À chaque pas qu'elle faisait en rêve, ses pieds lui arrachaient des cris de douleur par-delà toute expression. Les lents et puissants battements de son cœur résonnaient avec une étrange acuité dans ses tympans.

Marchait-elle vers le nord ? L'Écosse lui tendrait-elle enfin les bras au-delà de ce monde où prospérait le désespoir ?

Quant à Tristan, où se cachait-il ? Il viendrait sûrement la tirer de ce cauchemar. Le mieux était de continuer à l'appeler.

— Tristan, je suis ici !

Le son de sa propre voix lui fendit le crâne. Elle interrompit sa marche et se tint la tête à deux mains en gémissant doucement. C'est alors qu'il lui vint une idée. La première fois qu'elle s'était retrouvée dans cette prairie cauchemardesque, seule la voix de Pharao s'était fait entendre. Peut-être qu'avec un peu de chance…

— Pharao ! M'entendez-vous ? lança-t-elle dans les quatre directions en scrutant le morne horizon. Pharao, j'ai besoin de votre aide ! s'écria-t-elle en mettant ses mains en cornet.

Haith s'était remise en route et commençait à perdre tout espoir, lorsque l'herbe de la prairie et le ciel commencèrent à luire comme autant de vapeur au-dessus d'un chaudron. Un arbre se mit à étinceler de vie, tandis que ses antiques branches noueuses déployaient soudain de magnifiques ramures verdoyantes.

À côté de l'arbre se tenait un personnage.

Haith accourut malgré ses pieds douloureux. À quelques pas de l'arbre, elle distingua le long vêtement de Pharao qui contrastait superbement avec la tristesse du décor. À bout de souffle, elle se planta devant lui.

— Haith, commença-t-il sans remuer les lèvres, d'une voix qui sembla à la jeune femme intérieure à sa propre conscience, pourquoi m'avez-vous fait venir ?

— Vous êtes le seul à pouvoir m'entendre, expliqua-t-elle sans savoir exactement si elle prononçait de vraies paroles ou si elle communiquait par la pensée. Je dois retrouver Tristan.

— S'il est un endroit où vous n'avez pas besoin de mon aide, c'est bien ici.

Haith se rembrunit.

— Que dites-vous ? Je suis prisonnière de cette prairie.

— Vous êtes prisonnière parce que vous vous croyez prisonnière.

Pharao s'assit par terre avec grâce en invitant Haith à faire de même.

Puis il poursuivit :

— Cet endroit – cette prairie, comme vous l'appelez –, expliqua-t-il en désignant l'océan de verdure qui les entourait, n'existe que dans votre esprit. Vous le créez et, par conséquent, le contrôlez. Sans doute êtes-vous déjà venue ici. Dans votre enfance, peut-être ?

— Non, répondit Haith en secouant la tête. Seulement la première fois que j'ai rêvé de vous.

— Je ne m'en souviens pas, dit Pharao.

— Puis-je ?

— Je vous en prie.

Pharao posa la main sur la joue de la jeune femme, puis il tendit l'autre bras face à l'étendue herbeuse.

À la complète stupéfaction de Haith, un nouveau décor surgit devant ses yeux émerveillés.

Des arbres sortirent de terre et fleurirent en quelques secondes, le vent se leva sur la plaine et joua avec les herbes comme un jeune chien espiègle. Le soleil sortit de sa retraite dans les replis de l'horizon et décrivit un arc dans le ciel avant de venir se fixer au-dessus de leurs têtes.

Ensuite, Haith aperçut un homme et une petite fille qui traversaient la prairie. Soudain assaillie de réminiscences, elle les regarda passer, les larmes aux yeux.

Elle se reconnut en compagnie de James. Le père et la fille étaient visiblement en grande conversation.

— Mon Dieu ! s'écria la vraie Haith.

Pharao laissa retomber sa main, mais la vision subsista par la seule force du souvenir. Soudain, des éclairs déchirèrent le ciel sans nuage, puis des roulements de tonnerre résonnèrent au loin. Enfin, Seacrest apparut sur l'horizon, et la petite fille s'élança vers le village.

Haith savait qu'en agissant ainsi, l'enfant obéissait à son père.

Soudain, Corinne apparut au bras de James, et le couple regarda tristement s'éloigner leur fille. Puis le château disparut. Ensuite, les parents de Haith se volatilisèrent à leur tour, laissant dans leur sillage un paysage ensoleillé et calme.

Haith se tourna alors vers Pharao.

— Je ne comprends toujours pas.

Le jeune homme la regarda avec attention et parut réfléchir un instant.

— Vous avez inventé cet endroit pour répondre à vos besoins d'enfant. Sans doute pour entrer en communication avec votre père. Corrigez-moi si je me trompe, mais il me semble que les pires catastrophes ont suivi sa mort et votre rencontre ici, n'est-ce pas ?

Haith hocha la tête. Les mots lui manquaient pour exprimer ce qu'elle avait ressenti au sortir de sa transe tandis qu'elle veillait son père. Elle avait été projetée à travers la salle des banquets et avait atterri sur le corps sanglant de sa mère qui venait d'être passée au fil de l'épée par les Normands. Au milieu des cris et de l'affolement, les assaillants avaient attaché Bertie et Ellora. Elles étaient toutes les deux en pleurs à cause des coups reçus. Allongée par terre à quelques coudées de là, Minerva avait perdu connaissance, mais vivait encore.

Partout, d'immenses guerriers accompagnés de mercenaires étrangers enfonçaient leurs lames ruisselantes de sangs dans les corps moribonds ou déjà morts des villageois.

— Il ne restait presque plus rien de Seacrest, murmura Haith.

Pharao fit signe qu'il comprenait.

— Dans votre esprit, commença Pharao, vos dons de magicienne et votre aptitude à endurer les épreuves se sont confondus. Ainsi, cet endroit imaginaire est devenu pour vous le sanctuaire de la mort et du deuil.

Il marqua une courte pause puis poursuivit.

— Si j'ai bien compris, vous refusez le don que vous ont transmis vos ancêtres ?

— Oui, répondit Haith, pour qui le puzzle commençait enfin à se constituer. Il est arrivé tant de malheurs sans que je puisse m'expliquer pourquoi. Je me suis peut-être sentie responsable.

— Sachez que les hommes agissent souvent sans connaître les raisons qui les font agir. La culpabilité vous a empêchée pendant toutes ces années de jouir pleinement de vos capacités, vous incitant du même coup à endosser les responsabilités de vos proches.

Haith cilla.

— Vous m'aviez déjà mise en garde. Vous avez dit qu'on n'arrête pas ce qui ne dépend pas de soi.

Le jeune homme confirma d'un hochement de tête.

Un oiseau vint se poser juste au-dessus de leur tête, et Haith sursauta.

— Pourquoi, alors, est-ce que je continue de revenir dans cet endroit qui me fait peur ?

— C'est peut-être ainsi que votre âme entend renouer le contact avec cette science intuitive que vous avez rejetée quand vous étiez petite.

— J'en ai oublié les rudiments, reconnut Haith. C'est pourquoi elle m'effraie.

Pharao sourit, puis se redressa.

La jeune femme lui lança un regard inquiet.

— Où allez-vous ? demanda-t-elle.

— Vous savez ce que vous vouliez savoir. Vous n'avez plus besoin de moi, à présent.

Le corps du jeune homme se mit soudain à luire.

— Nous nous reverrons bientôt, Haith.

— Attendez ! Comment puis-je… vous…

— Vous savez ce que vous vouliez savoir…

La voix de Pharao s'estompa, tandis que son corps disparaissait, laissant la jeune femme seule sous le feuillage.

Elle se sentait désormais plus légère et plus libre que jamais. Malgré la douleur persistante de ses mains et de ses pieds, un afflux soudain de vitalité la submergea. Simultanément, l'herbe de son rêve devint plus verte et la chaleur du soleil plus sensible. Haith se dressa de toute sa hauteur et se réjouit de la beauté de son enfance. Ses difficultés, qui demeuraient importantes, ne lui parurent plus insurmontables. Elle ouvrit un œil nouveau sur sa situation, et l'amour qu'elle portait à ses proches l'emporta sur le doute et la peur qui l'avaient paralysée jusque-là.

Tristan, mon amour…

Haith ferma les yeux dans son rêve, et sa conscience réintégra peu à peu son corps.

Elle se réveilla en sursaut comme au sortir d'une chute vertigineuse, arrachant un cri aux servantes qui s'occupaient d'elle dans le monde de la veille. Hélas, ses différentes blessures et sa migraine s'étaient réveillées en même temps que la dormeuse qui, à présent, gémissait de douleur.

— Madame ! exhorta la première servante d'une voix étouffée. Madame, m'entendez-vous ? Il faut vous réveiller.

— Où… où suis-je ? demanda Haith en ouvrant les yeux à grand-peine sur ces deux visages inconnus. Qui êtes-vous ?

— Vous êtes à Seacrest Manor. Nous sommes les dames de compagnie de la baronne de Crane, expliqua la seconde. Je m'appelle Tilly, et voici Rose.

Haith essaya de s'asseoir, tandis que des images de son effroyable transport en carriole lui revenaient en mémoire. Elle jeta un coup d'œil alentour et s'aperçut qu'elle se trouvait dans sa chambre de jeune fille à Seacrest.

— La baronne de Crane ? répéta Haith.

Soudain, on entendit un grand fracas et les murs se mirent à trembler. Toutes trois tressaillirent.

— Ne vous inquiétez pas. Où est Nigel, enchaîna-t-elle.

— Nous l'ignorons, répondit Rose. Mais il semblerait que ce château soit en état de siège. Et notre maîtresse n'est pas revenue nous chercher !

Un autre tir secoua la chambre, et les deux servantes se blottirent l'une contre l'autre en hurlant. Haith en profita pour se hisser au bord du lit.

— Il faut partir d'ici, annonça-t-elle posément. Aidez-moi à me lever. Nous verrons si je tiens debout.

— Oh, non, madame ! s'exclama Tilly en écarquillant les yeux. Vous dormez depuis hier soir, et vous êtes encore très faible. La baronne nous a bien recommandé de ne pas vous laisser quitter la chambre, car vous y êtes en sécurité.

— De plus, nous ne savons pas qui sont les barbares qui nous assiègent ! intervint Rose.

— Le seul barbare que je connaisse ici est lord Nigel, s'exclama Haith sur un ton féroce en se levant avec difficulté.

Faible est le mot…, songea-t-elle.

— Celui qui attaque le château ne nous veut aucun mal. Je connais les passages secrets comme ma poche. Nous sortirons à l'insu de tous.

Les deux domestiques échangèrent un regard où se lisaient la peur et l'indécision.

— Êtes-vous sûre, madame…

— Qu'à cela ne tienne, restez si vous voulez. Je ne connais aucune baronne et ne lui suis donc liée par aucun serment.

Les pieds à vif, elle boitilla jusqu'à la porte puis se retourna vers les deux jeunes femmes qui la regardaient en tremblant tandis qu'un nouvel impact faisait trembler les murs.

— Où sont mes chaussures ?

Rose souleva une sandale en cuir en charpie.

— La baronne a dû les couper pour vous les ôter, madame, expliqua-t-elle.

Haith soupira, puis, considérant ses pieds, jugea que les bandages constitueraient une protection suffisante.

Je me demande bien d'où sort cette baronne pour me soigner ainsi sous le toit de son ennemi ! s'exclama-t-elle en son for intérieur.

— Restez ici, enfermez-vous à clé et ne faites pas de bruit. Je vous enverrai chercher, mais sûrement pas par lord Nigel ! S'il essayait de vous obliger à sortir, ne résistez pas, car c'est un dangereux criminel.

— Ne vous en faites pas, madame, répliqua Tilly en tirant une méchante lame de sa ceinture. Notre maîtresse a pensé à tout.

Rassurée, Haith entrouvrit légèrement la porte et passa la tête dans le couloir. Hormis les bruits assourdissants dus aux impacts de catapultes et les cris en provenance de la salle des banquets, tout était calme. Elle se glissa hors de la chambre et gagna l'escalier du fond aussi vite que ses pieds meurtris l'y autorisèrent.

Elle descendit avec précaution les premières marches en guettant d'éventuels importuns. Comme tout était silencieux, elle s'enhardit et pressa le pas. Dans sa hâte et sa détermination à recouvrer la liberté, Haith ne vit pas Donald qui se cachait dans un coin de mur.

Lorsqu'elle passa devant lui, il la saisit par la taille avec son bras coupé et lui plaqua son unique main sur la bouche en lui soufflant dans l'oreille les effluves tièdes et fétides de son haleine.

— Comme on s'retrouve ! Je v'nais justement vous chercher. Lord Nigel vous réclame… Il semblerait qu'on ait d'la visite !

Chapitre 28

Lord d'Argent et ses hommes, lesquels incluaient les gardes de Geneviève, attendaient en surplomb de Seacrest que le soleil se couche. La tension était palpable. Fort heureusement, les soldats étaient aguerris, et ils rongèrent leur frein en attendant que leur chef décide du moment opportun pour frapper. Si Tristan s'était écouté, il aurait transformé de ses propres mains le château de Nigel en cure-dents.

Tout semblait indiquer que ce dernier avait prévu une éventuelle attaque. Il avait fait fermer les hauts portails de bois et avait posté des sentinelles à intervalles réguliers tout le long du chemin de ronde. Tristan prit un malin plaisir à l'idée que Nigel oppose une résistance, dans le cas, bien sûr, où celui-ci détiendrait effectivement Haith.

Il repensa à sa mère, puis chassa promptement son image. Ce n'était plus le moment de spéculer sur les motivations énigmatiques de la baronne. Cependant, sa visite ne laissait de le surprendre, et il se jura que si elle avait dit vrai au sujet de sa bien-aimée, il écouterait ses explications, puis il la rejetterait à son tour.

Barrett vint placer sa monture à côté de l'étalon de son suzerain. Les deux guerriers se parlèrent sans décrocher les yeux du village en contrebas.

— Devons-nous nous tenir prêts, messire ?

— Oui, Barrett. Une fois que nous serons dans la place, je prendrai la moitié des hommes avec moi pour investir l'intérieur. Pendant ce temps, tu repousseras les gardes de Nigel et encercleras le château avec l'autre moitié des troupes. Je ne veux leur laisser aucune chance de s'enfuir avec Haith.

— C'est compris. Et une fois que..., s'interrompit le sheriff.

Une clameur s'était élevée parmi les soldats à l'approche d'une troupe au galop.

— Messire, commença Barrett avec une certaine inquiétude dans la voix, Nigel ne se serait tout de même pas offert les services d'une armée de mercenaires ?

— Comment le saurais-je ? Si ma mère n'a pas menti, il ne nous attendait pas aujourd'hui.

Une colonne composée de plus de deux cents guerriers gravit le flanc abrupt de la colline et s'attroupa au sommet. Un cavalier se détacha de la cohorte et galopa jusqu'aux positions de Tristan.

— Restez sur vos gardes, soldats, ordonna ce dernier à mi-voix. Il est seul, mais ce pourrait être un piège.

Le fantassin montait un magnifique destrier blanc et portait une armure de combat éclatante. Apparemment, c'était un noble. Il semblait plus jeune que Tristan et était de taille herculéenne – à en croire le gabarit de son cheval. Il retira son heaume et vint se poster en face de Tristan. Il avait de longs cheveux noirs bouclés, le regard d'un bleu confondant et le port de tête altier.

Les deux guerriers se regardèrent dans les yeux sans prononcer un seul mot, puis mirent pied à terre en même temps. L'inconnu s'avança vers Tristan en ouvrant grand les bras.

— Le temps de rassembler mes hommes, et me voilà ! Quand attaquons-nous ?

Ils s'empoignèrent virilement l'avant-bras en se regardant longuement dans les yeux.

— À la tombée du jour.

— Je suis Nicholas FitzTodd.

Tristan hocha la tête et déglutit à grand-peine, mais resta sans voix à cause de l'émotion violente qui le submergeait. Seul un petit sourire nerveux trahit son embarras. À l'évidence, le visiteur était tout aussi ému que lui.

— Et toi, si je ne me trompe pas, tu es Tristan d'Argent. Mon frère ! dit ce dernier entre ses dents.

Ces paroles eurent raison du jeune homme qui prit Nicholas dans ses bras sans autre forme de procès.

— Oui ! s'exclama-t-il, la gorge serrée en lui donnant de grandes tapes viriles dans le dos. Je suis ton frère !

La larme à l'œil, Barrett se détourna de cette scène émouvante, de même que la majorité des guerriers.

Enfin, les deux frères rompirent leur étreinte et se raclèrent la gorge afin de se donner respectivement un peu de contenance.

— Je vais donner l'ordre à mes hommes de se joindre à tes troupes, annonça Nicholas en tournant les talons.

En moins d'une heure, les deux armées n'en firent plus qu'une, et un plan d'attaque avait été élaboré afin que tous agissent de conserve. Les gens de Seacrest n'eurent bientôt plus de doute sur la raison de ce vaste rassemblement juste au-dessus de leur tête et firent par conséquent doubler les sentinelles.

Tristan se tourna successivement vers les deux hommes qui conduiraient l'attaque avec lui. À sa droite, se tenait son frère Nicholas ; à sa gauche, Barrett. Malgré la cruelle absence de Pharao, il se consola en songeant à toutes les batailles qu'ils avaient livrées ensemble. Son ami ne l'avait pas abandonné, il était présent dans son cœur.

Dans un éclat rougeoyant, le soleil amorça sa descente derrière les montagnes, plongeant Seacrest dans une brume couleur sang et plaçant les assaillants à contre-jour.

— En avant ! s'écria Tristan.

Et son signal fut suivi par la clameur de près de quatre cents guerriers qui déferlèrent sur Seacrest.

À l'approche des remparts, ils reçurent une volée de flèches. Malgré le soleil aveuglant qui leur servait de bouclier, nombre d'entre eux tombèrent.

Le flot des combattants se déversa néanmoins telle une rivière en crue, emportant sur son passage la vieille barbacane de bois. Puis une première vague envahit la basse-cour avec Tristan et Nicholas à sa tête.

Un comité d'accueil composé de guerriers à pied et en armes leur barrait le chemin. Le combat au corps à corps s'engagea dans un tohu-bohu généralisé. Les cris des blessés et des mourants s'inscrivaient en contrepoint du fracas métallique des armes de manière à composer une sorte d'hymne macabre qui galvanisa les troupes venues libérer l'orpheline. Depuis l'acquisition de la forteresse par Nigel des années auparavant, les fantassins de Seacrest n'avaient plus eu l'occasion de livrer bataille, et cela était criant. Ils ne faisaient pas le poids face aux soudards aguerris de Tristan et aux hommes de Nicholas rompus à la discipline. Ainsi, des bonhommes pleins d'embonpoint et de suffisance furent rapidement mis hors d'état de nuire durant ce combat inégal, tandis que les corps sans vie de nombreux autres jonchaient déjà le sol de la basse-cour, obligeant les cavaliers à slalomer entre les cadavres pour se frayer un chemin jusqu'au donjon.

Tristan se battit comme un beau diable, assouvissant un peu plus sa vengeance chaque fois qu'il passait le corpulent ennemi au fil de son épée ou lui tranchait sa tête bouffie. Il jeta un coup d'œil à Nicholas qui se battait à côté de lui, et fut surpris de constater que celui-ci maniait son propre glaive seigneurial avec délectation en se riant du carnage.

Nicholas se débarrassa sans peine de son adversaire, puis tourna sa monture en direction de l'entrée de la salle des banquets où l'attendait Tristan. Puis des guerriers arborant l'uniforme de Nicholas accoururent avec un lourd bélier de chêne muni de poignées grossières.

— Écartez-vous, mes seigneurs, recommanda le soudard de tête.

Les deux frères échangèrent un regard amusé, puis brandirent leur épée et mirent pied à terre, avant de se placer chacun d'un côté du soldat.

— Une, deux, oooh ! s'exclamèrent en cœur les assaillants.

Le bélier percuta la porte, ébranlant les battants sans toutefois les enfoncer.

— Oooh !

Cette fois encore, le portail tint bon sous le choc, malgré quelques craquements sonores.

— Reculez ! ordonna Nicholas avec un geste de la main.

Puis il interrogea Tristan du regard.

Ce dernier acquiesça en empoignant encore plus fermement la poutre de bois.

— Oooh !

Les hommes s'élancèrent de toute leur force et le bélier percuta la porte avec une violence inouïe, enfonçant les deux battants d'un coup. Les deux énormes vantaux roulèrent jusque dans la salle des banquets dans un épais nuage de poussière et d'éclats de bois avant de s'écraser en faisant trembler le sol.

Les attaquants furent entraînés à l'intérieur par l'inertie de la charge, et Tristan en profita pour lâcher prise et s'écarter de la trajectoire du projectile. Brandissant son épée, il tourna le dos à ses hommes et se prépara de nouveau au combat.

Assis à la table seigneuriale, Nigel le regardait d'un air dégagé, une coupe à la main. Il lui fit signe d'approcher. Le seigneur des lieux regardait Tristan et son armée d'invasion avec une sorte de contentement hautain. Entre lui et Donald, Tristan reconnut Haith. La jeune femme avait un couteau sous la gorge.

Le cœur de Haith avait failli bondir hors de sa poitrine lorsque la porte avait été abattue, et que Tristan était apparu en tête des assaillants. Il avait la face couverte de sang, et la jeune femme avait prié pour que ce ne soit pas le sien mais celui de ses ennemis.

Donald resserra son étreinte afin de prévenir toute tentative de fuite, et le métal froid de la lame entama douloureusement la gorge de Haith.

— Lord Tristan, commença Nigel sur un ton de bienvenue, comme c'est gentil à vous de passer nous voir. Naturellement, j'attendais votre visite, mais point si tôt.

Les armures s'entrechoquèrent dans un vacarme assourdissant, tandis que les guerriers de Tristan envahissaient la salle et se postaient en demi-cercle à quelques pas de la table. Tristan s'avança.

— Libérez-la, Nigel, conseilla-t-il, et vous aurez une chance de vous en tirer en vous battant honorablement, avec moi !

— Oh, vous n'y êtes pas du tout, répliqua Nigel en effleurant lentement la gorge de Haith du bout du doigt avant de soulever son corsage. Vaut-elle tout ce désordre ? J'imagine que je ne vais pas tarder à le savoir, vous ne croyez pas ?

Haith baissa les paupières et gémit sous l'ignoble caresse, tandis que Donald encourageait son maître de son rire grossier.

— Tristan, arrêtez, ou il vous tuera ! s'exclama-t-elle en rouvrant les yeux.

Un grand brun au visage étrangement familier empêchait Tristan de bondir sur Nigel.

— Tiens ta langue, catin ! s'emporta Nigel en la tirant jusqu'à lui par les cheveux.

Sa gorge glissa contre le fil du poignard, et le sang jaillit, puis ruissela sur sa poitrine immaculée.

Nigel en recueillit une goutte au but de son doigt décharné et la porta à ses lèvres.

— Hum… Exquis !

Tristan explosa de fureur, le visage déformé par la colère, et menaça d'échapper à l'emprise de Nicholas qui le retenait de force. Barrett se précipita à la rescousse.

— Quel imbécile je suis, Tristan, de m'être laissé mener en bateau par votre mère ! déclara Nigel en repoussant Haith dans les mains de Donald.

Puis il se leva et, avec de grands gestes, ajouta :

— J'aurais dû me souvenir que toutes les femmes sont des menteuses et des êtres ineptes, baronne ou pas baronne.

— Notre mère a assez de discernement pour reconnaître un plouc quand elle en croise un, s'emporta Nicholas.

La ressemblance entre les deux hommes sauta soudain aux yeux de Haith. Tout s'expliquait ! La baronne Geneviève de Crane n'était autre que la mère de Tristan. Quant au grand brun, c'était son frère ! Malgré sa peur, elle ne put s'empêcher d'être émue en les voyant réunis, et ses yeux se remplirent de larmes.

Nigel haussa les sourcils.

— « Notre mère », avez-vous dit ? Hum, hum… Dans ce cas, vous devez être messire Nicholas, gloussa Nigel en s'inclinant. Soyez le bienvenu à Seacrest, monsieur le baron.

— Vous êtes un homme mort, Nigel, répliqua Nicholas entre ses dents.

— Laisse-moi lui arracher les yeux, mon frère ! s'écria Tristan avec une fêlure dans la voix.

Haith se dit qu'il ressemblait à un lion prêt à bondir, et que c'était un miracle que ses deux compères parviennent encore à le retenir.

Nigel considéra les deux frères avec une sorte de curiosité.

— Certes, il semblerait que mes plans aient échoué. Trop de témoins sont contre moi. Difficile dans ces conditions d'obtenir gain de cause auprès du roi. Néanmoins, rien ne m'empêche de punir sévèrement tous ceux qui se sont dressés en travers de ma route.

Il porta un toast à Tristan, puis ajouta.

— Quel effet cela fait-il, Tristan, de savoir que même avec votre armée vous ne pourrez jamais épouser la petite ?

Donald, qui buvait les paroles de son maître, relâcha légèrement sa vigilance et abaissa sa lame. Sans quitter Tristan du regard, Haith décida de tenter sa chance.

De ses deux mains meurtries, elle se renversa de toutes ses forces en arrière, tandis que Donald basculait de tout son poids sur Nigel qui laissa tomber sa coupe. Le contenu se répandit sur la table et coula par terre comme du sang ruisselant d'une blessure.

Un vent de panique souffla sur l'assistance lorsque Tristan se dégagea et plongea sur la table tandis que ses soldats donnaient la charge. Haith s'enfuit à quatre pattes en longeant le mur, mais elle n'eut pas le temps d'aller bien loin. Elle hurla de douleur lorsque Donald la retint par la cheville et la plaqua violemment face contre terre. Elle cria de nouveau lorsque la botte du forgeron vint se loger dans ses côtes. Puis il la releva par les cheveux et s'en servit de bouclier, lui remettant sans ménagement le couteau sous la gorge.

— D'Argent, bougre de charogne ! lança-il enfin. Regardez un peu qui je tiens ! s'écria-t-il d'un ton triomphal.

Haith guigna Tristan qui tenait Nigel en respect dos au mur, la pointe de son glaive posée contre son abdomen.

Tristan le regarda du coin de l'œil.

— Rappelez vos hommes et retirez-vous, ordonna Donald, ou je lui tranche la gorge sur-le-champ.

— Ne l'écoutez pas, Tristan. Tuez Nigel immédiatement.

Tristan considéra le couteau de Donald et la grimace blafarde de son ennemi mortel.

— Soldats, cessez le combat ! lança-t-il par-dessus son épaule. Nicholas, organise la retraite.

Puis il commença à abaisser son épée.

— Non ! hurla Haith.

La suite des événements sembla se dérouler au ralenti sous le regard apeuré de la jeune femme.

Profitant du fait que Tristan recule, Nigel tira un long poignard effilé de son ceinturon et visa le jeune homme à la poitrine. Ce dernier para le coup avec l'avant-bras, et le couteau, désormais inoffensif, vola en l'air. Puis, sans aucune hésitation, Tristan enfonça son épée dans les entrailles de Nigel en poussant un cri rauque.

Ensuite, un souffle pareil au baiser d'un ange effleura la joue de Haith, et la main de Donald glissa de sa gorge tandis qu'il s'affaissait dans son dos.

Elle se précipita aussitôt dans les bras de Tristan qui accourait à sa rencontre. Il la serra de toutes ses forces, puis ils contemplèrent l'endroit où gisait Donald.

Un projectile semblable à une aiguille de glace terminée par une boule de la taille d'un œuf de caille lui avait perforé l'œil. Les deux amoureux se tournèrent simultanément vers l'entrée d'où était parti le plomb.

Juché sur son grand étalon noir qui piaffait d'impatience sur les battants enfoncés de la porte, Pharao faisait tourner négligemment sa fronde, un petit sourire au coin des lèvres, tandis que plusieurs jeunes guerriers attendaient ses ordres.

— À la bonne heure ! s'écria l'hirsute Barrett, tout sourires.

Tristan frémit d'émotion.

— Allez l'accueillir, suggéra Haith en le poussant avec douceur malgré ses sanglots.

— Êtes-vous sûre ? demanda Tristan en la dévorant du regard. Je ne veux plus vous laisser, ne serait-ce qu'un instant.

— Nous avons toute la vie, assura-t-elle en nageant de bonheur sous le soleil de son sourire. Remerciez-le pour moi d'avoir sauvé la mienne.

Pour la seconde fois ! ajouta-t-elle en pensée en regardant son bien-aimé s'éloigner à grandes enjambées.

Les compagnons de Pharao s'écartèrent pour le laisser passer, tandis que leur chef mettait pied à terre.

— On dirait que j'arrive à temps, seigneur Tristan, fit remarquer ce dernier.

— Comme toujours, Phar ! Comme toujours…

Puis les deux amis se donnèrent l'accolade à grand renfort de rires et de tapes dans le dos.

De l'autre côté de la pièce, Nicholas détourna le regard, l'air déçu. Ce détail n'échappa point à Haith.

— Dépêchons, soldats ! s'exclama-t-il à l'intention des guerriers toujours dans la place. Il est temps d'évacuer les morts et de les enterrer, ajouta-t-il d'une voix étouffée en se tassant sur lui-même.

— Nicholas ! lança soudain Tristan en lui offrant son deuxième bras.

Nicholas se redressa et s'avança.

— Phar, voici mon frère Nicholas, monsieur le baron de Crane.

Pharao sourit de toutes ses dents.

— Votre frère, seigneur Tristan ? Votre bonheur et votre joie sont aussi les miens, dit Pharao en tendant le bras à Nicholas qui l'enlaça volontiers.

— Nicholas, je te présente mon autre frère, déclara Tristan en regardant son ami droit dans les yeux, Pharao Tak'Ahn. Sans votre aide, l'issue de cette expédition n'était pas gagnée !

Puis il se tourna vers Haith qui, parcourue de frissons, répondit par un rire joyeux à son regard enamouré. Soudain, Tristan se rembrunit et se précipita sur elle.

— Haith, attention ! Derrière toi !

Haith fit volte-face. Nigel, l'épée de Tristan toujours fichée dans le ventre, avait décroché une torche du mur. Avec un sourire dément au coin des lèvres, il jeta le brandon sur la table imbibée d'alcool. Le liquide s'enflamma dans un souffle, et ils se retrouvèrent tous deux au centre d'un cercle de feu.

Haith hurla en avisant le moribond qui s'approchait en chancelant, une main sur la broche censée le faire rôtir en enfer. De l'autre côté du mur de flammes, quelqu'un ordonna qu'on aille chercher de l'eau, puis Tristan cria le nom de sa bien-aimée.

— Enfin seuls, petite ! s'exclama Nigel d'une voix éraillée en crachant du sang. Tu mourras avec moi.

La fumée se répandit à l'intérieur du cercle, et Haith commença de suffoquer, une main posée en écharpe sur son nez, l'autre tendue en avant pour empêcher Nigel d'approcher. La jeune femme remarqua alors que la manche de ce dernier avait pris feu à son insu.

— Viens m'embrasser une dernière fois, ma chérie, insista-t-il dans son délire. Ensuite, tu mourras comme ta mère est morte, de bonne grâce.

Cet aveu bouleversa la jeune femme et fit remonter à la surface toute la colère, la misère et la peur qu'elle avait accumulées depuis la mort de ses parents. Ses nerfs eurent raison d'elle en réduisant ses doutes à néant et en instillant à la place une certitude aussi inébranlable qu'ancienne. Haith se sentait quasiment invincible. Sa chevelure se déploya autour de son visage comme un brasier.

Face à cette soudaine métamorphose, Nigel recula d'un pas, et ses yeux égarés s'emplirent de terreur. Indifférente aux flammes qui léchaient ses vêtements sans les embraser, Haith leva les bras au ciel et, clouant son adversaire du regard, prononça spontanément des imprécations qui lui venaient du fond des âges et dont elle se faisait ainsi la digne héritière.

Par le feu, je te maudis!
Par le glaive, je te maudis!
Par les puissances de l'esprit, je te maudis!
Trois fois trente-trois fois, sois maudit!

Le glaive commença alors à tournoyer sur lui-même dans les entrailles de Nigel, qui se mit à hurler comme un diable de l'enfer. Le feu qui calcinait son manche se propagea à son torse avant de se refermer sur son visage en grésillant. On entendit une petite détonation lorsque ses yeux éclatèrent. Haith le regarda froidement s'effondrer en hurlant, tandis que l'espace qui les séparait devenait le théâtre d'une succession ahurissante d'images. Tous purent ainsi voir Haith et Bertie enfants jouant sous l'œil attendri de leurs mères ; James travaillant dans les champs aux côtés des serfs de Seacrest ; Tristan portant un toast aux villageois de Greanly ; la réunion du triumvirat composé de Tristan, Pharao et Nicholas ; Haith se blottissant dans les bras de Tristan ; Bertie serrant contre sa poitrine le lumineux pendentif offert par Pharao ; Minerva saisissant Nigel par le bras dans l'enceinte de Seacrest en lui promettant les foudres de ses ancêtres.

Nigel continua de se tortiller par terre bien après que son cœur eut explosé dans sa poitrine. Pendant tout le temps que dura sa destruction, elle se tint debout au-dessus de lui, telle une furie dévorant des yeux son agonie.

Son calvaire avait pris fin.

Chapitre 29

Haith et Tristan quittèrent le bain de sang de Seacrest au galop sur le destrier du jeune homme. Tandis qu'ils filaient ventre à terre en direction du nord, celui-ci embrassa à plusieurs reprises sa bien-aimée sur la joue. Elle avait la même odeur que la fraîcheur baignée de rosée du vent qui sifflait à ses oreilles. La respiration entrecoupée par les soubresauts, Tristan la tenait fermement par la taille en pressant sa monture. Quant à Haith, elle se laissait aller contre lui dans un état de léthargie aphasique. Aussitôt après l'exécration qui avait envoyé Nigel en enfer, sa prison de feu s'était transformée en un cercle de cendres, et Haith n'avait plus ouvert la bouche depuis.

La lune, qui était pleine et ronde comme un fruit argenté, avait entamé son déclin. Suspendue sans conviction au-dessus de la masse sombre de la forêt où s'enfonçait la route, elle semblait vouloir se désintéresser des vivants pour la nuit.

Tristan pénétra dans la futaie au petit galop, puis il mit son cheval au pas. Un lacis d'ombres recouvrait l'humus. À travers le doux bruissement du vent dans les arbres, on entendait le babil nocturne d'un ruisseau. Tristan décida de s'arrêter.

Tout en maintenant Haith en place, il glissa à terre. Puis il la fit descendre de cheval en s'étonnant de la légèreté presque insensible de son corps. Comme elle ne tenait pas sur ses jambes, il la porta à l'écart de la route, tandis que son fidèle destrier les suivait sous les frondaisons.

Tristan arriva bientôt en vue d'une minuscule clairière en bordure d'un cours d'eau qui coulait dans la pâle clarté de la lune. Il s'accroupit et adossa doucement sa bien-aimée contre un grand hêtre vénérable. Il scruta son visage blême et satiné et se rembrunit en découvrant son regard vide. Haith semblait fixer un point imaginaire dans la nuit. En outre, elle grelottait.

— Haith, héla-t-il avec douceur. Haith, mon amour !

Puis il lui releva le menton pour l'obliger à le regarder.

— Je vais aller ramasser du bois pour allumer un feu. Je ne m'éloignerai pas de votre vue, d'accord ?

Elle cilla faiblement, mais parvint à fixer quelque peu son attention, comme au sortir d'un profond sommeil.

— Princesse, m'entendez-vous ? Nous ne pouvons pas rester sans feu.

— Elle cligna de nouveau des yeux et pencha la tête en signe d'acquiescement.

Tristan esquissa un sourire et lui caressa la joue avant de se lever pour aller chercher du combustible. Comme promis, il ne s'éloigna pas du champ de vision de la jeune femme, même s'il doutait qu'elle soit en mesure de le voir. Hormis quelques soubresauts, elle ne changea pas de position. Tristan avait déjà vu des soldats en état de choc à l'issue de leur première bataille et savait que certains en sortaient d'eux-mêmes tandis que d'autres avaient besoin qu'on les aide.

Une minorité d'entre eux ne s'en remettaient jamais.

La petite clairière fut bientôt baignée dans la lumière et dans la chaleur du feu de bois, et Tristan se pressa aux côtés de sa bien-aimée. Il défit son harnais et posa son épée à portée de main. Un genou en terre, il commença à l'examiner de plus près en lui prodiguant des caresses, autant pour s'assurer qu'il ne rêvait pas que pour la ramener à la réalité.

— Il fait déjà plus chaud, non ? fit-il remarquer, tout sourires, en lui massant le front. Vous réchauffez-vous ? demanda-t-il.

Puis il effleura du pouce sa bouche sèche aux lèvres entrouvertes.

Haith resta murée dans son silence. Sans bruit, Tristan prit une longue inspiration et passa le doigt sur la raie de sang séché qui lui barrait la gorge, puis il soupira en frémissant. Son corsage était déchiré, et la délicate étoffe de ses jupons désormais sans forme était dans un état lamentable.

— Je crains que cette robe ne soit bonne pour le rebut, mademoiselle, fit-il remarquer d'un ton qu'il espérait léger.

Un seul mot d'elle l'aurait rassuré.

Il caressa ses bras fluets, ses mains, puis les examina à la lumière du feu et remarqua que ses poignets étaient marbrés d'entailles et recouverts de contusions bleuâtres.

— Mon Dieu ! s'exclama-t-il d'une voix rauque.

Mon amour, que t'a-t-il fait ?

Puis il examina ses pieds et releva le feston de ses jupes sur ses chevilles tuméfiées à l'endroit où les cordes avaient sectionné la chair.

C'était plus qu'il n'en pouvait supporter. Un sanglot lui serra la gorge, et il pleura sur ses blessures en tremblant rageusement à l'idée de ce qui aurait pu arriver. Il sanglota en silence comme cela ne lui était plus arrivé depuis son enfance solitaire et errante.

Jamais il n'avait ressenti autant d'amour pour quelqu'un.

— Haith, murmura-t-il entre deux gémissements avant de déposer un baiser sur ses pieds boursouflés. Ne m'abandonnez pas, je vous en supplie.

Haith entendit son appel. Elle n'avait aucun souvenir de leur entrée dans la forêt et, pour tout dire, s'en fichait éperdument. En ouvrant les yeux, elle avait tout simplement trouvé Tristan à ses pieds, tête bêche et les épaules secouées de soubresauts. Haith lui caressa la nuque d'une main tremblante juste au-dessus de l'encolure de sa cotte de mailles.

Tristan s'immobilisa sous la caresse et releva sa jolie tête blonde. Le cœur de Haith se serra lorsqu'elle découvrit le visage strié de larmes de son fier et puissant guerrier devenu soudain presque angélique et tout petit devant elle. La jeune femme s'attendait à ce qu'il se détourne pour cacher sa gêne, mais il croisa son regard avec simplicité en lui effleurant les mollets.

— Haith, murmura-t-il, avez-vous très mal ? Dites-moi ce que je peux faire.

Elle laissa retomber ses mains et secoua la tête. Elle avait le cœur au bord des lèvres. Sa question lui rappela leur première rencontre dans les écuries de Seacrest. Il lui sembla que des années s'étaient écoulées depuis le jour où elle lui avait demandé de la prendre dans ses bras et de la protéger.

Haith jugea qu'il était encore trop tôt pour renouveler sa demande.

— Non, répondit-elle enfin d'une voix éraillée. Pas beaucoup.

Il s'assit à côté d'elle en laissant glisser ses mains le long de ses jambes par crainte de perdre le contact charnel avec elle. Ses mains calleuses se prirent dans les accrocs de sa robe usée et sale. Haith frémit au contact de sa chaleur, et se fit une joie de le dévorer des yeux.

— Vous avez froid, peut-être ? demanda-t-il. Voulez-vous que j'aille chercher une couverture ?

Haith détecta une certaine appréhension dans sa voix et ne l'en aima que plus.

De fait, la nuit était fraîche, mais grâce au feu allumé par Tristan, Haith n'en souffrait pas. Cependant, elle continua de trembler.

Elle hocha la tête.

— Oui, je veux bien, messire, dit-elle en esquissant un sourire, car elle avait une idée en tête.

Il opina du chef, puis, hésitant à se lever, il prit la jeune femme par le cou et colla sa joue rugueuse contre la sienne avant de l'embrasser sur la tempe, tandis qu'elle lui prenait le bras en se réjouissant intérieurement.

Enfin, il se leva et sortit de la clairière sous le regard enamouré de Haith qui ne perdit rien du balancement gracieux de ses hanches de guerrier. Elle contempla les vagues contours de sa silhouette lorsqu'il déroba le plaid de sa monture. Puis le visage du jeune homme redevint distinct, tandis qu'il se retournait pour tendre l'oreille à un bruit qui éveilla également la curiosité de Haith.

Enfin, il revint auprès de sa bien-aimée avec une couverture roulée en boule. Il s'accroupit de nouveau à côté d'elle et lui recouvrit les jambes.

— J'ai entendu des cavaliers passer tout près, annonça-t-il d'un ton posé en la bordant. C'est sans doute Phar et les autres qui rentrent à Greanly.

Puis, croisant son regard, il ajouta :

— Pensez-vous pouvoir vous remettre en route ?

Haith aurait bien aimé assister aux retrouvailles de Bertie et de Pharao, de Tristan avec son frère et sa mère. Elle avait également hâte d'embrasser sa vieille Minerva et de la remercier pour tout ce qu'elle avait fait, de leur dire à tous combien elle les aimait. Toutefois, cela devrait attendre.

Pour l'heure, elle ne désirait rien d'autre que de rester avec Tristan dans cette petite clairière.

— Je ne suis pas sûre d'en avoir la force pour l'instant, mentit-elle. J'aimerais que nous nous reposions encore un peu ici, si cela vous agrée, messire.

— Je vais leur dire de continuer sans nous, répliqua Tristan. Nous pouvons rester ici aussi longtemps que vous voudrez, ajouta-t-il en lui caressant la joue. Pensez-vous pouvoir rester seule pendant quelques instants ?

Elle fit signe que oui et, tout sourires, le regarda s'engouffrer dans la nuit.

Dès qu'il eut disparu dans la futaie, Haith se leva avec précaution, car ses pieds lui faisaient toujours très mal, et lança la couverture en l'air en riant à cœur joie. Le plaid s'ouvrit et voleta jusqu'à un carré d'humus où il se posa sur un épais tapis de mousse en réveillant le bon arôme des feuilles en décomposition. Un seul regard de Haith suffit pour que le feu double de volume.

Puis elle se tourna vers le petit ruisseau qui murmurait gaiement, et descendit sur la berge en pente douce. Là, au bord de l'eau, elle trempa ses pieds dans l'écume glacée et poussa un profond soupir de soulagement. L'odeur des galets mouillés lui donna envie de se baigner, et elle fit craquer le sable sous ses pieds.

Elle releva ses cheveux, ôta ses vêtements et les jeta sur l'herbe. Puis elle entra nue dans un rayon de lune argenté qui barrait le cours d'eau comme une passerelle jetée entre deux mondes.

Pendant ce temps, Tristan regagnait en toute hâte la clairière à travers le sous-bois, un petit sac de vivres dans une main et une outre dans l'autre, tous deux offerts par Pharao. Les deux amis avaient convenu de se retrouver à Greanly une fois que Haith serait de nouveau en mesure de voyager.

Greanly ! Mon foyer !

Ces simples mots avaient tant de poids pour lui qu'il évita de justesse une branche meurtrière qui faillit l'éborgner.

C'est à peine s'il reconnut le maigre feu qu'il avait lui-même allumé, car il avait à présent devant lui une véritable flambée.

Il suffit de s'absenter quelques instants, voilà tout! songea-t-il le cœur en joie.

Accélérant le pas à l'idée de retrouver Haith et de l'entendre murmurer les paroles tant attendues, il se laissa guider par ce fanal à travers les ténèbres de la forêt. Cependant, il refréna son empressement, car, après les abominables épreuves qu'elle avait traversées, il était sans doute encore trop tôt pour la demander en mariage. Tristan n'était pas sûr, néanmoins, de pouvoir attendre longtemps…

Il eut des sueurs froides en découvrant que Haith n'était plus dans la clairière. Les flammes éclairaient gaiement la couverture de leur lumière vacillante, mais Haith avait disparu. Le sac et l'outre lui tombèrent des mains, et il courut en direction du cours d'eau.

— Haith ! héla-t-il en fouettant les branches à travers les fourrés.

Lorsqu'il distingua enfin l'eau scintillante entre les troncs, il trembla en songeant qu'elle s'était peut-être évanouie dans le ruisseau, se brisant à coup sûr le crâne sur une pierre. L'image macabre du corps sans vie de la jeune femme emportée face contre terre par le courant l'arrêta net dans son élan.

— Haith ! Répondez-moi !

Il scruta à grand-peine le terreau couleur d'encre à la recherche de traces de pas. C'est alors qu'il tomba sur un fouillis de vêtements boueux abandonnés à deux pas de la berge. Il releva vivement la tête et balaya le cours d'eau du regard.

Elle était nue dans le torrent. Ses longs cheveux mouillés et assombris par l'humidité lui descendaient jusque dans le bas du dos. Son corps luisant rayonnait d'un mystérieux éclat dans la lumière argentée de la lune.

Tristan en eut le souffle coupé. Il se retint à un tronc tout proche pour éviter de tomber en adoration.

Les bras levés au ciel et la poitrine projetée en avant, Haith semblait vouloir décrocher l'astre lunaire. Sa chute de reins, l'arrondi de ses fesses, la courbe évanescente de ses cuisses faillirent le rendre fou lorsqu'elle se pencha pour prendre de l'eau dans ses mains et la faire couler sur sa peau nacrée. Puis elle se redressa en décrivant un grand arc de cercle avec sa chevelure dans une pluie de minuscules gouttelettes pareilles à des diamants.

Enfin, elle se tourna vers Tristan. Son sourire était une invitation à la rejoindre.

Tristan émit un grognement de désir qui aurait pu être celui d'un loup de la forêt quand il retrouve enfin sa louve après une longue séparation. Il descendit dans le torrent et marcha à sa rencontre, tandis que l'eau glacée lui picotait les mollets malgré ses bottes. Il se présenta devant elle le souffle court, non à cause de l'effort qu'il venait d'accomplir, mais en raison du désir brûlant qui le tiraillait au point d'en perdre ses moyens.

Tant mieux! songea-t-il. *Je ne veux pas l'effaroucher.*

Elle le regarda dans les yeux. De minuscules gouttes d'eau se balançaient au bout de ses cils, tandis que d'autres constellaient ses pommettes. Le regard bleu de la jeune femme était limpide et vif, ses lèvres pulpeuses et enjôleuses. D'infimes volutes de vapeur s'élevaient de son corps.

« Ah ! Ah ! semblait dire ce dernier à Tristan. Je te tiens ! »

Par chance, Haith rompit provisoirement l'envoûtement.

— Bonsoir, messire, dit-elle en se plaquant enfin contre lui tout sourires.

Elle posa les mains sur la poitrine du guerrier et les fit glisser jusqu'à ses épaules. Tristan aurait juré sentir la chaleur de ses doigts à travers sa cotte de mailles.

Il remua les lèvres mais ne trouva pas les mots. De crainte que la jeune femme ne se dissipe soudain dans un rayon de lune, il la prit doucement par la taille et remonta jusqu'à ses omoplates. Elle avait la peau fraîche et humide, mais point froide. Une chaleur intense comme un brasier semblait irradier de sa personne.

Faites que je ne m'enflamme pas trop vite ! pria intérieurement Tristan.

— Ma belle, dit-il enfin d'une voix éraillée.

Elle se serra contre lui et le dévora des yeux. Chaque fois que le regard de Haith s'arrêtait sur une parcelle du visage de Tristan, celui-ci frissonnait, ou plutôt s'embrasait.

— Je vous ai cherchée partout, ajouta-t-il.

— Et vous m'avez trouvée, gémit-elle en lui prenant le visage à deux mains.

Les doigts perdus dans sa chevelure, elle l'attira contre elle et scella sa victoire d'un baiser sur sa bouche.

Conscient que des forces qui le dépassaient étaient à l'œuvre, le Conquérant rendit les armes et se laissa couvrir de baisers tandis qu'un roulement de tonnerre résonnait au loin.

Haith pencha la tête en arrière et le regarda dans les yeux avec une telle intensité qu'il fut touché jusqu'au tréfonds de son âme.

— Vous m'avez trouvée, et vous m'avez sauvée, insista-t-elle.

Oubliant toute modération, il l'attira à son tour contre lui d'un geste mâle et savoura le contact de sa chair contre ses paumes.

Elle tira sur sa lourde cotte de mailles et la souleva ainsi que sa tunique afin de se plaquer peau contre peau contre lui. Tristan reçut une véritable décharge de plaisir, tandis qu'il se délectait du goût acidulé de ses baisers.

Il rompit à regret leur étreinte pour l'aider à lui ôter ses vêtements. Cotte de mailles et tunique tombèrent dans l'eau en faisant « plouf », puis il la prit dans ses bras nus et couvrit son visage et sa bouche de baisers, sans oublier son menton et sa gorge.

— Tristan…, gémit-elle.

Puis ce dernier crut entrer au paradis lorsque Haith commença à délier ses chausses.

La jeune femme lui caressa le menton de sa chevelure en répandant de tous petits baisers sur son torse, le léchant même à l'occasion. Puis elle tira sur le lacet qui lui entourait la taille en se plaignant que la boucle était trop serrée.

Il recula d'un pas et vint délicatement à son aide, mais ne put s'empêcher d'émettre un soupir d'admiration devant la beauté irrésistible de Haith et le feu de son regard. Il se pencha pour s'asperger d'eau fraîche et se purifia entièrement des derniers effluves de la bataille. Haith le regarda s'exécuter sans aucune gêne, et son regard semblait le mettre au défi de lui résister une seconde de plus.

Il se redressa et la souleva dans une gerbe d'eau. Puis il traversa le courant, remonta sur la berge et gagna la clairière où la couverture les attendait près du feu.

Elle se blottit contre son cœur et l'embrassa au creux de l'épaule, mordilla sa chaleur. Ils étaient unis par une même ardeur. Si bien que lorsqu'il la déposa délicatement sur le plaid, Haith eut la chair de poule. Puis elle l'aguicha effrontément, pour le seul plaisir d'exacerber son désir.

Debout devant elle il dénoua ses chausses en faisant glisser son regard sur chaque parcelle de son corps. Les liens de cuir humides claquèrent sous ses doigts, et Haith put satisfaire sa curiosité en admirant sa virilité à travers le tissu humide. Puis ce fut au tour de ses bottes, qui volèrent dans un coin obscur de la clairière. De sorte qu'il fut bientôt aussi nu que sa bien-aimée.

Haith ne s'effaroucha point lorsque Tristan s'allongea à côté d'elle. Au contraire, elle en profita pour savourer la présence de son chéri dans la douce lumière des flammes. Elle en oublia jusqu'à la douleur qu'elle ressentirait sûrement lors de l'union charnelle. Mais l'avenir n'existait pas encore, et le passé n'était plus. Ondulant l'un contre l'autre, leurs corps étaient le parchemin sur lequel l'amour traçait les lignes de leur destinée commune ; leurs baisers le sceau qui scellait la promesse. Il dévora sa gorge et s'attarda sur ses seins, effleura son ventre. Enfin, il prit ses fesses dans la paume de sa main et l'attira contre lui. Plus ses caresses la comblaient, plus elle devenait avide, et elle eut beaucoup de mal à s'empêcher de hurler de plaisir lorsqu'il enfouit ses doigts dans ses boucles.

Tristan, de son côté, loin de rester stoïque, était haletant et laissait échapper entre deux baisers des mots doux parfaitement inaudibles tandis que Haith s'abandonnait avec délectation à des sensations si intenses que la jouissance en devenait presque douloureuse. Son corps était l'instrument de musique sur lequel son amant imprimait le rythme saccadé et soutenu du plaisir. Tristan joignit son propre désir à celui de son aimée, et celle-ci comprit qu'elle était au bord de l'extase et risquait d'exploser s'il ne la retenait pas.

Elle ne pouvait plus attendre.

— Tristan, gémit-elle en s'agrippant à ses cheveux. Oh, Tristan !

Il releva la tête, le regard brûlant de désir.

— Qu'y a-t-il, mon amour ? demanda-t-il en souriant aux éclats.

Haith allait jouir d'un instant à l'autre, car c'était à devenir fou. Cependant, elle n'avait pas encore tout dit.

— Tristan, s'écria-t-elle au paroxysme du désir, je t'aime !

Puis une ultime vague de plaisir l'emporta très haut dans le ciel des amants. Là, au milieu de myriades d'étoiles, elle connut un bonheur sans fin semblable au sac et au ressac de l'océan.

Tristan ! Mon chéri ! Mon guerrier !

Le jeune homme lui répondit par d'amples mouvements du bassin qui bercèrent sa merveilleuse dérive.

Une pointe de douleur se répandit alors dans son ventre avec la fraîcheur d'un embrun, et elle ouvrit de grands yeux surpris. Tristan, le front plissé et en nage, haletait tel un faune vigoureux, déterminé à la ramener dans les eaux tièdes de l'extase.

Haith fut soudain envahie par une douce sensation de complétude, voire de plénitude, et elle comprit alors ce que signifiait le mot « âme sœur ». Elle enfouit son visage dans le cou de l'aimé, et lui susurra des mots d'amour entrecoupés de baisers.

— Je t'aime, Haith, gémit-il. Mon Dieu, comme je t'aime !

Elle agrippa ses reins en nage, et entonna de nouveau la mélodie du bonheur à mesure que Tristan devenait de plus en plus enragé, de plus en plus sauvage. Elle se cambra et renversa la tête en arrière, offrant ses regards à la lune qui veillait au-dessus des arbres.

— Haith…, gémit Tristan à plusieurs reprises, chaque fois un peu plus fort.

Jusqu'au moment où il poussa un cri rauque, se raidit et explosa en elle. Ses larmes coulèrent sur le visage de sa bien-aimée où elles se mélangèrent aux siennes.

L'étoile du matin venait de se lever au-dessus de la forêt obscure, et les deux amants se laissèrent envelopper dans son éclat porteur d'espérance.

Épilogue

Greanly Manor, Angleterre
1er janvier 1077

Le bébé pleura, et Haith se leva une nouvelle fois en soupirant de lassitude. Tristan la suivit des yeux en laissant glisser à contrecœur le bras de sa femme sous sa main. Puis il se redressa et attendit qu'elle revienne avec leur fille.

La jeune femme se pencha au-dessus du berceau et sourit à l'enfant qui se tortillait.

— Si je comprends bien, tu n'aimes pas te sentir tenue à l'écart. Est-ce bien cela, Isabella ?

La demoiselle émit un petit gazouillis qui fit le ravissement de sa mère, puis celle-ci prit le bébé dans ses bras et se dépêcha de regagner le lit douillet, car les dalles du sol étaient glacées.

Tristan souleva les couvertures en souriant de toutes ses dents.

— Dans ce cas, elle est bien la fille de sa mère, aucun doute.

Isabella trouva aussitôt le sein de Haith, et leurs cheveux se mêlèrent sur la blanche poitrine de la jeune femme. Cette dernière prit appui contre l'épaule de

Tristan et tendit le cou en souriant avec espièglerie à son mari.

— Parce que tu es du genre à ne pas mettre ton nez dans les affaires des autres peut-être ?

Tristan haussa les épaules, puis lui donna un baiser succinct sur la bouche.

— Je crains que toute tentative de justification de ma part ne me soit préjudiciable !

— Hum…, soupira Haith en écartant les petites boucles du front d'Isabella. Crois-tu que Bertie sera fâchée si nous ne lui rendons pas visite, alors qu'elle vient toujours nous voir à Greanly avec Pharao ?

— Non. Elle sait qu'il te faudra encore du temps avant que tu puisses retourner à Seacrest. D'ailleurs, il est question qu'ils reviennent bientôt, assura-t-il avec prévenance. J'ai reçu un mot de Phar hier, m'annonçant que ta sœur attend un nouvel enfant.

— Oh, Tristan ! s'écria Haith d'une voix suraiguë qui arracha un cri perçant à Isabella. C'est merveilleux ! Le petit Jamie aura enfin un compagnon de jeu.

James, ou Jamie, avait presque un an, et tout le monde l'adorait. Il avait hérité des traits fins de Bertie et de la peau mate de Pharao. Ses boucles couleur fauve étaient soyeuses, et ses yeux d'un brun profond. Bref, c'était un bébé craquant !

Le revirement d'Ellora lors de la naissance de son premier petit-fils était apparu à ses proches comme relevant du miracle. Guillaume avait laissé son châtiment à la discrétion de Tristan, qui l'aurait bannie d'Angleterre si Haith ne l'en avait dissuadé, arguant que la pauvre femme avait déjà suffisamment souffert. Le conseil s'était révélé payant, car Ellora ne cachait pas son amour pour Jamie. De plus, elle avait sagement renoncé à son titre, remettant ainsi à lady Bertie et lord Pharao le gouvernement de Seacrest. Désormais, Ellora secondait sa famille dans le maintien du foyer, en plus d'avoir pour gendre le membre d'une famille princière !

— Je me demande, pensa Haith à voix haute, s'il arrive à Pharao de regretter sa propre abdication.

— Je lui ai posé la question, avoua Tristan. Il affirme que sa place est ici, avec nous et Bertie, à présent. J'imagine qu'il est resté absent trop longtemps de son pays, sans compter qu'il n'a jamais vraiment pardonné à sa famille le renversement et le meurtre de son père. Remercions Dieu qu'il ait ouvert les yeux avant de s'embarquer !

— Un prince oriental ! s'exclama-t-elle, tandis qu'Isabella ronflait doucement. Ce n'est pas étonnant que Guillaume lui ait offert Seacrest pour le récompenser de sa fidélité dans la lutte contre Nigel.

— On peut le dire comme ça, répliqua Tristan en faisant la grimace. Mais c'était aussi une manœuvre politique de la part du roi. Il a besoin d'alliés étrangers, et c'était un moyen pour lui de s'assurer l'allégeance des compatriotes de Pharao.

— Toujours aussi tortueux, notre bon souverain ! s'esclaffa Haith.

On frappa soudain à la porte, et le couple remonta aussitôt les couvertures.

— Entrez, lança Tristan.

La baronne Geneviève de Crane passa la tête dans l'embrasure.

— Meilleurs vœux de Nouvel An, mes enfants !

— Ainsi qu'à vous, mère, répondit Tristan, tout sourires. Entrez donc.

Geneviève s'approcha du lit en tendant les bras.

— Mais qui est là ?

Haith lui remit le bébé endormi.

— Ma petite chérie ! s'exclama Geneviève.

Puis elle se tourna vers les parents de l'enfant et ajouta :

— Si vous voulez, je peux l'habiller et la faire manger pendant que vous vous préparez.

— Merci, bonne maman. Nous ne serons pas longs, dit Haith.

Geneviève rassembla les habits d'Isabella et sortit sur un petit nuage.

Haith poussa un soupir alangui et se blottit contre Tristan en le serrant par la taille.

— Elle est adorable ! fit-elle remarquer.

— Oui, et c'est un crève-cœur de songer à toutes ces années perdues loin d'elle.

Après la mort de Nigel, Tristan avait tenu sa promesse et avait écouté les explications de sa mère. Il avait alors appris que peu de temps avant qu'elle ne se sépare de lui, Geneviève s'apprêtait à épouser un Franc qui voyait d'un mauvais œil le fait qu'elle ait déjà un fils illégitime. Certain que sa famille n'accepterait pas Tristan, il avait réussi à la convaincre de le cacher jusqu'à ce qu'ils se marient. Elle n'était pas amoureuse de ce hobereau, mais son statut de fille-mère ne lui laissait pas le choix. L'épouser était le seul moyen de recouvrer sa dignité et d'assurer l'avenir de son fils.

Geneviève avait donc accepté de le confier pour quelques semaines seulement avec la moitié de sa fortune – dont les saphirs de la famille d'Argent – à une nourrice connue de son fiancé.

D'une voix étouffée par les sanglots, Geneviève avait raconté à Tristan comment, à peine mariée, son époux lui avait allègrement annoncé qu'il avait vendu l'enfant. Refusant de croire qu'une telle horreur fut possible, elle s'était alors rendue à l'autre bout de Paris chez la vieille mégère qui en réalité vendait les orphelins à des esclavagistes, mais Tristan était resté introuvable. De retour chez son mari, Geneviève l'avait frappé à la tête dans son sommeil avec sa lourde cassette en fer pour le punir de son geste odieux. Il était mort sur le coup.

Craignant désormais pour sa vie, elle avait vidé le petit coffre de l'argent qu'il contenait et s'était embarquée pour l'Angleterre avant que la nouvelle du meurtre ne s'ébruite. À Londres, elle n'avait pas tardé à accrocher l'œil du baron de Crane et l'avait épousé, reléguant son passé aux oubliettes. Elle développa une profonde affection pour lord Richard et connut le bonheur pour la première fois depuis longtemps lorsqu'elle donna naissance à son fils Nicholas. Cependant, pendant toutes ces années, elle n'avait jamais désespéré de retrouver un jour Tristan.

À la mort du vieux baron, des rumeurs circulèrent au sujet du nouveau maître de Greanly. C'est alors qu'elle demanda une audience au roi. Guillaume avait écouté son histoire tragique de bout en bout avant de l'absoudre de son crime et de la présenter à Tristan. Elle avait reçu du souverain l'assurance qu'il ne l'obligerait jamais à retourner dans le Royaume franc.

Après leur réconciliation, Tristan avait demandé à sa mère de rester pour assister à son mariage, puis pour seconder Haith durant sa grossesse et après la naissance d'Isabella. Il était convenu qu'elle rentrerait à Hartmoore après le baptême de la petite afin de se mettre en quête d'un parti convenable pour Nicholas.

— Il est temps de descendre, murmura Haith contre le torse de Tristan. Les Buchanan sont arrivés tard dans la nuit. Ils nous attendent sûrement.

— Huuum…, gémit Tristan, ils attendront !

Puis il la serra dans ses bras et suivit le tracé de sa colonne jusqu'au bas de ses reins.

Haith se dégagea et leva la tête en s'esclaffant.

— As-tu déjà oublié ce qui est arrivé la dernière fois que nous les avons fait attendre ?

Après leurs ébats dans la forêt, les deux amants étaient rentrés à Greanly ; Haith enveloppée dans une couverture, Tristan torse nu et chaussé d'une seule botte. Sur place, ils avaient non seulement retrouvé leurs troupes, mais également plusieurs dizaines de guerriers écossais… plus un colporteur très agité.

Haith avait été ravie de constater que son grand-père maternel vivait encore, et qu'il avait été placé au centre des réjouissances qui avaient suivi le retour des vainqueurs. Les deux amoureux avaient donc pénétré dans une salle des banquets en liesse. Plus tard, Angus Buchanan leur avait confié avoir rêvé de sa petite-fille qu'il croyait morte après la bataille de Hastings. Il avait également eu la vision de la victoire de celle-ci sur Nigel. Ensuite, il avait rassemblé ses guerriers pour l'accompagner dans ce long et périlleux voyage vers le sud.

Les troupes écossaises avaient rencontré le marchand ambulant par hasard. Il leur avait raconté son aventure, et ceux-ci l'avaient obligé à les suivre jusqu'à Greanly.

— Juste au cas où…, avait dit le vieil Angus en jetant un regard noir au colporteur.

Folle de joie de revoir son frère, Minerva était cependant restée songeuse. Sur les insistances de Haith, elle s'était confiée à demi-mot en esquissant un sourire amer.

— Oh, ce n'est qu'un vieux rêve, petite. Je t'en parlerai peut-être un jour, mais pas maintenant.

Les réjouissances s'étaient prolongées des jours durant.

Tu as raison, répliqua Tristan en faisant semblant de trembler de peur. Si nous ne descendons pas bientôt, il ne restera plus de bière pour le baptême d'Isabella !

Haith rit aux éclats et serra son mari contre elle en l'embrassant passionnément. Puis elle se pencha en arrière et le regarda dans les yeux, mêlant l'azur de son regard à celui de Tristan.

— Minerva avait raison, la magie est une bénédiction !

— Oui, c'en est une ! acquiesça Tristan. Mais c'est surtout ton amour qui est magique. Nous avons de la chance !

— Je t'aime, mon guerrier.

— Je t'aime aussi, madame mon épouse.

Haith l'embrassa au coin des lèvres, sur les joues, les paupières. Puis Tristan roula sur elle et l'immobilisa en esquissant un sourire coquin. La jeune femme s'esclaffa, et son rire résonna dans tout l'étage.

— Si nous prenions notre temps avant de descendre ? suggéra-t-elle.

Juchée en haut d'une colline située à un jet de pierre de Greanly, la silhouette chatoyante d'un homme et d'une femme contemplait le château. Le couple se tint par la main lorsque le rire de Haith retentit au-dessus de l'horizon. Puis l'homme se tourna vers son épouse et lui sourit.

— Ma petite princesse, murmura Corinne. Joie de ma vie !

L'écho de sa voix se répercuta dans le silence de la vaste étendue glacée avant de retomber avec la discrétion d'un flocon de neige.

James la serra contre lui, et tous deux levèrent les yeux vers le ciel avant de disparaître.

Achevé d'imprimer en mai 2013
Par CPI Brodard & Taupin - La Flèche (France)
N° d'impression : 73039
Dépôt légal : juin 2013
Imprimé en France
81121016-1

Let's disco

Für Doris

1. Auflage 2017

ISBN 978-3-7641-7075-2

Lektorat: Kathleen Neumann
Umschlaggestaltung: Favoritbüro GbR
unter Verwendung eines Fotos von maayadesign / Shutterstock
Druck und Bindung: GGP Media GmbH, Pößneck
Gedruckt auf Papier aus geprüfter nachhaltiger Forstwirtschaft.
www.ueberreuter.de